鲁迅与西方表现主义美术

崔云伟 著

人民文学出版社

图书在版编目(CIP)数据

鲁迅与西方表现主义美术/崔云伟著. —北京：人民文学出版社，2020
ISBN 978-7-02-015887-4

Ⅰ.①鲁… Ⅱ.①崔… Ⅲ.①鲁迅研究 Ⅳ.①I210

中国版本图书馆CIP数据核字(2019)第273493号

责任编辑	刘　伟　陈　悦
装帧设计	刘　远
责任印制	任　祎

出版发行	人民文学出版社
社　　址	北京市朝内大街166号
邮政编码	100705
网　　址	http://www.rw-cn.com
印　　刷	三河市宏盛印务有限公司
经　　销	全国新华书店等
字　　数	326千字
开　　本	880毫米×1230毫米　1/32
印　　张	12.75　插页8
版　　次	2020年8月北京第1版
印　　次	2020年8月第1次印刷
书　　号	978-7-02-015887-4
定　　价	59.00元

如有印装质量问题，请与本社图书销售中心调换。电话：010-65233595

凯绥·珂勒惠支
版画选集

亚格纳斯·史沫德黎序
鲁迅选画并作序目

三闲书屋于一九三六年在上海制成

凯绥·珂勒惠支
版画选集
一九三六年
上海三闲书屋印造

鲁迅编印《凯绥·珂勒惠支版画选集》封面、扉页

凡·高　《星月夜》，1889年6月，油画

蒙克　《呐喊》之一，1893年，蛋彩画

罗丹 《地狱之门》,1880 — 1917年,青铜

珂勒惠支　　自画像之一，木刻

格斯金　《大雪》，木刻

江丰　《码头工人》，1931年，木刻

格罗斯　《献给奥斯卡·巴尼扎》，1917 — 1918年，油画

莫奈 《日光下的鲁昂大教堂》,1893年,油画

高更　《雅各与天使的格斗》（又名《布道后的幻想》），1888年，油画

马蒂斯　《红色餐桌》，1908—1909年，油画

毕加索　　《亚威农少女》，1907年，油画

目 录

序：在表现主义风潮里 ················ 孙郁 1
前言：换一种眼光看鲁迅 ······················ 1

上 编

"我与你"——鲁迅与西方表现主义美术家之间的精神相遇

第一章 独战众数的精神界之战士 ················ 3
　一 "独战众数"的"个体"来源 ··············· 6
　二 追索现代人类"精神"信仰的启示 ············ 37
　三 "抽象化"艺术风格心理图式的辐射 ·········· 56
第二章 人在世界中 ························ 72
　一 "共在"与"沉沦" ··················· 80
　二 "畏"的展开与"思"的澄明 ·············· 92
　三 "向死存在"的生存勇气 ················ 103
第三章 现实的·审美的·哲学的 ··············· 117

一　现实层面：战斗功利的现实需要 …………… 120
  二　审美层面："力之美"的豁然相通 …………… 126
  三　哲学层面："反抗绝望"的精神原型 ………… 132

下　编

鲁迅作品的西方表现主义美术形式语言分析

第四章　鲁迅作品中的表现主义版画（木刻）感 …… 141
  一　刚直的"线条"和粗粝的"笔触" …………… 143
  二　"黑与白"的强烈对比 ………………………… 148
  三　骷髅意象·荒原意象·战士意象 ……………… 154
第五章　鲁迅作品中的表现主义油画感 ……………… 162
  一　线条和笔触的形式观照 ………………………… 163
  二　冷暖"色彩"的鲜明对立 ……………………… 168
  三　生命意象·死亡意象·行者意象 ……………… 175
第六章　鲁迅作品中的表现主义漫画感 ……………… 181
  一　写实与点睛："漫画的第一件紧要事是诚实" … 182
  二　夸张与假象："大的笑的阴荫里，有着大的悲" … 192
  三　比喻与象征："消融了内面世界与外面表现之差" … 199

附　录

西方表现主义美术概述 ……………………………… 207
西方表现主义美术在中国（1912—1949）………… 223

鲁迅与西方表现主义美术史料考索 ………… 251
1981—2011："鲁迅与美术"研究三十年 ………… 282

参考文献 ………………………… 328
跋 ………………………… 魏建 367

序：在表现主义风潮里

□ 孙郁

要是没有看过鲁迅的藏画，想深谈他的审美趣味，总还是隔膜的。我当年第一次阅读《引玉集》《凯绥·珂勒惠支版画选集》《死魂灵一百图》，就惊奇样式的超常和内容的鲜活，传统西洋绘画的影子几乎淡去，完全是别样的存在。印象最深的，大约是那些先锋作品。流动的线条里跳跃的情思，尼采式的斑斓之色烫醒了眼睛。思绪被一次次放逐，又在旋转里窥见灰暗里的光亮，一切仿佛在注释鲁迅内心未曾敞开的部分，也将某种底色展开着。

一个作家如此深地与美术思潮纠结在一起，自然会引起读者的好奇。鲁迅眼里有趣的美术品很多，汉代造像、浮世绘、明清绣像、西方版画，都曾陶醉过他。周作人谈及青年鲁迅的爱好时，就专门介绍过其美术活动的片段，为我们深入认识他提供了诸多线索。这是颇为诱人的现象，无法言说的美和冒犯感官的图景，一直存在于他的身边，诸多作品引人去体味未曾有过的存在。细心的学者早就说过，鲁迅的美术活动是不能孤立言之的，它关联着驳杂的内容，与翻译、整理国故、写作和社会活动都有着千丝万缕的联系。一面是词语的翻新，一面有色泽的迭出，古风里带着现代的爽意，在反映现实的时候，又能把我们引入陌生的灿烂之地。

这些年，一些青年人注意到了这一点，并潜心其间，有了诸多发现。友人崔云伟认为，鲁迅审美观中最为重要的部分，就有表现主义元素。他的《鲁迅与西方表现主义美术》一书，系统阐释了这一思想。读他的书稿，觉得在寻找鲁迅内心深层的存在，从飘忽易逝的瞬间，定格了灵动的情思。但又不是以静态的视角看待问题，许多看似不相关的存在，被一一揭示出来。描述表现主义艺术传播史，要有很好的美术史的训练，这样的写作在挑战着以往的思维，方法论上颇多心得。许多片段散发着热力，匆匆读过后，内觉涌动，思绪被引入未有的世界。就视野与趣味而言，这样的思考把朦胧的感受条理化了。

我们知道，鲁迅翻译的文学作品和收藏的美术品，构成了其知识结构的多棱面。除了中国传统艺术外，域外艺术是激活审美意识重要的资源。他所译的文学作品，不都是写实的，印象派、现代主义和象征主义的元素皆有。从尼采到陀思妥耶夫斯基，看得出反逻辑的方式的特别。安德莱夫、迦尔洵、阿尔志跋绥夫、勃洛克等，有着外在于我们世界的奇思异想。阅读或介绍他们的文字的时候，先生感受到了精神突奔的愉悦，他自己的写作，分明也有这样的余音在。而他的杂文写作，从未有枯萎的老态，因为内心有流动的激流，文字总有雨后的清新与快意。联想起他那么喜欢蒙克、凡·高、罗丹、珂勒惠支等艺术家，彼此并非没有内在的逻辑。美术作品刺激了他的表达，那是自然的。这些逆俗的画家，撞碎了精神的屏障，从曲折之径直逼朗然的路，我们突然从混沌之中进入澄明之所。

显然，鲁迅欣赏的域外艺术品有许多偏离了古典主义的路径，仅表现主义倾向的艺术，就可以引出诸多的话题。关于表现主义，一直有不同的界定，它是一种先锋行为，每个艺术家在体现先锋意识的时候，特点并不一致。按崔云伟的解释，有广义说和狭义说之分，他认为，"广义的西方表现主义美术是指在绘画、雕塑等美术中许多采用了各式各样的表现手法并具有强烈的表现特征的现代美术流派。狭义的西方表现主义美术则专指在20世纪初期德国画坛上甚为活跃的一种现代绘画流派"。崔云伟是从广义的表现主义角度来分析鲁迅思想的，这就将视线拓展到更为复杂的领域，由此可以说清许多的不明之物。在这个领域思考鲁迅的精神背景与话语的审美特质，就将文学家的思维与美术家的内觉一体化处理了。

从青年时代起，鲁迅的审美就带出反常规的特质，一是寻觅到古人某种元气的神思，二是一直存在着摸索新路的渴念。所以其路径往往与时风反对，冒险的意识背后，有厚重的传统艺术的精灵的跳动。鲁迅后来亲近表现主义艺术，这大约因了自己的经验。只要我们想起他的经历与时代的轨迹，就看出思想与时代间的张力。那些不正规的表述里中正的爱意，是激起了自己的想象力的所在。留日时期欣赏摩罗诗人拜伦、雪莱等人，那些作家的文本就有飞扬的一面。这些人的写作确立了个性的价值与自我意识的独特表述，是从古典主义过渡来的奇思。到了表现主义那里，思想热流一般飞溅，一切古老的程式都打破了。凡·高的绘画中凌乱感中，却疏散出奇特的美，他的笔下的画面里却有最为宁静的超然的美。蒙克的线条虽然变形古怪，而撕裂的时空被遮掩的存在逼真地走向我们。这些表述与鲁迅内心的感受多有重叠，他自己的文字也存在着类似的美意。对比他们的不同环境中相近的表达，看得出审美的过程有着在世俗感受之外的一种发现。

现代西方艺术一直在寻找精神的突围点，那些艺术家不满于金钱社会的庸常思维，在批判中不乏孤独的流浪意识，有时便被抛弃于社会边缘。这种孤独中产生的匪气和诗意，也在社会革命的风潮里得以回应。先锋派艺术家有许多带有左翼的背景，早期苏联绘画与诗歌中的先锋性，连带出革命性的内容。鲁迅在《〈新俄画选〉小引》中说，"十月革命时，是左派（立体派及未来派）全盛的时代，因为在破坏旧制——革命这一点上，和社会革命者是相同的，但问所向的目的，这两派却并无答案"[①]。所以，在他眼里，革命性与先锋性，有时候并不对立，彼此亦多交叉的地方。只是先锋的存在颇为个性化，大众不易理解。磨合这种对应性的存在，对于个人都是一个挑战。

但那时候中国一般的左翼艺术家，是被一种固定的概念牵制的，他们因信仰而将审美之门闭上，精神只聚焦在有限的领域。鲁迅的左翼是草根式的，他从现实和精神领域都呈现着生猛的特色。而俄苏艺术中先锋的元素，也给了他诸多幻觉，认为革命虽然是血腥的，但未尝没有精神攀援与创造。他后来在克拉甫兼珂、法复尔斯基那里，就发现了自己喜欢的求索之果。这些与勃洛克、马雅可夫斯基的诗歌以及梭罗古勃、康斯坦丁·费定的小说一样，都能触摸到人的鲜活的灵魂。

有时候翻阅他的书，就会感到，思想日趋左倾的鲁迅，依然保留着这几位个性化的审美偏好，不像那些高喊口号的青年那么简单化地理解社会与人生。西方左翼资源不都来自革命理论，还有非革命的思想者的遗产。那些漂泊于社会的愤怒的知识人的独创性的书写，在鲁迅看来并没有过时，就思想的猛进与艺术的灵动性而言，还可以启示

[①] 鲁迅：《集外集拾遗·〈新俄画选〉小引》，《鲁迅全集》第7卷，人民文学出版社，2005年版，第361页。

着改造社会的人面临精神的突围。他那么欣赏乔治·格罗斯的达达主义的作品，以为使用的是一种非资产阶级的艺术语言，从被物欲化的符号里解脱出来，创立了表现生活的另类格式。那些夸张的人物形象与不规则的抖动的线条，鞭子般抽打着生命里的黑暗之影。这种写意的展示，属于别一世界的别一语言，读者由此感到了异常的快感。同样，在珂勒惠支笔下，战争之痛与死亡之苦，海雾一样卷来，空中弥漫着血腥之味。而那些不屈于命运的人们眼里流出的神色，覆盖着被谎言撕裂的都市，存在被重新命名和书写了。由此我们可以领悟到，鲁迅理解的先锋艺术，乃现实批判的一种精神突围。它们冲破了旧的牢笼，被压抑的爱意和醒世的目光，重返人生舞台。

许多杰出的作家都与美术作品有过神遇。张爱玲在西洋先锋派的图画里，就唤出了潜在的情思，精神因之被打开了。夏目漱石欣赏那些变异的美术作品，自己的写作也偶染此风。我们看谷崎润一郎关于色彩与国民性格的描述，笔墨里恍惚之思，倒照出时间的真相。鲁迅与这些人比显得更为复杂，他将西洋的新兴艺术与本土的木刻运动结合起来，不再是个体生命顿悟的事情，而成了社会的改造的实践。艺术里的革命与革命中的艺术，完成的是生命的自塑。

这些在他晚年的杂文里表露无余。我们看他《死》《这也是生活》《我要骗人》，说是有现代派的光泽的流溢，也并非夸张。他的不安的心绪与广远的爱意在灰暗与明快间忽隐忽现，凡·高的纷纭和珂勒惠支的幽玄都有，有时跳动着蒙克式的惊异之魂。但这些都没有归于死灭的大泽，而系着无边的神思，涂染着未明之地。这时候你会感到，他就是光，是黑暗的决然的挑战者。所有的这些，既有前卫探索者的余影，也带着马克思主义的神勇。在左翼作家中，鲁迅开辟了一条反教条的先锋之路，那是表现主义画家倾心的存在。在《写于深夜里》，

凯绥·珂勒惠支的作品似乎传染了他:

> 野地上有一堆烧过的纸灰,旧墙上有几个划出的图画,经过的人是大抵未必注意的,然而这些里面,各各藏着一些意义,是爱,是悲哀,是愤怒,……而且往往比叫了出来的更猛烈。也有几个人懂得这意义。①

一般来说,现实性与先锋性是不易融合的存在,有趣的是,鲁迅在自己的实践里,是忠实于现实精神的,现实性在他那里一直是最为主要的精神,但有时候又带着超越现实另类的东西。崔云伟也注意到"鲁迅欣赏表现主义美术有其特殊的嗜好和选择性,即鲁迅最喜欢的是凡·高、高更、蒙克、罗丹、珂勒惠支等这些具有相当扎实的写实功力的大师级的表现主义先驱者和同路人的作品,并和他们发生了精神上的甚深融和"。这抓住了问题的核心,也看出其精神的多面性和立体性。以先锋的方式表达现实的内容,他比一般的作家走得要远。因了坚实的写实功底,才能在表现主义艺术中寻到可以腾飞的资源。而他自己也就在这种反写实的写实里,拥有了自己的生命。

简单地从鲁迅藏品里看其美术世界的原色,还是远远不够的。崔云伟知道,只有在其创作和编辑生涯里寻找内在的精神联系,才可能解释鲁迅精神本然的存在。他从鲁迅的作品流露出的诸种意象里,看美术的影子,又在所提倡的版画运动里,寻找精神内面的动因。创新的艺术家总有内心相似的地方,他们有巨大的献身精神,但规则是被

---

① 鲁迅:《且介亭杂文末编·写于深夜里》,《鲁迅全集》第6卷,人民文学出版社,2005年版,第517页。

超越的，这也是天马行空的意识。作者从"鲁迅作品中的表现主义版画（木刻）感""鲁迅作品中的表现主义油画感""鲁迅作品中的表现主义漫画感"几个方面去探讨相关的话题，都有水落石出的感觉，作为美术思想家的鲁迅也由此呈现出来。

喜欢鲁迅著作的人都会看到，文字里的画面感和画面里的诗意，在他那里是无法分割的。许多画家在鲁迅那里获得的灵感，不亚于专业美术作品。林风眠、徐悲鸿都重视鲁迅的美术观念，他们生前对于鲁迅的尊崇，一部分来自于那感觉的亲昵性。现代版画运动由一位作家发起，且长久影响着那些青年画家，说明了文学与美术的渊源。而且重要的是，画面的生猛性与思想的超前性，那么一致地交织在一个时空里。大凡杰出的艺术家，都是世俗的逆行者。文学与美术，在五四之后都面临着走出新径的焦虑。但这新径并非热闹中人的专利，而常常在孤独的夜行人的脚下。鲁迅在那时候，就表现出与西方诗人与艺术家相近的一面。我们看他的沉思里的孤傲之语，亦如现代派诗人的面孔，绝不屈服于流行色的样子。梁宗岱在讨论韩波的创作时说："他孤零零地没入灵魂底深渊，把自己的回忆和梦想，希望和感觉，以及里面无边的寂静和黑夜，悸动与晕眩……织就了一些闪烁的异象"[①]。这其实也注释了许多前卫艺术家的特征。鲁迅给我们留下的经验，并不亚于那些出色的洋人。

这让我想起几位美术界的前辈，他们的著述里每每有神圣的感觉，那是研究对象深深感化了自己的缘故。张望、张仃都有好的著作流传。最为难忘的，是一些画家的言说，有着一般学人没有的感觉。比如吴冠中、陈丹青就发现了鲁迅审美世界的底色，这些也传染给了

[①] 梁宗岱：《韩波》，《诗与真·诗与真二集》，外国文学出版社，1984年版，第194—195页。

他们，或从技巧上，或在气韵上，呼应的地方也是最为动人的地方。鲁迅在美术界的影响力，不亚于他在文学界的辐射，那是因为在审美的基点上，有开拓之功。不是教会了什么方法，而是在方向感上，引入了创造的激情。既存古意，又带新风，思想不拘于旧趣，格式往往出奇。这可以说有表现主义的内因，但也有别的流派元素。而表现主义之于他的创作，无疑也是十分重要的。

描写这样的话题，看得出鲁迅世界的广阔中的深远，纯粹中的驳杂。表现主义是对于庸常思维的碾压，未尝不是一种精神的革命。崔云伟在写作中沉入其间，又跳出文本，瞭望到更为广阔的空间。他的许多思想都是从艺术的特质里升腾出的，对于艺术品内在的美做了哲学式的分析。从那些与鲁迅相关的美术品里，读出审美的对话性，也于鲁迅文字中，寻找刻在词语间的美学之影。结论是恰当的，论证亦讲究学理。从美术的角度看鲁迅的世界，如同文学世界一样，有无数的对话的可能。

不消说，每一代人走进鲁迅，都有不同的背景和精神需求。近四十余年，鲁迅研究成果丰硕。人们越来越深入到文本的幽微的地方，透视我们未曾见到的风景。不仅仅细节多有亮点，宏观把握上亦多气象。鲁迅遗产是敞开的存在，每一点都有被重新激活的可能。它等待我们去对话、思考，由此引导于创造的神路上。百年来的中国文章多已睡着了，惟鲁迅的词语还像流水般奔涌着。最有魅力的艺术在于它拥有不断出新的内力，历史上这样的存在不多。但鲁迅这个特例改写了艺术史，这不仅是中国的奇迹，也是世界的奇迹。现在的我们，还远远没有将他说尽。

2019 年 10 月 18 日

前言：换一种眼光看鲁迅
——从作为美术酷嗜者的鲁迅谈起

自从1913年恽铁樵在《小说月报》第4卷第1号上发表对于鲁迅小说《怀旧》的评论以来，鲁迅研究已经经历了一个世纪。作为中国现代文学领域里的一门显学——鲁迅学，近年来，几乎每年都有上千篇论文和相当数量的专著出现。然而，根据著者对这几年来的鲁迅研究的观察和了解，却发现了一个并不均衡的研究局面：一方面，从整体上看来，鲁迅研究文章数量如此之多，形成了一种繁荣的状况；另一方面，能够形成真正创见、具有突破意义的研究成果却相对较少，而这些成果又大都集中在鲁迅研究中的少数几个论域。造成这种状况的原因是多方面的，其中一个重要的原因在于，长期以来，人们过多地关注作为思想家和文学家的鲁迅，而相对忽略了鲁迅的其他重要身份特征。作为20世纪的历史文化巨人，鲁迅的命名可谓多矣：文学家、思想家、革命家、艺术家，学者、诗人、战士、叛徒、圣人、狂人，等等。几乎每一个称呼后面都站着一个独特的鲁迅形象。它们分别指向了鲁迅形象的不同侧面，都是对鲁迅某一身份特征的提炼和概括。当我们尝试着换一种眼光看鲁迅，不再把过多的目光关注在作为思想家和文学家的鲁迅身上时,我们或许会开拓出鲁迅研究中的一块新天地。

在这里,著者尤其要强调鲁迅的一个特殊身份,即作为"美术酷嗜者"①的鲁迅。

鲁迅是一个美术酷嗜者,这是鲁迅的一个重要身份特征。鲁迅不是专职美术家,没有创作过版画(木刻)、油画、中国画等。但鲁迅终其一生始终保持了对于美术的酷爱。鲁迅从小喜欢美术,爱好画画。他最早看见的画是流传在江浙一带的民间木板年画,那时鲁迅才六岁。"我的床前就贴着两张花纸,一是'八戒招赘',满纸长嘴大耳,我以为不甚雅观;别的一张'老鼠成亲'却可爱,自新郎新妇以至傧相、宾客、执事,没有一个不是尖腮细腿,像煞读书人的,但穿的都是红衫绿裤。"②这给童年鲁迅留下深刻印象的"花纸"就是民间年画。这类年画以浓墨印线,设以红绿黄紫等重彩,是质朴的民间美术。后来,当鲁迅指导中国左翼木刻青年从事木刻创作时,就特意提到民间年画。鲁迅认为:"倘参酌汉代的石刻画像,明清的书籍插画,并且留心民间所赏玩的所谓'年画',和欧洲的新法融合起来,许能够创出一种更好的版画。"③直到晚年,鲁迅仍然极其喜欢美术。在逝世前,据萧红回忆:"在病中,鲁迅先生不看报,不看书,只是安静地躺着。但有一张小画是鲁迅先生放在床边上不断看着的。那张画,鲁迅先生未生病时,和许多画一道拿给大家看过的,小得和纸烟包里抽出来的那画片差不多。那上边

---

① 这是我对于鲁迅的美术身份的一个命名,其最早发表文章见诸刊物是我与刘增人先生在2005年第1期《甘肃社会科学》上发表的《2003年鲁迅研究论文综述》一文。
② 鲁迅:《朝花夕拾·狗·猫·鼠》,《鲁迅全集》第2卷,人民文学出版社,2005年版,第243页。
③ 鲁迅:《书信·350204 致李桦》,《鲁迅全集》第13卷,人民文学出版社,2005年版,第373页。

画着一个穿大长裙子飞散着头发的女人在大风里边跑,在她旁边的地面上还有小小的红玫瑰花的花朵。记得是一张苏联某画家着色的木刻。"①这张给病中鲁迅提供了极大心灵安慰的小画是苏联木刻家毕珂夫的杰作:《哈菲兹抒情诗集首页》。这幅木刻刀法简练稚拙,人物体态优美传神,所以鲁迅生前爱不释手。鲁迅逝世后,许广平在原幅的背面,用铅笔标明:"鲁迅病中收到苏联木刻家寄来,非常喜爱,为病中浏览的珍品。"将这幅画装入封套后,许广平又在封套上特意写明:"鲁迅寄中国宣纸给苏木刻家,木刻家以之印成木刻,寄给鲁迅留念,鲁迅在病中经常浏览的。"

鲁迅一生的美术活动极为丰富和复杂,大致说来,可以分为以下七类:

一、收藏美术作品。鲁迅一生的美术收藏极为宏富,广泛涉及中国文人画、汉代画像石刻、明代版画、中国现代书法、中国现代木刻、日本浮世绘、日本儿童版画、苏联版画、德国版画、欧洲现代派美术等。以鲁迅收藏苏联版画为例。据《鲁迅日记》记载:

1929年7月3日,"午后张目寒来,未见,留……新俄画片一帖二十枚而去,皆曹靖华由列京寄来者"。

1930年6月4日,"得靖华所寄《台尼画集》一本。"

1930年6月13日,"上午得靖华信并C.Yexohnh及A.Kannyh画集。"

1930年9月10日,"下午收靖华所寄《十月》一本,《木版雕刻集》(二至四)共三本。"

---

① 萧红:《回忆鲁迅先生》,张毓茂、阎志宏编:《萧红文集》第3卷,安徽文艺出版社,1997年版,第291页。

1930年10月18日,"得靖华信并俄国古今文人像十七幅。"

从1931年12月8日至1933年11月14日,在将近两年的时间内,鲁迅收到苏联版画原拓共118幅。在这些版画中,不乏名人之作,其中有:

毕斯凯莱夫版画　　21幅;

克拉甫兼珂版画　　1幅;

法复尔斯基版画　　12幅;

保夫理诺夫版画　　1幅;

冈察罗夫版画　　　16幅;

毕珂夫版画　　　　11幅;

希仁斯基版画　　　5幅;

波查日斯基版画　　5幅;

亚力克舍夫版画　　41幅;

密德罗辛版画　　　3幅。

1934年1月24日,鲁迅从这些苏联版画原拓中选出60幅来,编成《引玉集》。在《引玉集》出版之后,从1934年9月至1936年6月,鲁迅又收到苏联版画原拓88幅。据《鲁迅日记》及有关其他材料,我们可知以下情况:

1934年9月19日,收克拉甫兼珂所作版画原拓15幅,内容是长篇小说《静静的顿河》第一部的插图。克拉甫兼珂寄赠。

1934年10月9日,收冈察罗夫寄为伊凡诺夫短篇小说所作版画插图原拓14幅,冈察罗夫寄赠。

1936年2月1日,收苏联版画家所赠,苏联对外文化协会代转的版画原拓49幅。分别是:

希仁斯基所作凯勒小说和《雷列耶夫文集》插图6幅;

希多戈斯基所作《卡里来和笛木乃》、《远大前程》插图13幅；

波查尔斯基所作《弃儿汤母·琼斯的历史》插图7幅和风景2幅；

莫恰洛夫所作《奥多耶夫斯基诗集》和《巴黎公社与艺术家》的插图8幅；

梅泽尔尼茨基所作《一天的开始》等插图6幅；

密德罗辛单幅木刻5幅；

奥尔洛娃和莫恰洛娃所作风景2幅。

1936年3月2日，收苏联版画3幅，分别是：法复尔斯基的《少年歌德像》、苏沃罗夫的《古物广告》、毕珂夫为哈菲兹的《抒情诗集》所作的首页插图。

1936年2月23日，在"苏联版画展览会"上选购苏联版画原拓7幅。

据统计，现存鲁迅收藏的苏联版画共463幅，其中原拓222幅，印刷品241幅。在当时，鲁迅无疑是我国收藏苏联版画的第一个人。①

二、出版美术作品。鲁迅已经出版的画集计有：

《近代木刻选集》（1）作《小引》和《附记》。1929年出版。

《近代木刻选集》（2）作《小引》和《附记》。1929年出版。

《蕗谷虹儿画选》作《小引》并译画诗11首。1929年出版。

《比亚兹莱画选》作《小引》。1929年出版。

《新俄画选》作《小引》。1930年出版。（以上为《艺苑朝华》美术丛书）

《梅斐尔德木刻〈士敏土之图〉》作《序》。1930年出版。

---

① 杨燕丽：《鲁迅收藏的苏联版画》，叶淑穗、杨燕丽：《从鲁迅遗物认识鲁迅》，中国人民大学出版社，1999年版，第328—330页。

《夏娃日记》（马克·吐温小说，莱勒孚木刻插图集）作《小引》。1931年出版。

《一个人的受难》（比利时麦绥莱勒木刻集）作《序》。1933年出版。

《北平笺谱》与郑振铎合编，作《序》。1933年出版，重版1次。

《引玉集》作《后记》。1934年出版，重版1次。

《〈母亲〉木刻画集》（苏联亚历克舍夫木刻）作《序》。1934年蓝图晒印本。

《无名木刻集》作《序》。1934年出版。

《木刻纪程》作《小引》。1934年出版。

《十竹斋笺谱》与郑振铎合编，作《说明》。1934年出版。鲁迅生前仅出1册，其余3册迟至1941年6月始出。

《〈死魂灵〉百图》作《小引》。1935年出版。

《苏联版画集》作《序》。1936年出版。

《凯绥·珂勒惠支版画选集》作《序目》，并请美国女作家史沫特莱作《序》。1936年出版。

鲁迅由于种种原因未能出版的画集计有：

《你的姐妹》木刻组画，梅斐尔德作，已作好《小引》，设计好封面。

《〈铁流〉之图》已制版，为"一·二八"炮火所焚。

《〈城与年〉插图》已于1936年作好插图说明和《小引》，由于先生早逝，未出。

《陈老莲〈博古叶子〉》已试制版，并刊登出广告。

《诺阿 诺阿》，法国后期印象派画家保罗·高更在塔希提岛上的创作札记，有版画插图，已登广告，未出。

《明刻宋人画〈耕织图〉》

《文学家像》已与友人决定准备托东京名印刷厂印制，未出。

《E.蒙克画选集》已编未出。

《拈花集》（苏联木刻）已编未出。

《德国木刻画选集》资料已搜集全。

《法国插画选集》

《英国插画选集》

《俄国插画选集》

《近代木刻选集》（3、4）两集

《希腊瓶画选集》

《罗丹雕刻选集》[①]

三、举办和参与美术展览。如：

1914年4月，时在教育部的鲁迅与陈师曾等共同举办"全国儿童艺术展览会"。5月20日展览会闭幕。6月2日与陈师曾从中选出佳作准备赴巴拿马展览。1915年3月，鲁迅所在社会教育司编辑出版了《全国儿童艺术展览会纪要》一书。内收《儿童艺术展览会旨趣书》一文，据唐弢考证，为鲁迅手笔，至少也是经过鲁迅修改润色的。

1930年10月4日举办"世界版画展览会"。鲁迅将所藏苏德等国版画70多幅参加展出。

1932年5、6月间参加举办"德国作家版画展"。展品有珂勒惠支、梅斐尔德、格罗兹等人作品百余幅。鲁迅在这之前作有《介绍德国作家版画展》和《德国作家版画展延期举行真像》等文，并借与镜框及珍藏的名画。

1933年10月14日、15日举办"德俄木刻展览会"。共展出作品40幅。

---

① 王观泉：《鲁迅与美术》，上海人民美术出版社，1979年版，第46—49页。

1933年12月2日、3日举办"俄法书籍插画展览会"。展品40幅，主要为苏联版画，杂以少量法国版画。

1934年3月在巴黎毕利埃画廊举办"革命的中国新艺术展览会"。与宋庆龄等共同筹办。①

四、翻译美术史论。鲁迅在这方面的创举是翻译了日本美术史论家板垣鹰穗的《近代美术史潮论》。自1928年1月至1929年2月，这部鲁迅翻译的唯一一部美术史论专著，分多次刊登于《北新》半月刊第2卷第5号至第3卷第6号，并最终于1929年由北新书局重印单行本发行。鲁迅翻译的其他涉及美术的论文、论著还有：1924年发表并于同年出版的厨川白村的《苦闷的象征》，1924—1925年发表并于1925年出版的厨川白村的《出了象牙之塔》，1929年4月出版的《壁下译丛》中的片山孤村的《表现主义》和1929年6月21日发表于《朝花旬刊》第1卷第3期上的山岸光宣的《表现主义的诸相》（后收《译丛补》）等。

此外，除以上所举日本译文外，鲁迅还购买了其他许多有关表现主义美术理论（或评论）的外文专著。②

五、发表美术评论，进行美术指导。鲁迅这方面的文章很多（包括论文、书信、日记、序跋、广告等），根据张光福分类、整理、汇编，大致可以分为7大部分：

1. 美术综论。代表性的文章有《拟播布美术意见书》（1913），《随感录四十三》（1919）等。

---

① 以上材料分别取自王观泉《鲁迅与美术》，第16页，第136—137页，第47页。鲁迅等举办"全国儿童艺术展览会"一事又参见顾明远、俞芳、金锵、李恺著《鲁迅的教育思想和实践》，人民教育出版社，2001年第2版，第175—176页。

② 有关这一部分的内容具体参见附录《鲁迅与西方表现主义美术史料考索》。

2. 绘画评论。此类文章有《〈陶元庆氏西洋绘画展览会目录〉序》(1925),《当陶元庆君的绘画展览时我所要说的几句话》(1927),《看司徒乔君的画》(1928),《〈比亚兹莱画选〉小引》(1929),《〈蕗谷虹儿画选〉小引》(1929),《〈新俄画选〉小引》(1930),《论"旧形式的采用"》(1934),《"连环图画"辩护》(1932),《漫谈"漫画"》(1935),等。

3. 封面画、插图画评论。此类文章有致陶元庆的信七封(1926—1927),《梅斐尔德木刻〈士敏土之图〉序言》(1930),《〈勇敢的约翰〉校后记》(1931),《〈死魂灵〉百图》小引》(1935)等。

4. 外国版画评论。此类文章有致曹靖华的信(1932、1934、1935),《〈引玉集〉后记》(1934),《记苏联版画展览会》(1936),《〈近代木刻选集(1)〉小引》(1929),《〈近代木刻选集(1)〉附记》(1929),《〈近代木刻选集(2)〉小引》(1929),《〈近代木刻选集(2)〉附记》(1929),《介绍德国作家版画展》(1931),《〈凯绥·珂勒惠支版画选集〉序目》(1936)等。

5. 中国现代木刻评论。此类文章有《〈一八艺社习作展览会〉小引》(1931),《〈木刻创作法〉序》(1933),《〈无名木刻集〉序》(1934),《〈木刻纪程〉小引》(1934),《〈全国木刻联合展览会专辑〉序》(1935)等,还有致罗清桢、吴渤、何白涛、陈铁耕、张慧、唐英伟、段干青、赖少麒、金肇野、李桦、陈烟桥、刘岘、郑野夫、曹白等中国左翼木刻青年的信(据统计约有二百多封)。

6. 中国古代版画评论。如:致蔡元培、姚克、台静农、王冶秋、郑振铎、许寿裳、增田涉、山本初枝的信,《北平笺谱》序》(1933)等。

7. 其他。如:《致国务院国徽拟图说明书》(1912),《两幅手绘土偶图的说明》(1913),《鲁迅在中华艺术大学讲演记录》(1930),《〈艺苑朝华〉广告》(1929)等。①

六、亲手绘制图画,设计书刊封面。鲁迅最早的绘画是一幅赠予周建人的扇面,可惜未能保存下来。现在仍旧保存的鲁迅最早的绘画是一只猫头鹰。这幅画是鲁迅在浙江两级师范学堂任教时画在笔记本封面上的。在这期间鲁迅还画过一只小蜜蜂,在编写的一本生理学讲义《人生象敩》中亲手绘制了50余幅插图,又为《明於越三不朽名贤图赞》一书补绘过三幅人像图。1927年3月,鲁迅的论文集《坟》由北京未名社出版,扉页上印有一幅装饰图,这幅图就出自鲁迅之手。该图以猫头鹰为主体,四周由云、雨、月、树构成,中间为书名《坟》和作者名"鲁迅"。1927年6月25日,鲁迅在《朝花夕拾·后记》中作"活无常"图,题名为《哪怕你,铜墙铁壁!》。1927年12月,鲁迅为民俗学家江绍原作《拖鞍求墓图》。1934年2月27日,鲁迅在给增田涉的信中手绘《辟邪图》。鲁迅在给许广平的信中还曾绘有一幅漫画:一头小刺猬撑着伞在走路,可惜也遗失了。②

鲁迅亲手设计的书刊封面主要有《新生》《呐喊》初版本、《华盖集》《华盖集续编》《奔流》月刊、《萌芽月刊》《两地书》《梅斐尔德木刻〈士敏土之图〉》《引玉集》《凯绥·珂勒惠支版画选集》《桃色的云》《心的探险》《近代美术史潮论》《小彼得》《毁灭》《解放了的唐吉珂德》《域外小说集》《歌谣纪念增刊》《野草》《坟》《唐宋传奇集》封面等。其中有以文字为主的,也有图文并茂的;有独立设计的,也有与友人合作的。试举几例,以见鲁迅在书籍装帧设计上的杰出才华:

---

① 张光福编注:《鲁迅美术论集》,云南人民出版社,1982版。
② 杨燕丽:《鲁迅的绘画》,《从鲁迅遗物认识鲁迅》,中国人民大学出版社,1999年版,第316—319页。

《呐喊》初版本封面。选用朱红为底色，中上一黑色的方框中，显出白色的书名和作者名。这帧设计以色彩的浓重和对比的强烈，突出了《呐喊》所蕴含的热烈、激昂和奋进的启蒙主义精神特质。

《凯绥·珂勒惠支版画选集》封面。初版本装帧为中国传统线装，却书口在右，书签为长方形飞金白宣，居中偏上。这在线装书中极为少见。书签内文字横写4行，分别为作者、书名、年代及出版机构，系鲁迅手书，有汉隶风致，古拙而淡雅。[1]

七、从事书法及其篆刻等。鲁迅无心作书家，从不以书家自居。但鲁迅手稿的书法艺术，自成一家，已被世人所公认。郭沫若曾评之为"融冶篆隶于一炉，听任心腕之交应，朴质而不拘挛，洒脱而有法度。远逾宋唐，直攀魏晋。世人宝之，非因人而奖也"[2]。留存至今的鲁迅手稿，包括文稿、译稿、书信、日记，以及整理的古籍，抄录的金石，为友人撰写的碑铭等。其中鲁迅最为着力，并能充分体现其书法艺术风格者，是一批诗歌字幅。这批诗歌字幅，至今所能见到的约近百幅，书写时间从1903年至1935年，其中三分之二为书赠友人或应人之请所写。

除书法外，鲁迅还有篆刻作品，并对篆刻艺术有卓越见解。在鲁迅少年时代最喜爱的书籍中，就有一部《金石存》。在《鲁迅日记》的书账里，也可以看出他对金石篆刻的爱好和造诣。他收集的图书中，就有许多与篆刻有关的书籍，如《汉简笺正》《读画录印人传合刻》《说文古

---

[1] 杨燕丽：《鲁迅设计的书刊封面》，《从鲁迅遗物认识鲁迅》，中国人民大学出版社，1999年版，第321—325页。

[2] 郭沫若：《〈鲁迅诗稿〉序》，简引自孙郁、黄乔生主编：《回望鲁迅·红色光环下的鲁迅》，河北教育出版社，2000年版，第248页。

箍疏证》《印典》《泰山秦篆》《汉石经残字》《郑厂所藏封泥》《齐鲁封泥集存》等。鲁迅曾自刻四方印章,分别为:"戛剑生""戎马书生""文章误我"及"迅"。还写过一篇印学论文:《〈蜕龛印存〉序》。鲁迅常用的几方印章为陈师曾、吴幼潜、刘淑度等所刻。如陈师曾为鲁迅刻"周树""会稽周氏""俟堂""周树所藏""会稽周氏所藏"等。与鲁迅交往的印社印人除陈师曾等外,还有乔大壮、寿石工等。这对于鲁迅与同时代人的比较研究都是一个新的开拓。

鲁迅逝世后,出现了一批回忆鲁迅美术活动的文章,这标志着"鲁迅与美术"研究的开始。"鲁迅与美术"研究无疑是整个鲁迅研究家族中的重要成员。然而,在百年鲁迅研究中,偏偏以这一块的研究最为薄弱。著者曾阅彭定安先生所著《鲁迅学导论》[①],竟未能发现有关于"鲁迅与美术"研究的片言只语。其中的原因可能是多方面的,文学与美术两大媒介的人为隔绝、互不相通可能是最主要的原因。已有评论者就鲁迅逝世以后至1980年代中后期的"鲁迅与美术"研究作出了如下判断:"几十年来,虽然谈论'鲁迅与美术'研究的文章林林总总,但绝大多数停留在对事实的追忆、对现象的描述和对资料整理汇编的平面上。一些专门的研究著述也往往局限于对鲁迅美术思想、美术活动的分类和介绍,难以见到有深度和力度的分析。"[②]进入新时期即1981年以后很长一段时间以来,这种现象才逐渐发生改观,越来越呈现出生机勃勃的发展态势。面对"鲁迅与美术"研究领域中的诸多专题,越来越多的鲁迅研究者表现出了浓厚的研究兴趣,并产生了一批具有较高质量的学术成果,从而

---

① 彭定安:《鲁迅学导论》,中国社会科学出版社,2001年版。
② 王颖:《美术视野中的鲁迅——鲁迅美术活动研究述评》,《鲁迅研究月刊》1993年第1期,第106页。

预示了鲁迅与美术研究的美好前景。但是从整体观之,"鲁迅与美术"研究虽然已经开始逐步走出资料整理汇编的基本框架,可是却仍未能就鲁迅与美术何以发生如此密切的精神联系做出更深更细更广的研究和探讨。同样毋庸讳言的是,相比于鲁迅研究其他领域(尤其是鲁迅作品研究和鲁迅思想研究)中的丰硕成果,鲁迅与美术研究成果仍较薄弱,仍然存在着这样那样的不足。这就意味着鲁研界和美术界尚需进一步的交流,以相互弥补各自的知识缺陷。未来鲁迅研究可能会于此发生意义转折。这里仍然是一块较为宁静的原野,呼唤着越来越多的后来者前来开拓。①

本书所从事的课题"鲁迅与西方表现主义美术"研究即是这一方向上的一个初步尝试。

鲁迅一生的美术活动极为丰富和复杂,著者为何只择取了"鲁迅与西方表现主义美术"一块?主要原因在于:一、这个课题有着较大的论述空间。著者在"鲁迅与美术"研究中逐步发现,鲁迅对于西方表现主义美术有着特别的留意和浓厚的兴趣。学术界对于他们之间的精神联系尽管目前已有少量论文触及,但远未引起足够充分的注意,也未能就他们之间何以发生如此密切的精神联系做出更为全面、细致而深入的研究。这就在无形之中给著者的论述留下了较大的余地。二、由大处着眼、小处入手的写作方式所决定。鲁迅一生的美术活动让人叹为观止,但在一部学术著作中,著者无法做到面面俱到,平均用力,如果这样只能导致浅尝辄止,如蜻蜓点水一般,不能和无法取得突破性的见解。从鲁迅最为留意和激赏的西方表现主义美术入手,将之作为整个"鲁迅与

---

① 关于新时期以来"鲁迅与美术"的研究状况,具体参见附录《1981—2011:"鲁迅与美术"研究三十年》。

美术"研究的切入点和突破口，在论述过程中，旁及鲁迅与中国文人画、与汉画像石、与日本浮世绘、与中国左翼木刻等，就可以有效避免上述缺陷，集中优势力量拓宽乃至加深对于"鲁迅与美术"的整体研究。

当然，著者之所以选择这一课题，更为重要的原因即在于试图通过对一种崭新眼光的获取，努力求得鲁迅研究中的新意，从而发出真正属于自己的声音。那么，本书具有怎样的创新性或者说具有怎样的价值、意义及其发展前景呢？

第一，弥补了当前美术史论和以往"鲁迅与美术"研究中的不足。

以往的鲁迅研究一般将鲁迅置于文学史或思想史的背景中来考察，本书则特别关注鲁迅作为现代美术酷嗜者的身份，有意识地将鲁迅放置于艺术史的背景中来研究。在目前美术理论界颇具权威性的美术史论著中，如陈池瑜先生的《中国现代美术学史》[1]，在述及"鲁迅与美术"时，往往将鲁迅放置于"中国现代美术救国思潮"中来考察，而在其他两个思潮"中国现代美术革命思潮"和"中国现代主义美术思潮"中，这一块的内容则往往语焉不详或不予提及。美术史论著中的这种分类处理，往往较多地关注鲁迅与中国左翼木刻运动、与苏联写实派版画、与珂勒惠支等的关联。这种关注当然不错，但它却在实际操作中掩盖乃至忽略了另外一个基本事实，即鲁迅与西方表现主义美术的关联。

与当前美术史论著中的这种匮乏相似的是，在以往的"鲁迅与美术"研究专著中，这一情况同样存在。作为著名的"鲁迅与美术"研究专家，

---

[1] 陈池瑜：《中国现代美术学史》，黑龙江美术出版社，2000年版。

王观泉先生编有《鲁迅美术系年》①、著有《鲁迅与美术》②，李允经先生著有《鲁迅与中外美术》③，张光福先生编有《鲁迅美术论集》④，等，他们在"鲁迅与美术"研究的史料挖掘、搜集、整理方面均做出了巨大的贡献，给后来者（如著者）的进一步研究提供了极大的便利。然而考察他们的著作，却发现普遍缺少对于鲁迅与西方表现主义美术的细致梳理。他们的关注点比当前美术史论著中的关注点要扩大一些，除仍然关注鲁迅与中国左翼木刻运动、与苏联写实派版画、与珂勒惠支等外，还注意到了鲁迅与中国文人画、与汉画像石、与日本浮世绘等的关联。但从整体上看，以上著作还没有注意到鲁迅与西方表现主义美术大师凡·高、蒙克、罗丹等的联系。

根据著者对于这一专题的史料整理，可以发现，民国以来，在西方表现主义美术的传播过程中，鲁迅、陈师曾、黄般若、郑午昌、黄忏华、刘海粟、林风眠、倪贻德等均做出了重要贡献。鲁迅对于西方表现主义美术有着特别的留意和浓厚的兴趣。鲁迅在创作他的极富表现主义个性的小说、散文、散文诗、杂文等之前，读过表现主义的美术书籍，看过表现主义的美术作品，并受其影响。鲁迅对于表现主义美术的详细理解和接受，主要来源于他所翻译的5部（篇）日本译文，其中最为重要的是对于日本美术史论家板垣鹰穗的《近代美术史潮论》的翻译。在日常生活中，鲁迅对于表现主义美术极其欣赏，这种欣赏甚至可以用透入骨髓来加以形容。但鲁迅欣赏表现主义美术有

---

① 王观泉：《鲁迅美术系年》，人民美术出版社，1979年版。
② 王观泉：《鲁迅与美术》，上海人民美术出版社，1979年版。
③ 李允经：《鲁迅与中外美术》，陕西人民出版社，1992年版。
④ 张光福编注：《鲁迅美术论集》，云南人民出版社，1982年版。

其特殊的嗜好和选择性,即鲁迅最喜欢的是凡·高、高更、蒙克、罗丹、珂勒惠支等这些具有相当扎实的写实功力的大师级的表现主义先驱者和同路人的作品,并和他们发生了精神上的甚深融和。鲁迅对于中外美术家及其作品的评论,对于他所翻译的外国文学作品的评论,也带有表现主义的色彩。① 这就大大突破了当前美术史论中仅仅将鲁迅局限于"中国现代美术救国思潮"中的见解,证明了鲁迅对于"中国现代主义美术思潮"的形成厥功甚伟,而且同样对于以往"鲁迅与美术"研究论著中的缺失,不仅在史料上更在进一步的论证中进行了有力的补充。

第二,揭开了被遮蔽和隐藏起来的鲁迅精神世界的一隅。

鲁迅的精神世界是博大精深的,至今仍未有人能完全参透其中奥妙。作为鲁迅的精神哲学,《野草》是对鲁迅精神的一次集中展露,但并不完全。在《影的告别》中,鲁迅这样说:"我独自远行,不但没有你,并且再没有别的影在黑暗里。只有我被黑暗沉没,那世界全属于我自己。"② 这把鲁迅吞没了的黑暗的世界究竟是怎样的一个世界,恐怕除鲁迅外再也无人能知。但正因为如此,这形成了一个诱人的精神之谜。其实,这个精神世界是被鲁迅自己所有意遮蔽和隐藏起来的。鲁迅说:"我的确时时解剖别人,然而更多的是更无情面地解剖我自己,发表一点,酷爱温暖的人物已经觉得冷酷了,如果全露出我的血肉来,末路正不知要到怎样。我有时也想就此驱除旁人,到那时还不唾弃我的,即使是枭蛇鬼怪,也是我的朋友,这才真是我的朋友。倘使并这个也没有,则就是我一个

---

① 有关这一部分的内容具体参见附录《西方表现主义美术在中国(1912—1949)》和附录《鲁迅与西方表现主义美术史料考索》。
② 鲁迅:《野草·影的告别》,《鲁迅全集》第2卷,人民文学出版社,2005年版,第170页。

人也行。"① 其关键之处就在于鲁迅为自己和为他人的设想往往是两样的，"我自己，是什么也不怕的，生命是我自己的东西，所以我不妨大步走去，向着我自以为可以走去的路；即使前面是深渊，荆棘，狭谷，火坑，都由我自己负责。然而向青年说话可就难了，如果盲人瞎马，引入危途，我就该得谋杀许多人命的罪孽。"② 从这个意义上讲，我们可以把鲁迅的精神世界理解为一个"冰山"结构。这个结构共分两层：露在外面的是鲁迅有意展露出来的，这只是其中的一小部分，这一部分多年来经过鲁迅研究学者的阐释已经基本上为人所知；深藏在里面的是鲁迅有意遮蔽和隐藏起来的，也就是那个完全属于他自己的黑暗的世界，这是其中的绝大部分，由于这一部分极其晦暗混沌、扑朔迷离，虽有较多的鲁迅研究学者涉足于此，但目前所取得的有价值的研究成果并不太多，也远未能达成共识。

进入鲁迅精神世界的深层的方式是多种多样的，对于著者而言，从鲁迅独特的艺术趣味、艺术精神、审美情操出发，或者可以独辟幽径，开拓出一块崭新的天地。本书即是这一方向上的一个初步尝试。通过对于鲁迅与凡·高、蒙克，与罗丹，与珂勒惠支等的比较研究，著者找到了一条从里到外通达鲁迅精神世界的深层的秘密通道。而这一系列比较研究对于鲁迅比较研究而言也是一个新的开拓。著者发现，在一个被鲁迅深深隐藏起来的私人世界里，鲁迅与他所深深喜爱的画家进行着密切的精神交流和"我与你"的对话沟通。作为一个一生独战多数的"孤独者"，鲁迅的内心世界其实并不怎样孤独，而恰恰是丰富的、博大的。一

---

① 鲁迅：《坟·写在〈坟〉后面》，《鲁迅全集》第1卷，人民文学出版社，2005年版，第300页。
② 鲁迅：《华盖集·北京通信》，《鲁迅全集》第3卷，人民文学出版社，2005年版，第54页。

方面，鲁迅在欣赏这些画册时有着一种心灵上的享受，在战斗之余获得了一种暂时的解脱和憩息；另一方面，鲁迅也在与这些画家的对话交流中，获得了一种巨大的精神资源和动力支持。以鲁迅与凡·高、蒙克的精神相遇为例。鲁迅、凡·高、蒙克，是独战众数的精神界之战士。他们都是各自传统文化系统中的逆子贰臣和具备了现代文化精神的异端叛客。学人皆知鲁迅独战众数的"个体"来源于他从异域文化中拿来的现代精神哲学——十九世纪末期的神思新宗。殊不知还有一个更为直观的精神来源，即鲁迅对于表现主义美术大师——凡·高、蒙克的激赏，从他们的生平及画作中鲁迅体会到了一种精神上的知音和同道者的深沉况味。鲁迅对凡·高、蒙克的激赏，发生在他的"十年沉默"期，而中国思想文化史上的鲁迅正酝酿在这十年之中。这种激赏对十年之后鲁迅"个体"思想的最终成形构成了巨大的影响来源，并且成为深刻影响了鲁迅精神特质的又一"思想原点"。与执着个体存在相伴而生的，是鲁迅对于"精神"信仰的热切关注。这构成了鲁迅一生思想和行为的又一个基本内核。当我们再度沉潜到鲁迅的沉默十年中去的时候，我们发现：作为现代人类生命信仰的追索者，鲁迅同样从凡·高、蒙克的生平及画作中获得了某种带有启示性的原创力量。曾经是一名牧师的凡·高在其画作中往往传达出为生存而奋斗的精神意蕴，蒙克作品中则有着一种特有的精神上的抑郁———一种"对于现世的形而上学底的恐怖"。[1] 他们如同鲁迅一样始终都在思考自己乃至整个人类的精神问题，且往往达到一种深不可测的宗教境地。由于北欧地处严寒，形成了外表如冰、内里如火的"北欧性格"和特别关注精神性和抽象化的北欧艺

---

[1] [日] 板垣鹰穗：《近代美术史潮论》，《鲁迅译文全集》第3卷，福建教育出版社，2008年版，第400页。

术。凡·高、蒙克的画作皆具有这种抽象化了的风格意味,显然这是他们艺术心理图式的一种主观变形。受北欧艺术的潜移默化,鲁迅作品如《狂人日记》和《过客》皆表现出了一种抽象化风格意味。这表明鲁迅不仅在思想精神上,而且在创作风格上,都汲取了凡·高、蒙克的精神营养。他们之间的跨越时空的精神相遇是一件撼动人心的现代性精神事件。

第三,增强了鲁迅作品的审美阐释力度,凸显了一个作为现代艺术大师的鲁迅形象。

鲁迅作品的思想性研究和文化学研究,目前在鲁研界已经获得了长足进展。但对鲁迅作品自身的艺术性的把握,当下的研究成果相对来说还较为薄弱。在这方面,王富仁、汪晖以"叙事学"的方法对鲁迅作品进行解读,取得了较大新意,但其他学人成果仍较少见。[①]鲁迅当然是一个伟大的思想家和一个真正的文化巨人,但过于强调这两点,势必会影响和遮蔽作为现代艺术大师的鲁迅形象。作为整个20世纪的历史文化巨人,鲁迅首先是一个有着丰富审美情感的世界级现代艺术家。他所创造的作品——《呐喊》《彷徨》《故事新编》《野草》等,始终散发着迷人的艺术光辉。理解鲁迅必须首先从这里出发,鲁迅研究应当重视"艺术鲁迅"形象的构建。

本书尝试从西方表现主义美术的视角重新阐释鲁迅作品,力求出新,可以说是一种较为新颖独特的切入方式。它自然不能涵盖、否定其他解读方式,而只是鲁迅研究多维视野中的一极,从一个侧面丰富、充实了

---

① 具体参见王富仁:《叙事学方法的鲁迅小说解读》,冯光廉、刘增人、谭桂林主编:《多维视野中的鲁迅》,山东教育出版社,2002年版,第642—709页;汪晖:《鲁迅小说的叙事原则与叙事方法》,汪晖:《反抗绝望——鲁迅及其文学世界》,河北教育出版社,2000年版,第327—399页。

鲁迅作品。以对鲁迅作品中所蕴藏着的丰富的表现主义油画感的分析为例。鲁迅作品中的油画线条充满力量之感。《好的故事》《奔月》《补天》中的相关描写分别代表三种类型,其中以《补天》中的"漩涡"意象最具代表性。鲁迅作品油画笔触同样自由恣肆、粗暴有力,具有极强的表现性、爆发力。这些线条和笔触甚至可以与凡·高的《星月夜》《两棵柏树》《麦田和乌鸦》相媲美。从中我们可以看到鲁迅的现代艺术趣味是相当高超的。在《好的故事》中,鲁迅作品色彩鲜艳夺目、美轮美奂,充满了印象派风味。但鲁迅更多地倾向于印象派之后的表现色彩。凡·高、高更、蒙克等就这样进入了他的视野和心灵。仔细分析《补天》可以发现鲁迅的用色特征:其一,运用鲜明对比;其二,用色较简省,有类"白描";其三,用直接或间接意象表现。由此扩展开来,可以发现鲁迅作品中的色彩具有鲜明冷暖对立特征,两大色系相互争夺,几成鼎立,与鲁迅"反抗绝望"的精神哲学确有相通之脉。鲁迅创造了生命与死亡两大意象群落。生命意象具体表现为漩涡、太阳、火焰等,死亡意象则具体表现为月亮、坟墓、死尸、冰谷、夜、影、灰土、地狱等,鲁迅从中实现的是一种"连自己也烧在这里面"[①]的审美理想。从意象上看,凡·高、蒙克、珂勒惠支、高更等能够和鲁迅的心灵发生共振,在鲁迅作品中留下痕迹,绝不是偶然的。他们共同对于生命存在、死亡意识乃至爱情幸福的思考,使他们走到了一块。鲁迅还创造了类似罗丹雕刻中的"行者"意象,这一意象是对生命意象的升华,对死亡意象的超越。

以上分析证明,运用美术形式语言:线条、笔触、色彩(包括黑

[①] 鲁迅:《集外集·文艺与政治的歧途》,《鲁迅全集》第7卷,人民文学出版社,2005年版,第120页。

白）、视觉意象等对鲁迅作品进行细致分解，是可以增强鲁迅作品的审美阐释力度，凸显鲁迅作为现代艺术大师的形象的。我们终于在叙事学之外，又找到了一个对鲁迅作品进行审美分析的有效视角（方法、途径），并且这个视角（方法、途径）是可以有其独立的分析语汇的，如线条、笔触、色彩、意象等，这对分析其他中国现代文学作家作品中的视觉美感也提供了一个极好的借鉴。这个视角的成功运用表明，鲁迅的创作来源不仅汲取了文学资源、历史资源、思想资源，同样包括了美术资源等其他艺术资源，鲁迅是综合了各种资源来进行他的极富个性的文学创作的。在把鲁迅和表现主义美术大师的作品共同放在一起进行审美阐释和比较研究中，我们同样发现了鲁迅作品的现代性、世界性：在世界现代艺术的前沿背景中，鲁迅不仅是中国的，而且是世界的；不仅在中国是一流的、现代的，而且比之于世界现代艺术大师，也毫不逊色。

第四，拓展和加深了"鲁迅与美术"研究和"现代文学与现代美术"研究，从而促使它们形成了一系列研究专题。

本书横跨文学与美术两大领域，为跨学科鲁迅研究，既从属于"鲁迅与美术"研究，又从属于"现代文学与现代美术"研究。在"鲁迅与美术"研究领域中，除"鲁迅与西方表现主义美术"外，其他研究领域还有：鲁迅与中国文人画（如与《北平笺谱》《十竹斋笺谱》、陈老莲《博古叶子》，石涛、八大、徐渭、任伯年等），与汉画像石（如与南阳汉画像石），与日本浮世绘（如与喜多川歌麿、葛饰北斋、一立斋广重等），与苏联写实派版画（如与《引玉集》《拈花集》，法复尔斯基、克拉甫兼珂、毕珂夫等），与中国左翼木刻运动（如与李桦、罗清桢、陈铁耕、胡一川、力群、曹白、刘岘等），与中国现代美术（如与陈师曾、陶元庆、司徒乔、徐悲鸿、刘海粟、林风眠、李毅士、常书鸿等），与中国现代书法（如与章太炎、蔡元培、李叔同、柳亚子、郁达夫、瞿秋白等），等等。李允经、王观泉、张光福等先生大都已经注意到了这些研究领域，但普遍注重于史料的搜集与考证，尚缺乏对于他们之间何以发生密切精神关联的有力论证。其中，鲁迅与中国文人画、与汉画像石、与日本浮世绘研究难度颇大，主要原因在于，一方面鲁迅研究者自身缺乏有关这方面的美术知识，另一方面美术界人士又极少关注鲁迅或缺乏对于鲁迅的精到认识，于是有关这三个专题的研究就陷入了生存的夹缝之中。当"鲁迅与美术"研究中各个领域的研究均已得到了细致深入的研究之后，就可以进一步从整体上把握"鲁迅与美术"研究，从而搞清楚这些与鲁迅相关的各种美术类别，究竟在"鲁迅与美术"的复杂结构中处于何种位置，发挥着何种作用，起着核心作用的又是哪一种。而且，还可以进一步从整体出发，研究美术对于鲁迅的文艺思想、美学思想、艺术精神、艺术趣味、创作思维、行为方式等的影响。这对于研究者的认识水平和审美能力均构成了有力的挑战。

　　如果说"鲁迅与美术"研究尚还有人参与，那么"现代文学与现代美术"研究则几乎人迹罕至。其实，在我们中国古代本有着十分优良的"文学与美术"研究传统，即"诗画同源"说。即使到了20世纪中国现代文学发生发展时，文学与美术也并没有出现怎样的断裂。许多现代文学作家同时兼任美术家或具有深厚的美术修养，也是众所周知的事实。可是今天，由于体制原因，人文学科的人为分工已经过细过死，文学与美术两大艺术研究领域竟然出现了"老死不相往来"的断层。这种状况也远不能适应现今"读图时代"的到来。因此，大至"文学与美术"研究，小至"现代文学与现代美术"研究，必须尽早提上研究日程，开展相关研究工作。在"现代文学与现代美术"研究领域中，我们至少可以开掘出下列选题：老舍、冯至、闻一多、丰子恺、张爱玲、萧红、艾青、倪贻德、李金发与美术研究等。这些选题在作家作品研究中的重要性并不亚于其他视角（方法、途径），甚至具有某种更为特殊的优越性。

总之，无论是"鲁迅与美术"研究还是"现代文学与现代美术"研究，都是一片充满希望的田野，未来鲁迅研究可能会于此结出累累硕果。

上 编

"我与你"[①]——鲁迅与西方表现主义美术家之间的精神相遇

① "我与你"这一概念取自马丁·布伯的《我与你》,陈维纲译,北京三联书店,1986年12月第1版。马丁·布伯(Martin Buber 1878—1965),是现代德国最著名的宗教哲学家,宗教存在主义的主要代表人物,由于其学说对于20世纪人类的精神生活产生了相当深刻的影响,因而被视为当代西方最伟大的思想家之一。布伯首创以"我—你"关系为枢机的"相遇"哲学。认为人栖身于"你"之世界,在其间他与在者的"你"相遇,或者说,与作为"你"的在者相遇。此时,在者于我不复为与我相分离的对象。这里包含着两层意思:(1)当我与"你"相遇时,我不再是一经验物、利用物的主体,我不是为了满足我的任何需要,哪怕是最高尚的需要(如所谓"爱的需要")而与其建立"关系"。因为,"你"便是世界,便是生命,便是神明。我当以我的整个存在,我的全部生命,我的真本自性来接近"你",称述"你"。(2)当在者以"你"的面目呈现于我,他不复为时空世界中之一物,有限有待之一物。此时,在者的"惟一性之伟力已整个地统摄了我"。"你"即是世界,其外无物存在,"你"无须仰仗他物,无须有待于他物。"你"即是绝对在者,我不可拿"你"与其他在者相比较,我不可冷静地分析"你",认识"你",因为这一切都意味着我把"你"置于偶然性的操纵之下。对"我—你"关系而言,一切日常意义的因果必然性皆是偶然性,因为它匮乏超越宿命的先验的根。如果价值或超越指向既不在人之外的宇宙中,又不存在于主体内,那么它可能栖于何处?此问题可指引我们进入布伯思想最微妙精深之处。他的回答是:价值呈现于关系,呈现于"我"与宇宙中其他在者的关系。关系乃精神性之家。蔽于主客体二元对立的种种学说皆滞留在表面世界、"它"之世界,惟有关系能把人引入崇高的神性世界,惟关系方具有神性,具有先验的根。当《圣经》昭示人要"爱上帝,爱他人"时,人不仅领承了通向神性世界的钥匙,且同时也领略了价值的本真内容。爱非是对象的属性,也非是"我"之情感心绪的流溢,它呈现于关系,在关系中敞亮自身。正是在这里,"我"与"你"同时升华了自己,超越了自己。人于对"它"之世界的反抗中走向超越,人于关系中实现了超越。

第一章　独战众数的精神界之战士
——鲁迅与表现主义的先驱者凡·高、蒙克

文森特·凡·高（Vincent van Gogh, 1853—1890）和爱德华·蒙克（Edvard Munch, 1863—1944）在西方现代美术史上一般均相提并论，他们既是"表现主义"的先驱者①，又是"北方系统"的

---

① 目前美术理论界对于西方表现主义美术有两种理解：广义的和狭义的。广义的西方表现主义美术是指在绘画艺术中许多手法相似的现代绘画流派。狭义的西方表现主义美术专指在德国20世纪初绘画艺术中的一种绘画流派。著者在此采用的是广义上的对于表现主义美术的理解。在西方现代美术史上，凡·高、蒙克均被视为表现主义美术的精神先驱。如崔庆忠即认为："表现主义最重要的先驱是凡·高。他运用对比的色彩以及扭曲的线条刻意地夸张，'表现人类极端的激情'。凡·高和其后的表现主义便是靠情绪化地使用色彩和线条来造成冲击。这与修拉企图创造科学的形式表体系不同。继凡·高之后，蒙克和恩索尔以及诺尔德和鲁奥在表现主义艺术上做出了自己的贡献和努力，这几位艺术家和凡·高被认为是表现主义重要的先驱人物。"（崔庆忠：《现代派美术史话》，人民美术出版社，2000年版，第69页。）

先驱者①。鲁迅对这两位先驱者并不陌生。据《鲁迅日记》，鲁迅最早接触凡·高的时间是在1912年。这年的8月16日，鲁迅"得二弟所寄V.van Gogh:《Briefe》一册"②。该书为德文,凡·高《书信集》。11月23日,"晚得二弟所寄书三包,……J.Meier—Graeve:《Vincent van Gogh》一册"③。该书为《文森特·凡·高》,画集,内收作品五十幅。1912年慕尼黑佩珀出版社出版。鲁迅最早接触蒙克的时间是在1913年。这年的3月9日、5月18日,鲁迅均"收二弟所寄德文《近世画人传》二册"④。此书为德文《现代插图画家传记丛书》,慕尼黑—莱比锡佩珀出版社出版,其中一册为《爱德华·蒙克》。

鲁迅在正式发表的文章中第一次提到凡·高,是1919年的《热

---

① 所谓"北方系统"是相对于"南方系统"而言。它们的划分依据来源于奥地利美术史论家里格尔（Alois Riegl）的"艺术意志"说（Kunstwollen，又译"艺术意欲""绝对艺术意志"等）。里格尔认为,主宰艺术创作活动的是一种人根据特定历史条件与世界相抗衡的"艺术意志",一切艺术作品都是人根据特定"艺术意志"创造出来的,因而,艺术史研究要以揭示各时代、各民族特定的"艺术意志"为主要课题,例如,对于晚期罗马时代的艺术作品不能简单地认为,它们就是希腊、早期罗马时代艺术作品的一种颓废堕落,而要揭示这些晚期罗马时代艺术作品的独特的艺术意志。这一理论又经德国美术史论家沃林格尔（Wilhelm Worringer）的进一步使用和发挥,影响更为广大。日本美术史论家板垣鹰穗就接受了这一影响,在其名作《近代美术史潮论》第九章《最近的主导倾向》中,根据"艺术意志"说,将19世纪以来的整个欧洲美术分为南北两大系统。与此同时,整个欧洲民族也就被分成了南北两大民族。南方系统以法国为中心,加之意大利、西班牙,北方系统以德国为中心,加之荷兰、瑞士、挪威、俄罗斯。从而将南方系统统一于纯造形的艺术意志,将北方系统统一于思想本位的艺术意欲。南方系统始祖是塞尚、高更和雷诺阿,北方系统始祖是凡·高、蒙克和霍德勒。凡·高、蒙克正是在这种意义上被称之为"北方系统"的先驱者的。
② 鲁迅:《鲁迅日记》,《鲁迅全集》第15卷,人民文学出版社,2005年版,第16页。
③ 鲁迅:《鲁迅日记》,《鲁迅全集》第15卷,人民文学出版社,2005年版,第31页。
④ 鲁迅:《鲁迅日记》,分别见《鲁迅全集》第15卷,人民文学出版社,2005年版,第53、63页。

风·随感录五十三》①，但只是一提。鲁迅在1935年1月8日给郑振铎的信中正式提及蒙克，但仅限于套色木刻技法探讨，亦无深论②。鲁迅对凡·高、蒙克的详细介绍，是1928年2月11日译完的《近代美术史潮论》第九章《最近的主导倾向》。其中不乏精彩论述，如说凡·高捕捉住自然的泼辣的生命，在作品里表现出了深沉的强的力，"一切的现象，在这里是起伏，交错，燃烧"③，说蒙克的特殊的嗜好是"以幽暗的心绪，观察浊世的情形，将隐伏在人间生活的深处的惨淡的实相，用短刀直入底的简捷，剜了出来"④。该书还收录了凡·高的《星月夜》《向日葵》，蒙克的《青春期》《病中的孩子》，等。由此可知鲁迅对凡·高、蒙克的推介还是较为全面的。

鲁迅对凡·高、蒙克的关注，于20世纪30年代达到了高峰。查《鲁迅日记》可知：1930年10月19日得诗荃寄《文森特·凡·高画帖》；1931年4月11日去内山书店买《凡·高画集》，7月25日从丸善书店寄来《文森特·凡·高》；1933年5月8日、7月8日、9月13日、10月6日去内山书店分别购买《凡·高大画集》（一）（二）（三）（四）。1931年5月4日，收诗荃寄自德国《爱德华·蒙克版画艺术》。在其晚年，鲁迅还计划出版《E.蒙克画集》，已于病中编好，可惜因病故未出。

由于鲁迅并非专职美术家，所以遍查《鲁迅全集》，终其一生鲁迅

---

① 鲁迅：《热风·随感录五十三》，《鲁迅全集》第1卷，人民文学出版社，2005年版，第357页。

② 鲁迅：《书信·350108 致郑振铎》，《鲁迅全集》第13卷，人民文学出版社，2005年版，第337页。

③④ ［日］板垣鹰穗：《近代美术史潮论》，《鲁迅译文全集》第3卷，福建教育出版社，2008年版，第398页。

并无针对凡·高、蒙克的绘画专论。既然早在1912—1913年鲁迅就开始关注凡·高、蒙克，在1930年代又表露出极大的购读兴趣和出版欲望，那么在鲁迅与凡·高、蒙克之间就必定存在着某种甚深的思想会通和精神契合，或者说，在他们之间其实是已经形成了一种类似"我与你"的对话关系的。那么，这种对话关系是怎样形成的，或者说，这种对话关系形成的基本点是什么，这些基本点又对于鲁迅的精神特质、艺术风格构成了怎样的实质性影响？这就是我们所密切关注的核心问题。

一 "独战众数"的"个体"来源

鲁迅的一生是痛苦而悲壮的一生。这位喝过异域文化"狼奶"的东方"莱谟斯"，终其一生，都是一位反抗绝望的精神斗士。面对内心，鲁迅和自身灵魂中的种种"鬼气"展开了决斗；面对外界，鲁迅始终没有屈从于任何一个党派、组织或团体，他始终保持了一个现代知识分子的独立自由之身，对于形形色色的专制主义、奴性意识，展开了不屈不挠的社会批评和文明批判。

"独战众数"是对鲁迅精神特质的终极概括。在中国现代文学（文化）史上，维护个体独立、人格尊严最为自觉、最为有力的，是鲁迅。鲁迅的这种自觉意识来源于他对中国传统文化压抑个性的清醒认识。其实，与鲁迅同时代的许多人——甚至包括某些文化保守主义者，对这一点也颇为明了。如梁漱溟就认为："中国文化最大之偏失，就在个人永不被发现这一点上。一个人简直没有站在自己立场说话的机会，多少感情要求被压抑，被抹杀。五四运动以来，所以遭受'吃人礼教'等诅咒者，事非一端,而其实要不外此……"①"权利、自由这类观念,不但是中国人心目中从来所没有的,并且是至今看了不得其解的。……他对于西方人之要求自由,总怀两种态度:一种是淡漠得很,不懂要这个作什么;一种是吃惊得很,以为这岂不乱天下!"②但鲁迅却是不但有所认识,更有所行动,而且是认识和行动最为彻底和坚决的一个。鲁迅尝言:"我在群集里面,是向来坐不久的。"③作为孤独个体,鲁迅终其一生都保持了对于"群集"的对立状态。如果从象征层面上来看,这个"群集"正是"无物之阵",鲁迅就是其中始终举着蛮人的投枪的"这样的战士"。鲁迅的投枪射向了慈善家、学者、文士、长者、青年、雅人、君子和学问、道德、国粹、民意、逻辑、公义、东方文明等。

学人皆知鲁迅"独战众数"的"个体"来源于他从异域文化中拿来的现代精神哲学——19世纪末期的"神思新宗"一派。早在1907—1908年留学日本时期,鲁迅就确立了牢固的个体自觉意识。从他发表在《河南》杂志上的一系列早期文言论文《文化偏至论》《摩罗诗力说》《破恶声论》等中,我们可以找到大量的有关"个人"的论述,其中尤以《文化偏至论》为最。正是这篇目前被学术界认为是鲁迅的"思想原

---

① 梁漱溟:《中国文化要义》,学林出版社,1987年版,第259页。
② 梁漱溟:《中国文化要义》,学林出版社,1987年版,第15页。
③ 鲁迅:《两地书·八》,《鲁迅全集》第11卷,人民文学出版社,2005年版,第31页。这一事实亦为李长之所注意。他说:"宴会就加以拒绝,群集里就坐不久,这尤其不是小说家的风度。""这种不爱'群',而爱孤独,不喜事,而喜驰骋于思索情绪的生活,就是我们所谓'内倾'的。"(李长之:《鲁迅批判》,《鲁迅研究学术论著资料汇编》第1卷,中国文联出版公司,1985年版,第1328页。)有意思的是,凡·高也说过与之相类似的话,凡·高说:"我不愿与人为伴。和别人在一起,和他们交谈,对我来说常常是一种痛苦而又困难的事。"([美]欧文·斯通、吉恩·斯通编:《凡·高自传》,澹泊等译,湖南文艺出版社,1991年版,第151页。)

论"①的文章集中论述了19世纪末期的"神思新宗"一派。这一派的代表人物主要有：斯蒂纳、叔本华、克尔凯郭尔、易卜生、尼采等。对于这些"先觉善斗之士"②，青年鲁迅在论文中给予了极大的热情介绍。"德人斯契纳尔（M.Stirner）乃先以极端之个人主义现于世。谓真之进步，在于己之足下。人必发挥自性，而脱观念世界之执持。惟此自性，即造物主。……苟有外力来被，则无间出于寡人，或出于众庶，皆专制也。……凡一个人，其思想行为，必以己为中枢，亦以己为终极：即立我性为绝对之自由者也。至勖宾霍尔（A.Schopenhauer），则自既以兀傲刚愎有名，言行奇觚，为世希有；又见夫盲瞽鄙倍之众，充塞两间，乃视之与至劣之动物并等，愈益主我扬己而尊天才也。至丹麦哲人契开迦尔（S.Kierkegaard）则愤发疾呼，谓惟发挥个性，为至高之道德，而顾瞻他事，胥无益焉。其后有显理伊勃生（Henrik Ibsen）见于文界，瑰才卓识，以契开迦尔之诠释者称。其所著书，往往反社会民主之倾向，精力旁注，则无间习惯信仰道德，苟有拘于虚而偏至者，无不加之抵排。更睹近世人生，每托平等之名，实乃愈趋于恶浊，庸凡凉薄，日益以深，顽愚之道行，伪诈之势逞，而气宇品性，卓尔不群之士，乃反穷于草莽，辱于泥涂，个性之尊严，人类之价值，将咸归于无有，则常为慷慨激昂而不能自已也。……若夫尼佉，斯个人主义之至雄桀者矣，希望所寄，惟在大士天才；而以愚民为本位，则恶之不殊蛇蝎。……所谓超人之说，尝震惊欧洲之思想界者也。……惟超人出，世乃太平。苟不能然，则在英哲。……与其抑英哲以就凡庸，曷若置众人而希英哲？"③在《破

---

① 参见魏韶华著《"林中路"上的精神相遇——鲁迅与克尔凯郭尔比较研究》之第4章《鲁迅的"思想原点"及其克尔凯郭尔的影响》，中国社会科学出版社，2004年版。
② 鲁迅：《坟·文化偏至论》，《鲁迅全集》第1卷，人民文学出版社，2005年版，第52页。
③ 鲁迅：《坟·文化偏至论》，《鲁迅全集》第1卷，人民文学出版社，2005年版，第52—54页。

恶声论》中，鲁迅亦认为："盖惟声发自心，朕归于我，而人始自有己；人各有己，而群之大觉近矣。……故今之所贵所望，在有不和众嚣，独具我见之士，洞瞩幽隐，评骘文明，弗与妄惑者同其是非，惟向所信是诣，举世誉之而不加劝，举世毁之而不加沮，有从者则任其来，假其投以笑傌，使之孤立于世，亦无慑也。则庶几烛幽暗以天光，发国人之内曜，人各有己，不随风波，而中国亦以立。"并对当时把中国人或者当成国民，或者当成世界人的两种说法进行了批判，指出"二类（即指'一曰汝其为国民，一曰汝其为世界人'）所言，虽或若反，特其灭裂个性也大同"。并进而得出"故病中国今日之扰攘者，则患志士英雄之多而患人之少"的结论。① 这里的人显然是指具有主体意识、个体自觉的个人，也就是《文化偏至论》中所赞颂的诸位"先觉善斗之士"。

　　殊不知鲁迅"独战众数"的"个体"来源，还有一个更为直观的来源，即鲁迅对表现主义美术大师——凡·高、蒙克的激赏，从他们的生平及画作中鲁迅体会到了一种精神上的知音和同道者的深沉况味。如前所述，早在1912—1913年鲁迅就开始关注凡·高、蒙克，这个时间尚处于还是"周树人"的鲁迅时期。鲁迅真正作为"鲁迅"的出现日期是在鲁迅发表了他第一篇产生了广泛影响的白话小说《狂人日记》的1918年。在这之前的"周树人"时期的鲁迅是十年沉默（1908—1918）的鲁迅。正是这十年的沉默，构成了鲁迅一生中最重要的时期。"因为某种程度上可以说，中国思想文化史上的鲁迅正酝酿在这十年之中。——尽管鲁迅在日本时期的著述如前一讲所说，有着丰富的内容，非常重要，但当时并没有产生很大的影响；真正引起震撼，并使'鲁迅'这个名字从此载入史册的，还是十年沉默后，发出的那些声音。而我们不了解这十

---

① 鲁迅：《集外集拾遗补编·破恶声论》，《鲁迅全集》第8卷，人民文学出版社，2005年版，第26—29页。

年的鲁迅,便无法理解以后的鲁迅。"① 诚哉斯言。鲁迅对凡·高、蒙克的最初欣赏恰好正在这十年沉默期,这对于十年之后鲁迅"个体"思想的最终成形构成了巨大的影响来源,并且成为深刻影响了鲁迅精神特质的又一"思想原点"。

考索鲁迅一生,有几件事颇能标举出鲁迅的"个体"特色。其一,与许广平从恋爱到结合;其二,与章士钊打官司;其三,与周扬等"四条汉子"决裂。这几件事不论在当时还是现在都颇遭人非议或误解,故有重新加以申说的必要。

鲁迅与许广平的结合是从灵到肉的结合,其间经历了许多艰难曲折。横在他们中间的,还不仅仅是地位上(他们是师生关系)、年龄上(鲁迅比许广平大18岁)的差异,最大的障碍是鲁迅已经结过婚,家中已经有一位妻子——朱安。这是1906年由鲁迅的母亲亲手赠给鲁迅的"礼物"。鲁迅被迫接受了这桩婚姻②,违心喝下了这一"毒药"③。从1906年直到1925年鲁迅遇到许广平,这二十年来,在个人情感生活上,鲁迅过

---

① 钱理群:《十年沉默的鲁迅》,《浙江社会科学》2003年第1期。
② 鲁迅被迫接受这一婚姻的主要原因,在于如果周家退婚,不但会使周朱两家名誉受损,而且会累及朱安再也嫁不出去,甚至会导致朱安的自杀。作为一个已经认识到"人"(包括"女人")的生命价值及其存在意义的现代自由知识分子,鲁迅何尝不懂得"没有爱情的婚姻就是不道德的婚姻"这一道理。但是出于对于母亲的逆来顺受的"爱",出于封建家庭长子责任的义务承担,更是出于对于朱安的基本生存权利的考虑和维护,鲁迅最终做出了妥协,却也表现了有限的抵抗——和朱安结婚,却始终没有同房。大概鲁迅认为和一个自己所不爱的女人发生肉体的关系,是一件不道德的行为吧。
③ 鲁迅说:"死于敌手的锋刃,不足悲苦;死于不知何来的暗器,却是悲苦。但最悲苦的是死于慈母或爱人误进的毒药,战友乱发的流弹,病菌的并无恶意的侵入,不是我自己制定的死刑。"(《华盖集·杂感》,《鲁迅全集》第3卷,第51页。)这桩带有欺骗和迫性质的婚姻,正是鲁迅的母亲出于对于自己孩子的一厢情愿的爱所误进的"毒药"。

的是一种欲爱不能、痛苦煎熬的苦行僧似的生活。这不论对于鲁迅还是朱安,都是极为不公正的。如果不是在鲁迅后来的生活中偶然出现了许广平,而且正是由于她的大胆直率、热情奔放,鲁迅恐怕将真的奉陪旧式婚姻于一生,以个人一生的痛苦完结四千年的旧账。许广平是一个经历过五四现代精神洗礼的新式女性,在她身上没有封建文化的古老阴魂,不像鲁迅一样身上总是背负着沉重的精神枷锁①。她同鲁迅的交往,最初还只是一个给鲁迅写信倾诉内心苦闷、认真请教问题的谦恭调皮的"小学生"。随之在愈演愈烈的女师大风潮中,她作为风潮的学生领袖,鲁迅作为风潮的鼎力支持者,两人之间的关系越来越密切了。大概就是在1925年8月1日,鲁迅被邀请到女师大去为学生作证的那个晚上,两人曾经有过一次深谈,决定了今后的恋爱关系。②在这个过程中,尽管许广平一直步步为营,鲁迅一直节节败退,但从整体上看,却完全是符合人性健康自由发展的。一切都是那样水到渠成,丝毫看不出一点扭捏作态。他们的爱情是建立在对于共同事业的追求基础之上的。这事业恰好连接着无穷的远方、无数的人们,连接着整个社会运动发展的大潮。面对着自己的真心爱人,鲁迅曾经产生过怕自己不配的念头,"我有时自己惭愧,怕不配爱那一个人",但当他看到那些"貌作新思想,其实都是暴君酷吏,侦探,小人"的言行思想时,听到那些恶意编造出来的关于

---

① 在这一点上,鲁迅特别像他所称颂的柔石:"无论从旧道德,从新道德,只要是损己利人的,他就挑选上,自己背起来。"(《南腔北调集·为了忘却的记念》,《鲁迅全集》第4卷,第497页。)

② 具体参见朱正:《一个人的呐喊:鲁迅 1881—1936》,北京十月文艺出版社,2007年版,第181页。王得后则把鲁迅与许广平定情的日子定在1925年的端午节,即6月25日。具体参见王得后:《〈两地书〉研究》,天津人民出版社,1995年版,第324页。各有各的推测,各有各的道理。

"太阳月亮黑夜"等的鬼鬼祟祟的流言时,便觉得自己也还不算坏人,终于喊出了"我可以爱"的响彻人间的热烈呼声。① 这对于当时的封建礼俗、社会伦理可谓迎头痛击,从中标示出一个有情有性、有血有肉的大写"个人"的真爱。作为一名真正的现代个体,鲁迅从不讳言对于不合理的情爱的尖锐批判,从中隐含着的则是自己对于合理的情爱的大胆追求。在共同针对杨荫榆的斗争中,鲁迅写有《寡妇主义》一文。文中对于那些"因为不得已而过着独身生活"的男男女女给予了严厉的批判,指出他们"精神上常不免发生变化,有着执拗猜疑阴险的性质者居多","生活既不合自然,心状也就大变,觉得世事都无味,人物都可憎,看见有些天真欢乐的人,便生恨恶。尤其是因为压抑性欲之故,所以于别人的性底事件就敏感,多疑;欣羡,因而妒嫉"。② 如果没有与许广平共同坠入爱河并渴望融为一体的炽热体验,鲁迅是不可能写出这样精纯犀利的文字的。一直到了晚年,鲁迅在回忆自己少年时代的师父时,还这样公开表明,他所喜欢和熟识的,"都是有女人,或声明想女人,吃荤,或声明想吃荤的和尚"。③ 这样的思想和意识即使是放在今天也是相当现代和前卫的。

1925年8月12日,由于鲁迅在北京女师大风潮爆发后反对章士钊压迫学生和解散女师大,并积极参加女师大校务维持会的活动,章士钊遂借故呈请段祺瑞执政,非法免去鲁迅教育部佥事职务。翌日,段祺瑞执政明令照准。鲁迅当即于本月22日向平政院投递诉状控告章士钊,并

---

① 以上引文参见鲁迅:《书信·270111 致许广平》,《鲁迅全集》第12卷,人民文学出版社,2005年版,第11页。
② 鲁迅:《坟·寡妇主义》,《鲁迅全集》第1卷,人民文学出版社,2005年版,第280页。
③ 鲁迅:《且介亭杂文末编附集·我的第一个师父》,《鲁迅全集》第6卷,人民文学出版社,2005年版,第600页。

于翌年1月17日胜诉。关于这一诉讼，当时很多人不能理解，一些恶意的论敌如《现代评论派》的陈源，则不惜借此作为攻击鲁迅的口实。那么，佥事这样一个官儿到底算不算是"区区"，鲁迅打这样一场官司究竟是不是为了贪恋官位？我们先来看看鲁迅自己的说法。鲁迅说，他之所以要去做官，"目的是在弄几文俸钱"，因为他祖宗没有遗产，老婆没有奁田，文章又不值钱，只好以此暂且糊口。另外还有一个目的，就是在对于以他去年的免官为"痛快"者，给他一个不舒服，使他恨得扒耳搔腮，忍不住露出本相。① 也就是说，一是为了钱——也就是每月三百六十块大洋的官俸②；二是为了赌气，偏和正人君子们作对。和正人君子们作对，这是鲁迅的一贯作风，鲁迅是不惮于给正人君子们的好世界里，像黑的恶鬼似的多留一些缺陷的。而鲁迅为了钱，这也丝毫并不辱没鲁迅。鲁迅在他的名文《娜拉走后怎样》就曾这样直言："梦是好的；否则，钱是要紧的。"③ 至于钱的来源，是做官所得，还是当大学教授所得，则都是一样的，都出于国库。所以，不见得陈源所得就一定比鲁迅所得更高明、更清白。官俸毕竟是鲁迅作为一名普通公务员正当的合法的日常收入。鲁迅是不会为了虚名放弃原本就属于自己的实际权益的，尤其是当这些权益被他人以各种理由肆意侵占和剥夺时。个体主义者的一个重要特征就在于随时随地都要维护个人的基本人权（包括个

---

① 鲁迅：《华盖集续编·不是信》，《鲁迅全集》第3卷，人民文学出版社，2005年版，第243页。
② 1924年1月（民国十三年一月）重缮之《社会教育司职员表》载有周树人应得四等三级"年功加俸"（每年加薪）三百六十块银洋。但实际上这些钱常常欠发或停发，补发时也从未全发，而只是发放其中的一小部分，每月百块，几十块，甚至几块不等，参见《华盖集续编·记"发薪"》，《鲁迅全集》第3卷，第373页。
③ 鲁迅：《坟·娜拉走后怎样》，《鲁迅全集》第1卷，人民文学出版社，2005年版，第167页。

人的财产权,即正当的合法的收入),这同传统的利己主义有着本质的区别。从这种意义上来看,这场官司已经超越了单纯为了金钱的现实层面,而表现出了鲁迅的精神特质:反抗被侵犯。所以这场官司实际上是一个人对于一个机构的反抗:鲁迅其实是在以一人之力反抗着被章士钊们所掌控着的教育部。鲁迅对于当时的教育界,还在没有和章士钊发生尖锐冲突的时候,就没有什么好的看法。他说:"教育界的称为清高,本是粉饰之谈,其实和别的什么界都一样,人的气质不大容易改变,进几年大学是无甚效力的。况且又有这样的环境,正如人身的血液一坏,体中的一部分决不能独保健康一样,教育界也不会在这样的民国里特别清高的。"[1] 等到章士钊开始当上教育部部长,鲁迅对于他也还是没有什么好的看法。鲁迅说:"至于今之教育当局,则我不知其人。但看他挽孙中山对联中之自夸,与对于完全'道不同'之段祺瑞之密切,为人亦可想而知。所闻的历来的言行,盖是一大言无实,欺善怕恶之流而已。要之,能在这昏浊的政局,居然出为高官,清流大约无这种手段。"[2] 等到章士钊将他免职以后,就愈加证明了他的判断。鲁迅说:"章士钊将我免职,我倒并没有你似的觉得诧异,他那对于学校的手段,我也并没有你似的觉得诧异,因为我本就没有预期章士钊能做出比现在更好的事情来。我们看历史,能够据过去以推知未来,看一个人的已往的经历,也有一样的效用。你先有了一种无端的迷信,将章士钊当作学者或智识阶级的领袖看,于是从他的行为上感到失望,发生不平,其实是作茧自缚;他这人本来就只能这样,有着更好的期望倒是你自己的误谬。"[3] 为了巩固自

---

[1] 鲁迅:《两地书·二》,《鲁迅全集》第11卷,人民文学出版社,2005年版,第14页。
[2] 鲁迅:《两地书·一五》,《鲁迅全集》第11卷,人民文学出版社,2005年版,第54页。
[3] 鲁迅:《华盖集·答KS君》,《鲁迅全集》第3卷,人民文学出版社,2005年版,第119页。

己的权力和地位,章士钊不惜公权私用,大肆收买心腹,舞文玩法,排斥异己,借众凌寡,以达其不可告人的目的。这种"垂微饵以冀鲸鲵"①的手段,"托言众制,压制乃尤烈于暴君"②的行为,正是鲁迅当年所深恶痛绝的诸多"虽兜牟深隐其面,威武若不可陵,而干禄之色,固灼然现于外矣"③等辈之所为。只不过当年的那些干禄奔进之徒还没有掌握实际的权力,现今的章士钊却已经大权在握,并自命为整个教育部的代表,对于那些不愿意服从命令,"颂祝主人,悦媚豪右"④,而是反抗压迫,"以部员公然反抗本部行政"⑤,"以己为中枢,亦以己为终极:即立我性为绝对之自由者也"⑥的人——这方面的典型代表就是鲁迅,其危害就更加明显,也更加巨大了而已。

鲁迅这种维护个人基本人权的自觉意识,在1930年代同左联领导人周扬等的摩擦中表现得更为突出了。这一时期也正是鲁迅大量购买凡·高、蒙克画集,并试图出版蒙克画集的时期。在他内外交战心神疲惫之际,凡·高、蒙克一直陪伴着他。1930年3月2日左联成立,鲁迅被选为执行委员,成为左联的一面旗帜。鲁迅对于左联的活动是全力支持的,但这并不表明鲁迅完全放弃了个人的独立思考和生存的基本权利。相反地,如林贤治所言,鲁迅对"组织"一直存有戒心。他之加入组织是以不致损害个人的自由意志为前提的。⑦在左联成立的最初三年中,鲁

---

① 鲁迅:《坟·文化偏至论》,《鲁迅全集》第1卷,人民文学出版社,2005年版,第47页。
②③ 鲁迅:《坟·文化偏至论》,《鲁迅全集》第1卷,人民文学出版社,2005年版,第46页。
④ 鲁迅:《坟·摩罗诗力说》,《鲁迅全集》第1卷,人民文学出版社,2005年版,第70页。
⑤ 语出章士钊答辩书。参见葛涛:《鲁迅诉章士钊的诉状与互辩书考辨——兼谈章士钊的两则佚文》,《鲁迅研究月刊》2004年第9期,第69页。
⑥ 鲁迅:《坟·文化偏至论》,《鲁迅全集》第1卷,人民文学出版社,2005年版,第52页。
⑦ 林贤治:《给李慎之先生的信——也谈五四、鲁迅与胡适》,《书屋》2001年第Z1期。

迅同文艺界党的领导人冯雪峰、冯乃超、瞿秋白等的合作相当好。但随着瞿秋白、冯雪峰在1933年相继离开上海进入江西革命根据地，情况就发生了变化。据冯雪峰说："我1933年离开上海时，周扬等人同鲁迅已经对立。"鲁迅的心情也极不舒畅。他在写给朋友的信中说："敌人不足惧，最令人寒心而且灰心的，是友军中的从背后来的暗箭……"①当1936年4月下旬冯雪峰从陕北到达上海时，鲁迅向他诉说的第一句话就是："这两年我给（周扬）他们摆布得可以！"②的确，以周扬为代表的某些党员领导人似乎总是有意无意地疏远鲁迅，他们编印的《文学生活》尽管从鲁迅那里筹集到了经费，但印出之后却并不拿给鲁迅看，而且在许多重大事情上也并不同鲁迅商量。1936年左联解散，鲁迅是同意的，但是要求在报纸上发表声明公开解散，否则就是溃散。鲁迅的这个要求并不过分，也属合理，但不知怎的，以周扬为代表的左联党团机构就是没有采纳鲁迅的这一建议，而是擅自解散了左联，以至于鲁迅一直被蒙在鼓里。稍后，鲁迅针对当前团结抗日的新形势，提出了"民族革命战争的大众文学"的口号，又被周扬等指责为"搞分裂""破坏统一战线"。于是鲁迅声明不再加入任何团体——当然包括新成立的文艺家协会。这个协会在鲁迅看来，具有非常浓厚的"宗派主义和行帮情形"，仍然被周

---

① 鲁迅：《书信·350423致萧军、萧红》，《鲁迅全集》第13卷，人民文学出版社，2005年版，第445页。鲁迅在这里指的是：在周扬1933年出任左联党书记以来，祝秀侠化名"首甲"等指责鲁迅犯了"极危险的右倾"，陷入"戴白手套革命论的谬误"；廖沫沙化名"林默"攻击鲁迅"有买办意识"；田汉化名"绍伯"诬蔑鲁迅"调和"。以上文章出处分别见：首甲等：《对鲁迅先生的〈恐吓辱骂决不是战斗〉有言》，1933年2月上海《现代文化》第1卷第2期；林默：《论"花边文学"》，1934年7月3日《大晚报·火炬》；绍伯：《调和》，1934年8月31日《大晚报·火炬》。

② 具体参见严家炎：《东西方现代化的不同模式和鲁迅思想的超越——鲁迅个人主义与集体主义思想的一个考察》，《论鲁迅的复调小说》，上海教育出版社，2002年版，第247页。

扬等少数人所把持,有着"作家阀"的倾向,不是抗日的"人民式"的团体。这种合成的团体和设限的战线,不但作不得战,说不定一旦加入还会酱在各种无聊的纠纷里,鲁迅当然不可能加入。在著名的《答徐懋庸并关于抗日统一战线问题》中,鲁迅进一步公开了与周扬等"四条汉子"的彻底决裂。鲁迅说:"我那时实在有点怀疑那些自称'指导家'以及徐懋庸式的青年,因为据我的经验,那种表面上扮着'革命'的面孔,而轻易诬陷别人为'内奸',为'反革命',为'托派',以至为'汉奸'者,大半不是正路人;因为他们巧妙地格杀革命的民族的力量,不顾革命的大众的利益,而只借革命以营私,老实说,我甚至怀疑过他们是否系敌人所派遣。"[1]又说:"首先应该扫荡的,倒是拉大旗作为虎皮,包着自己,去吓呼别人;小不如意,就倚势(!)定人罪名,而且重得可怕的横暴者。"[2]"抓到一面旗帜,就自以为出人头地,摆出奴隶总管的架子,以鸣鞭为唯一的业绩——是无药可医,于中国也不但毫无用处,而且还有害处的。"[3]这里的"指导家""横暴者""奴隶总管"指的不是别人,正是左联的党团书记周扬。这时鲁迅所面临并反对的,不再仅仅是一个一般意义上的机构,而是一个他曾经为之呕心沥血、日夜操劳但实际上却为周扬等少数领导人所把持的宗派、团体、组织。鲁迅这样做是冒着极大的风险的。在写作《答徐懋庸并关于抗日统一战线问题》之前,即有托洛斯基派的人以为左联内部分裂有隙可乘,给鲁迅写信,试图拉

---

[1] 鲁迅:《答徐懋庸并关于抗日统一战线问题》,《鲁迅全集》第6卷,人民文学出版社,2005年版,第549—550页。

[2] 鲁迅:《答徐懋庸并关于抗日统一战线问题》,《鲁迅全集》第6卷,人民文学出版社,2005年版,第557页。

[3] 鲁迅:《答徐懋庸并关于抗日统一战线问题》,《鲁迅全集》第6卷,人民文学出版社,2005年版,第558页。

拢鲁迅，但为鲁迅所严辞拒绝。① 那么，鲁迅与左联、与周扬的矛盾究竟何在？李新宇认为："其实很简单，他和那些为政治斗争服务的左翼文学战士的相同点仅仅是对大众的同情和对权威话语的反抗，但由于思想认识和基础的不同，他不像别人那样可以放弃自己的见解而无条件地服从命令；他无法放弃独立的人格和自由的思想，而与组织的要求绝对保持一致；他拒绝像其他投身于政治革命的文艺战士一样自觉地改造自己，克服自己的所谓'小资产阶级思想'；他更不愿放弃五四新文化运动的启蒙的立场而向着大众'开步走'，去做大众意识的'留声机器'。"② "地球上至强之人，至独立者也！"③ "不能完全，宁可没有！"④ 从鲁迅晚年的表现来看，鲁迅似乎又回到了其青年时代所崇仰的易卜生主义——独战众数的极端个人主义。实际上，这一直是鲁迅一生思想和行为的底色和基色。

凡·高也正是这样的一个"个人"。他是世界上最孤独的人之一。他不愿与人为伴。和别人在一起，和别人交谈，对他来说常常是一种痛苦

---

① 《答托洛斯基派的信》实为冯雪峰所作，鲁迅对于其中的许多内容，尤其是说担心陈其昌们拿了日本人的钱来办报，其实并不同意，但因正在病中，无法提出意见，更无法进行修改，就只好任其发表了。后来，陈其昌在其后的抗日斗争中被日本人所捕获，不幸壮烈牺牲，用自己的鲜血刷清了强加在自己身上的谣言。鲁迅同托派的关系十分复杂，在相当大的程度上，鲁迅甚至是同情托派的。对于其首领托洛斯基，鲁迅甚至很有好感。他赞颂托洛斯基非常博学，又以雄辩著名，"他的演说，恰如狂涛，声势浩大，喷沫四飞。"（《集外集·〈奔流〉编校后记（三）》，《鲁迅全集》第7卷，第173页。）又说他是一个"深解文艺的批评者"（《集外集拾遗·〈十二个〉后记》，《鲁迅全集》第7卷，第313页。）但是正当鲁迅与国防文学派论争之时，陈其昌的这封信来得却并不是时候，很容易给人造成拉拢之嫌。鲁迅固然并不一般地反对托派，甚至如上所述，在很多文章中说了托派的不少好话，但是这次对于陈其昌的文章和做法却并不表示完全认同，则是可以肯定的，否则鲁迅就不会生气，而且让冯雪峰代笔这篇文章了。
② 李新宇：《鲁迅：启蒙路上的艰难持守》，《齐鲁学刊》2001年第3期。
③ 鲁迅：《坟·摩罗诗力说》，《鲁迅全集》第1卷，人民文学出版社，2005年版，第81页。
④ 鲁迅：《热风·随感录四十八》，《鲁迅全集》第1卷，人民文学出版社，2005年版，第353页。

而又困难的事。① "一生中,他大部分日子孑然独处,周围既无朋友也无伙伴。对他来说,几乎没有人可以让他吐露心曲,可以让他与之讲述自己的欢乐与痛苦,可以分享他的抱负和梦想。"② 在他那个时代,绘画还不是一个令人艳羡的职业。至于艺术家,在大多数人眼中,则无异于一口破锅,不是一文不值,就是已经发了疯。"有个农夫见我画老树干,坐在那里一个小时不起身,便认为我疯了,当然他会笑话我。如果一位年轻的太太对一个穿着补丁落补丁、又脏又臭的衣服的劳工不屑一顾,她当然不理解为什么有人去参观博里纳日矿区,下矿井。她也会得出我疯了的结论。"③ 其实,凡·高在正式从事传教和绘画工作之前,最初打算是要成为一名画商的。他有着一般人所不具备的家族实力和发展平台,其社会适应度也一直非常好④,公司上下都很喜欢他,一致认为他就是大

---

① [美]欧文·斯通、吉恩·斯通编:《凡·高自传》,澹泊等译,湖南文艺出版社,1991年版,第151页。
② [美]欧文·斯通、吉恩·斯通编:《凡·高自传》,澹泊等译,湖南文艺出版社,1991年版,第1页。凡·高的孤独除了他的自述,也为各方面的回忆录所证实。据一位艺术家回忆说,巴黎时期的凡·高每次到劳特累克家,总是夹着一大幅油画,把画放在显眼的地方。"无人理会他。他对着图画坐下,察看别人的眼色,偶尔在交谈中插几句嘴。最后,不耐烦了,便带着他的新作离去。不过,下星期他又来了,一切又重复一遍。"(转引自林和生:《忧伤的朝圣者——凡·高的流放与回归》,西南师范大学出版社,2015年版,第236—237页。)
③ [美]欧文·斯通、吉恩·斯通编:《凡·高自传》,澹泊等译,湖南文艺出版社,1991年版,第70页。
④ 凡·高在正式入职古皮尔公司海牙支店之前,其家族中已有三位前辈(两位伯伯:海因伯伯、森特伯伯和一位叔叔:科尔叔叔)在绘画销售界取得了突出成绩,其中以森特伯伯所取得的成就最大。森特伯伯和凡·高同名,是凡·高的教父,因其膝下无子,一直视凡·高为己出。他之推荐凡·高入职海牙支店,本意就是培养凡·高,使之成为日后公司的法定继承人。海牙支店的经理特斯蒂格比凡·高大不了几岁,他非常欣赏凡·高的工作能力,曾在写给凡·高家的信中称赞他,凡·高也经常到他家中拜访并和他的小女儿保持了非常好的友谊,由此可见早期凡·高并不缺乏良好的社会适应能力。

画商森特伯伯在古皮尔公司的未来继承人。可以说，如果按着这样的路一直走下去，凡·高的一生将会非常稳定：不但衣食无忧，金钱无虞，社会地位受人尊敬，而且会娶一个与之地位相当的妻子，家庭婚姻相当美满。但是，凡·高却最终选择了一个大家并不看好的职业：从事绘画。这在别人看来，无异于是自毁前程，但在凡·高看来，却是再正常不过的一件事情。他之从事绘画，是因为他喜欢这个职业，他要用他的画笔来表达他从大自然中所感悟到的诗意。从自由自在的绘画中，他感受到了一种生命的狂喜和一种未有过的精神放松。最初他打算使绘画成为他的一种谋生工具，但是越到后来，绘画就越来越成为他的一种强烈的爱好，他也越来越献身于它，最后变成了他之所以绘画，是因为他不得不画，只有在绘画中，他才感到一种心灵上的安宁。在长期的艰难困苦的训练中，凡·高越来越清醒地认识到，"绘画行业真正正确的途径，就是按照自己的兴趣，按照自己从艺术大师身上学到的东西，按照自己的信念进行创作。"他也越来越相信，"创作一幅优秀的画与找到一枚钻石或珍珠一样难。创作意味着苦恼，作为一名画商或艺术家是要冒风险的。"[1] 凡·高非常明白，他并不是站在一个风和日丽、宁静温馨的玫瑰花园里，而是生活在充满风险的现实世界中。创作中，笔触如同梦境一般流泻，"画笔一笔接着一笔不断，正像说话或写信一样，一句接着一句"[2]，这样的日子是有的，但是灵感并不是经常如期而至，思维枯索的日子也会很快到来。每一次新的绘画实验，都意味着一

---

[1] ［美］欧文·斯通、吉恩·斯通编：《凡·高自传》，澹泊等译，湖南文艺出版社，1991年版，第353—354页。凡·高在这里说作为一名画商是要冒风险的，显然是说给自己的弟弟提奥听的。他非常希望提奥能够成为一个有眼光的透视未来的画商，而在当时做这样一名画商，确实很冒风险。

[2] ［美］欧文·斯通、吉恩·斯通编：《凡·高自传》，澹泊等译，湖南文艺出版社，1991年版，第333页。

次新的冒险，不但意味着即使投入如许大的时间、精力、体力、物力，也不一定能够蹚出一条新路，从而不得不无功而返，而且即使你已经做出如许多的努力，也不一定能够引起公众的同情，甚至也不会获得艺术家同行们的赞和。但是，凡·高愿意承担这样的风险。为了绘画，他甚至做出了这样一个令一般公众感到深深困惑的行为举止："如果有时我感到自己内心产生了一种对无忧无虑的生活、对发财致富的渴望，那么每次我又天真地回到烦恼和忧虑中去，回到充满苦难的生活中去。"[1] 普通人渴望名利、贪图安逸，凡·高却偏偏反其道而行之，有意放弃轻易，选择沉重。[2] 这种看似怪异的行为方式，早在他的青年时代就已经初现端倪。从二十来岁始，他就不愿意生活在一种单纯的轻松和愉悦中。因为在这种生活中，他找不到自己的寄托。他发现"人是不容易满足的。当他发现一切都太容易之后，就会感到很不满足。"[3] 就像他日后传教，一定要到最艰苦、最落后的博里纳日矿区去传教，甚至一定要不顾生命危险跑到地下约七百米深的矿井里去一样。之后，他又选择了绘画这样一个艰苦的劳作。他开始活得越来越像一个农民，像他的前辈画家米勒一样，不顾风吹日晒，汗流浃背地耕耘在自己的绘画田地里。这所有的一切都是他自己的选择。这种迥异于常人的选择，所标举的恰恰是他不同流俗的单个个体。

作为一名画家，凡·高的起步时间很晚，他真正从事绘画创作的时

---

[1] ［美］欧文·斯通、吉恩·斯通编：《凡·高自传》，澹泊等译，湖南文艺出版社，1991年版，第139页。

[2] 这种趋难避易、趋苦避乐的行为举止，很容易让人想起鲁迅。鲁迅也是一个愿意生活在痛苦的现实中，睁开自己的双眼直面惨淡的现实，而不愿意沉浸在红颜的静女的遐想中，并试图拔着自己的头发上天的人。具体参见本章第二部分中的相关分析。

[3] ［美］欧文·斯通、吉恩·斯通编：《凡·高自传》，澹泊等译，湖南文艺出版社，1991年版，第8页。

间不超过十年。他的学画经历较为奇特,基本上是靠自学起家①,但其最初的学习却相当传统。如同其他刚刚入门的艺术院校学生,凡·高最初也是紧紧抓住一部绘画入门教材——巴格和热罗姆两人合著的《绘画教程》不放。在这部教材中,巴格负责人体躯干部分,热罗姆则负责完整人体的其他部分。作为忠于古典主义的学院派艺术家,热罗姆善于运用严谨的安格尔线条,并且特别注重轮廓线的使用。这些均对日后的凡·高产生了极其重要的影响。对线条的使用和对轮廓的强调成为凡·高绘画中的两个基本特征。考虑到巴黎时期凡·高所亲近的印象派画家几乎本能地反对线条和轮廓,凡·高却因为热罗姆的影响,保持了自己的独特性。学习完这部教材之后,凡·高开始临摹他最喜欢的画家——米勒。在他看来,米勒首先是一个人,一个农民,一个基督徒,其次才是一个艺术家。"《圣经》!《圣经》!自呱呱坠地,米勒就凭借着《圣经》成长。"② 可以说,正是米勒的这种执着于永生的基督精神深深地打动了凡·高。稍后海牙时期的凡·高接受了他的表哥兼画家毛沃的指导。毛沃认为凡·高天生就是一个画家,而且骨子里就有一种画油画的素质。这得到了同在海牙素有"无情之剑"之称的著名画家韦森布吕赫的高度赞同。与屡次对于凡·高的绘画说"不"的海牙公司经理特斯蒂格不同,毛沃与韦森布吕赫非常欣赏蕴藏在早期凡·高习作中的那股粗野的力量,认为那恰恰是一种桀骜不驯的富有生命力的展现。但是,当毛沃要求凡·高照着模型作画以练习准确的造型时,却遭到了凡·高的严词拒绝。在凡·高看来,像这种没有生命的东西根本不值得他去画。

---

① 凡·高说:"我根本说不上别人给了我什么'指导或教导'。我是自学的,难怪有人肤浅地认为我的技法不同于其他画家的技法。"具体参见[美]欧文·斯通、吉恩·斯通编:《凡·高自传》,澹泊等译,湖南文艺出版社,1991年版,第138页。
② 摘自约1889年11月21日凡·高自圣雷米致贝尔纳的信。

在大自然中，有那么多的富有诗意的东西等着他去画，哪怕是一个普通劳动者的形象，一小片深耕过的犁沟，一小块沙滩，大海和天空，在他看来都是美的，这些他还来不及画，他为什么还要浪费宝贵的时间去临摹石膏呢？他确信，只要一个人真实地仿效自然，他的作品就会一年比一年有进步，而且不一开始就这么做的人永远不会成功。[①]为了表示抗议，凡·高甚至将石膏模型摔烂，扔到了垃圾箱里，即便因此而失去毛沃的指导也在所不惜。在日后的比利时安特卫普美术学院，相似的场景再次出现。凡·高仍然拒绝临摹模型，拒绝听从教授的建议。即使他的素描成绩全班倒数第一，他也毫不在乎，因为他已经看到所谓第一名的素描是怎样画出来的，而且明了其致命缺陷就是笔法正确，但缺乏生机。其他人的素描千篇一律，淡乎寡味，只有凡·高的素描与众不同，始终保持了那股从自然中来的活泼泼的粗野的力量，和那种几乎惟他才有的粗陋的感觉。1886年2月，凡·高到达巴黎，接受了印象派的影响，扬弃了米勒式的大地色系、幽暗色调，取而代之以更明亮、更鲜艳的色彩。一方面，凡·高与印象派有其相同的审美追求，他们都排斥华丽的历史题材及讲究的学院标准，其强有力的绘画手法，与印象派浓浊、松散和快速涂抹的笔触也相类似。但是另一方面，凡·高从未致力于光线与环境的自然描绘，也从未设法捕捉世间的浮光掠影。对于一个在海牙与纽恩南挣扎于描绘最基本的主题的人来说，印象派的多重叙事显得遥不可及。在他这一时期的作品中，我们很难找到如雷诺阿那样的展现社会百态的船上欢乐宴会的作品，这多半归因于凡·高不太喜欢描绘此类题材。《麦田》（1887，油画）是这一时期凡·高所创作的最为成功的印

[①] ［美］欧文·斯通、吉恩·斯通编：《凡·高自传》，澹泊等译，湖南文艺出版社，1991年版，第269页。

象派画作之一。画中洋溢着空气、阳光和春风。但即使是在这幅明显模仿印象主义风格的作品中，却仍然挡不住凡·高的个性展现，仍然播下了凡·高日后风格的种子。整幅画的构图被分隔为残梗、麦田和天空三个平行的区域，从中可以预见阿尔时期简化的几何图形作品。他用结构性笔触绘出的物体形状与纹理，预示了后来密切结合素描与绘画的签名画作。① 不过，这一时期的凡·高由于身处印象派画家中间，还不能够完全超越印象派，只有到了他生命的后期，也是他创作的高潮时期——阿尔时期，他才发现"巴黎人对朴实无华的作品缺乏鉴赏力，是多么错误！"他说："我在巴黎了解的东西正在淡忘，我又回到了认识印象派画家前我在乡间所具有的思想。如果印象派画家对我的创作方式吹毛求疵，我不会感到惊讶，因为我的创作方式是受到德拉克洛瓦的思想，而不是受到他们的思想的影响。"② 这就从根本上刷新了他对印象派的理解，实现了他对印象派的完全超越。凡·高这种人，就像他所称赞的画家塞雷一样，也是一个不世出的奇才，一生历经艰辛，终于创作出哀婉动人的大作，就像一株黑山楂树，或者更像一株树干扭曲的老苹果树，终于在某个时候开出了世上最娇美、最纯洁的花儿一样。看见一个粗俗的人像一株鲜花盛开的树那样荣誉满身，的确是件美事。但在这之前，他必须经受严冬的巨大痛苦，其痛苦程度远远不是后来我们这些对他表示同情的人所能够体验得到的。③ 不管他的学画经历如何奇特，也不管他吸

---

① 以上关于凡·高与印象派的相关论述具体参见［美］布拉德利·柯林斯：《凡·高与高更：电流般的争执与乌托邦梦想》，陈慧娟译，广西师范大学出版社，2006年版，第86—89页。
② ［美］欧文·斯通、吉恩·斯通编：《凡·高自传》，澹泊等译，湖南文艺出版社，1991年版，第341页。
③ ［美］欧文·斯通、吉恩·斯通编：《凡·高自传》，澹泊等译，湖南文艺出版社，1991年版，第249页。

纳了多少外来资源，作为从北欧原始森林里走出来的自然之子、大地之子，所惟一不能改变的恰恰就是他的自然本性、个体特征。"要干我这一行，最好我就是我。"①从本质上讲，他的绘画就是他的个体，他的个体就是他的绘画。当我们在高度赞赏他的绘画时，我们同时也是在高度赞赏他的个体。

凡·高的"个人"特质还体现在他与画家高更的交往上。对于高更，这位高傲、敏感、风雅、冷酷的"野蛮人"，凡·高一向极为尊敬。他把高更视为前辈、大师，未来南方画室的住持。为了把高更从阿望桥的穷愁潦倒中解救出来，凡·高可谓费尽了心思。为此，凡·高甚至不惜一再贬低自己的艺术理念："我总是认为与你相比之下，我的艺术理念极为平凡。我总是具有一种野兽的粗糙热情。我忘记一切，只为追寻万物的外在美丽，而那是我无法复制出来的，因为我的画只能表达丑陋与粗糙。"②为了迎接高更的到来，凡·高不惜花费大量金钱，大肆装饰高更的房间，使之尽量舒适奢华，宛如"风雅仕女的闺房"。高更来到阿尔之后，两人一块住在黄屋。一开始两人相互克制，彼此忍让，相互学习（主要是凡·高向高更学习），还能够和平共处。高更还能和凡·高开开玩笑，在给提奥的信中戏称他俩是"乖巧的文森特与麻烦的高更"③。但是时间一长，两人的矛盾冲突逐渐升级，遂发生了艺术史上著名的"割

---

① ［美］欧文·斯通、吉恩·斯通编：《凡·高自传》，澹泊等译，湖南文艺出版社，1991年版，第127页。与凡·高一致，塞尚也具有极强的主体性。塞尚说："我开始考虑，我比周围的一切人都强。""在所有活着的画家中，只有一个真正的画家，这就是我。"具体参见邵大箴、奚静之：《欧洲绘画史》，上海人民美术出版社，2009年版，第212页。

② 间引自［美］布拉德利·柯林斯：《凡·高与高更：电流般的争执与乌托邦梦想》，陈慧娟译，广西师范大学出版社，2006年版，第122页。

③ 间引自［美］布拉德利·柯林斯：《凡·高与高更：电流般的争执与乌托邦梦想》，陈慧娟译，广西师范大学出版社，2006年版，第230页。

耳事件"。其实，从高更一到达阿尔，两人的矛盾就已经潜伏下来。一开始两人还只是对于阿尔的看法不太一样。在凡·高眼里，阿尔是太阳的故乡，也是日本的隐喻。但是高更却认为这里是"南方最肮脏的狭小地方"。稍后，高更在写给贝尔纳的信中，态度就相当激烈了。"阿尔勒的生活让我感到完全不对劲，琐碎不堪，糟糕透顶，令我厌恶，整个阿尔勒，这个地方，包括这儿的人，无不如此。文森特和我很难意见一致，绘画问题上尤其如此。他赞美杜米埃、杜比尼、齐耶姆和伟大的卢梭，所有我不喜欢的艺术家，反之，他不喜欢安格尔、拉斐尔和德加，所有我赞美的艺术家。为避免争吵，我总是对他说：'老板，没错！'他十分喜爱我的作品，但只要我作画，他总要来说这说那，告诉我这里那里有问题。生活上，他是浪漫主义者，我则喜欢原始人一样的生活。绘画上，他追求厚涂法的偶然效果（如蒙蒂切利），我对此类技巧上的杂碎则不屑一顾。"①尽管高更在这里的说法不无偏激不实之处，如他并非不喜欢杜米埃，凡·高也并非不喜欢德加，但是两人在艺术理念上的不同还是于此深刻彰显出来。就在发生"割耳事件"的稍前一段时间，凡·高和高更均在给提奥的信中说出了一段不祥的话语。高更说："文森特与我绝对不能相安无事地住在一起，因为我们个性不合……他是非常聪明的人，我相当尊敬他，我带着遗憾离开，但是我重述一遍，这是必要的。"②凡·高则说："高更和我时常谈起德拉克洛瓦及伦勃朗。我们的争论可谓惊心动魄；有时从争论中自拔出

---

① 转引自林和生：《忧伤的朝圣者——凡·高的流放与回归》，第316—317页。在林和生的这段引文中，在谈到凡·高所喜欢和厌恶的画家时，不知何故，没有把这些画家的名字翻译出来。现根据布拉德利·柯林斯《凡·高与高更：电流般的争执与乌托邦梦想》一书中的翻译予以补足，具体参见该书第224页。

② 间引自［美］布拉德利·柯林斯：《凡·高与高更：电流般的争执与乌托邦梦想》，陈慧娟译，广西师范大学出版社，2006年版，第212页。

来时,我们的脑子就像放完电的电池一样枯竭。我个人认为,高更有点不适应阿尔这个不错的小镇,不适应我们黄色的小屋,尤其不适应与我在一起。"① 仿佛已经预知了将要发生的悲剧。关于"割耳事件",凡·高的弟妹约翰娜的记述是:12月23日,凡·高与高更在饭后开始争论绘画观点上的问题,当时凡·高正在画自画像,高更对凡·高的苛刻批评,惹得凡·高狂怒,凡·高突然向高更摔杯子。第二天,高更从酒店回来,走在街上,凡·高也喝了酒从后面赶来,拿着剃刀追杀高更。结果追逐不得,凡·高陷入惭愧而激动状态,在狂乱之际,他割下自己的耳朵,送给酒店的妓女伊凡娜。邮差鲁伦把他救回来,可是警察立即把凡·高送到医院。高更回到画室才知道这件事,马上通知提奥,要他来阿尔。② 之所以会发生这样的惨剧,皆在于凡·高和高更这两个人的个性脾气都极为强悍,他们在艺术审美理念、艺术创作手法,乃至在对具体艺术家、艺术作品的品评上均有着显著的不同。在讨论比他们的生命还重要的绘画问题③上,他们更是互不相让。④ 如同凡·高,鲁迅终其

---

① [美]欧文·斯通、吉恩·斯通编:《凡·高自传》,澹泊等译,湖南文艺出版社,1991年版,第361页。
② 何政广:《梵高》,《世界名画家全集》,河北教育出版社,1998年版,第106页。关于"割耳事件"传说甚多,这只是其中之一。
③ 日后当凡·高的医生雷伊大夫询问高更,究竟是什么事让凡·高产生如此过激的行为时,高更回答说:"一个关于绘画的问题"。
④ 著名艺术史论家布拉德利·柯林斯认为,凡·高与高更之所以在阿尔合作失败,"其中最主要的原因之一,就是凡·高与生命中重要男性的关系,具有强烈的固定模式。一如我们所见,他可以将这些人理想化,希望与他们合为一体,接着便愤怒地攻击他们。凡·高对他的父亲、特奥,以及程度较小的毛沃,都依循着这个模式。他在等待高更前来阿尔的漫长时光,已在书信中将此模式演练了一遍。"([美]布拉德利·柯林斯:《凡·高与高更:电流般的争执与乌托邦梦想》,第213页。)从中亦可看到凡·高的独特个性。

一生除了许寿裳、许广平、瞿秋白、冯雪峰、胡风、柔石、萧红、萧军等少数几位可以信托的挚友，几乎不再有什么朋友，而亲手自造的论敌却有一大批——这其中包括了许多原先在同一战壕里的战友和相识多年的老朋友，如胡适和林语堂等。

也许是为了抒发内心激烈的情感，也许是受到前辈大师伦勃朗的启发，也有可能单纯就是为了省钱，凡·高创制了一大批风格卓异的自画像。据不完全统计，凡·高至少创作了41幅自画像，其中37幅油画，4幅素描，数目仅次于伦勃朗。这些自画像分布在他人生中的各个阶段，从中可以看到他各个时期不同的精神状态、个性特征。最早的一幅绘制于1886年，凡·高初到巴黎之时。这时的他头戴礼帽，衣冠楚楚，完全一副绅士打扮，但在清秀的面庞上却隐隐透露出一丝难以察觉的忧伤，似乎在告诉世人：他不属于巴黎，这里并非他的久居之地。这也对应了他初到巴黎之时给小妹威廉明娜写的一封信："不管怎样，第一眼见到巴黎，人或许会感到一切似乎都那么不自然，令人不舒服，也令人忧伤。"① 凡·高到达阿尔之后，又创制了一批自画像，其中的两幅《割耳之后的自画像》（1889，油画）特别引人注目。两幅自画像中，凡·高皆头戴浓黑毡帽，身披绿色大衣，右耳因失血过多还在被白色的纱布紧紧地包扎着。所不同者，一幅自画像中凡·高从容不迫地吸着烟斗，仍然不失其坚强的农夫本色；另一幅自画像的墙上张贴着一幅新鲜可爱的日本版画，那是凡·高最喜爱的图像。两幅自画像中的眼睛都是那样坚毅果敢，充满自信，仿佛都在向这个世界大声宣告他已经站起来了，无

---

① 这是1889年5月9日凡·高自圣雷米致小妹威廉明娜的信。间引自林和生：《忧伤的朝圣者——凡·高的流放与回归》，西南师范大学出版社，2015年版，第218页。其实这不是凡·高第一次到达巴黎，早在1874年凡·高即在古皮尔巴黎总公司工作过一段时间。

论是从肉体上，还是从精神上。圣雷米精神病院疗养时期，凡·高的精神时好时坏。《手持调色盘的画家自画像》（1889，油画）和《背景有激烈漩涡的画家自画像》（1889，油画）是这一时期的精品之作。第一幅自画像，深紫罗兰色的空间和蓝色的病员服形成画面的整体背景。在这背景上，突破幽闭、病痛、虚弱、憔悴、恐惧和痛苦，凡·高坚定起自己的意念，挺起脊梁，一只手顽强地握住调色板，宛如握住艺术家身份的证明和艺术的宣言。憔悴的脸上，痛苦而执着的目光伴着浅红头发和胡须一道燃烧。[①]第二幅自画像，宛如"不死鸟的再生"[②]。整幅画面遍布着蓝紫色的火焰，日本版画式的平涂早已消失不见，代之以一层层激烈的漩涡。画家的头发、眉毛、胡须乃至衣服上的褶皱，仿佛都在燃烧。眉宇间紧锁着的双目透射出一股冷峻大度的自信。这时的凡·高内心中已经不再有丝毫的焦虑和恐惧，既然已经到了生命的谷底，还有什么更可怕的东西呢？唯有不断地向死而生，才能不断地向死而在！其实，从宽泛的意义上说，凡·高的自画像还有很多。当他在画向日葵时，他在画他自己；当他在画"沉郁的丝柏"和"与人神似的橄榄树"时，他在画他自己；当他在画那双疲惫不堪的破鞋时，他在画他和提奥。甚至当他在绘制一幅于他而言再也普通不过的静物画，如《凡·高工作室的窗子》（1889，油画）时，他还是在画他自己。这幅画与其说是一幅再也简明不过的静物画，毋宁说是对于凡·高个人经验的一次惨痛记录。其中的每一个细节，无论是窗台上孤零零的几只瓶子，墙上挂着的几幅略带抽象意味的风景画，桌子上摆着的几本方方正正的书，都看上去与其说是装

---

① 关于这一段的描述具体参见林和生：《忧伤的朝圣者——凡·高的流放与回归》，西南师范大学出版社，2015年版，第342页。
② 这是林和生先生的比喻。"不死鸟的再生"正好对应着"向死而生"和"向死而在"。

饰性的元素，不如直接说是艺术家个性的心理投射。尽管其中并无人像，但我们完全可以将之解读为一幅象征凡·高内心世界的自画像。①

另一位表现主义艺术大师——蒙克，也是一个典型的个体主义者。他有着"狂信者一般虔敬的父亲，和因肺病而夭亡的母亲"②。他的父亲给他遗传了糟糕的神经，母亲则给他留下了虚弱的肺。他的母亲去世之后，他的父亲情绪低落，日渐消沉，开始过起一种孤独的生活。越到后来，他的父亲越呈现出一种令人难以容忍的脾气，其宗教性的紧张与焦虑已经到了疯狂的边缘。蒙克的童年几乎一直与疾病或死亡为伍，他自己也曾经像他的母亲一样得过肺结核，并且严重得差点死去。而在他十四岁时，他的一个心爱的姐姐苏菲则死于肺结核。他的弟弟安德烈亚斯则死于1895年，这年蒙克三十二岁。可以说，从幼年起，一直到成年，这些宗教性的恐慌、可怕的病魔和死亡的阴影就不断地占据蒙克的心灵，总是一个劲地扰乱他。"疾病、精神错乱和死亡是陪伴我摇篮的天使，而且从那时起就跟随了我的一生。我很早就知道了生活的悲惨和危

---

① 关于凡·高的自画像，所应引起特别重视的还有凡·高的眼睛。安东尼·亚尔特在《社会的自杀者梵高》中曾经这样评论："梵高的眼睛是伟大的天才之眼。从画布里发射出的炯炯目光，好像在对我进行解剖。在那一瞬间，我觉得这幅画所表现出的主人，早已经不是画家梵高，简直就是永恒不朽的天才哲学家。连苏格拉底也没有这种眸子，大概在梵高以前的伟大人物中只有悲剧性人物尼采表现过这种灵魂之窗，这是从精神的出口赤裸裸地来表现人间肉体的眼神。"（何政广：《梵高》，第69—71页。）如同凡·高，鲁迅的眼睛也像鹰一般锐利和强悍，且看董秋芳对于鲁迅的描画："在颧高的两个颧骨上，嵌着两只锐利发光的眼，眼皮有点儿下垂，举眼一瞥，你就会觉得他们在刺透你的内心——这是鲁迅先生一身的精神结晶物，当然是最特别的地方了。他的举动，言笑，无一不显示出他的强悍的气质来。"（董秋芳：《我所认识的鲁迅先生》，见鲁迅博物馆鲁迅研究室《鲁迅研究月刊》选编：《鲁迅回忆录散篇》（上册），北京出版社，1999年版，第115页。）

② ［日］板垣鹰穗：《近代美术史潮论》，《鲁迅译文全集》第3卷，福建教育出版社，2008年版，第398页。

机,知道了来世以及在地狱里等候着造孽儿童的永恒的惩罚。……当他（指蒙克的父亲）没有焦虑的时候,他就像个孩子与我们一块玩耍……当他惩罚我们时……他狂暴得就像疯子……在我的童年,我总感到我受到的是不公平的对待,没有母亲,只有疾病和悬在头上的地狱里的那种惩罚的威胁。"① 他的亲人中的那些可怕的、难以被人理解的死亡给这个特殊敏感的孩子留下了不可磨灭的印象,而这同时也给他的心理表现艺术提供了非常好的素材和灵感。正像他所说的那样:"病魔和死神像乌鸦一样地停留在我的小床上盯着我,从那以后,整整一生我都摆脱不了。在我的作品中,我是该多么地感谢病魔和死神啊!"② 病魔和死神对于蒙克的精神影响,是至为深远的。凡·高说:"别以为身体受到损害的人,就不适合搞绘画。一个人可能有各种各样的病痛,然而艺术创作未必因此受到影响。恰恰相反,神经不安的人,思维更加敏锐和缜密。"③ 蒙克的很多绘画作品甚至直接就是以病魔和死亡为主题的,如《病中的孩子》《病房中的死亡》《葬礼进行曲》等。④ 然而正是由于这些病魔和死神的不断威胁,才促使蒙克在他的作品中时时关注自己的个体生命存在。生命一

---

① ［英］J.P.霍丁:《蒙克》,吕澎译,人民美术出版社,1990年版,第2页。
② 蒙克语,见《挪威画家笛·迪·阿内森谈挪威画家蒙克》,裴显亚译。
③ ［美］欧文·斯通、吉恩·斯通编:《凡·高自传》,澹泊等译,湖南文艺出版社,1991年版,第305页。凡·高甚至说:"我越是耗尽精力,越是患病、疯疯癫癫,越是一个艺术家——创造性的艺术家。"(《凡·高自传》,第338页。)"在一定程度上,是疾病使我画出了高水平的画,我将不再可能取得这种成就了。"(《凡·高自传》,第363页。)尼采也表述过类似的思想。他说:"没有生病的体验就没有深奥的智慧,所有高贵的健康身体必须通过感官来完成。"(［英］J.P.霍丁:《蒙克》,第48页。)
④ 病魔和死神所给予蒙克的另外一个好处,则是促成了他的绘画生涯。蒙克的父亲原本是希望自己的孩子将来成为一名工程师的,但是由于蒙克经常体弱多病,总是无法按时完成学业,所以他的父亲只好遵从他的爱好,让他学习绘画,孰料竟在无意之中成就了一位杰出的美术天才。

旦逝去，即将不复再来。这种刻骨铭心的记忆和透彻心髓的体验几乎伴随着蒙克的一生。1930年，已近暮年的蒙克画了一张这样的素描：《施赖纳博士与蒙克》。画中，他鲜血淋漓地躺在手术台上，变成一具已经打开胸腔的尸体，眼睛黑洞洞的，傲视着正在一旁准备手术的施赖纳博士，他的私人医生。蒙克敢于面对死亡，直面他一生中的"阴影"，毫无疑问，这是其精神崇高的一个象征。毕竟在这个世界上，有多少人能够不仅有勇气观察真实，而且还有力量去描绘真实呢？鲁迅大概就是其中的一位吧。事实上，蒙克也正是在这一点上深深地打动了鲁迅。鲁迅在其同样为疾病和死亡所不断侵袭的晚年，时常有一种要赶快做、赶快写的念头，这就是在不知不觉中已经意识到了"死亡"的临近，意识到了艺术创造的原动力的丧失，意识到了生命的有限和紧张。鲁迅在其多病多灾之时，还要决意出版《E.蒙克画集》，可能正是因为他们在对死亡的感受上确实是心有灵犀的吧。

英国美术史论家赫伯特·里德（Herbert Edward Read）这样评价蒙克："蒙克这位对于整个北欧最有决定性影响的艺术家，是所有这些性情忧郁的人中最孤独的、最内观的和最辛辣的人——他不时访问巴黎，在德国逗留了较长时期，但是从地理上和心理上来说，他是一个'局外人'，同他最近似的人是基尔克加德（Kierkegaard）和斯特林堡（Strindberg）、易卜生和尼采这样的人物。"① 这不由得让人想起安东尼·亚尔特对于凡·高自画像的描述。因为在这两段著名的评论中都提到了一个悲剧性的人物、存在主义的哲学大师——尼采。值得注意的是，与蒙克最相近似的除了尼采，其他三位：克尔凯郭尔、易卜生、斯特林堡，都是蒙克的"北欧"老乡，其中易卜生和他一样都是挪威人。蒙克非常

---

① ［英］赫伯特·里德《现代绘画简史》，刘萍君译，周子丛、秦宣夫校，上海人民美术出版社，1979年版，第35页。

喜欢阅读尼采的《查拉图斯特拉如是说》。蒙克在创作奥斯陆大学壁画时,其部分创意、构思和意象即来源于此书。在为奥斯陆弗里亚巧克力食品厂的工人小卖部所画的一组小的《世态图》中的一幅——《流浪者》(1908—1909)中,我们发现了一个熟悉的人物,一种被称为阿哈苏鲁斯类型的人,他与《查拉图斯特拉如是说》中的"夜游者",有着某种密切的精神联系。应友人所托,蒙克还亲手绘制过几幅尼采像。1905年蒙克描绘了一幅在屋内坐在窗边的尼采像,这是一幅蒙克根据回忆而作的极不寻常的出色素描。关于克尔凯郭尔,蒙克特别喜欢他的《恐惧概念》。1924年他写信给在斯德哥尔摩的拉格纳尔·霍佩博士说,他为自己的艺术被认为表现了北欧精神感到高兴,"我们有斯特林堡、易卜生、基尔凯戈尔和汉斯·耶格,而俄国有陀司妥耶夫斯基。……我是在最近两年才结识基尔凯戈尔的,并且还有一些可相比拟的人物。我现在明白了,为什么我的作品被如此经常地与他的作品相比较"[①]。关于易卜生,蒙克也非常喜欢。蒙克死后,人们在他的书房里发现了易卜生的单本集子。当易卜生在深思他那个时代和社会固有的悲剧性冲突时,蒙克也在为反抗虚假的道德观念,要求建立一个自由的更好的社会秩序而奋斗。1896年,蒙克为法国大剧院的节目单易卜生的《培尔·金特》制作了一幅石版画。1898年,他又在奥斯陆为易卜生专门制作了一幅肖像画:《大咖啡馆中的易卜生》。1906年,他还为马克斯·莱因哈特设计了易卜生《群鬼》的布景和服装。与尼采、克尔凯郭尔、易卜生相比较,蒙克和斯特林堡的私人关系更为亲密。他们初识于柏林,与德籍波兰作家普兹拜佐夫斯基、普兹拜佐夫斯基的夫人杜夏、德国诗人德麦尔等,共同组成了一个新的波希米亚艺术家团体。在普兹拜佐夫斯基家里,蒙克和斯特林堡同时爱上了杜夏。1890年,蒙克创作了一幅油画作品:《嫉

[①] [英] J.P.霍丁:《蒙克》,吕澎译,人民美术出版社,1990年版,第55—56页。

妒》，具体描绘了当时的尴尬情景。斯特林堡虽然没有出现在这幅画中，但他作为一个不在场的在场者，是始终存在于他们四个人之中的。1892年，蒙克为斯特林堡绘制了一幅油画肖像，倾斜的站姿，大面积的蓝色调，凡·高似的笔触，无一不透露出这位艺术家当时不太稳定的精神状态。1896年，蒙克又为斯特林堡绘制了一幅石版画肖像。当蒙克为这幅杰出的黑白画加上装饰：由三面曲线和一面女人体构成的象征性的框子时，斯特林堡抱怨道："你知道我憎恨女人，因此你就在我的肖像画中放进一个女人。"1896年，斯特林堡在《白色杂志》上发表了一篇论及蒙克的散文诗，这可能是关于蒙克作品的最早最有系统的评论之一。

赫伯特·里德的这段话更令人想起鲁迅在《文化偏至论》中对于19世纪末期"神思新宗"的精彩描述，其中特别提到了三位人物：克尔凯郭尔、易卜生和尼采。至于斯特林堡，鲁迅对这位表现主义的戏剧大师也并不陌生。早在日本留学时期，鲁迅就购买过斯特林堡的《海姆塞岛居民》。1927年10月5、12、22日和1928年2月1日分别购进本年东京岩波书店出版的《斯特林堡全集》，共9册。即《一个灵魂的发展》《岛的农民》《痴人的告白》《燕曲集》《到大马士革去》《黑旗》和《女仆之子》《大海边》《结婚》。另有一册1928年东京新潮社出版的《痴人的告白、死的舞蹈及其他》，系《世界文学全集（28）》；一册1929年上海光华书局出版的《结婚集》，系蓬子、杜衡合译。当国民党的文化统制政策将斯特林堡的书列为禁书时，鲁迅表示了强烈的愤慨。开阔的文化视野和胸怀，使鲁迅在撰写《〈中国新文学大系〉小说二集序》时，准确地点明黎锦明的早期作品《社交问题》所受斯特林堡的影响。① 所有

---

① 关于鲁迅与斯特林堡的材料来源，具体参见姚锡佩：《滋养鲁迅的斯堪的纳维亚文化：安徒生—克尔凯郭尔—易卜生—勃兰兑斯—斯特林堡—汉姆生》，《鲁迅研究月刊》1990年第9、10期。

这些存在主义哲学大师或表现主义艺术大师们的一个共同特色，就是重视"个人"。他们都生活在敌对的当地环境中，为了他们一生中决定性的日子而孤军作战。正是在个体存在这一点上，鲁迅、凡·高、蒙克、克尔凯郭尔、尼采、易卜生、斯特林堡等这些文学界、绘画界、哲学界的精英们，才打破时空阻隔，取得了一种类似"我与你"的精神相遇和对话关系。他们还有一个典型特点，就是都喜欢利用文学艺术直接表达他们的思想。鲁迅的小说、杂文、散文诗固不必说，凡·高的书信，蒙克的日记、散文诗，克尔凯郭尔的文学日记体手记，斯特林堡和易卜生的诗剧，尼采的诗化哲学，等，所有这些，都具有同等重要的价值和意义。从某种程度上讲，他们简直就是共同属于同一个家族。这个家族的徽标，就是刻在克尔凯郭尔墓前的那个广为人知的墓志铭："那个个人"（"That individual"）。

与凡·高一样，蒙克也创作了相当数量的自画像。这些自画像中的主人公大都焦虑不安，仿佛大祸临头一般。1886年的《自画像》（油画）从斜睨的眼睛、微翘的嘴唇里，透露出一股冷峭、质疑的神情，这种神情是他这个年龄阶段所不应该具有的。脸面、脖颈则充满了刮搔的痕迹，仿佛精神上被毁了容，据说这是作者有意为之。1895年的《与一只手骨的自画像》（石版画）在画面的正下方有意摆放了一只阴森森的白骨，与鲁迅一样仿佛有着"骸骨的迷恋"。同年，《拿着香烟的自画像》（油画）布满了抑郁的蓝色调，画中的蒙克手持香烟，在烟气缭绕中，呈现出一股紧张、焦虑的神情，仿佛已经预感到了将要有不幸的事情发生。1903年的《地狱中的自画像》（油画）则把自己置身于地狱之中，背景一半是浓烟，一半是火焰，站在前面的则是一个全身赤裸的自己，蒙克在这里仿佛正在进行着精神的洗礼和灵魂的拷问。就其内涵而言，该图堪称油画版的《地狱之门》。1905年，在《未被邀请的客人》（油画）中，我们看到了一个用枪射击自己的蒙克。他的一生其实就是一个不断自我射击、自我格斗的一生。这种精神品格和鲁迅非常相似。1906年，在《有酒瓶的自画像》（油画）中，蒙克默然坐在桌旁，背向餐厅，背向两个木偶般站立的服务员，背向那象征着他的孤独的个体的幽灵般的顾客，他在生活处于危机时绝望了。1919年的《自画像》（油画）则描绘了一个感冒之后坐在躺椅上围着毛毯的中年男人。他神情落寞、百无聊赖，正无所事事地扭过头来，张口瞪视着画前的自己。自从1909年蒙克隐居以来，至今已有整十年。在这十年里，蒙克避免和任何人接触，每天和他在一起生活的也几乎只有他自己。即使是在生病期间，也并不例外。1923—1924年的《自画像》（油画）则把自己处理成了一个梦游症患者，地点仍是自己家里，或许是画室，时间则是某个深不可测的黑夜。在我的印象中，在蒙克之前，还很少有人关注这个题材。对于一个真正的表现主义者来说，梦游正是展现自己心理意识乃至无意识的最好时机。1940年的《自画像》（油画）描绘了一个自觉地隔绝于窗外的生机、也被窗外的生机所遗弃的人。尽管时值冬天，窗外一片雪白，但树木枝干仍然显示出挺拔昂然的生机。可是这一切都被作者紧紧地关在了窗外，留在室内的则是一个始终处于孤独和绝望之中的自我。同年的《时钟与床之间的自画像》（油画）则塑造了一个同样枯萎萧索、欢爱悉绝的人。时钟提醒着、记录着自己剩下的时间不多了，而床则是自己将要永远休息的地方。"变老不是闹着玩的，死亡也不是。我们实际上没有多大选择。"① 这时的蒙克已届老年，或许他已经意识到自己的时间不多了吧？我们可以这样说，蒙克的作品全是他自己一生的经历。他非常勇敢、公开而又毫无偏见地把内心深处的秘密全部表现在他的作品中。人们可以把蒙克的艺术

---

① 蒙克语，参见［英］J.P.霍丁：《蒙克》，吕澎译，人民美术出版社，1990年版，第77页。

理解为他生命的日记。在这本日记里，人们读到的是一个"个人"，他就是蒙克。

二　追索现代人类"精神"信仰的启示

与执着个体存在相伴而生的，是对于"精神"信仰的热切关注。鲁迅不是一名宗教徒，但终其一生，却表现出了为一般宗教徒所罕有的执着精神和韧性人格。鲁迅的密友、日本的内山完造曾经称鲁迅为"深山中苦行的一位佛神"①。其实鲁迅何止如此，联系鲁迅创作的《复仇》(其二)，鲁迅还是一位有着大爱大恨、大悲大喜的"受难的基督"②。不管是佛神还是基督，都充分表明了鲁迅身上所蕴含着的丰富的宗教精神。

鲁迅身上这种牢固的宗教精神渊源何在，是什么契机促成了鲁迅"精神"信仰的形成？根据学界一般的看法，这与鲁迅留学日本时期发表的一系列文言论文，尤其是其中的《摩罗诗力说》和《破恶声论》大有关系。早在1907年，鲁迅即针对"本根剥丧，神气旁皇"③的"萧条"中国发出了这样的天问："今索诸中国，为精神界之战士者安在？有作至诚之声，致吾人于善美刚健者乎？有作温煦之声，援吾人出于荒寒者乎？"④在这篇著名的诗论《摩罗诗力说》中，鲁迅着重介绍了一批以拜

---

① 徐梵澄：《星花旧影》，北京鲁迅博物馆鲁迅研究室编：《鲁迅研究资料》，天津人民出版社，1983年版。

② 关于鲁迅与基督教之间的关系研究，具体参见齐宏伟：《鲁迅：幽暗意识与光明追求》，江西人民出版社，2010年版。

③ 鲁迅：《集外集拾遗补编·破恶声论》，《鲁迅全集》第8卷，人民文学出版社，2005年版，第25页。

④ 鲁迅：《坟·摩罗诗力说》，《鲁迅全集》第1卷，人民文学出版社，2005年版，第102页。

伦为首的摩罗诗人。这批诗人包括:"超脱古范,直抒所信,其文章无不函刚健抗拒破坏挑战之声"①,"所遇常抗,所向必动,贵力而尚强,尊己而好战","举一切伪饰陋习,悉与荡涤","精神郁勃,莫可制抑","不克厥敌,战则不止","而复率真行诚,无所讳掩"②的拜伦;"世不彼爱,而彼亦不爱世,人不容彼,而彼亦不容人"③,十八岁即已"孤立两间,欢爱悉绝,不得不与社会战矣"④,然而却又常常"卧天然之怀,作婴儿之笑"⑤的雪莱;对于"厌世之风"不再与以同情,"诸凡切于报复而观念无所胜人之失,悉指摘不为讳饰",厥后外缘转变,"渐去裴伦式勇士而向祖国纯朴之民","所作日趣于独立"⑥的普希金;"奋战力拒,不稍退转","当降伏之际,亦至猛而骄。凡所为诗,无不有强烈弗和与踔厉不平之响者","至其自信,亦如裴伦,谓吾之良友,仅有一人,即是自己。又负雄心,期所过必留影迹"⑦的莱蒙托夫;与普希金不同,"渴血渴血,复仇复仇!仇吾屠伯"⑧,"有如血蝠,欲人血也"⑨,热爱自由,反抗压迫,"仪的如是,决无疑贰"⑩的密兹凯维支;尝自言"吾琴一音,吾笔一下,不为利役也。居吾心者,爱有天神,使吾歌且吟。天神非他,

---

① 鲁迅:《坟·摩罗诗力说》,《鲁迅全集》第1卷,人民文学出版社,2005年版,第75页。
② 鲁迅:《坟·摩罗诗力说》,《鲁迅全集》第1卷,人民文学出版社,2005年版,第84页。
③ 鲁迅:《坟·摩罗诗力说》,《鲁迅全集》第1卷,人民文学出版社,2005年版,第85页。
④ 鲁迅:《坟·摩罗诗力说》,《鲁迅全集》第1卷,人民文学出版社,2005年版,第86页。
⑤ 鲁迅:《坟·摩罗诗力说》,《鲁迅全集》第1卷,人民文学出版社,2005年版,第88页。
⑥ 鲁迅:《坟·摩罗诗力说》,《鲁迅全集》第1卷,人民文学出版社,2005年版,第90页。
⑦ 鲁迅:《坟·摩罗诗力说》,《鲁迅全集》第1卷,人民文学出版社,2005年版,第93页。
⑧ 鲁迅:《坟·摩罗诗力说》,《鲁迅全集》第1卷,人民文学出版社,2005年版,第97—98页。
⑨ 鲁迅:《坟·摩罗诗力说》,《鲁迅全集》第1卷,人民文学出版社,2005年版,第97页。
⑩ 鲁迅:《坟·摩罗诗力说》,《鲁迅全集》第1卷,人民文学出版社,2005年版,第96页。

即自由耳","所作率纵言自由,诞放激烈",最终"为爱而歌,为国而死"①的裴多菲。他们的共同特征是:"立意在反抗,指归在动作,而为世所不甚愉悦","大都不为顺世和乐之音,动吭一呼,闻者兴起,争天拒俗,而精神复深感后世人心,绵延至于无已"②;"无不刚健不挠,抱诚守真;不取媚于群,以随顺旧俗;发为雄声,以起其国人之新生,而大其国于天下"③。正是这些"摩罗诗人"启发了鲁迅一生对于精神性的不懈追求。

1908年,在《破恶声论》中,鲁迅更进而发表了对于宗教信仰的看法。鲁迅首先描绘了宗教的形成,"夫人在两间,若知识混沌,思虑简陋,斯无论已;倘其不安物质之生活,则自必有形上之需求。故吠陀之民,见夫凄风烈雨,黑云如盘,奔电时作,则以为因陀罗与敌斗,为之栗然生虔敬念。希伯来之民,大观天然,怀不思议,则神来之事与接神之术兴,后之宗教,即以萌蘖"④。鲁迅指出,宗教的发生与人们不能满足于简单的物质生活,还要进而追求更为高尚的精神世界有关。世界两大古国之民:印度人和希伯来人,在与大自然的亲密接触中,不期然生出虔敬之念和神秘之思,后来的宗教,就此得以萌芽。鲁迅继而指出了精神信仰的必要性,"虽中国志士谓之迷,而吾则谓此乃向上之民,欲离是有限相对之现世,以趣无限绝对之至上者也。人心必有所冯依,非信无以立,宗教之作,不可已矣。"⑤这里的"向上之民"指的就是那些不

---

① 鲁迅:《坟·摩罗诗力说》,《鲁迅全集》第1卷,人民文学出版社,2005年版,第100页。
② 鲁迅:《坟·摩罗诗力说》,《鲁迅全集》第1卷,人民文学出版社,2005年版,第68页。
③ 鲁迅:《坟·摩罗诗力说》,《鲁迅全集》第1卷,人民文学出版社,2005年版,第101页。
④⑤ 鲁迅:《集外集拾遗补编·破恶声论》,《鲁迅全集》第8卷,人民文学出版社,2005年版,第29页。

安物质之生活,具有形上之需求的人,就是上文中的古印度人和古希伯来人。他们看到了现实世界的有限性和相对性,生出了超越这一不完满性,以趋向于无限的绝对的至高无上的精神世界的要求。由于人的心灵必然要有所依托,没有信仰则无以支撑,故而宗教的兴起,是不可能停止的。接下来,在对中国文化"普崇万物"①的细致描绘和对某些人所坚持的西方文化"无形一主""独为正神"②的质疑中,鲁迅进一步点明了宗教信仰的由来和实质,"宗教由来,本向上之民所自建,纵对象有多一虚实之别,而足充人心向上之需要则同然"③。"向上之民""人心向上"的精神需求于此得到了进一步的强调。然而,理论归理论,现实情况却是:"浇季士夫,精神窒塞,惟肤薄之功利是尚,躯壳虽存,灵觉且失。于是昧人生有趣神秘之事,天物罗列,不关其心,自惟为稻粱折腰;则执己律人,以他人有信仰为大怪,举丧师辱国之罪,悉以归之,造作蠱言,必尽颠其隐依乃快。"④这些"浇季士夫"、"志士英雄"⑤,自以为曾经出国留学,掌握了一知半解的科学知识,触摸到片言

---

① 鲁迅:《集外集拾遗补编·破恶声论》,《鲁迅全集》第8卷,人民文学出版社,2005年版,第29页。
②③④ 鲁迅:《集外集拾遗补编·破恶声论》,《鲁迅全集》第8卷,人民文学出版社,2005年版,第30页。
⑤ 鲁迅笔下的"志士英雄"往往带有贬义,以和鲁迅笔下的"人"形成对照,这是鲁迅的一种特殊用法。鲁迅说:"故病中国今日之扰攘者,则患志士英雄之多而患人之少。"(《集外集拾遗补编·破恶声论》,《鲁迅全集》第8卷,第29页。)意思就是,造成中国今天这种混乱局面的,就是"志士英雄"太多,而真正具有主体意识的"个人"则太少了的缘故。在这里,鲁迅显然是把"志士英雄"和"个人"相互加以对举的,其贬斥前者,推崇"立人"的意思十分清楚。

只语的西方文明，就对那些人生有趣神秘之事，大加讨伐，横加污蔑，不惜置之死地而后快。实际上，这些人早已丧失"气禀"①，昧却"白心"②，精神闭塞，以肤薄之功利为第一追求，躯壳虽然还在，但却已经失去了对于万事万物的领悟和理解的能力。鉴于这一批"正信"③之人，始终"不悟墟社稷毁家庙者，征之历史，正多无信仰之士人，而乡曲小民无与"④，鲁迅才高声喊出"伪士当去，迷信可存，今日之急也"⑤的声音，真可谓振聋发聩。这些都构成了鲁迅一生思想和行为的又一个基本内核。

那么，除此之外，还有没有别的影响源呢？当我们再度沉潜到鲁迅"沉默的十年"中去的时候，我们仍然不期然地发现了凡·高、蒙克的潜在影响：作为现代人类生命信仰的追索者，鲁迅同样从他精神上的知音和同道者——凡·高、蒙克的生平及画作中获得了某种带有启示性的原创力量。

信仰是一件非常困难的事情。在鲁迅眼里，中国人做事尤其缺乏

---

①④⑤　鲁迅：《集外集拾遗补编·破恶声论》，《鲁迅全集》第8卷，人民文学出版社，2005年版，第30页。

②　鲁迅：《集外集拾遗补编·破恶声论》，《鲁迅全集》第8卷，人民文学出版社，2005年版，第29页。

③　鲁迅在文中多次提到"正信"一词，以和他所使用的"迷信"一词相对应。所谓"正信"，据钱理群说，就是"正确"的信仰。"正确"来自哪里呢？或者来自宗教教义，或者来自某个权威，或者来自某个时代、某个集团多数的利益。但恰恰不是来自人的内心，来自人的心灵世界的内在需求。这个词在鲁迅笔下带有明显的贬义，与之相反，"迷信"一词反而带有很强的褒义。所谓"迷信"，就是一种"信仰"，人不能没有信仰，信仰到了一种迷恋的程度就形成迷信。这是鲁迅的一种特殊用法。具体参见钱理群：《话说周氏兄弟——北大演讲录》，山东画报出版社，1999年版，第12、13页。

耐性，也就是"无特操"①。"看看中国的一些人，至少是上等人，他们的对于神，宗教，传统的权威，是'信'和'从'呢，还是'怕'和'利用'？只要看他们的善于变化，毫无特操，是什么也不信从的，但总要摆出和内心两样的架子来。"鲁迅把这样的人称为"做戏的虚无党"或"体面的虚无党"。②"崇孔的名儒，一面拜佛，信甲的战士，明天信丁"③，在中国文人的日常生活中已经成为常态。鲁迅干脆把这一批毫无特操的中国文人一概称之为"流氓"。所谓"流氓"，按照鲁迅的说法，就是"无论古今，凡是没有一定的理论，或主张的变化并无线索可寻，而随时拿了各种各派的理论来作武器的人，都可以称之为流氓"。④这些都是鲁迅对于国民精神信仰的深刻批判。与之相反，考索鲁迅的一生，鲁迅总是放弃轻易，有意选择艰难。在趋利避害的常人看来，这似乎是一件吃力不讨好的事情。王晓明曾这样描述鲁迅的一生，"他这一生，从他稍懂人事的时候起，就不断陷在处处碰壁的困窘当中。无论是18岁从绍兴回南京，还是22岁从南京去日本，也无论是29岁从日本回老家，还是32岁再次离开绍兴去北京，还是47岁从广州去上海，哪一次不是在原来的地方碰了壁，可到新的地方之后，又大碰其壁呢？他不断地夺路而走，却又总是遇上新的穷途与歧路，说得严重一点，你真

---

① 这个词最初来源于章太炎的"无执持"，鲁迅加以变化，形成了更为形象和生动的"无特操"。
② 鲁迅：《华盖集续编·马上支日记》，《鲁迅全集》第3卷，人民文学出版社，2005年版，第346页。
③ 鲁迅：《且介亭杂文·运命》，《鲁迅全集》第6卷，人民文学出版社，2005年版，第135页。
④ 鲁迅：《二心集·上海文艺之一瞥》，《鲁迅全集》第4卷，人民文学出版社，2005年版，第304页。

可以说他的一生就是走投无路的一生。"① 这个描述是相当精彩的。但不知道王晓明有没有意识到，鲁迅的这种处处碰壁、走投无路，其实正是鲁迅自己有意的选择，一种对于"人间苦"② 的"黑暗的闸门"③ 的自觉承担。④1926 年鲁迅携许广平同赴南方：鲁迅赴厦门，许广平赴广州。此时鲁迅摆脱了国家主义的控制和旧式家庭的羁绊，远离了北京学界现代评论派诸君子的围攻，可以说是心神俱旺，一片美好的前景展现在他眼前。在接下来的生活中，以鲁迅的学识和功力，在大学里做做学问，成为一名出色的教授兼国学大师，本是一件再轻松自然不过的事。然而这时的鲁迅却碰到了一个他在北京学术界还没有深刻体验到的问题，即：外省教育、学术与中国现代社会、中国现代文化的隔膜。"鲁迅到厦门大学来是为了相对静下来更多地从事一些学术研究活动，但当时的学院文

---

① 王晓明:《无法直面的人生——鲁迅传》,上海文艺出版社,1992 年版,第 233 页。
② 鲁迅:《两地书·二四》,《鲁迅全集》第 11 卷,人民文学出版社,2005 年版,第 81 页。
③ 鲁迅:《坟·我们怎样做父亲》,《鲁迅全集》第 1 卷,人民文学出版社,2005 年版,第 135 页。
④ 鲁迅的这种自觉承担"人间苦"的心态,与他所至为欣赏的北欧哲学家克尔凯郭尔密切相关。克尔凯郭尔发现,当周围的一切都越来越趋向于"更为容易"的时候,他所致力于的思想命题和行为准则,就是"必须以相同的人道主义者的热忱,试图把事情弄得困难一些"。他认为,当周围的世界越来越容易之际,人们将越来越"需要困难"。他将把"在每一处地方制造困难"看成是他的基本任务。他说:"在一个宴会之中,当客人们已经食得过饱,某人所关心的是另外奉上新的馔肴,而另一个人却给他们预备了呕吐药。"克尔凯郭尔就是这样一个不折不扣的药剂师。可以说,在中国文化这样一个"人肉的筵宴"中,鲁迅所奉献给世人的也已经不再是筵宴的材料,而是一批强烈的呕吐药、清醒剂、解毒剂。这才是中国文化所真正需要的。同克尔凯郭尔一样,鲁迅也是一个他自身所在文化的困难制造者。以上材料具体参见克尔凯郭尔:《最终的非科学性的附笔》,[美] W.考夫曼编著:《存在主义》,陈鼓应等译,商务印书馆,1995 年版,第 81、82 页。鲁迅:《坟·灯下漫笔》,《鲁迅全集》第 1 卷,人民文学出版社,2005 年版,第 228 页。

化却无法满足他这样一种要求。他在这种文化中所感到的不是更大的自由，而是更大的不自由；不是鲁迅没有更大的肚量容得下当时的学院文化，而是当时的学院文化还没有更大的肚量容得下中国现代最伟大的思想家。"① 在这种"寂寞浓得如酒"一样的"活死人"的状态中，鲁迅一再纠缠于做文章还是教书的两难选择。作文要热情，教书要冷静，二者不可得兼，鲁迅最终还是选择了做文章，放弃了静谧的学院生涯，主动跑到上海做起了一名亭子间里的自由撰稿人。"与创造社联合起来，造一条战线，更向旧社会进攻"②，是鲁迅先赴广州后赴上海的最初心理动机，尽管后来情况并不如意。究其实，鲁迅始终不能忘怀战斗，不能忘怀作为一名现代启蒙知识分子的"立人"职责，这在鲁迅的一生中是一以贯之的。

　　作为中国现代最优秀的知识分子，在追索现代人类精神信仰的生命征程中，鲁迅总是有意识地把信仰问题同知识分子问题相互纠结在一起进行思考。综观鲁迅对现代评论派、创造社、太阳社等现代文化人或知识分子团体的论争，鲁迅所攻击的主要的还不是他们目前所主张的东西，而是他们的自相矛盾、前后不一、善于变化、毫无特操。鲁迅在评价现代评论派的突变时说："我真疑心他们都得了一种仙丹，忽然脱胎换骨。"③ 鲁迅认为这都是中国的一帮"巧人"，专门利用目前的机会，来猎取自己目前的利益。④ 他们"嘴里用各种学说和道理，来粉饰自己的行

---

① 王富仁：《厦门时期鲁迅：穿越学院文化》，《厦门大学学报》2006 年第 4 期。
② 鲁迅：《两地书・六九》，《鲁迅全集》第 11 卷，人民文学出版社，2005 年版，第 195 页。
③ 鲁迅：《集外集拾遗补编・庆祝沪宁克复的那一天》，《鲁迅全集》第 8 卷，人民文学出版社，2005 年版，第 198 页。
④ 鲁迅：《华盖集・忽然想到（十至十一）》，《鲁迅全集》第 3 卷，人民文学出版社，2005 年版，第 97 页。

为，其实却只顾自己一个的便利和舒服，凡有被他遇见的，都用作生活的材料，一路吃过去，像白蚁一样，而遗留下来的，却只是一条排泄的粪"①。这样的人们一多，不但会使社会变糟，而且会使革命的精神变得浮滑、稀薄，以至于消亡，再下去是复旧。②创造社、太阳社之所以飞跃而又飞跃，对于目前的黑暗往往特别畏惧和掩藏，其根本原因也在于他们毫无确信，并不真的去做一些艰苦切实的事情。他们不敢正视各种社会现象，"只检一点吉祥之兆来陶醉自己"，"欢迎喜鹊，憎厌枭鸣"③，从"无抵抗的幻影"脱出，重新坠入了"纸战斗的新梦"④。鲁迅认为"真的知识阶级是不顾利害的，如想到种种利害，就是假的，冒充的知识阶级"，"真的知识阶级的进步，决不能如此快的"⑤。"倘没有应具的条件的，那就是即使自说已变，实际上却并没有变，所以有些忽然一天晚上自称突变过来的小资产阶级革命文学家，不久就又突变回去了。"⑥鲁迅虽从未表达过自己曾信仰过任何一种宗教，"但多种宗教情愫的浸润，西方现代个体生存哲学家对宗教信仰'个体化'的思考都无形中影响着鲁迅敏感的心灵。表现在他生活样态中的韧性战斗精神、救世精神和自我

---

① 鲁迅：《350423 致萧军、萧红》，《鲁迅全集》第 13 卷，人民文学出版社，2005 年版，第 445 页。

② 鲁迅：《集外集拾遗补编·庆祝沪宁克复的那一天》，《鲁迅全集》第 8 卷，人民文学出版社，2005 年版，第 198 页。

③ 鲁迅：《三闲集·太平歌诀》，《鲁迅全集》第 4 卷，人民文学出版社，2005 年版，第 105 页。

④ 鲁迅：《三闲集·"醉眼"中的朦胧》，《鲁迅全集》第 4 卷，人民文学出版社，2005 年版，第 65 页。

⑤ 鲁迅：《集外集拾遗补编·关于知识阶级》，《鲁迅全集》第 8 卷，人民文学出版社，2005 年版，第 226 页。

⑥ 鲁迅：《二心集·上海文艺之一瞥》，《鲁迅全集》第 4 卷，人民文学出版社，2005 年版，第 306 页。

牺牲精神，都表现出真正的宗教徒式的崇信；他性格中的认真、诚实与坚定都显示出真正的宗教徒式的力量。在纷然多变的现代中国社会，他是最能够保持思想聚焦性的人"①。鲁迅自身一生的实践充分证明了这一点。

在鲁迅眼中，凡·高、蒙克就是真正的知识分子，其中最重要的原因就在于他们始终坚持自己的信仰，在他们的画作中表现出了浓郁的宗教精神。那么凡·高、蒙克在他们的画作中传达出了怎样的宗教意蕴，这种宗教意蕴对鲁迅又有怎样的启示呢？

"这几天，我心情不佳……偶然走进僻静小巷里的画廊，看了一位画家的作品展。我在那些为命运撕裂的风景、静物、食土豆的几个农夫的画前面，不禁愕然……我不得不承认奇迹般地受到了强烈的冲击。树木，黄色与绿色的地面，残缺石块铺的山丘小路，锡水壶，陶瓷盆，桌子和粗糙的椅子，各自都有了新的生命。那是从没有生命的恐怖的混沌中，从无底的深渊中，向我投射的生命之光。我是感觉到的，而不是领悟到的！这些被造物是由对世界绝望而极其恐惧的怀疑中诞生出来的。它们的存在，将永远地穿破虚无、丑恶的裂缝。我确实感觉到，作者为了摆脱恐怖、怀疑和死的痉挛，以这种绘画来回答自己那种人的灵魂。"②1901年，维也纳诗人豪夫曼斯达尔在参观巴黎伯恩海姆画廊首次为凡·高举办的作品回顾展时，忍不住发出了这样著名的评论。这次画展所引发的绘画上的革命、精神上的冲击，无异于一次巨大的地震。画家弗拉芒克亦参观了此次展览，并受到强烈的震撼。他对马蒂斯说："爱

---

① 魏韶华：《"林中路"上的精神相遇——鲁迅与克尔凯郭尔比较研究》，中国社会科学出版社，2004年版，第105页。

② 鲍诗度：《西方现代派美术》，中国青年出版社，1993年版，第34—35页。

凡·高胜过亲生的父亲"①，显然视凡·高为其精神上的导师。

凡·高的作品为什么会放射出如此充满神性的生命之光？这与凡·高出身于一个"百分之百的基督徒家庭"②，并曾经在比利时的博里纳日矿区担任过六个月的临时助理传教士有关。沐浴在故乡北布拉班特美丽而广阔的田野和石楠丛生的大地之上，秉承着家族绵远流长的宗教基因，凡·高从小就被誉为有着"深刻的宗教心，与单纯的信仰力，而能在到处窥见神意的人！"③博里纳日传教时期则是凡·高生命历程中非常重要的一段，是他直接服务上帝、效法基督的时期。在这个时期，凡·高不但和矿工们同吃同住，甚至还不顾生命危险，一同深入到地下约七百米深的矿井中去，从而真正成为他们中的一员。他不但倾其所有，严厉苦行，竭尽全力帮助矿区中的所有人，甚至还在一次巨大的矿难中，奇迹般地救活过一个垂危的伤者。所有的这一切，都导致在他走后多年，这个矿区一直流行着一个"基督再世"④的传说。凡·高曾经这样浓烈地表达自己的宗教热情："我从内心热爱传教及与之有关的所有工作。我常把这种感情埋藏在心间，但一次又一次地让它被激发起来。如果让我说这是一种什么样的爱，尽管我觉得无法完整透彻地表述，那就是'对上帝和对人类的爱'。"⑤关于基督，凡·高也显示出惊人的见识力。他说：

---

① 弗拉芒克语，间引自鲍诗度：《西方现代派美术》，中国青年出版社，1993年版，第35页。
② ［美］欧文·斯通、吉恩·斯通编：《凡·高自传》，澹泊等译，湖南文艺出版社，1991年版，第19页。凡·高的父亲提奥多勒斯·凡·高及祖父文森特·凡·高都是牧师。
③ 丰子恺：《梵高生活》，新星出版社，2013年版，第21页。
④ 关于这一说法具体参见［美］欧文·斯通《渴望生活：梵高传》，常涛译，北京十月文艺出版社，2014年版，第355页。
⑤ ［美］欧文·斯通、吉恩·斯通编：《凡·高自传》，澹泊等译，湖南文艺出版社，1991年版，第11页。

"在所有哲学家和巫师之外,耶稣独自确立了生命的基调:不朽,无限,战胜死亡,宁静与挚爱之必然性和存在的理由。"①又说:"基督就是一切,在所有人的心中。"②他"很高兴自己透彻地研读过《圣经》,欣然见证了世上还有如此崇高的思想"③。他称颂他最喜欢的画家米勒、德拉克洛瓦和伦勃朗,就是"唯有德拉克洛瓦和伦布朗画出了我内心的耶稣形象……后来米勒画出了……耶稣的教导"④,而上帝则是"一幅没有画出的作品"⑤。

当凡·高试图做一名牧师的愿望破灭以后,他内心所充溢着的宗教热情却丝毫不减,经过一段时期痛苦的思考和艰难的选择,凡·高开始将他的热情和勇气转移到另一个真正属于他的职业——绘画中去。从此以后,他开始在绘画中寻找他的幸福。绘画也终于取代宗教,成为他的另外一个安身立命之处。或者说,作为不可重复的"单个个体",凡·高最终把绘画当成了他的"私人信仰"的另外一种独特的形式。⑥从上述所引凡·高对米勒、德拉克洛瓦和伦勃朗的看法中,我们发现凡·高在这里有意突出和强调了这三位艺术家与耶稣之间密切的精神关联。而在

---

①④ 摘自1888年6月23日凡·高自阿尔勒致贝尔纳的信。间引自林和生:《忧伤的朝圣者——凡·高的流放与回归》,西南师范大学出版社,2015年版,第380页。

② [美]欧文·斯通、吉恩·斯通编:《凡·高自传》,澹泊等译,湖南文艺出版社,1991年版,第31页。

③ 摘自1887年夏或秋凡·高自巴黎致小妹威廉明娜的信。间引自林和生:《忧伤的朝圣者——凡·高的流放与回归》,西南师范大学出版社,2015年版,第220页。

⑤ [美]欧文·斯通、吉恩·斯通编:《凡·高自传》,澹泊等译,湖南文艺出版社,1991年版,第335页。

⑥ 如同克尔凯郭尔所言:"信仰的本质是成为秘密,成为单个个人的秘密。信仰需要被每个个人保守为秘密,甚至向他者告白自身信仰之际,也必须在内心如此善加保守,否则就不叫信仰。"间引自林和生:《忧伤的朝圣者——凡·高的流放与回归》,西南师范大学出版社,2015年版,第386页。

凡·高看来，耶稣凭借其永生的生命来工作，本身就是最了不起的艺术家，并且胜过任何别的艺术家①。由此可见，艺术与宗教（包括艺术家与宗教家），在凡·高这里（无论是他描述自己的艺术还是评价别人的艺术）本身就是一而二、二而一的东西：他的艺术就是他的宗教，他的宗教就是他的艺术。二者是如此紧密地交织在一起，以至于人们可以在凡·高的艺术中发现大量的宗教意蕴。这些作品往往传达出酷似鲁迅的亦为凡·高所特有的精神主题——为生存而奋斗的主题。以凡·高海牙时期的素描《树根》和《悲哀》为例，"在这张画（指《树根》）中，我试图将赋予那张人物画（指《悲哀》）的同样感情融于风景画中：这些树根痉挛似的疯狂地扎进土壤，却几乎被风暴拔起来。在那个苍白而纤弱的女子的形体中，在这些扭曲多节的黑色的树根中，我想表达为生存而奋斗的主题"②。在稍后的德伦特时期，面对着一望无垠的天空和苍凉而又沉默的大地，凡·高又持续创作出一大批弥漫着生活的沉重和悲壮、劳动的神圣和艰辛、人们的苦难和抗争的主题的作品。凡·高说："如果某个风景使你忘却烦恼，它一定含有某种意义。"③同样，如果某个风景（某个人物）给你带来了深深的不安和反思、绝望和抗争，它也一定含有某种意义。这种意义是宗教的，也是精神的。这种为生存而奋斗的主题，在鲁迅的作品中，《狂人日记》《孤独者》《过客》《颓败线的颤动》等庶几近之。

---

① 摘自1888年6月23日凡·高自阿尔勒致贝尔纳的信。间引自林和生：《忧伤的朝圣者——凡·高的流放与回归》，西南师范大学出版社，2015年版，第380页。

② ［美］欧文·斯通、吉恩·斯通编：《凡·高自传》，澹泊等译，湖南文艺出版社，1991年版，第138页。林和生在其《忧伤的朝圣者——凡·高的流放与回归》中将"为生存而奋斗"翻译为"为生活而进行的斗争"（具体参见该著第173页），则显然不如《凡·高自传》翻译得更有力度。

③ ［美］欧文·斯通、吉恩·斯通编：《凡·高自传》，澹泊等译，湖南文艺出版社，1991年版，第336页。

向日葵,是凡·高在大自然中所找寻到的最能传达其精神意蕴的物体①。1888年8月所作的一幅《静物花瓶中的14朵向日葵》(油画),是最富有装饰意味,也最为成功的一幅。这幅作品完全消泯了巴黎时期的光影表现,放弃了对于阴影和深度的追求,直接采取蒙蒂切利式的厚涂法,把厚厚的颜料快速而准确地堆砌在画布的平面上。阿尔的炎热与日本的艳丽、蒙蒂切利的厚涂法与德拉克洛瓦的对比色,于此巧妙地融合在一起。值得注意的是,凡·高在描绘向日葵时,似乎特别在意花的数目——2、3、4、12、14等。似乎每一枝向日葵无一不是一个独特的、有感受力的物体,是自然的一个可以分离的奇迹。我们试将这幅向日葵与同富装饰意味的产生于1880年代的一幅出自莫奈之手的法国向日葵静物画作一下比较。从凡·高的向日葵中,我们多少都能感觉到每个个性化的花茎与花朵中的那种不可思议的生命力,似乎每一枝花都在某些时刻被一种神秘的生命循环所捕获。这种循环在绽开着的巨大花朵中达致其生命的巅峰,并伴随着花盆边缘枯萎下垂的花束而悄然逝去。我们在莫奈的向日葵中看到的是一个集结在一起的整体,其中的花之个性被掩盖遮蔽于融自然光源与人工光源于一体的那种装饰性的光影闪耀之中。莫奈的静物首先是审美愉悦的对象,其中的自然最终被归结为人工;凡·高则反其道而行之,将本属装饰性的人工样式,最终还原为粗粝的、生机勃勃的自然。② 从这里我们

---

① 向日葵之于凡·高的特殊因缘,集中体现在这句话上:"你知道芍药属于让南,蜀葵属于科斯特,而从某种意义上说,向日葵属于我。"(《凡·高自传》,第363页。)

② 以上关于凡·高和莫奈的向日葵静物画的比较分析,具体参见[美]罗伯特·罗森布卢姆:《现代绘画与北方浪漫主义传统》,刘云卿译,广西师范大学出版社,2003年版,第85页。著者在进行引用时,并未全引,而是在充分理解原文、译文的基础上,根据文章内容需要作了相关摘引,不但改动了个别句式,还调整了相关词汇,以使语意更加明白晓畅。特此说明。

也可以看出，作为表现主义艺术大师的凡·高和作为印象主义艺术大师的莫奈之间的本质区别。

丝柏，则是凡·高继找到向日葵之后最能传达其精神意蕴的又一个自然物体。① 凡·高的丝柏，"沉郁的丝柏"，默然、寂然、孤绝、高傲，宛如巨大的黑色的火焰，燃烧在广袤的田野上，金黄色的麦浪前和紫色的山峦下，又仿佛黑色的金字塔，奔腾燃烧在充满天启的星月夜中。相形之下，那耸立在正在匍匐着的村庄之上的教堂，是那样卑微和渺小，其传统宗教圣像学，早已为一种新型的宗教图像——那唯独属于凡·高单个人所有的神秘的图像，所取代、所超越。在天与地、圣与俗、神与人之间，充当着神秘的连接点的，正是凡·高的丝柏，这宛如受难的使徒成道肉身一般的神秘的见证。在凡·高所喜欢描绘的其他物体——橄榄树、麦田、桃花、杏花、鸢尾花、葡萄园、太阳、月亮、星星、云彩等中，也无不散发透射出一股逼人的生命之光。实际上这正是鲁迅激赏凡·高之处。凡·高的向日葵、丝柏、橄榄树、麦田等，和鲁迅的"过客"一样都是真正"向来我属"的精神性存在。

与凡·高这种经常在其作品中表达对于生命的热爱相反，蒙克在其作品中所着力营造的往往是一种特有的"精神底阴郁"——一种"对于现世的形而上学底的恐怖"②。蒙克虽非出身宗教世家，但父亲是一个虔诚的宗教狂信者。加之童年特有的死亡和疾病体验，这一切都促使蒙克较早思考生死问题。这在其日后的作品中总是有意识地显露出浓厚的宗教意蕴。

蒙克绘画作品中的宗教隐喻往往与"性"有关。"性"，对于这位绘

---

① 凡·高说："我画完向日葵后，就开始寻求与其相反的或近似的题材，我找到了，那就是丝柏。"（《凡·高自传》，第409页。）
② ［日］板垣鹰穗：《近代美术史潮论》，《鲁迅译文全集》第3卷，福建教育出版社，2008年版，第400页。

画大师而言,是一种手段,一种借之以达到对宗教的超验的象征的理解的工具。这是蒙克区别于凡·高,同时也有别于鲁迅的地方①。蒙克之所以总是在他的绘画作品中有意识地打上"性"的烙印,与他的爱情生活有关。蒙克对女人的态度,虽则不像他的朋友斯特林堡那样病态,将女人视为恶魔,但也没有多少好感。他长相英俊,略带羞涩,富有才华,深得女人喜爱。他曾经有过多次短命的爱情,但是没有一次回忆是甜蜜的。他总是被女人打得落花流水,发展到最后他对任何一个向他发出爱慕的信号都产生强烈的质疑和反抗。而且,如同他的老乡克尔凯郭尔,他终生未婚,其中一个重要的原因在于,他担心婚姻会对他的创造性的工作发生影响。为了进一步排除"性"所带来的困扰,蒙克干脆将其形而上学化,通过赋予其强烈的宗教意蕴,使其完全融入到他的绘画之中。对于蒙克而言,表达即是一种解脱,一种缓解和疏离焦虑的方式。能够将自己所担心所恐惧的事情勇敢地以艺术的形式表现出来,本身即是一种解放。蒙克长期离群索居,只身一人,不求同伴,不求配偶,不惮于过着一种苦行僧似的生活,与他长期以来一直致力于绘画创作,甚至将绘画视为他真正的情人有着密切的关系。②

活跃在奥斯陆和柏林的波希米亚人③,是一群年轻的无政府主义者、

---

① 凡·高和鲁迅也有借助于"性"来传达其宗教隐喻的作品,如凡·高的《悲哀》和鲁迅的《复仇》,但是并不常用,而且也少了蒙克作品中所常见的那种爱情受虐狂的味道。
② 在这一点上,蒙克和罗丹非常相似,他们都把艺术(绘画或雕塑)视为他们真正的情人。所不同的是,蒙克基本上对女人采取回避的态度,在与女人的交往中总是处于被动的状态,罗丹则不断地从女人身上激发出创造的灵感,他喜欢女人待在他的身边,并且为了他的艺术不惜毁灭她们,包括他最优秀的学生卡米耶。
③ 在奥斯陆的波希米亚人中,汉斯·耶格是他们的精神领袖,蒙克的老师克罗格则是其中的重要成员。在柏林的波希米亚人,则是蒙克的诸多朋友,主要包括斯特林堡、普兹拜佐夫斯基、德麦尔等。

无神论者和激进分子。他们对"性"的强调，亦对蒙克产生了至深的精神影响。他们深受马克思《共产党宣言》和《资本论》第一卷的影响，具有强烈的革命精神。他们憎恶中产阶级的一切价值理念，主张男女平等，性爱自由。他们不但支持妇女应当从家庭专制的牢笼中解放出来，而且认可当时广受社会非议和排斥的妓女。克罗格即创作过两部以妓女为题材的引起巨大社会风潮的作品：小说《阿尔柏丁》和巨型油画《阿尔柏丁在警医候诊室》。受此运动影响，蒙克创作过许多具有强烈的波希米亚精神与主题的作品，如《青春期》（1893，油画）、《圣母玛利亚》（1893—1894，油画）、《生命之舞》（1899—1900，油画）、《水边之舞》（1900，油画）等。蒙克还创作过许多直接以波希米亚人为题材的作品，如《波希米亚式聚会》（1894，铜版画）、《波希米亚式婚礼》（1925，油画）等。蒙克也曾有多幅作品描绘其团体成员，如《卡尔·杰森黑尔》（1885，油画）、《汉斯·耶格》（1889，油画）、《奥古斯特·斯特林堡》（1892，油画）等。他曾对奥斯陆国家画廊主任珍·提斯说："你无需绕远路来解释我的艺术创作，所有的答案，你可以在波希米亚运动的那个时期中找到。那个时期所强调的是画出自己真正的生活。"① 其实，蒙克并不完全赞同波希米亚人的社会理念和生活态度，比如他对于耶格的无政府主义立场和克罗格激进的社会改革主张，就持有保留性的意见，对于斯特林堡也是既爱又恨，但是他也确实从他们身上体会到了一种浓郁的人道主义精神，一种对于男女两性、性爱自由的同等重视。

---

① ［德］乌非·孟哈·史尼德：《论〈病中的孩子〉》，何政广主编：《蒙克》，河北教育出版社，1998年版，第209页。这段引文是从何政广主编的《蒙克》一书中辑录出来的。仅知作者姓名，译者不知，原题亦不知，著者根据文章原意，大体拟定了这样一个题目。

蒙克说:"波希米亚时代带着它自由的爱来临,它无视于上帝和万物的存在,所有的人都安憩于生命的狂舞之中。"① 在蒙克的作品中,我们可以多次看到这种自由的印痕和生命的狂舞。创作于1893—1894年的《圣母玛利亚》(油画)即是其中的一幅极其大胆的惊世骇俗之作。该图一反既往传统,不再把圣母看得高高在上,不再仅仅将其视为一个母亲,也不再一厢情愿地将其定义为圣洁的象征,而是将其从云端拉向人间,将其作为一个完全沉浸在热恋中的情欲勃发的女人。这样的圣母已经不再圣洁,反而具有了更多的肉体的魅惑乃至挑逗的意味。红色的桂冠更加强了其情欲的象征。这成熟女人身上所散发出来的香气,几乎要冲破画框弥漫到全宇宙之中。在创作于1895年的同名石版画中,蒙克更是丝毫不顾及当时的社会伦理和宗教禁忌,大胆地在其作为装饰之用的周边画框中,布满了四处游动的精子,并在画面的左下角放置了一个奇形怪状的胎儿。其性意识、性内涵,更是毫不掩饰地脱框而出。石版画所具有的黑白效果,较之美轮美奂的油画色彩,所造成的骇人的冲击力,有过之而无不及。通过创立一种截然不同于既往传统的新型宗教圣像学,蒙克表达出一种对于性爱自由的强烈渴望。通过在绘画中,以大胆违反社会世俗伦理禁忌的方式,将圣母塑造成情欲的象征,也进一步缓解乃至消除了蒙克的紧张和焦虑。

再以1899—1900年创作的《生命之舞》(油画)为例。在这幅作品中,蒙克试图将世俗的主题(一次普通的舞蹈聚会)转译为超验的象征("生命的狂舞")。这是一种春之舞蹈,它发生在水之边缘,并有一个神秘的不可测知的天体(太阳抑或月亮)悬浮在上空。在最原始的尚未被人类物质文明所玷污的自然环境中,男人和女人开始最充分地遭遇其命运。在

---

① [德]乌非·孟哈·史尼德:《论〈病中的孩子〉》,何政广主编:《蒙克》,河北教育出版社,1998年版,第212页。

这里，蒙克人类命运的观念通过女人的三种年龄的主题得以实现。她从最初的纯洁状态（白色），到性的结合（红色），再到最后的枯萎（黑色），各自传达了不同的意义。我们试将雷诺阿的同一题材作品《布戈瓦尔的舞蹈》作一下比较。在雷诺阿那里，一对跳舞的男女所指示的无非是巴黎郊外午后的悠然，其背景则为那些交谈、啜饮并吞云吐雾的男男女女提供了一个宴饮交际的惬意场所。在蒙克这里，跳舞的主题被转译成一个可怕的生物学哑剧。在这三个部分所组成的循环中，女主人公首先为性欲所激动，她身边的春日花朵也生机勃勃；随后，这火一般的激情在舞蹈中得以实现，这是一种男女欢爱的暗示；最后，她立在那里，走完了她的生物历程，她的双手紧握在私处，她的形象阴郁而灰暗。一对对鬼魅般的舞蹈者构成背景，他们彼此的性吸引力在邪恶之黑与纯洁之白的强烈对比中标示出来，并为构图平添了一种骇人的冲击力。[①] 从这里，我们同样可以看到作为表现主义大师的蒙克和作为印象主义大师的雷诺阿之间的本质区别。凡·高、蒙克的艺术观是一种"为生命而艺术"，莫奈、雷诺阿的艺术观则是一种"为艺术而艺术"。尽管鲁迅、凡·高、蒙克都具有高超的审美评判力，但作为表现主义的艺术大师，他们首先并不把自己的艺术创造仅仅局限在审美范畴，视为一种审美活动，而是视为一种手段，一种可以实现其淋漓尽致的生命欲求和情感宣泻的手段。

到了后期，蒙克渴望与生活达成和解，试图摆脱疾病的困扰，使自己能够在精神上站立起来。1909—1911 年，他为奥斯陆大学大厅绘制了一幅巨大的《太阳》壁画。对于蒙克，太阳是一个巨大的宇宙体，能够提供源源不断的营养。这个光芒四射的太阳，被置于绘画的中心，已然篡取了神之意象的位置，具有了教堂那样的庄严气氛。这说明蒙克的一生如同

[①] 以上关于蒙克《生命之舞》和雷诺阿《布戈尔的舞蹈》的相关论述，具体参见［美］罗伯特·罗森布卢姆：《现代绘画与北方浪漫主义传统》，刘云卿译，广西师范大学出版社，2003年版，第108—109页。

鲁迅一样始终都在思考自己乃至整个人类的精神问题。鲁迅、凡·高、蒙克，这三位"精神界之战士"，这样的称呼他们是当之无愧的。

三 "抽象化"艺术风格心理图式的辐射

英国文艺批评家、作家F.L.卢卡斯曾这样描写早年自己在冰岛时的一段旅行经历，"早年，我在冰岛旅行时，常常得向人家家里借歇。当你身上又湿又冷时，屋里的人一言不发，从门里向你打量，冷冰冰的眼睛可能使你更加感到寒冷三分。可是一个小时之后，你就会被他们的殷勤好客所打动。辛格韦德利尔的冷漠寡言的姑娘跳舞跳得那么激情奔放，这是我从来没有见过的。雪花可以盖在火山上，水壶可以在冰原上煮开。"[①] 从中我们可以看到冰岛人的性格：外表沉默寡言、冷若冰霜，内里激情如火、热烈奔放。这种性格与鲁迅笔下的"魏连殳"（《孤独者》）、"黑色人"（《铸剑》）和"火的冰"（《自言自语》）非常相似，其激烈悖反、相反相成，仿佛出自同一个源泉。卢卡斯之所以描述自己的这一段经历，其意在证明他的论述对象挪威人——易卜生也具有这种普遍的"北欧性格"。这种性格的形成与北欧地处严寒的气候条件密切相关。与阳光明媚、气候宜人、温暖舒适的南部欧洲不同，整个北欧民族在令人痛苦的、紧张的、没有获得任何益处的自然中，所感受到的是人与自然的冲突、与自然的内在分离。他们充满着恐惧，充满着不安和疑虑，与外部世界毅然决然地对峙着。他们感受不到明朗的苍穹，在日光不断的日子之后，跟随而来的却是数个月深深的黑暗；

---

① ［英］F.L.卢卡斯：《易卜生的性格》，崔思淦译，高中甫编选：《易卜生评论集》，外语教学与研究出版社，1982年版，第350页。该文译自卢卡斯所著《易卜生和斯特林堡》，卡赛尔出版社，1962年版。

遇不上畅快的气候，一切都被阴郁的气氛压抑着；周围也没有茂盛的花草相随，那孤独的大片大片的原始森林，乍一看去，就像是一个个忧郁的巨人。总之，从北欧人的地理环境及其所遭受的一切来看，没有任何东西会使他们走向与自然和平共处的泛神论。但是即使在这样恶劣的气候条件下，北欧人也热切地渴望活动。"北欧人渴望活动，但由于这种活动不能换取对现实的清楚理解，而且由于得不到这种正常的解决，因而只好加强活动，最后唯有借助于不健康的幻想以求自己的解脱。从前哥特人不能通过清楚的知识把现实化为自然形象，所以也就为这种强烈的幻想所驱使，而把现实转化为神奇、变形的东西。每一事物都变成怪异的和幻想的。在事物的可见外貌的背后，隐藏着它的漫画式形象，在事物的呆无声息的背后，隐藏着可怖的幽灵的生命，因此所有的真实事物都变成奇异的形象……大家的共同点是迫切要求活动，但由于活动没有固定目标，结果消失在无限无极中。"[①]这里透露出整个北欧艺术的两个重要原则：精神性和抽象化[②]，而抽象化正是北欧人艺术意志的独特体现。正是由于现实世界的不稳定、不可靠和纷纭散乱、稍纵即逝，北欧人才"将外在世界的单个事物从其变化无常的虚假的偶然性中抽取出来，并用近乎抽象的形式使之永恒"[③]。通过这种方式，北欧人便在变动不居的现象流逝中寻得了安息之所。即使这种形式，相对于外部世界而言，已经夸张到了一种抽象的程度，北欧人也毫不在乎。因为对于北欧人而言，只有内在心灵的稳静和平衡，才是最重要的。凡·高和蒙克，这两位"北方系统"的先驱者，为了追求内在心

---

① 沃林格尔语，见［英］赫伯特·里德：《现代绘画简史》，洪潇亭译，上海人民美术出版社，1979年版，第33—34页。

② 这里的精神性包括主观性、幻想性，抽象化包括符号化、漫画化。其中，对于精神性的论述具体参见本章第二节，本节重点探讨抽象化。

③ ［德］沃林格尔：《抽象与移情》，王才勇译，辽宁出版社，1987年版，第17页。

灵的和谐与稳定，为了清除精神上的痛苦和绝望，在他们的作品中有意设置了许多抽象性的因素。如同他们的前辈、北方浪漫主义的大师弗里德里希，他们的艺术也只有放置于整个北欧艺术、本土艺术的考察范围之内才能得到更为恰切的解释①。

"我担心过的事发生了。我一直不太舒服，感到特别难受，就上床睡觉了。我不时地头疼，牙也疼，因焦虑而发烧，因为我特别担心这个星期，我不知道如何打发时光。我起床后，又躺下了。我发烧，神经紧张，在床上躺了差不多整整三天。我清楚地意识到自己的体力衰退了，但我的热情和勇气并没有消失。"②类似这样的处于病痛和焦虑状态中的描写，在《凡·高自传》中可以找到一大批③。尽管凡·高认为每一个有勇气和

---

① 当然，这只是从共性的角度予以考虑。由于现代艺术家的个性普遍强烈，所以对于他们作品的艺术风格特征的考察，还必须结合他们各自的个性特征。比如凡·高、蒙克均出身北欧，自然都带有北欧艺术的整体特征，即精神性和抽象化。但由于凡·高往往有着太多的生命热望，所以在他的作品中我们时常感到一种灼人的生命气息；而蒙克对于生命往往恐惧大于热爱，所以我们就经常在他的作品中发现更多的对于死亡的浓笔重彩。这就形成了他们各自的和而不同的艺术风格。

② ［美］欧文·斯通、吉恩·斯通编：《凡·高自传》，澹泊等译，湖南文艺出版社，1991年版，第110页。

③ 另一段颇具代表性的描写如："也许是发烧，或者是神经质，或者是别的什么——我不知道——总之我觉得不舒服。我想起你在信中谈到别的事情时所讲的那句话——我希望过高，超出了实际需要。我有一种不自在的感觉。昨晚它使我难以入眠。

"今天一大清早，突然间似乎所有的烦恼都聚集在一起，把我压得透不过气来。我四处都得付钱，房东、颜料商、面包商、杂货商等，天晓得还有谁，总之钱所剩无几。最糟糕的是，过了许多星期这样的日子之后，一个人觉得自己的抵抗能力已经消耗殆尽，剩下的只是一种极度疲劳的感觉。在这种时刻，一个人会希望自己是钢铁铸的，对于自己仅仅是血肉之躯觉得遗憾。

"我忍受不了这样的生活，因为我再也看不到将来的光明。我无法用语言来表达自己，我弄不明白为什么我没有取得成功。我已经把自己的全部心血都放在工作上了，至少此刻我觉得那是一个错误。"具体参见［美］欧文·斯通、吉恩·斯通编：《凡·高自传》，澹泊等译，湖南文艺出版社，1991年，第218页。

精力的人都会有这样的时刻：忧郁、绝望、痛苦的时刻[①]，但是面对生命中数不清的悲惨和凄楚，凡·高还是发出了这样的追问："我们能看到生活的全部吗？或者更确切一些，我们看到的一面，是否仅是死亡的一面？"[②]考察凡·高的一生，它不断地重复着这样的遭遇：每当他决定献身于某项事业——传教事业或绘画事业时，他的献身精神越是急切，献身态度越是真诚，献身行为越是极端，现实世界的冷酷也就越是毫无情面地向他袭来。他不但被认为丢尽了教会的脸面，被剥夺了继续传教的权利，被堵死了通往上帝的路途，而且对于他的绘画作品，不论是当时的世俗社会，还是与他同时代的画坛，都极少有人对其予以高度的认可。他对自己的作品——即使是他最满意的向日葵，最高估价也就500法郎，然而终其一生却仅仅卖出一幅油画作品：《红色葡萄园》，价格400法郎。关于他的绘画评论，也才仅仅出现两篇。尽管有著名艺术评论家阿尔贝·奥里埃亲自为其摇旗呐喊，凡·高生前还是没有为世人所知。他越是关怀社会和世界、家庭和亲情，社会和世界就越是拒斥他，家庭和亲情就越是远离他。反复出现在凡·高脑海里的想法就是："我干了工作，开支精打细算，却仍然不能避免背上负债的包袱；我一直忠于那个女人（指凡·高的同伴妓女西恩），但却不得不离开她；我一贯憎恨阴谋诡计，但却找不到一个信任我的人。"[③]困惑中的怀疑，矛盾中的纠葛，苦涩的孤独，深刻的绝望，便是他生活中的基本成分。这时，传统绘画中以对

[①] ［美］欧文·斯通、吉恩·斯通编：《凡·高自传》，澹泊等译，湖南文艺出版社，1991年版，第201页。

[②] ［美］欧文·斯通、吉恩·斯通编：《凡·高自传》，澹泊等译，湖南文艺出版社，1991年版，第334页。

[③] ［美］欧文·斯通、吉恩·斯通编：《凡·高自传》，澹泊等译，湖南文艺出版社，1991年版，第239页。

自然环境的逼真摹写和对现实生活的精确复制为基本特征的自然主义、写实主义手法，已经不能够使饱受日常生存之苦的凡·高感到满足。传统绘画要求人与自然的宁静与和谐，凡·高在其绘画中所展现的却是人与自然的苦斗。这些为基本生存而抗争的美学主题，已经远远超出了传统绘画的审美范畴。对凡·高而言，生活就是一次艰难的航行，艺术就是一场不折不扣的作战。严酷的时代和冷酷的现实，日复一日、年复一年、如魔鬼一般的绘画训练，早已使凡·高厌倦了所谓学院学究式的完美和正确手法的乏味无聊，他感到他必须改变他笔下的人物形体和风景色彩。如果这种形体改变和色彩涂抹，可以准确地表达出他对这个时代的基本看法，传达出他内心火一般的激情，既可以使他的感情，也可以使他的愿望得到满足，还可以使他从这个基本敌对的、不人道的世界中解脱出来，那么他就大胆改变，大胆采取一切行之有效的绘画法则，包括大量的抽象化法则。这是创造一种更高的真实——艺术上的真实的需要。

凡·高在其创作中，特别喜欢采取成双成对的主题。这些主题大都具有抽象性的意味和象征性的内涵。这些作品主要包括：《凡·高的椅子》（1888，油画）和《高更的椅子》（1888，油画），《收割者》（1889，油画）和《播种者》（1888，油画），《拉马丁宫的夜咖啡馆》（1888，油画）和《阿尔勒的夜间露天咖啡座》（1888，油画），等。

《凡·高的椅子》和《高更的椅子》，画得并不仅仅只是两把椅子，而是凡·高和高更两人的肖像画。高更在离开阿尔整整一个月前，凡·高就已经在开始着手绘制这两幅杰作了。这两幅作品充满着太多的二元对立，如凡·高所言实在是"太怪异"了，太抽象了，以至于无法不让人作出象征性的解读。《凡·高的椅子》，充满着阳光，描绘的是白天，温暖的金黄色洒满整个简朴的小屋。椅子上放置着画家所熟悉的烟斗和烟草袋，都是些粗朴的乡下农夫的常用物品。直来直去的椅背和椅腿，恰巧对应着凡·高直来直去的性格。椅背上那只小小的涡轮般的疤痕，仿佛是画家无所不在的眼睛，正在好奇地注视着室内的一切。整幅画所采取是凡·高经常使用的透视法，由于画家所采取的视点较高，整个椅子看上去好像漂浮在整个画面上，但是绘画底部大块大块的红色方形陶砖还是牢牢地把椅子固定在地面上。屋后墙角狭小的盒子里放置着两朵含苞待放的球茎花，显然这是生机和希望的象征，凡·高的大名就签署在这个盒子上。与之截然相反，《高更的椅子》，描绘的是夜晚，燃烧的蜡烛和墙上的煤油灯进一步强化了这一意象。它们所发出的微弱的光线，取代了光芒四射的太阳。它们象征着画家源源不断的灵感和火花，正好和高更喜欢依靠自身，发挥想象，大胆使用非自然的光源、光线相一致。夜晚、梦境和幻想本就属于高更。高更的椅子整个呈优雅的弯曲状，看起来坐上去非常舒适。圆扇形的坐垫、精致的烛盘和椅子下面红色的地毯均透露出奢华的意味，完全符合高更放荡不羁的城市花花公子的世俗形象。整幅画所采取的是高更所喜欢采取的平涂法，这次画家所采取的视点较低，给人一种仰视的感觉，从中可隐约察觉画家对于高更的谦卑心理。但是，凡·高在这幅画里也不是没有刻意打上自己的印记，他在画中故意采取了高更所最厌恶的蒙蒂切利式的厚涂法，并且还有意识地在椅子上的各个部位涂满了幽冥的蓝色。这在一定意义上，再次以毅然决然的态度宣告了夜晚属于高更，而白天则属于他；高更热爱神秘，而他则固守经验主义。

  再以凡·高创作《收割者》和《播种者》为例。"这幅画（指《收割者》）整个是黄色调，颜料涂抹得那么厚，但主题仍然简练、单纯，令人愉快。那是一个轮廓模糊的人物,为了完成自己的任务,魔鬼般地战斗在麦田的热浪中间。我在这收割者身上看到了死神的形象,人是他所要收割的麦子。"① 将麦子视为人,将收割者视为死神,这完全是凡·高心中的视觉意象,它们不由自主地在凡·高笔下发生了主观变形。另一幅《播种者》,则与《收割者》意义相反,正在播撒着种子的农夫仿佛正在撒播着生命,他头后金光闪闪的又大又圆的太阳,仿佛天使头部的光环。树木和人物的剪影,更加强化了这一象征内涵。凡·高在这里有意识地赋予了播种者一种神圣的使命。这就是凡·高所理解的光天化日之下的生命和死亡,其中充满着个人性、私密性的宗教隐喻。

《拉马丁宫的夜咖啡馆》和《阿尔的夜间露天咖啡座》,则分别塑造了凡·高的"两个自我":一个是阴暗的、恐怖的、如幽灵漂浮在地狱一般的"可以令人沉沦、发疯或犯罪"② 的咖啡馆内的凡·高,一个是明亮的、温馨的、漫步在紫色的天空下和蓝色的鹅卵石上的充满着诗情画意的凡·高。两幅油画描绘了两种截然不同的情景,暗含着两种非此即彼的情调,喻示着两个充满着矛盾纠葛、不战则已、战则不止的自我。说到底,这是凡·高一个人的战争。

蒙克与凡·高,这两位艺术家在其创作方式或创作风格上有其相似之处,比如都喜欢使用阔大的笔触和鲜艳的色彩,都喜欢夸张而激烈的奇特表现等。但蒙克的眼光与凡·高的并不完全相同:蒙克所关注的更

---

① 凡·高语,见林和生:《忧伤的朝圣者——凡·高的流放与回归》,西南师范大学出版社,2015年版,第155页。关于这一段话,《凡·高自传》的翻译是:"这幅习作全是黄色的,色调画得非常重,但是题材很好而且简单。在这个收割者身上我看到,一个模糊的身影在炎热中像个魔鬼似的挣扎着,以完成他的任务。从把正在收割的小麦视为人性这个意义上讲,这是死亡的象征。"(《凡·高自传》,第394页。)相比较而言,林和生翻译得较好。

② 凡·高语,具体参见〔美〕布拉德利·柯林斯:《凡·高与高更:电流般的争执与乌托邦梦想》,陈慧娟译,广西师范大学出版社,2006年版,第166页。

多的是日常生活中阴暗的一面，疾病、痛苦和死亡成为他一生中挥之不去的梦魇。因此，较之凡·高，蒙克的眼光更为客观，更为冷静，也更为冷酷。这些均不是凡·高的特性。正如前面所引里德的话，同蒙克相近似的人是克尔凯郭尔、斯特林堡、易卜生和尼采这样的存在主义哲学大师和表现主义艺术大师。由此我们也可以发现，在存在主义哲学和表现主义艺术之间存在着某种天然的联系。存在主义哲学特别强调孤独个体的精神需求，也因此，蒙克较之凡·高，更像是北欧艺术的直接传人①。在蒙克看来，人们日常生活中的现实秩序只不过是在维持着一种虚假的平衡。这种表面的和谐不但掩盖了真实的冲突，扼杀了真正的活力，而且使生命愈益萎缩，社会愈益困顿不前。与这种生活观和社会观相适应的，是重视模仿和强调写实的自然主义的绘画创作模式。作为"一个对梦幻的消除者，一个受生活的所有苦难蹂躏、使用唤起恐怖感的色彩的画家，一个被灰色的恐怖和黑暗拥有的人，一个粗鲁的野蛮人和一个难以捉摸的颓废者"②，蒙克反其道而行之，采取了一种抽象的概括的变形的，同时也更为夸张的简洁的直白的艺术创作手段。显然，这是一种与在冷漠中完全沉沦的世界逆向而行的艺术，它不是一种对快乐的展现，所要求的也不是罗丹式的沉思冥想，而恰恰是内心的不安和剧烈的骚动。

在蒙克早期的画作《病中的孩子》中有着许多看似毫无意义的"独

---

① 凡·高对法国南部阿尔地区的阳光欣喜若狂，这若放置在蒙克身上，则不可思议。因为正如里德所言，蒙克除了对自己的出生地北欧具有最大甚至唯一的亲和性，在其他任何地方，蒙克都是一个"局外人"。

② 捷克评论家萨尔达语，具体参见［英］J.P.霍丁:《蒙克》，吕澎译，人民美术出版社，1990年版，第51页。

特的线条"和"搔刮的痕迹"①。这种粗涩的线条实际表达出了蒙克对于生命的一种疲惫的感觉。蒙克说:"我想表达一种疲倦的动作……我要画出生命,画出一个活生生的人。"② 对于蒙克而言,作画犹如一场剧烈的战斗。当蒙克在他的作品中,一次又一次地不知疲倦地涂上他的那些各式各样的线条时,蒙克感受到了一种巨大的精神自由。多年以来的精神重负在这一瞬间突然消逝得无影无踪,取而代之的是生命的创造的巨大狂喜。当疲惫、伤痛构成了活生生的现实时,公众有什么理由阻止蒙克把它表现出来呢?又有什么理由反对蒙克使用那些可以释放出他的巨大的心理能量的抽象符号呢?至于蒙克作品中的那些"搔刮的痕迹",则更是进一步表达出了蒙克对于死亡的恐惧。在《病中的孩子》的核心位置,蒙克有意设置了两只手:一只病孩的手,一只母亲的手。蒙克在绘制这两只手时,在构图上显然经过了反复的刮擦和模糊的处理,以至于这两只手乍一看已经完全不像是两只手,而像是一只"敲粉墙的锤子"。蒙克的反对者、自然主义的画家温彻尔就曾经这样咒骂过蒙克。这两只手到底有没有过真正的接触,是相互分离还是紧密连接?画中的这两位人物,是心意相通还是幽冥相隔?反复的刮擦和模糊的处理,使得这一切突然变得扑朔迷离,不得而知。凄清的动作预示着不祥,死亡的感觉笼罩了整幅画面。那同样经过刮擦处理的巨大枕头,也早已不再柔软舒适,宛如一块巨大的补丁,却怎么也弥合不了生命的裂缝和痛苦的无奈。在当时一般只能(也只会)欣赏写实主义(自然主义)绘画的公众来说,这

---

① 这两个说法取自于乌非·孟哈·史尼德《论〈病中的孩子〉》一文。具体参见[德]乌非·孟哈·史尼德:《论〈病中的孩子〉》,何政广主编:《蒙克》,河北教育出版社,1998年版,第189、202页。

② 蒙克语,具体参见[德]乌非·孟哈·史尼德:《论〈病中的孩子〉》,何政广主编:《蒙克》,河北教育出版社,1998年版,第191页。

种线条和痕迹纯属多余，但在蒙克看来却非如此不能表达他内心深沉的情致。这种反叛的自主的极具个性的表达方式，显然对于当时观众的审美趣味和价值判断形成了强烈的冲击。这种开放的实验的已然抽象化了的语言形式，本来就不是为了取悦于当时的中产阶级、市民阶层，并适应于他们的安全感的需要，而恰恰就是要故意制造不安，挑战他们的道德规范和社会自信。这种直接而激烈的表达，遭到了公众无尽的漫骂和嘲笑。反过来，蒙克再创造出更加骇人听闻的作品，以此来报复公众的反应，公众又再次予以疯狂的嘲笑。如此循环往复，直到以艺术家的精神崩溃而告终。

在《卡尔约翰街的夕暮》(1893—1894，油画)中，蒙克描绘了一群面目狰狞、五官模糊正在奥斯陆的大街上漫步的人群。这群人大多生活在悲苦或恐惧之中，一到夜晚就四处徘徊，变成黑夜恐怖的化身。他们或戴着高帽、蒙着面纱，或戴着面具、形似骷髅，鬼影幢幢，走向不可测知的未来。远方的高月，阴森的树影，平添了骇人的景象。周围的灯光，点点如鬼火，照着他们可怖的表情。在蒙克笔下，他们的面孔或形体都发生了严重扭曲，完全是作者内在心灵的外化。正是这些如同鬼魅一般飘荡在大地上的奥斯陆市民构成了扼杀艺术家天才的"无主名无意识的杀人团"。画中还有一人，茕茕孑立，踽踽独行，故意与众人背道而驰，只留下一个浓重的背影，可能正是蒙克本人。如同德国著名版画家、表现主义的同路人凯绥·珂勒惠支，蒙克也常常将自身的形象嵌入绘画之中，与画中的人物一起参与着非常的事变。蒙克就这样以如椽的笔触描绘出了他所置身的丑恶环境。当时的挪威是一个穷国，奥斯陆则是其中的一个小城。生活在这里的居民，大都具有相似的生活理念和审美趣味。他们共同构成了一个看似强大实则虚弱的大众集体。这个大众集体，用海德格尔的话来讲，就是一群处于非本真的生存状态之中的与"他人"

共在着的"沉沦"在世的"众人"。他们看守着任何挤上前来的例外，压抑着任何前去冒险尝试的东西。在他们的控制下，任何优越的状态都被不声不响地压住，一切原始的东西都在一夜之间失去了它的力量。蒙克不幸成了其中的一个例外，一个异端，一个不折不扣的牺牲品。蒙克说"艺术是一种结晶"。他所谓的"结晶"，无疑是他作为一个自发的创造的艺术家，对于他个人日常生活中的各式各样的情感：痛苦、焦虑、绝望乃至虚无等的一种高度概括的抽象化了的精准描绘。这种紧张而激烈的绘画方式和创作意图，也再次表明了，艺术家的创造并不是为了迎合中产阶级平庸大众的审美趣味，而是为了深入纷繁的人心，探讨存在的本源。

《世态图》是蒙克花费三十多年所倾心致力于的一组绘画的总标题。蒙克称呼这组绘画为"一首关于生命、爱情和死亡的诗篇"[①]。这组绘画被构想为共同表现了一个生活图景。"这整整一组画都有起伏波动的海岸线，在那条线之下是永不平息的大海，树下是丰富多彩、充满欢乐与痛苦的生活。"[②] 其中最有代表性的一幅作品是《呐喊》（又译《尖叫》）。关于这幅绘画，蒙克写道："一个黄昏，我在一条路上散步，一边是城市，下面就是峡湾。我感到疲倦和不适。我停下来眺望峡湾——太阳正在落坡，天上的云层渐渐变为血红。我感受到大自然中响彻了一声尖叫，在我看来，我是听到了这声尖叫。我画了这幅画，把云画得很红。连色彩都在尖叫。这幅画就成了《世态图》中的《尖叫》。"在这幅画中，现代人给自己寻找的表现主义位置就像克尔凯郭尔在他的《恐惧概念》里分析的那样，表现得十分深刻。构图的透视很夸张，码头纵深伸向由天空、大海和大地曲线支配着的风景。前面一个在尖叫的人双手恐怖地捂

---

①② ［英］J.P.霍丁：《蒙克》，吕澎译，人民美术出版社，1990年版，第24页。

住头，嘴巴大张开，身体在抽搐。后面是两个拉长的人物在码头缓慢而惶惶不安地走着，就像卡夫卡创造的形象。这个受到惊吓的人的脸是黄色的，像个骷髅。色彩象征着特定的心境：天空是强烈的红色和黄色，风景是蓝色、黄色和绿色。栏杆引向天空。风景中各种形象的色彩和曲线的动力效果，表现出了极度焦虑的心理状态。在这幅作品中，蒙克只画回忆，没有增加任何东西，可以说非常概括，堪称空空如也。① 这是一幅典型的抽象表现主义的代表性作品。"为了描画出当代事物那最重要的特质，画家使用了最现代的表现手段——震惊"②，突出地表现了莫名的恐惧和极度的紧张。这不是一个人的精神痛苦，而是整个时代的精神困境。有趣的是，蒙克在这幅油画中红色天空的部位写道："只有一个疯子才能画出这样的画。"③

而鲁迅，是在现代中国诞生的又一个别样的疯子、狂人、异类。他的一生，可以说始终与周围的世界格格不入，处于一种紧张、激烈的矛盾对立状态。这个周围的异己的世界不仅包括可触可见的黑暗现实，还包括许多杀人不见血的软刀子——中国传统文化。鲁迅以一人之力对抗这黑暗、冰冷的世界，真好像推着巨石上山永无止息的希腊神话中的西西弗斯，又宛如以头撞墙，即使头破血流也在所不惜的舍斯托夫——一位鲁迅所欣赏的存在论神学家。"荒原"和"铁屋子"就是他对寂寞、沉

---

① 以上蒙克自述以及关于《呐喊》的描绘，具体参见［英］J.P. 霍丁：《蒙克》，吕澎译，人民美术出版社，1990年版，第19—20页。
② 纪尧姆·阿波利奈尔语，转引自［美］彼得·盖伊：《现代主义：从波德莱尔到贝克特之后》扉页，骆守怡、杜冬译，南京：译林出版社，2017年版。
③ 蒙克语，具体参见［德］乌非·孟哈·史尼德：《论〈病中的孩子〉》，何政广主编：《蒙克》，河北教育出版社，1998年版，第226页。

闷中国的高度抽象化了的恰切譬喻。尽管鲁迅有着丰富的艺术素养和高超的审美情趣,但鲁迅并不耽溺于此,鲁迅所追求的是一种"为生命而艺术"。这种生命是活泼泼的个体的生命,是真正"向来我属"的精神性存在。但,这在冥顽不化、"死也不肯跨过这一步"[①]的现实中国,实现这种愿望何其难哉。"不是很大的鞭子打在背上,中国自己是不肯动弹的。"[②]"狂人"和"过客"就是鲁迅所着意塑造的两个革命未已、战斗不止的反抗这空虚和黑暗的"精神界之战士"。细查鲁迅所创造的这两个文本:《狂人日记》和《过客》,可以发现一个明显的共同的倾向——抽象化。进而我们在鲁迅所创造的其他文本也发现了类似倾向。如《长明灯》《孤独者》《影的告别》《死火》《墓碣文》《这样的战士》等。我们完全可以推测,鲁迅作品中的这种"抽象化"了的艺术风格,是很有可能受到了凡·高、蒙克抽象画作的精神影响的。只不过由于文学语言和视觉语言这两者之间所客观存在着的翻译转换的艰难,使得人们不太容易看出其中的某些相通(似)性来。下文即以《狂人日记》和《过客》为典型例证,集中分析其中出现的抽象化风格意味。

其一,时空设置虚灵化。《过客》最明显,时间为"或一日的黄昏",地点为"或一处","东,是几株杂树和瓦砾;西,是荒凉破败的丛葬;其间有一条似路非路的痕迹。一间小土屋向这痕迹开着一扇门;门侧有一段枯树根"[③]。这是具体场景的布置,不过是几件必不可少的简单至极的道具。老翁、女孩、过客,也是"故事"发生所必不可少的几个人物。此外无他。《狂人日记》虽则在"文言小序"中点明"故事"发生在作者

---

① 鲁迅:《呐喊·狂人日记》,《鲁迅全集》第1卷,人民文学出版社,2005年版,第451页。
② 鲁迅:《坟·娜拉走后怎样》,《鲁迅全集》第1卷,人民文学出版社,2005年版,第171页。
③ 鲁迅:《野草·过客》,《鲁迅全集》第2卷,人民文学出版社,2005年版,第193页。

故乡中的某个小村,时间约在作者写作这篇文章即1918年4月2日之前。但在文章主体——"白话文正文"中,时间并未标明,诚如小序所言"不著月日",只用"一""二""三"等十三个数字来标识每一段落。空间也只注明一个"狼子村",但并非故事发生地,其实"狼子村"也不过是一个虚构的观念上的方位。鲁迅之所以在《过客》和《狂人日记》中这样设置时空,主要是为了赋予"故事"一个较为永久的象征性寓意。不标时空,正是超越时空。只要有人类继续生活,继续存在,"故事"就有永远上演的可能。鲁迅的这一设置已经带有西方现代表现派戏剧的意味。

其二,人物塑造符号化。在《狂人日记》中主要塑造了两大类人物形象,一类是"我",另一类就是"他们"——赵贵翁、古久先生、陈老五、大哥、医生、小孩子等。这些"他们"尽管有着阶级上、地位上、职业上、性别上的差异,但却共同构成了一个"无主名无意识的杀人团":"他们可是父子兄弟夫妇朋友师生仇敌和各不相识的人,都结成一伙,互相劝勉,互相牵掣,死也不肯跨过这一步。"① "他们"完全符号化了,"他们"只作为异己世界中一个分子而存在,没有个性,只有共性。连"他们"的行为也都符号化了:他们眼色都一样,脸色都铁青,而且都在笑。"我"则是从这个"异己世界"中分离出来的异端和例外,始终处于和"他们"的矛盾冲突对立中。这世界是一个"黑漆漆的,不知是日是夜"② "自己想吃人,又怕被别人吃了,都用着疑心极深的眼光,面面相觑"③的世界。"我"是在这个世界中唯一梦醒了的人。《过客》中

---

① ③ 鲁迅:《呐喊·狂人日记》,《鲁迅全集》第1卷,人民文学出版社,2005年版,第451页。
② 鲁迅:《呐喊·狂人日记》,《鲁迅全集》第1卷,人民文学出版社,2005年版,第449页。

的"过客"是一个不甘心沉沦到现实生活中的"独异个人"。他不知道自己叫什么,从哪里来,到哪里去,只知道走。他憎恶回到"没一处没有名目,没一处没有地主,没一处没有驱逐和牢笼,没一处没有皮面的笑容,没一处没有眶外的眼泪"[①]的地方去。老翁和女孩,则安于现状,甘愿沉沦到现实世界中,他们是"庸众"的代表。他们只承载着浓厚的哲学意味,不具备过多的繁细描写。随着人物形象的类型化、符号化,文章所蕴含的哲学意蕴也更加突出了。

其三,情节处理简括化。《狂人日记》情节极为简单,就是讲了一个"我"如何劝转大哥等不要再"吃人"的故事。但这个情节却具有极大的概括性。因为它表达了一个高度浓缩化了的振聋发聩的意象——吃人。"吃人"一下子道破了中国封建文化四千年来所隐藏起来的全部秘密。这种情节处理,仿佛木刻一般,取得了黑白分明、单刀直入的效果。《过客》主要叙述了一个"过客"在途中休息时和老翁、女孩的一场对话,几乎不加任何修饰,全是白描。但各种人物情态已经如在眼前,过客的困顿倔强,老翁的慵懒无聊,女孩的天真烂漫,在简单的情节中全然托出。各种人物所代表的象征抽象意味也呼之欲出。在各种文体中,鲁迅颇青睐短制,于此大概可以揣摩三分。

其四,故事整体寓言化。这两个"故事"皆讲述了一个"人在世界中"的寓言。"人在世界中",这是一个海德格尔式的哲学基本命题。他将人所处的基本生存状态分为两大类:本真生存状态和非本真生存状态。"狂人"和"过客"代表着生活在本真生存状态之中的已经个别化了的"此在";"他们""老翁""女孩"等则代表着生活在非本真状态之中的甘愿沉沦于周围世界中的"众人"。在"此在"和"众人"之间展开了一场

[①] 鲁迅:《野草·过客》,《鲁迅全集》第2卷,人民文学出版社,2005年版,第196页。

真正的搏斗。最终"狂人"投降，病愈之后赴某地候补去了；"过客"仍然不屈不挠，继续坚定地向前走去，从中透露出追求本真生存的艰难和不易。以上所讲的其他三个方面皆可在寓言化的故事整体中得以解说。从中我们可以看出，尽管鲁迅采取的是文学语言表达形式，凡·高、蒙克采取的是绘画语言表达形式，但抽象化——确是鲁迅和凡·高、蒙克在艺术风格心理学上的共同选择，而鲁迅的这种选择又是和凡·高、蒙克的激赏有着密切关联的。这表明鲁迅不仅在思想精神上，而且在创作风格上，都汲取了凡·高、蒙克的精神营养。他们之间的跨越时空的精神相遇是一件撼动人心的现代性精神事件。

第二章　人在世界中
——关于鲁迅与罗丹的生存论思考

  重要的思想家总是说同一桩事情。①

——海德格尔

  奥古斯特·罗丹（Auguste Rodin，1840—1917），法国杰出的具有世界影响的现代雕塑艺术大师，是继菲狄阿斯、米开朗基罗之后的欧洲雕塑史上的第三座高峰，在西方现代美术史上素享有"现代雕塑之父"的盛誉。其主要代表作品有《地狱之门》（包括《思想者》）《加莱义民》《塌鼻人》《老娼妇》《行走的人》《巴尔扎克》等。其中后期作品被一般美术史论者认为采用了所谓"印象主义雕塑手法"，即在雕塑过程中充分利用光影的效果。诚然，这是对的。如《老娼妇》，从作品的处理方法上明显地看到罗丹

---

① [德]海德格尔：《人，诗意地安居——海德格尔语要》，郜元宝译，张汝伦校，上海远东出版社1995年版，第30页。又见，海德格尔，*Basic writings*，*Harper and Row Publishers*，*New York*，1977，P241.

强调了流动的塑痕，手中的泥巴自由地在人体上表达了一种激情。特别是在光影作用下增加的细节变化，看上去有了印象主义的视觉效果。但是据此而称罗丹为印象主义者，却并不为美术史论中的许多有识之士所认可。英国美术史论家赫伯特·里德就认为，"罗丹是否应称为印象主义者，取决于人们对印象主义所下的定义"①，而印象主义并没有一个确切的定义，而毋宁说是含混的、模糊的，所以就很难认定罗丹为印象主义者。"如果印象主义者是企图忠实于视觉经验的话，那末在《青铜时代》这类作品中罗丹是位印象主义者，而在《巴尔扎克像》这类作品中是个象征主义者。"②这里已经出现了对于罗丹及其作品的不同定位。日本美术史论家板垣鹰穗则认为，如果说罗丹的《接吻》"渐次倾于绘画底表现的他的手法，是使轮廓划然融解，而求像面的光的效果，以代立体底的体积"③，体现了一种印象主义手法的特征，但从他的另一部分名作《地狱之门》《加莱义民》《雨果》中却表现出另一种欲求，即追求一种"特殊的思想底表现"④，"罗丹于单是写实底或印象底表现以外，还想将一种思想底的另外的领域，收进他的艺术中去的事，只要看了上述的诸作品，也就可以推知了"⑤。接下来板氏重点分析了《巴尔扎克》的表现主义特色，有力地论证支持了自己的观点。所以从一定意义上讲，将罗丹视之为开启了表现主义雕塑的人物，亦即表现主义美术精神的先驱者之一，也未尝不可。著者正是在这种意义上认定罗丹同时也是一位表现主义者的。

1920年10月30日，鲁迅在论述阿尔志跋绥夫的《幸福》时顺便提

---

① ［英］赫伯特·里德：《现代雕塑简史》，余志强、栗爱平译，四川美术出版社，1989年版，第5页。
② ［英］赫伯特·里德：《现代雕塑简史》，余志强、栗爱平译，四川美术出版社，1989年版，第7页。
③④⑤ ［日］板垣鹰穗：《近代美术史潮论》，《鲁迅译文全集》第3卷，福建教育出版社，2008年版，第366页。

及了罗丹，这是截止目前为止鲁迅提到罗丹的最早的一次文字记录。鲁迅说："这一篇（指《幸福》），写雪地上沦落的妓女和色情狂的仆人，几乎美丑泯绝，如看罗丹（Rodin）的雕刻。"① 1924 年 11 月 11 日，鲁迅在《论照相之类》中再次提到罗丹，说是从他的脸上可以看出"悲哀和苦斗的痕迹"。② 1925 年 2 月 3 日，鲁迅购买了一本《罗丹之艺术》。③ 该书为英文版，原名：《The Art of Rodin》，1918 年纽约波尼和利夫莱特出版社出版，《现代丛书》之一。④ 1928 年 2 月 11 日，鲁迅翻译完毕板垣鹰穗的《近代美术史潮论》，其中的第 8 章《理想主义与形式主义》，首先介绍了罗丹。在这部著作中，板垣鹰穗主要强调了罗丹作品的两大特征：一是"特殊的思想底表现"⑤，二是"在绘画底手法上的他（注：指罗丹）的技巧的高强"⑥。前者代表作如《地狱之门》《加莱义民》《维克多·雨果》等。板氏指出："《地狱之门》是从但丁的神曲得到设想，类似吉培尔提的《天国之门》的作品；从他的若干大作品——《亚当和夏娃》，《接吻》，《保罗和法兰希斯加》，《乌俄里诺》，《三个影》，《思想的人》等——和大铺排的浮雕所合成的大规模的构想，计画起来的。《加莱的市民》是一个一个离立着的五个人物的群像，以象征恐怖，绝望，决意，爱国心的出于演剧底的作品。《威克多零俄》则显示着这大诗人在

---

① 鲁迅：《译文序跋集·〈幸福〉译者附记》，《鲁迅全集》第 10 卷，人民文学出版社，2005 年版，第 188 页。
② 鲁迅：《坟·论照相之类》，《鲁迅全集》第 1 卷，人民文学出版社，2005 年版，第 196 页。
③ 鲁迅：《鲁迅日记》，《鲁迅全集》第 15 卷，人民文学出版社，2005 年版，第 551 页。
④ 鲁迅：《鲁迅日记》，《鲁迅全集》第 17 卷，人民文学出版社，2005 年版，第 532 页。
⑤ ［日］板垣鹰穗：《近代美术史潮论》，《鲁迅译文全集》第 3 卷，福建教育出版社，2008 年版，第 366 页。
⑥ ［日］板垣鹰穗：《近代美术史潮论》，《鲁迅译文全集》第 3 卷，福建教育出版社，2008 年版，第 368 页。

海边的石上，听着灵感之声的情形。罗丹于单是写实底或印象底表现以外，还想将一种思想底的另外的领域，收进他的艺术中去的事，只要看了上述的诸作品，也就可以推知了。"①后者代表作如《接吻》《春》《巴尔扎克》等。板氏认为，罗丹究竟像个法兰西人，"他的观念描写，决不离开他的技巧。当施行极大胆的象征底表现之际，一定更是随伴着绘画底的技巧的高强。有时还令人觉得有炫其技巧之高强，弄其奇想之大胆之感。但从中，也有将形成罗丹的艺术的这两种的要素，非常精妙地组合着的作品。《巴尔扎克》恐怕便是表示这最幸运的成就，他一生中最为优秀的作品了。为纪念那以中夜而兴，从事创作为常习的文豪巴尔扎克的风采计，罗丹便作了穿着寝衣模样的巴尔扎克。乱发的头，运思的眼——这里所表现的神奇地强烈深刻的大诗人的风采，和被着从肩到足的长寝衣的身躯一同，成为浑然的一个巨大的幻象。在那理想化了的增强了深刻的性格描写上，结构虽然大胆，却很感得纪念品底的效果。然而，这样大胆的尝试，却收得如此成功的缘故，究竟在哪里呢？——这不消说，是在绘画底手法上的他的技巧的高强。只要单取巴尔扎克的脸面来一想，便明白他的技巧的优秀，是怎样有益于这诗人的性格描写了。恰如用了著力的又粗又少的笔触，描成大体的油画的肖像一般的大胆，使巴尔扎克的性格，强而深地显现出来。虽说已经增强了观念描写，但将生命给与作品者，也纯粹地还是造形底的表现。"②1928年9月20日，鲁迅在《奔流》月刊第1卷第4期发表了金溟若的译文——日本有岛武郎的论文《叛逆者——关于罗丹的考察》。该文高度赞赏了欧洲中世纪的"戈谛克艺术"（Gothic art，今译哥特艺术），认为"戈谛克艺术的一

---

① ［日］板垣鹰穗：《近代美术史潮论》，《鲁迅译文全集》第3卷，福建教育出版社，2008年版，第366页。

② ［日］板垣鹰穗：《近代美术史潮论》，《鲁迅译文全集》第3卷，福建教育出版社，2008年版，第368页。

大特色,是丑的美化;或者竟不如说,是对于丑和美的标准的改造"①,而罗丹则正代表着戈谛克艺术的倾向。罗丹以他天才的本能,对于新的美的要求,提供了全然的新的美。这"新的美"即是"新的丑""丑的美"和"不完全"的美。如果说戈谛克艺术是以个性为本位的代表者,那么与之处于相反方向的古典底艺术则是以概念为本位的代表者。该文紧密结合戈谛克艺术,在具体分析完毕罗丹的《塌鼻人》《达那特》《圣约翰》《亚当》之后,对于罗丹作出了这样的概括性评价:"在我们之前,提供着两种的态度。将以文艺复兴期之心舞蹈,还是以戈谛克盛时之心歌唱呢?一切人们,都迫于从二者择取其一的必要了。选一面(注:指前者),是时代的宠儿,选别的(注:指后者),是敢于做个叛逆者。而据我自己之所信,则那柔和而谦逊的罗丹,是和伊孛生(H.Ibsen),托尔斯泰(L.Tolstoy),玛纳(Edouard Manet),绥珊(Paul cezanne),惠特曼(W.Whitman)一起,该是居然的叛逆者的渠魁。"②其实鲁迅也曾经打算翻译过这篇论文,在《〈奔流〉编校后记·四》中,鲁迅说他"后来渐觉得作者的文体,移译颇难,又念中国留心艺术史的人还很少,印出来也无用,于是没有完工,放下了。"③在这一期杂志上,鲁迅为配合有岛武郎的论文,特地刊载了一幅《罗丹肖像》(瑞典 Anders Zorn 作,铜蚀版画)和四幅罗丹的作品,分别是:《亚当》(误为《思想者》)、《思想者》(误为《塌鼻男子》)、《塌鼻男子》(误为《圣约翰》)、《圣约翰》(误为《亚当》)。④其中的罗丹肖像拥有一部大胡子,神情浪漫,神采飞扬,

---

① ② [日]有岛武郎:《叛逆者——关于罗丹的考察》,金溟若译,1928年9月20日《奔流》月刊,第1卷第4期。

③ 鲁迅:《集外集·〈奔流〉编校后记·四》,《鲁迅全集》第7卷,人民文学出版社,2005年版,第174页。

④ 鲁迅:《集外集拾遗补编·编者附白》,《鲁迅全集》第8卷,人民文学出版社,2005年版,第493页。

较好地传达出罗丹的性格与才华。由于第 1 卷第 4 期上的罗丹四幅作品题名全部错误，故而 1928 年 10 月 30 日，鲁迅又在《奔流》月刊第 1 卷第 5 期上予以重登，全部更换，从中也体现出鲁迅的一贯为人——做事极端认真负责。1929 年 4 月，鲁迅打出《〈艺苑朝华〉广告》，计划由朝花社出版《罗丹雕刻选集》，但最终未能印出。这本书是本拟作为"世界上的灿烂的新作"而引入的，[①] 在这则广告所承印的十二册书中是唯一的一本雕刻选集。1931 年 1 月 20 日至 28 日，鲁迅在上海花园庄避难时，在和长尾景和的谈话中又谈到了罗丹的雕刻，遗憾的是，关于这次谈话的具体内容，长尾景和没有记录下来。[②]

仔细阅读《鲁迅全集》，我们便不能不有所遗憾地发现，鲁迅并没有专门针对罗丹及其作品的直接评论。虽然鲁迅翻译并出版了坂垣鹰穗的《近代美术史潮论》，发表了金溟若翻译的有岛武郎的《叛逆者——关于罗丹的考察》，但是这毕竟并非鲁迅自己直接对于罗丹的评论。我们可以说鲁迅的罗丹论在某种程度上受到了板垣鹰穗和有岛武郎的影响，但是我们却不可以说板垣鹰穗和有岛武郎的罗丹论即是鲁迅的罗丹论。鲁迅现有的对于罗丹的评论是零星的，而且是在论述其他作家或作品的时候顺便提及的。总括起来，我们可以注意到，鲁迅对罗丹的评价是：一、从他的脸上可以看出"悲哀和苦斗的痕迹"[③]。这里，鲁迅是把罗丹与众多世界文化名人：托尔斯泰、易卜生、尼采、叔本华、王尔德、罗曼·罗兰、高尔基等并列，综合考察而得出的结论。这批人物有一个

---

① 鲁迅：《集外集拾遗·〈艺苑朝华〉广告》，《鲁迅全集》第 7 卷，人民文学出版社，2005 年版，第 481—482 页。
② [日] 长尾景和：《在花园庄我认识了鲁迅》，1956 年《文艺报》，第 19 号。
③ 鲁迅：《坟·论照相之类》，《鲁迅全集》第 1 卷，人民文学出版社，2005 年版，第 196 页。

共同的特征,即他们都是"轨道破坏者"。"他们不单是破坏,而且是扫除,是大呼猛进,将碍脚的旧轨道不论整条或碎片,一扫而空"①。罗丹即为其中的一员,而这则与有岛武郎关于罗丹是一个"叛逆者"的评价是一致的。二、罗丹代表了西欧的有产者。这是在评论俄罗斯的罗丹 Konenkov 时顺便说的。大意谓罗丹代表了西欧的有产者,Konenkov 则代表了东欧的劳动者。②鲁迅的这一说法不知从何而来,关于其来源尚待进一步查找。鲁迅将这句话说得如此之肯定,显然他对于这一说法是深表赞同的。鲁迅写下这句话的时间是 1928 年 9 月 15 日,这时,鲁迅与创造社、太阳社之间的革命文学论争正在如火如荼地进行。为了积极应战,鲁迅购买了许多马克思主义的书籍,并进行了极为细致的阅读。对于这些以史的唯物论来批评文艺的书,鲁迅认为是极直捷爽快的。许多暧昧难解的问题,在此都可以得到说明③。正是因为有了这种认同,所以鲁迅才会将罗丹与 Konenkov 分别作了有产与无产的划分。鲁迅对罗丹雕刻的评论是:一、美丑泯绝和令人觉得颤栗。如上所引,这是鲁迅在论及阿尔志跋绥夫的《幸福》时顺便提及的。鲁迅说:"这一篇(指《幸福》),写雪地上沦落的妓女和色情狂的仆人,几乎美丑泯绝,如看罗丹(Rodin)的雕刻"④。《幸福》使人觉得颤栗,与《幸福》有着异曲同工之妙的罗丹的雕刻,自然也使人觉得颤栗。鲁迅为什么由阿尔志跋绥夫的《幸福》突然想到了罗丹的雕刻,并予以"美丑泯绝"的评价呢?

---

① 鲁迅:《坟·再论雷峰塔的倒掉》,《鲁迅全集》第 1 卷,人民文学出版社,2005 年版,第 202 页。
② 鲁迅:《集外集·〈奔流〉编校后记·四》,《鲁迅全集》第 7 卷,人民文学出版社,2005 年版,第 175 页。
③ 鲁迅:《书信·280722 致韦素园》,《鲁迅全集》第 12 卷,人民文学出版社,2005 年版,第 125 页。
④ 鲁迅:《译文序跋集·〈幸福〉译者附记》,《鲁迅全集》第 10 卷,人民文学出版社,2005 年版,第 188 页。

他可能是想到了罗丹的著名作品《塌鼻男子》或《老娼妇》(又名《丑之美》)了吧。有岛武郎的论文《叛逆者——关于罗丹的考察》正是从"戈谛克艺术"的视角论述了《塌鼻男子》等四幅作品的"丑之美"的。代表这一观点的原话是:"戈谛克艺术的一大特色,是丑的美化;或者竟不如说,是对于丑和美的标准的改造。"① 二、"罗丹的雕刻,虽曾震动了一时,但和中国并不发生什么关系地过去了。"② 这里所讲的是罗丹作品在中国的社会影响力,这其实也是鲁迅先前放弃翻译有岛武郎论文的一个原因。

鲁迅对罗丹及其作品的评论,仅如上述,似乎太单薄了些。但这并不能证明鲁迅对罗丹关心、留意不够。从他翻译有关罗丹的研究著作、发表有关罗丹的研究论文并试图出版罗丹雕刻选集来看,鲁迅对罗丹还是极为青睐的。如果我们再仔细地阅读鲁迅作品及罗丹雕刻,我们就会发觉在他们两者之间有着某种密切的精神上的联系。这种共通的东西深深地打动了我们。我认为,这种共通的东西就是他们对于"人在世界中"的共同思索。"人在世界中",这是一个海德格尔式的哲学命题。海德格尔为了追究"存在"(Sein),先从对这存在发出追问的特殊"存在者"(das Seiende)——"人"入手。为了区别于传统形而上学,海德格尔将"人"又赋予别称——"此在"(Dasein),即在此存在,并自称关于此在的分析为"基础存在论"(Fundamentalontologie)或"生存论"。"此在(人)在世界之中",就是基础存在论或生存论的重要基本命题。通过海德格尔对这一基本命题的阐释,我们可以发现,正是在对生存论思考这一

---

① [日]有岛武郎:《叛逆者——关于罗丹的考察》,《奔流》月刊,1928年9月20日第1卷第4期。
② 鲁迅:《集外集·〈奔流〉编校后记·四》,《鲁迅全集》第7卷,人民文学出版社,2005年版,第175页。

点上，鲁迅和罗丹达成了高度的精神契合和思想会通①。下文试详述之。

一　"共在"与"沉沦"

海德格尔讲述"此在在世界之中"，首先从人的"沉沦"(Verfallen)在世，即非本真的生存状态谈起。所谓非本真的生存状态是相对于本真的生存状态而言的。它们之间的区别在于，在本真的生存状态中，此在首先和通常根据本身生存；而在非本真的生存状态中，此在首先和通常不是根据本身生存。在日常生活中，此在不作为自己本身生存，那么此在的"在"到哪里去了呢？海德格尔答曰，是"他人"从此在身上把存在拿去了，于是此在也就消散于"他人"(世内存在者)之中。"他人"又是谁呢？海德格尔认为，这些"他人"不是确定的他人。与此相反，任何一个他人都能代表这些他人。"人之所以使用'他人'这个称呼，为的是要掩盖自己本质上从属于他人之列的情形，而这样的'他人'……就是众人"②。所谓"在世"，就是与"他人"即"众人"(das Man)"共在"(Mitsein)——共同在世。

---

① 在这里，我所突出和强调的主要是作为思想家的鲁迅和罗丹。作为思想家的鲁迅自不必多言（关于这方面的著作早已汗牛充栋），作为思想家的罗丹则堪称是在用锤子进行哲学思考。尼采，这位鲁迅所喜欢的酒神哲学家，他自言自己的思想方式就是在"用锤子进行哲学思考"。海德格尔解释说："这话的意思是：用锤子打击、打碎一切。这就是说，从石头中打出内容和本质，打出形象。"([德]海德格尔：《尼采》，孙周兴译，商务印书馆，2002年版，第75、70页。) 如果说用锤子打击、打碎一切，从石头中打出内容和本质，打出形象，对于尼采来说还只是一种比喻，那么，对于现代雕刻艺术大师罗丹来说，则是一种活生生的具体而丰富的艺术实践了。

② Martin Heidergger（马丁·海德格尔）：SEIN UND ZEIT（《存在与时间》），Max Niemeyer Verlag Tubingen, 1979, P126—127。又见，陈嘉映：《海德格尔哲学概论》，三联书店，1995年版，第82—83页。

在沉沦着的日常生活中，每个人都是"他人"，也都是"众人"。"众人展开了他的真正独裁"①。这种独裁是在利用公共交通工具的情况下，在动用沟通消息的设施（报纸）的情况下具体实施和展开的。海德格尔运用文学化的形象语言为我们描述了这样一幅"众人独裁"的可怕图景："众人怎样享乐，我们就怎样享乐；众人对文学艺术怎样阅读判断，我们就怎样阅读判断；竟至众人怎样从'大众'抽身，我们也就怎样抽身；……一切人都是这个众人，就是这个众人指定着日常生活的存在方式。"② 这种日常生活的存在方式是什么呢？海德格尔的回答是"平均状态"（Durchschnittlichkeit）。"平均状态"构成了众人的生存论性质。"平均状态"的可怕之处在于，它"先行描绘出了什么是可能的而且容许去冒险尝试的东西，它看守着任何挤上前来的例外。任何优越状态都被不声不响地压住。一切原始的东西都在一夜之间被磨平为早已众所周知的了。一切奋斗得来的东西都变成唾手可得的了。任何秘密都失去了它的力量"③。在平均状态的一手遮天之下，公众意见当下调整着对世界与对此在的一切解释并始终保持为正确的。它使一切都晦暗不明而又把如此掩蔽起来的东西硬当成众所周知的东西与人人可以通达的东西。更加令人感到惊惧之处在于，尽管"众人"到处在场，但又可以说"从无其人"，"在此在的日常生活中，大多数事情都是由我们不能不说是'不曾有其人'者造成的"④。这个"不曾有其人"者正是鲁迅所说的"无主名无意识的杀人团"。

在罗丹雕刻中，清楚而鲜明地体现了人的沉沦在世的非本真生存状态的，是《地狱之门》。这座著名雕塑，自1880年始，到1917年罗丹去世，一直未能全部完成。这是罗丹倾注了一生的作品，在长达三十七

---

① ② ③ ④ 陈嘉映：《海德格尔哲学概论》，三联书店，1995年版，第82—83页。

年里，罗丹一直在不断地思考着、修改着、完善着。这部作品从视觉上言，和凡·高、蒙克的绘画同样"直见性命"①。据说它的灵感源泉来自于两位伟大的诗人：但丁和波德莱尔。②"他（指罗丹）第一次读但丁的《神曲》，那简直是一个启示，他看见无数异族的苦难的躯体在他面前挣扎。超出于时间以外，他看见一个给人剥掉外衣的世纪，他看见一个诗人对他的时代的令人难以忘却的大审判。里面许多形象都支持他。"③罗

---

① 的确，《地狱之门》这件作品中的部分人物和蒙克画中的人物是紧密相关的，最明显的是那几个屈着双膝、头向后仰、高举双手的年轻人，正如罗丹所形容的"正在发出消失于天堂的呐喊"。尽管没有那么专注，也没有那样清楚地表达出精神上的痛苦，它们依旧如同蒙克的《呐喊》那样强而有力地代表着绝望的意象。非要经过一段时间之后，观众才会恍然发现这些人物都是根据同一个模块儿所铸造的，而这份迟来的认知只会使得这件作品更加令人丧胆。（[英]修·昂纳、约翰·弗莱明：《世界艺术史》（第7版修订本），吴介祯等译，北京美术摄影出版社，2013年版，第723页。）

② 值得注意的是，鲁迅与罗丹有着相同的嗜好，他对但丁和波德莱尔也很关注。在《陀思妥夫斯基的事》中鲁迅这样评价但丁，"回想起来，在年青时候，读了伟大的文学者的作品，虽然敬服那作者，然而总不能爱的，一共有两个人。一个是但丁，那《神曲》的《炼狱》里，就有我所爱的异端在；有些鬼魂还在把很重的石头，推上峻峭的岩壁去。这是极吃力的工作，但一松手，可就立刻压烂了自己。不知怎的，自己也好像很是疲乏了。于是我就在这地方停住，没有能够走到天国去。"（鲁迅：《且介亭杂文二集·陀思妥夫斯基的事》，《鲁迅全集》第6卷，人民文学出版社，2005年版，第425页。）至于波德莱尔，从表面上看来，鲁迅对他的评价似乎不高，认为"法国的波特莱尔，谁都知道是颓废的诗人，然而他欢迎革命，待到革命要妨害他的颓废生活的时候，他才憎恶革命了。所以革命前夜的纸张上的革命家，而且是极彻底，极激烈的革命家，临革命时，便能够撕掉他先前的假面，——不自觉的假面。"（鲁迅：《二心集·非革命的急进革命论者》，《鲁迅全集》第4卷，人民文学出版社，2005年版，第232页。）但实际上，在鲁迅的《野草》和波德莱尔的《巴黎的忧郁》之间却存在着某种密切的精神上的联系。有关这方面的文章具体参见吴小美、封新成的《"北京的苦闷"与"巴黎的忧郁"——鲁迅与波特莱尔散文诗比较研究》（《文学评论》1986年第5期），兹不赘述。

③ [奥]里尔克：《罗丹论》，梁宗岱译，广西师范大学出版社，2001年版，第24页。

丹从但丁又走向波德莱尔，"在这里，既没有审判厅，也没有诗人挽着影子的手去攀登天堂的路；只有一个人，一个受苦的人提高他的嗓门，把他的声音高举出众人的头上，仿佛要把他从万劫中救回来一样。而在这些诗中，有些句子简直是从字面走出来，仿佛不是写成的，而是生成的，有些字或一组组的字，在诗人热烘烘的手里熔作一团了，有些一行一行地浮凸起来，你可以抚摩它们，更有些全首十四行，简直像雕饰模糊的圆柱般支撑着一个凄惶的思想。他隐约地感到这艺术，在它骤然止步处，正与他所瘄瘵思服的艺术的起点相毗连；他感到波德莱尔是他的先驱，一个不惑于面貌，而去寻求躯体里那更伟大、更残酷而且永无安息的人。"① 这两位伟大诗人的影响一直伴随罗丹一生，直接促成了《地狱之门》这部伟大作品里众多人物形象的诞生。让我们来细细地观察《地狱之门》，看其描绘了一个怎样的众生沉沦的世界。

> 这里（指《地狱之门》里）就是生命，一千度包含在每刹那里，在欲望与痛苦里，在疯狂与凄怆里，在得与失里。这里是一个无尽的欲望，是一个把宇宙的泉水倾进去也要像一滴水干去的狂渴……这里是罪恶和诅咒，刑罚和幸福……于是一切生存问题都一一被摇动和翻掘出来……他（指罗丹）创造了无数无数的躯体：有些互相交接和扭作一团，像一些相咬的野兽般捆在一起，终于像一件物一般降到无底的深渊里；有些像面孔般倾听着，控制住他们的冲动像控制住他们的手臂一般，准备冲出去；有些身躯成串的、成圈的、成球的，像累累的葡萄般，里面流通着从痛苦的根儿升起的罪恶的甘液。只有达·芬奇在他的思想末日的宏

---

① ［奥］里尔克：《罗丹论》，梁宗岱译，广西师范大学出版社，2001年版，第24页。

伟描绘里，曾经用过同样卓越的力量把人们团结在一起。像在那里一样，这里也有许多人投身于万丈深潭中，或把他们婴儿的头颅撞碎，以免他们在这大痛苦里长大。……前面，在静锁着的空间里，是《思想者》的雕像，一个因为深思的缘故，彻悟了这整个光景的宏伟和恐怖的人的雕像。他坐着，凝神而且缄默，脑中载着无数的形象和思想，而他的全部力量（那是一个行动者的力量）都在沉思着。他全身都是头脑，血管里的血液就是脑浆。他是这门的中心点，虽然在他的头上，和框儿一样高，还有三个人站着（指《三影士》）。是深渊推动着他们，从远处把他们抽出来。他们的头相互接近，三只手臂向前伸；他们一块儿走着，指向同一地点，向下面，在那用整个重量把他们坠下去的深渊里。然而那沉思者却要在他里面把他们负担起来。①

这是一个不停流动中的现代地狱。这个巨大如纪念碑的雕像正面带着无定形、不确定的构图，不一致的大小尺寸，以及令人眼花缭乱的方向变化等，这些都是心理状况不稳定的象征。②其中，罗丹将他对痛苦人生的理解尽情展露出来。诚如里尔克所说，《地狱之门》所表达的就是生命，就是欲望与痛苦、疯狂与凄怆、得失与狂渴，以及罪恶与诅咒、刑罚与幸福。而这所有的一切又都可以归结为一个生存问题。罗丹对于痛苦人生的描写是极其残酷的，然而造成这一状况的主要责任人却正是

---

① ［奥］里尔克：《罗丹论》，梁宗岱译，广西师范大学出版社，2001年版，第48—56页。
② ［英］修·昂纳、约翰·弗莱明：《世界艺术史》，吴介祯等译，北京美术摄影出版社，2013年版，第723页。

人类自身。正是由于人类甘心生活于非本真的生存状态中，所以才导致了自身存在的丢失和消散。在日常生活中，此在总是与"他人"共同在世。这个"他人"就是"众人"（又称"常人"或"一般人"），正是这个"众人"把个人生存的领导权拿走了。"众人"总是设法消除个体之间的差别，于是此在与他人共处也就具有了一种庸庸碌碌的性质。正是在这种平庸的、不触目而又不能定局的情况中，"众人"展开了他的真正独裁。如前所述，"众人怎样享乐，我们就怎样享乐；众人对文学艺术怎样阅读判断，我们就怎样阅读判断；竟至众人怎样从'大众'抽身，我们也就怎样抽身"。显然，这是一种清一色、大一统的独裁。在这种独裁中，此在从不作为自己本身生存，而总是将希望寄托于他人（众人），总是以他人的生活目标为自己的生活目标，以众人的价值判断为自己的价值判断。但是他人又确实提供不出像样的生活目标和价值判断，因为他人也总在寄希望于他人，所以始终不曾有也不可能会有一个能够穿透生命本质的生活目标和价值判断。众人所拥有的仅是"平均状态"而已。受"平均状态"的影响，任何独异的个人、优秀的思想、杰出的创造、额外的冒险，都变成了多余，不但得不到应有的赞赏和鼓励，反而横遭压抑和打击。海德格尔把这种弥漫在人群之中的无形的精神力量称之为"对一切存在可能性的平整"[①]。"平整"即是平均化，即是使整个社会变得更加整齐、规整。平整的手段不是使低的变高，往往是使高的变低。对于社会公众来说，这是最不费力的选择。在这种情况下，造化确实常为庸人设计，而对于那些特异独行之士来说，则往往是极为不公的。古往今来，这种淹死在大众的唾沫中、为疯狂的群众专制所扑灭的"独

---

① ［德］海德格尔：《存在与时间》（修订译本），陈嘉映、王庆节合译，熊伟校，陈嘉映修订，三联书店，1999年版，第148页。

异个人",正不知有多少。然而,杀死了独异个人,也就杀死了人类中的先知先觉,同时也就杀死了唯一可以拯救民众于"沉沦"之中的光明和希望。可是,更具滑稽意味的是,在对这"独异个人"的集体屠杀中,每个人的责任又都被卸除了,没有哪个"一般人"肯出面负责,因为人人都是一般人,而这个一般人却又常常是"无此人",即鲁迅所谓的"无主名无意识的杀人团"。[1] 然而,你又千万不能瞧不起这个"无此人",它的力量是如此强大和诡秘,以至于一切此在共处中就已经听任于这个"无此人"的摆布了。如前所述,人人都是一般人,而且还要一般齐。这种"一般齐"的状态不但西方如此,东方亦如此,而中国似乎尤甚[2]。鲁迅即以异常沉痛的笔触写道:"我觉得中国有时是极爱平等的国度。有什么稍稍显得特出,就有人拿了长刀来削平它。"[3] 在这种情况下,整个人类陷入集体凡庸,永远堕入万劫不复的地狱轮回中,也就完全可以理解了。在《地狱之门》中,有一个形象引起了世人的广泛

---

[1] 这个"无此人""无主名无意识的杀人团",即使是在鲁迅逝世之后的今天也依然存在。1974年4月,法国后结构主义大师罗兰·巴特在中国游览了三个星期。这位以消解神话而闻名于世的符号学大师"在中国没有找到任何可以解读的东西,没有找到任何可以意识的潜意识、任何可以破译的密码、任何可以挖掘的深度。他的探索可以归结为一个词:虚无。"([法]路易-让·卡尔韦:《结构与符号——罗兰·巴尔特传》,车槿山译,北京大学出版社1997年版,第205页。)这里的"虚无"也就是"无此人"。

[2] 在世界历史上,像中国人这样"一般齐"、无性格的人似乎是很少见的。本雅明即认为,"在中国,人们在精神诸方面仿佛缺乏个性;以孔子为古典化身的贤人观念模糊了性格的个体性";中国人堪称是"无性格之人"。([德]瓦尔特·本雅明:《本雅明文选》,陈永国、马海良编,中国社会科学出版社,1999年版,第241页。)在前一注释中所提到的罗兰·巴特在中国的基本感受:虚无,在这里也得到了有力的印证:正是因为中国人普遍缺乏真正的个性、真正的性格,所以才给人以虚无、模糊、混沌,同时也就是"一般齐"的感受。

[3] 鲁迅:《且介亭杂文二集·徐懋庸作〈打杂集〉序》,《鲁迅全集》第6卷,人民文学出版社,2005年版,第299页。

注目。这就是坐落在《地狱之门》上方的《思想者》。无疑,思想者就是这门的中心点。而他的精神原型不是别人,正是罗丹。正是他集中凝缩了罗丹的哲学智慧和艺术才华。一直到今天,思想者还在凝神思索着。只要人类一天没有摆脱沉沦的状态,思想者就永远不会放弃思想的权利。

同样,阅读过罗丹雕刻的鲁迅,也对人的沉沦在世有着属于自己的理解和体会。这种理解和体会由于是直接通过语言文字来表达的,我们可以找到更多的和海德格尔的生存论思想相契合的东西。《地狱之门》虽然可以更直接地给观者予以强烈的视觉刺激,但仍然必须借助于富有诗意的语言文字(比如里尔克的出色描绘),才能抵达其丰富的精神内蕴。

> 我感到未尝经验的无聊,是自此以后的事。我当初是不知其所以然的;后来想,凡有一人的主张,得了赞和,是促其前进的,得了反对,是促其奋斗的,独有叫喊于生人中,而生人并无反应,既非赞同,也无反对,如置身毫无边际的荒原,无可措手的了,这是怎样的悲哀呵,我于是以我所感到者为寂寞。[①]
>
> 假如一间铁屋子,是绝无窗户而万难破毁的,里面有许多熟睡的人们,不久都要闷死了,然而是从昏睡入死灭,并不感到就死的悲哀。现在你大嚷起来,惊起了较为清醒的几个人,使这不幸的少数者来受无可挽救的临终的苦楚,你倒以为对得起他们么?[②]

[①] 鲁迅:《呐喊·自序》,《鲁迅全集》第1卷,人民文学出版社,2005年版,第439页。
[②] 鲁迅:《呐喊·自序》,《鲁迅全集》第1卷,人民文学出版社,2005年版,第441页。

这是鲁迅在经历了《新生》流产事件的打击和在 S 会馆七年钞古碑的麻醉生活之后，说出的两段蕴含着生命创痛体验的悲凉文字。其中所提到的两个意象："荒原"和"铁屋子"，正象征着日常此在沉沦在世中的"世界"。在这样的"一方面是庄严的工作，另一方面却是荒淫与无耻"①"黑漆漆的，不知是日是夜"②的世界里，人与人之间的心灵是不相通的。作为一个和社会"庸众"极端对立的"独异个人"，鲁迅深深感到了自身灵魂的荒凉和寂寞。当鲁迅在观赏罗丹的《地狱之门》的时候，想必在他的内心之中会升腾起一股类似里尔克的对于罗丹雕刻的深切感悟，继而引发起他的酷似海德格尔的关于人的沉沦在世的绵绵无尽的存在之思的吧。在 1935 年 11 月 14 日的深夜里，鲁迅在灯下再次读完了萧红的《生死场》，不由得发出了这样的慨叹，"周围像死一般寂静，听惯的邻人的谈话声没有了，食物的叫卖声也没有了，不过偶有远远的几声犬吠。想起来，英法租界当不是这情形，哈尔滨也不是这情形；我和那里的居人，彼此都怀着不同的心情，住在不同的世界。"③其实就是同在上海也是彼此不知的，"这里死命的逃死，那里则打牌的仍旧打牌，跳舞的仍旧跳舞。"④这种生活在悲凉世界里的寂寞体验竟然几乎伴随了鲁迅一生。正是这种令人感到心神不安的悲凉体验，才促使鲁迅不断地从日

---

① 鲁迅：《且介亭杂文二集·田军作〈八月的乡村〉序》，《鲁迅全集》第 6 卷，人民文学出版社，2005 年版，第 297 页。

② 鲁迅：《呐喊·狂人日记》，《鲁迅全集》第 1 卷，人民文学出版社，2005 年版，第 449 页。

③ 鲁迅：《且介亭杂文二集·萧红作〈生死场〉序》，《鲁迅全集》第 6 卷，人民文学出版社，2005 年版，第 423 页。

④ 鲁迅：《集外集拾遗·今春的两种感想》，《鲁迅全集》第 7 卷，人民文学出版社，2005 年版，第 407 页。

常存在中，从与他人的共在中超拔解脱出来，成为一名已经清醒了的真正"个人"。鲁迅的夜间写作方式更加深了这一本真状态的出现。当鲁迅在深夜里，于万籁俱寂中，俯瞰众生，遥想远方，发出深沉喟叹的时候，鲁迅在潜意识里已经转化成了一只巨大的恶枭——猫头鹰，在世人皆睡我独醒的昏昧世界里发出了令人肝胆俱裂的真的恶声。无独有偶，罗丹也创造了一座同样有着丰富的夜间写作经验的人的雕像——《巴尔扎克》。在鲁迅与巴尔扎克之间，我们所读到的是他们共同对于人的非本真生存状态的反思和抵抗。

《狂人日记》是鲁迅投向封建堡垒的第一支投枪。在这样一个"自己想吃人，又怕被别人吃了，都用着疑心极深的眼光，面面相觑"[①]的世界里，看似生活着各种各样的人：赵贵翁、古久先生、王老五、大哥等，但实际上，每个人又都不过是"他人"，也都不过是"众人"，鲁迅将这些人一概称之为"他们"。"他们"自觉地安于现状，安于日常生活的存在方式，甘心处于一种被奴役的"平均状态"，尽管"他们——也有给知县打枷过的，也有给绅士掌过嘴的，也有衙役占了他妻子的，也有老子娘被债主逼死的"[②]，他们却决不容许出现任何冒险尝试的例外，"父子兄弟夫妇朋友师生仇敌和各不相识的人，都结成一伙，互相劝勉，互相牵掣，死也不肯跨过这一步"[③]。当"我"由于发狂，成了例外，偶然发现了"他们"所生存的世界的吃人本质之后，他们却一致地孤立"我"——不管是吃人者还是被吃者达成了奇怪的默契，最终迫使"我"重新回到了原先就沉沦着的世界。果然，"我"一旦病愈，马上就步入

[①][③] 鲁迅：《呐喊·狂人日记》，《鲁迅全集》第1卷，人民文学出版社，2005年版，第451页。

[②] 鲁迅：《呐喊·狂人日记》，《鲁迅全集》第1卷，人民文学出版社，2005年版，第445—446页。

了"众人"早就设计好了的轨道，赴某地候补去了。诚如鲁迅所言"略一清醒，又复昏睡"①了。尽管"我"在发狂时，终于悟到了"我"已经具有了四千年的吃人履历，也就是说，"我"至少已经沉沦了四千年，但令人悲哀的是，"我"最终还是陷入了"沉沦"的大泽。"社会上多数古人模模糊糊传下来的道理，实在无理可讲；能用历史和数目的力量，挤死不合意的人。这一类无主名无意识的杀人团里，古来不晓得死了多少人物"②，狂人就是这被挤死的人物之一，而且狂人的死亡也不能不说是"不曾有其人者"造成的。

　　鲁迅作品中的其他人物何尝不也如此？吕纬甫尝自言"敷敷衍衍，模模胡胡"③，由先前的一个激烈昂奋的青年变成了现在的无可无不可，并以"蜂子或蝇子"为例，来论证自己的无聊。当魏连殳的祖母去世以后，族人们首先想到的是在葬礼仪式上一切照旧，并预备逼迫魏连殳就范。没想到魏连殳的回答却是"都可以的"④。这实际上也在一定程度上认同了"众人"的规范。而阿Q则正如周作人所说，"是中国一切的'谱'——新名词称作'传统'——的结晶，没有自己的意志而以社会的因袭的惯例为其意志的人。"⑤这"社会的因袭的惯例"即是从来如此的老例和旧谱，是一种彻头彻尾奴性化了的"平均状态"。如果说以上三人还都不失其对非本真生存态度的自觉意识⑥，那么诸如孔乙己、陈士成、祥

---

① 鲁迅：《两地书·二》，《鲁迅全集》第11卷，人民文学出版社，2005年版，第14页。
② 鲁迅：《坟·我之节烈观》，《鲁迅全集》第1卷，人民文学出版社，2005年版，第129页。
③ 鲁迅：《彷徨·在酒楼上》，《鲁迅全集》第2卷，人民文学出版社，2005年版，第29页。
④ 鲁迅：《彷徨·孤独者》，《鲁迅全集》第2卷，人民文学出版社，2005年版，第90页。
⑤ 仲密（周作人）：《阿Q正传》。引自阮无名编：《中国新文坛秘录》，上海南强书局，1933年版，第6页。
⑥ 阿Q在临刑前看到了"闪闪的像两颗鬼火"的狼眼睛，自我意识终于在临终前产生了觉醒。

林嫂、单四嫂子、闰土、华老栓等一大批人,则几乎连这种自觉意识也没有了,完全沦陷到了万劫不复的万丈深渊。

值得注意的是,鲁迅的这种关于人的沉沦在世的思考总是与他对中国人的奴性意识的批判相互纠结在一起。在《聪明人和傻子和奴才》中,奴才虽然已经感受到了日常生活的悲惨,但却仅止于向聪明人的诉苦,并在这诉苦中得到廉价的安慰,取得暂时的心理平衡。一旦另一个诉苦对象——傻子要帮他解决实际问题并诉诸实际行动的时候,第一个跳出来反对的就是奴才。奴才安于"沉沦"的世界,安于"被吃"的状态,这正是鲁迅的愤激之处:既哀其不幸,又怒其不争。鲁迅干脆把中国历史划分为两大时代:"想做奴隶而不得的时代"和"暂时做稳了奴隶的时代",这意味着中国人已经习惯了奴隶的状态,向来就没有争取到过做"人"的资格。如果没有外国先进文化的输入和现代精神的洗礼,不论中国人怎样腾挪跌宕,左冲右突,就是打不破中国封建文化的超稳定结构。鲁迅作品中所弥漫着的就是这样一种深沉的悲剧况味。

海德格尔对于"众人统治"的观察诚然是有力的,但鲁迅早在1907—1908年就悟到了这一点。"见异己者兴,必借众以陵寡,托言众治,压制乃尤烈于暴君。"① "盖所谓平社会者,大都夷峻而不湮卑,若信至程度大同,必在前此进步水平以下。况人群之内,明哲非多,伧俗横行,浩不可御,风潮剥蚀,全体以沦于凡庸。"② "更睹近世人生,每托平等之名,实乃愈趋于恶浊,庸凡凉薄,日益以深,顽愚之道行,伪诈之势逞,而气宇品性,卓尔不群之士,乃反穷于草莽,辱于泥涂,个性之

---

① 鲁迅:《坟·文化偏至论》,《鲁迅全集》第1卷,人民文学出版社,2005年版,第46页。
② 鲁迅:《坟·文化偏至论》,《鲁迅全集》第1卷,人民文学出版社,2005年版,第52页。

尊严，人类之价值，将咸归于无有，则常为慷慨激昂而不能自已也。"①青年鲁迅的观察竟已如此犀利、敏捷。

二 "畏"的展开与"思"的澄明

人总沉沦着，人无时无刻不在"烦"中。所谓"烦"（Sorge），即此在的整体性。这一整体包括筹划、被抛和沉沦，因此烦又被定义为"领先筹划着自身的、已经被抛入一个世界的、正沉沦着寓于世内存在者的存在"。"烦"包括"烦忙"（Besorgen）和"烦神"（Fuersorge）。日常此在不停地烦忙于各种社会事务，烦神于和他人的交往，这几乎是不可避免的定命。但这并非是说人竟毫无清醒的可能，人在某一时刻仍然是可以有其清醒的状态，即海德格尔通常称之为本真的生存状态的。这样，生存的立体就被拆成了本真与非本真两层，中间支着畏、死、良知和决断。由"非本真状态"（Uneigentlichkeit）跃至"本真状态"（Eigentlichkeit），必须首先经过最基本的情绪——"畏"（Angst），由"畏"引发对生存的思考，然后才谈得上死、良知和决断等这些对于本真状态的进一步展开。

传统哲学向来重视理性认知。海德格尔与之不同，他重视的是情绪。他认为，情绪比认识更早地领悟着存在。情绪是此在的现身：不知从何处来，往何处去，此在已经在此。至于那些对于情绪的反省认识，则不过浮在存在物的表面上打转，达不到情绪的混沌处，更达不到存在的深层。情绪令此在现身，把此在"已经在此"这一实际情况突出出来。情

---

① 鲁迅：《坟·文化偏至论》，《鲁迅全集》第1卷，人民文学出版社，2005年版，第52—53页。

绪并非一种，在这一切情绪中，有一种最根本的情绪，这就是畏。为什么说"畏"是一种最根本的情绪呢？这是因为"畏"从根本上公开了人的"被抛状态"（die Geworfenheit）。人并不创造存在，在人来到这个世界之先，世界就已经存在了。人之所以来到这个世界上，并不是出于人的自由选择，而是由于人是被抛掷到这个世界上来的。人被无缘无故地抛掷在世，绝对的孤独无助，从根本上没有任何存在的根据和理由，但又不得不把此在"已经在此"这一实际承担起来，独自肩负起自己的命运。这正是人的存在的荒诞性之所在。海德格尔进一步区分了"畏"和"怕"（Furcht）。怕是怕有害之事的来临，畏之所畏却不是有害之事，也根本不是任何世内存在者。它所含的意蕴也不是确定的，事实上也根本不可能有确定性。

　　海德格尔由"畏"出发，进一步指向了"无"。"无"即"虚无""空无"。"无"不但不与存在者相对立，反而与存在相联属。当此在沉沦于众人，错把众人本身当成自己本身，津津乐道地自以为过着真实而具体的生活时，陡然之间"畏"袭来。"畏"来势汹汹，一下子笼盖万物。存在者全体消隐，此在本身也沉入一无所谓之中。"畏"直接把此在带到"无"面前来。"无"在"畏"中和存在者整体一道照面。"畏"使此在超出日常生存中这样那样存在者的包围，而直面"虚无"，并因而能就存在者的纯存在反视存在者整体。当一切存在者全部滑开，只还剩下一片"空无"之时，人终于发现：在"畏"中，受到威胁的不是人的一个方面或对世界的一定关系，而是人的整个存在连同他对世界的全部关系都从根本上成为可疑的了；人失去了一切支点和存在的根据，一切理性知识和信仰都崩溃了，人所熟悉和亲近的一切都漂向缥缈的远方，留下的只是处于绝对孤独和绝望之中的人本身。换言之，此在人所畏的实质上是世界本身和他自己的存在本身。这样"畏"就开展出了此在人的世界在根本上的不可理解性和荒诞性,开展出了此在本身的茫然无据和无家可归的本然处境。同时"畏"也开展出了此在在世的可能性。因为正是通过"畏",此在人看到了外部世界的虚无(无意义),只有个人才能赋予一切以意义,而个人本身只是可能的存在,因此他必须自己选择自己。生存的意义亦由此显现出来。无由而畏,无所为畏,去迷转悟,终悟"万有毕竟空寂"。一旦登达此无何有之乡,"思"便已聆听到人生在世的真谛了。

在罗丹的雕刻中,能够因畏而引发人的无限沉思的,除了上述《地狱之门》中的《思想者》,再就是《老娼妇》(又译《丑之美》)了。诚如鲁迅所评价的,这是一幅"美丑泯绝"到极致的成功之作。据说,这座雕塑的灵感来源于维庸的一首诗:《美丽的老宫女》。因此诗同罗丹作品关系极大,故引全诗如下:

> 啊,残酷的衰老,
> 你为何把我凋零得这般地早?
> 教我怎不悲哀!
> 现在啊,教我怎能苟延残喘!
> 想当年,唉,往日荣华,
> 看我轻盈玉体,
> 一变至此!
> 衰弱了,瘠瘦了,干枯了,
> 我真欲发狂:
> 何处去了,我的蛾眉蟠颈?
> 何处去了,我的红颜金发?
> ………………

> 这柔脂般的双肩,
> 这丰满的乳头,
> 这肥润的小腹,
> 当年啊,曾经是百战情场。
> ………………
> 现在是人世的美姿离我远去,
> 手臂短了,手指僵了,
> 双肩也驼起,
> 乳房,唉,早已瘪了,
> 腰肢,唉,棉般的腰肢,
> 只剩下一段腐折的枯根!①

维庸在这首诗中以凄怨哀婉的笔触描绘了一位年老色衰的宫女。"青春已从她的肉体上消逝,而痛苦和不幸却给她留下了瘢痕。"② 她曾经拥有轻盈的玉体、美丽的蛾眉、洁白的脖颈、青春的红颜和迷人的金发。她那柔脂般的双肩、丰满的乳头和肥润的小腹,曾经令无数的男人在这里贪婪地吮吸、痴迷地徘徊。如今,这残酷的衰老是多么令人触目惊心。往日的荣华已经一扫而尽,衰弱了,瘠瘦了,干枯了。那人世的美姿早已离她远去,乳房早已干瘪,腰肢早已枯朽。罗丹实在是传神地表达出

---

① 维庸:《美丽的老宫女》,简引自[法]罗丹述,葛赛尔著《罗丹艺术论》,傅雷译,中国社会科学出版社,2001年版,第37—38页。
② 凡·高语,见凡·高致凡·拉帕尔的信。简引自[法]弗兰克·埃勒卡尔:《凡高——一个孤独的天才》,范立新、平野译,人民美术出版社,1989年版,第16页。这段话是凡·高对于自己所喜欢的女人,一个妓女——克丽丝丁的描述和评价,我认为这段话同样适用于维庸笔下的老宫女。

了作者的原意，甚至有过之而无不及。他把维庸原诗中的老宫女巧妙地转换为老妓女，这中间人物身份的变化，或许更符合他雕塑的本意。相比较而言，妓女比宫女接触着更为广泛的人生世相。她们遍布于社会生活的各个角落，一旦失意之后，更能体会到社会的残酷和世态的炎凉。罗丹本人对妓女并不讨厌，他还在十几岁时就与妓女发生过关系，对于她们有着一定程度的了解。他的一位姐姐——克洛蒂尔德[①]，早年离家出走，后来因为生活所迫而被迫做了妓女，这就使罗丹不得不感受到一种切肤之痛了。据说，《老娼妇》这一雕像的另一现实原型就是他的这位姐姐。值得注意的是，鲁迅对妓女的态度也很有意思。鲁迅终生没有嫖过妓。但鲁迅从未鄙视过妓女，甚至对她们中的某个人还表示过由衷的敬意。如鲁迅这样赞扬法国作家法郎士笔下的妓女泰绮丝："她在俗时是泼剌的活，出家后就刻苦的修，比起我们的有些所谓'文人'，刚到中年，就自叹'我是心灰意懒了'的死样活气来，实在更其像人样。"鲁迅甚至以这样绝对的口吻自白了一句："我宁可向泼剌的妓女立正，却不愿意和死样活气的文人打棚。"[②]

罗丹的艺术表现是强大的，他的雕刻比维庸的诗歌更有力量。葛赛尔这样描述与评价这幅杰作："在皮肤紧附在瘦骨嶙露的躯壳上，似乎全体的枯骨在震撼、战栗、枯索下去。在这幅粗犷而黯淡的幕后，映现着深切的悲痛。梦想着永久的青春和美貌，醉心于无穷的幸福与爱情，眼

---

① 罗丹的这位姐姐与他是同父异母的关系。罗丹还有一位姐姐叫玛丽，她对罗丹的帮助和影响都很大，罗丹也很爱她。后来玛丽因为失恋进入修道院做了修女，两年以后去世。罗丹深感有罪，遂顶替玛丽也进入修道院学习，后来在艾玛尔神父的劝说下重回世俗。这一时期的罗丹被人称作是奥古斯特兄弟。
② 鲁迅：《介且亭杂文二集·"京派"和"海派"》，《鲁迅全集》第6卷，人民文学出版社，2005年版，第315页。

见着这副枯骨衰败零落下去，骸骨无存，雄心犹在，真是刻骨铭心之痛啊！这便是罗丹所要倾吐的隐情。实在，从没有一个艺术家把衰老表现得如是残酷，如此惨痛的。"① 赞美罗丹"把衰老表现得如是残酷，如此惨痛"，毫无疑问这是对的。因为罗丹在这里所表达的正是对于衰老的恐惧——日常此在的一种最基本的情绪。这种最基本的情绪就是"畏"。但是说这位老妓女还"梦想着永久的青春和美貌，醉心于无穷的幸福与爱情，眼见着这副枯骨衰败零落下去，骸骨无存，雄心犹在"，却是并不准确的见地。这并非罗丹所要倾吐的真实隐情。真实的情况是，她由畏出发，突然发现了无，过去的生活随之变成虚妄的和不真实的，她继而由此得以反观自身，再也不想回到那个曾经使她为之烦忙与烦神的世界。在这之前，老妓女一直沉沦于世俗生活中而缺乏自知之明。在她风华绝代之时，她是断然不会想到青春的短暂和红颜的易逝的。她只是一味地沉浸在生活的浮靡奢华中，并自以为这就是真实而具体的生活。一旦衰老已至，红颜消逝，门前冷落，鞍马稀少，陡然之间，畏忽袭来，这才突然悟到过去的生活无非就是一个巨大的泡影，竟是如此贫乏可怜和不足为恃。出生并非她之选择，职业亦并非她之所愿。当生活再一次把她从所谓的繁华中抛弃时，她突然于痛苦、畏惧中，得以一窥自己的此在本身：她原来不过是被抛掷到这个世界上来的一个偶然性的存在。她连同她对世界的全部关系都从根本上成为可疑的了，她失去了一切支点和存在的根据，她所熟悉和亲近的一切都漂向缥缈的远方，留下的只是处于绝对孤独和绝望之中的她本身。然而，面对着罗丹的这尊经典杰作，沉陷在日常生活中的庸众却始终不能够理解。他们首先被罗丹创造的这

---

① ［法］罗丹述，葛赛尔：《罗丹艺术论》，傅雷译，中国社会科学出版社，2001年版，第39页。

一"新的美"——丑之美吓坏了。当这座雕像在巴黎国立美术馆——卢森堡展出的时候,很多人——尤其是妇女们的反应,常常是一见就掩面疾走,而且边走边说:"哟,这样的丑。"惟恐这可怖的印象,久留在他们脑海中一般。① 他们——也就是"众人""一般人",在太严酷的真理面前是站不住脚的。罗丹又怎么可能指望他们从中体会到"畏"这一丰富深沉的情感体验,并进而从中引出无限绵延的存在之思呢?

在鲁迅作品中,有一个和罗丹的《老娼妇》身份相同的"老女人"。这个老女人年轻时候为了养育自己的女儿,不惜出卖自己的肉体,以求最基本的生活费用。然而一旦将女儿养大,自己也终于衰老起来,却遭到了女儿一家人(甚至包括孩子)的憎恶和鄙夷。在这一切的冷骂和毒笑中,老女人终于被逼出走了。

> 她在深夜中尽走,一直走到无边的荒野;四面都是荒野,头上只有高天,并无一个虫鸟飞过。她赤身露体地,石像似的站在荒野的中央,于一刹那间照见过往的一切:饥饿,苦痛,惊异,羞辱,欢欣,于是发抖;害苦,委屈,带累,于是痉挛;杀,于是平静。……又于一刹那间将一切并合;眷念与决绝,爱抚与复仇,养育与歼除,祝福与咒诅……她于是举两手尽量向天,口唇间漏出人与兽的,非人间所有,所以无词的言语。
>
> 当她说出无词的言语时,她那伟大如石像,然而已经荒废

---

① [法]罗丹述,葛赛尔:《罗丹艺术论》,傅雷译,中国社会科学出版社,2001年版,第40页。这样的感受也发生在凡·高身上,凡·高说:"有个农夫见我画老树干,坐在那里一个小时不起身,便认为我疯了,当然他会笑话我。如果一位年轻的太太对一个穿着补丁、又脏又臭的衣服的劳工不屑一顾,她当然不理解为什么有人去参观博里纳日矿区,下矿井。她也会得出我疯了的结论。"([美]欧文·斯通、吉恩·斯通:《凡·高自传》,第70页。)

的，颓败的身躯的全面都颤动了。这颤动点点如鱼鳞，每一鳞都起伏如沸水在烈火上；空中也即刻一同振颤，仿佛暴风雨中的荒海的波涛。

她于是抬起眼睛向着天空，并无词的言语也沉默尽绝，惟有颤动，辐射若太阳光，使空中的波涛立刻回旋，如遭飓风，汹涌奔腾于无边的荒野。①

老女人的痛苦的无言的沉思，淋漓尽致地展现在我们面前。这个像骨头一样直立的已然颓败了的石像丝毫不亚于罗丹的雕塑。如果说"老娼妇"还只是发现了自己的"被抛"命运，从而悟到了自己不过是一个偶然性的荒诞性的存在，那么"老女人"则不但亦发现了自己所在之世界在根本上的不可理解性和荒诞性，亦悟到了自己本身的茫然无据和无家可归，而且还由这发现、这反思而几乎过渡到了一种对于不公平的命运的沉默而尽绝的反抗。这沉默是酷烈的，"我们听到呻吟，叹息，哭泣，哀求，无须吃惊。见了酷烈的沉默，就应该留心了；见有什么像毒蛇似的在尸林中蜿蜒，怨鬼似的在黑暗中奔驰，就更应该留心了：这在豫告'真的愤怒'将要到来。"② 这反抗是绝望的，"连无词的言语也沉默尽绝，这是怎样复杂的情感体验：这是伟大的憎？神圣的复仇？无边的爱？粗暴的灵魂？这种复杂的人生体验使人达到对于生命的最为深刻的理解：面对着个体的荒废、颓败，面对着世界的黑暗和虚无，'她'以沉默的绝望的反抗，赋予自己的生命以如此悲

---

① 鲁迅：《野草·颓败线的颤动》，《鲁迅全集》第2卷，人民文学出版社，2005年版，第210—211页。
② 鲁迅：《华盖集·杂感》，《鲁迅全集》第3卷，人民文学出版社，2005年版，第53页。

壮、激烈又如此精彩绝艳、气充寰宇的形态！"①从中我们还读到了鲁迅自身的带血的颤动着的灵魂体验。鲁迅在这里表达的是："这一类人物的运命，在现在——也许虽在将来——是要救群众，而反被群众所迫害，终至于成了单身，忿激之余，一转而仇视一切，无论对谁都开枪，自己也归于毁灭。"②

如此激烈地表达着由畏而思的，再如《墓碣文》：

……于浩歌狂热之际中寒；于天上看见深渊。于一切眼中看见无所有；于无所希望中得救。……

……有一游魂，化为长蛇，口有毒牙。不以啮人，自啮其身，终以殒颠。……"③

……抉心自食，欲知本味。创痛酷烈，本味何能知？……

……痛定之后，徐徐食之。然其心已陈旧，本味又何由知？……④

这是一种情绪发展进行到极端的高峰体验，面对墓碣、死尸，再也没有比这更直接的血淋淋的体验了。墓碣文恰是鲁迅本人对于生存本身的思考。那"不以啮人，自啮其身，终以殒颠"，正是一种自戕式的自喻。既然此在总是我的此在，那么任何对于生存的思考都将指向自身。这化为长蛇口有毒牙的游魂，不自啮其身，又待啮何人？即使要啮人，亦须

---

① 汪晖：《反抗绝望——鲁迅及其文学世界》，河北教育出版社，2000年版，第283页。
② 参见鲁迅：《两地书·四》，《鲁迅全集》第11卷，人民文学出版社，2005年版，第20页。这句话原是针对工人绥惠略夫而说，我认为同样可以用来指称《颓败线的颤动》中的"老女人"以及鲁迅自身。
③④ 鲁迅：《野草·墓碣文》，《鲁迅全集》第2卷，人民文学出版社，2005年版，第207页。

先啮己,而鲁迅则是不惮先以锋利的解剖刀切割自身的。"抉心自食,欲知本味。创痛酷烈,本味何能知?""痛定之后,徐徐食之。然其心已陈旧,本味又何由知?"这两句话则揭示出一种人无法抽身出离日常生活,也无法摆脱沉沦着的世界的悲哀。人的心和身本来就共存于一个整体之中,一旦将"心"(喻指此在)从"身体"(喻指世界)中分离,则不论采取哪两种方式:或者在创痛酷烈时吃,或者在痛定之后徐徐食之,都不可能找到"心"(即此在,即人)之"本味"(喻指本真生存)。此在和世界本来就是紧密联系捆绑在一起的,若无此在生存,就无世界在此。如果你试图抽身出离这个世界,你马上就变得无依无靠、无根无系,你的本真生存将找不到任何落脚点而最终难以为继;如果你还只能继续留在这个世界上,你也只能不断地接受这个世界的烦扰,你仍然无法完全做到本真生存。所以要想体验到真正的"本味"——本真生存,是艰难的,甚至是不可能的。你只能"于浩歌狂热之际中寒;于天上看见深渊。于一切眼中看见无所有;于无所希望中得救",在大悖论中有着大沉思,在大沉思中有着大拯救,在大拯救中有着生存的真。

不过,如此激烈的体验毕竟不能长久,鲁迅更多的是在日常生活中对于平凡存在者的思索。《兔和猫》中描写了一群可爱的小生灵,鲁迅写了它们的消失。当深夜坐在灯下的时候,内心却忍不住觉得凄凉,发出了这样的感喟:"那两条小性命,竟是人不知鬼不觉的早在不知什么时候丧失了,生物史上不着一些痕迹,并 S 也不叫一声。我于是记起旧事来,先前我住在会馆里,清早起身,只见大槐树下一片散乱的鸽子毛,这明明是膏于鹰吻的了,上午长班来一打扫,便什么都不见,谁知道曾有一个生命断送在这里呢?我又曾路过西四牌楼,看见一匹小狗被马车轧得快死,待回来时,什么也不见了,搬掉了罢,过往行人憧憧的走着，谁知道曾有一个生命断送在这里呢？夏夜，窗外面，常听到苍蝇的悠长的吱吱的叫声，这一定是给蝇虎咬住了，然而我向来无所容心于其间，而别人并且不听到……"①在平时这样的不起眼的小生命又的确有谁留心、注意过呢？如果不是此在开始反思（反省）自身，又怎么会照亮周围的世界，也连带照亮了周围的存在者。"假使造物也可以责备，那么，我以为他实在将生命造得太滥，毁得太滥了。"②鲁迅竟将反戈一击的投枪掷向了造物主。鲁迅在这里所发出的决不仅仅是对于人道主义的浅薄的赞同，更重要和更为深刻的是鲁迅见微知著、举一反三，深切体会到了这些被日常生活所掩盖，被人们所遗忘了的卑微的存在者。由对日常存在者——兔、鸽子、狗、苍蝇等的思索进而再导入对造物——存在的追问，鲁迅在这里表达的岂不是"存在的被遗忘"的生存论主题？

"运伟大之思者，行伟大之迷途。"这是海德格尔的一句格言。鲁迅运思，但鲁迅拒绝做导师，更不会请别人做导师。他只管走自己的路，不管是"歧路"还是"穷途"，都"还是跨进去，在刺丛里姑且走走"③。鲁迅就是这样一位天马行空的独行侠，不同流俗的思想者。然而鲁迅越是这样特立独行，就越是一名现代人类的精神导师，就越是能够与另二位现代艺术大师、哲学大师——罗丹、海德格尔发生精神上的对话与交流。他们三者的精神相遇不论是在现代艺术史还是现代哲学史上，都是一件值得大书特书的精神性事件。

---

① 鲁迅:《呐喊·兔和猫》,《鲁迅全集》第1卷, 人民文学出版社, 2005年, 第580页。
② 鲁迅:《呐喊·兔和猫》,《鲁迅全集》第1卷, 人民文学出版社, 2005年, 第580—581页。
③ 鲁迅:《两地书·二》,《鲁迅全集》第11卷, 人民文学出版社, 2005年, 第16页。

三 "向死存在"的生存勇气

为了强调人通过存在之领会而存在这一特殊的存在方式,海德格尔将人的存在方式规定为 Existenz(生存)。这个词的希腊词源意为"不存在"。人实际上就是一种"不存在",或者说是一种"能在"(Seinkoennen)。也就是说,人一方面像所有存在者一样也存在,另一方面却是借超越存在者整体的方式、以跃入无的方式存在的。生存首先从将来方面领先筹划出开展出此在自己的能在。一切生存的可能性都从将来方面属于生存。在这种种可能性中,也包括死亡。而此在人的最大的最本己的可能性就是死亡。人固有一死,这是无由逃避的,所以死亡对人来说具有不可规避的确定性。但海德格尔又说,死亡对现存的人来说又是不确定的。不错,死亡是随时会降临的,但人却无法知道它什么时候会降临。最荒谬也最真实的是,死亡这把达摩克利斯之剑高悬在人头上伴随着人的一生,它随时可能落下,但人不能经验其事实上的死亡,因此虽然从人诞生之日起,死亡就是注定了的,但死亡对于此在的人来说始终只是一种可能性。"死亡是此在本身向来不得不承担下来的存在可能性。……死亡是完完全全的此在之不可能的可能性。"[①]

与传统对死亡的理解完全不同,海德格尔认为死亡不是一个对生存漠不相关的终点。死亡之为终点把生命的弦绷紧了。而生命正是由于有终性造成的张力而成其为生命的。只要此在生存着,它就实际上死着。试想,假如人永远不死,活着将是一件永远无限进行着的事情。你可以

[①] Martin Heidergger, *SEIN UND ZEIT*, Max Niemeyer Verlag Tubingen, 1979, P250;陈嘉映:《海德格尔哲学概论》,第95页。

选择做任何事情，而且不必怕任何失误，因为一切都可以重来，一切过失都可以弥补。然而，随着失败的不再被看重（既然一切都可以重来，又有谁还会在乎失败呢），所谓的成功也将变得毫无意义，最终生命的价值亦将趋近于零。事实上，人只有真正领会和懂得了死，才能真正领会和懂得生。唯人能死，亦唯人会死。动物和植物不懂得死，因而它们也不懂得生。人之所以能死、会死，是因为人能畏、会畏。而在人之中，亦唯大勇者才能畏。死就是空，畏就是直面死亡。畏死使人反跳回来，获得生的动力，自己承担起自己的命运，开拓出自己生命的道路，获得自身的本真的全体的在。这是因为对死亡的畏惧，不仅向人展示出他的日常生活的虚无性、不真实性，而且也向人展示出他的最极端的可能性。这种"畏"犹如暮鼓晨钟，它惊醒人，使人敢于直面死亡，在死的"自觉"中挣脱一切异己之物的束缚，保持自己个人的独立性，得到自由。这就是说，海德格尔在对死亡这种人生极端状态的分析中向人揭示出的正是人的自由，选择的自由或者说是存在的自主性。海德格尔把这种由死亡反顾生命，更积极主动地投身到现存的人生态度，称之为"向死亡存在"（简称"向死存在"，Sein Zum Tode）或"本真的为死而在"。

《加莱义民》是罗丹雕刻中最能体现"先行到死""向死存在"的作品。① 这个作品取材于法华沙尔《通鉴》里的几行文字。那是在英法百年战争中（1337—1453），加莱城为英王爱德华三世（Edouard III）所

---

① 一般的美术批评家在谈到罗丹的这尊作品时，往往最先关注到这尊作品主题是牺牲。日本文艺理论家山岸光宣即认为："使爱和无私臻于完全者，是牺牲底行为。所以伟大的牺牲底行为，屡屡成着表现主义的对象。《加莱的义民》，就是运用着为故乡的牺牲底行为的东西。"（[日]山岸光宣：《表现主义的诸相》，《鲁迅译文全集》第8卷，福建教育出版社，2008年版，第322页。）实际上，这尊作品的主题并不仅仅只是"牺牲"而已。它所表达的毋宁说是对于一种面对"牺牲"（"死亡"）时的态度。这种态度即是"先行到死""向死而在"。

迫，市民坚守待援，城中粮尽，欲请降。英王以市民推举出六个最高贵的市民为代表接受绞刑为条件，否则全城焚毁。于是六个义民出来主动请死，以解全城之难，后蒙英王后特赦免死。这则短短的材料深深地打动了罗丹。罗丹感到在这个历史时刻中有一件大事发生了，这是一件不知道时代和名字的事，一件独立的和单纯的事。罗丹全神贯注在离城的那一刻。他仿佛目睹这些人如何动身，他仿佛感到他们每个人当中，过去的生命又一度跳动，每个人都满载着他的过去，昂然地站在那里，准备把它带往刑场。他们每个人都有他们下决心的方式，每个人都有他们活这最后一刻的方式。他们用他们的灵魂去活着，用他们那保持着生命的躯体去忍受着。无数的姿势从罗丹的记忆中突然显现出来。拒绝的姿势，诀别的姿势，听天由命的姿势，络绎而至。罗丹把它们都采集在一起，把他们一一塑造。他把他们塑成赤裸裸的，在他们震荡着的雄辩的躯体里各自为命。他们的躯干魁伟绝伦，与他们的决心一样。①

  他（指罗丹）创造那垂臂老人，双臂的骨节已给年龄坠软了，他赐给他沉重而迟钝的步履，老人们共具的艰难的步履，一种疲乏的神气泛流在他的脸上和胡子间。

  他创造那手提着钥匙的人。他里面还充溢着多年的生命，而这一切都压缩于最后一刻。他难过极了。他的嘴唇闭着，手儿紧紧地咬着钥匙。他放火在他的力量里，于是这力量便在他身内把自己烧成灰烬。

  他创造那用双手捧着他的低垂着头的人，仿佛还想把自己深深关闭起来，以获得一刻的清静。

---

① ［奥］里尔克：《罗丹论》，梁宗岱译，广西师范大学出版社，2001年版，第79—80页。

他创造那两兄弟：一个还依依回顾，一个却低着头，作一种坚定与服从的姿势，仿佛已经把它递给刽子手了。

然后他创造那"只从生命穿过"的人的渺茫的姿势。法华沙尔称之为"过客"。他已经动身了，却还一度回顾，并非回顾城门，也不是回顾那些啜泣的人，也不是回顾他的伴侣，他只回顾他自己。他的右臂举起来，伸展，摇晃；他的手在空中张开，放走了一些不知什么东西，正如人们把自由放给笼鸟一样，这是一切犹豫与疑惑的启程，属于未来的幸福，属于目前虚待的痛楚，属于那些不管住在哪里而我们或许有一天会碰到的人，属于明天或后天的一切可能性，亦属于人们想象以为遥远、温甜、沉静而且将经过一个很长时间才来临的死。①

罗丹就这样给这六个人各以特殊的生命，在生命的最后一刻里。在这出城的一刹那间，他们全部暂从沉沦中脱出，转化为本真的此在。他们"在死的眼皮底下昂然直行，以便把它自身所是的存在者在其被抛状态中整体地承担下来。这样横下一条心承担起本己的实际的'此'，同时就意味着投入处境的决断。"② 这六位伟大的英雄，先前，他们一直过着令人欣羡的贵族生活，现如今，为了整座加莱城的平安，他们要毅然决然地献出自己的生命了。当他们选择了这突如其来的变故——死，他们的生命亦在突然之间变得丰富、饱满、清晰、触目，而且更加富有弹性、张力。他们突然领悟到：他们之来到这个世界上，原来不过是一个被抛

---

① ［奥］里尔克:《罗丹论》，梁宗岱译，广西师范大学出版社，2001年版，第80—84页。
② Martin Heidergger，*SEIN UND ZEIT*，Max Niemeyer Verlag Tubingen，1979，P382—383；陈嘉映:《海德格尔哲学概论》，三联书店，1905年版，第98页。

掷的偶然。这偶然使他们生在贵族之家,享尽了人间荣华;如今,又是这偶然,他们要作为最高贵的市民,去领受他们应当去领受的死了。他们先前耽溺于各种各样的世俗的享乐,自以为这就是真实而具体的生活,而当他们突然一下面对死亡时,这才知道这一切都不过是一场空幻。真实的是人必有一死,人终有一死。在死面前,一切都是轻浮的,都是不足为虑的。他们的出生,固然不是他们的意愿;他们的死亡,却是他们自觉的选择。他们并不害怕这死,而毋宁说在这残酷的死面前,他们更加真切地把握到了自己的生存,自己作为个体的存在。他们摆脱了一切异己之物的束缚,自己处理自己的生命,自己掌握自己的命运,从而得到了完全的自由。这自由促使他们毅然决然、坦然欣然地走向死亡。这死亡非但不是他们生命的终结,反而促成了他们生命的升华。这是怎样伟大的"先行到死"。

同样,正是这种"先行到死"的"决断",恰恰引动了罗丹内心深处最为隐秘的情感。罗丹创造这座杰作的时间是1884—1889年。此时罗丹已经人到中年,却仍然保持着绵绵不绝的艺术创造力。在这之前和之后,罗丹都有一大批杰作出现。作为最早进行现代艺术实验的开拓者之一,罗丹常常处于一种孤独的本然境地[①],与他同时代的能够与他直接对话的艺术家太少了。尽管他曾经与印象派画家莫奈共同举办过画展,然而他们的精神追求和所要达致的精神境界,是很难说得上完全相通的。在罗丹作品中那种对于丑的有力揭示和对于力的极度夸张,是在其作品中单纯追求光和色的诗意之美的莫奈所并不具备的。对罗丹构成了巨大

[①] 赫伯特·里德即认为:"作为一位雕塑家,罗丹所继承的是一片荒原。"([英]赫伯特·里德:《现代艺术哲学》,朱伯雄、曹剑译,百花文艺出版社,1999年版,第198页。)这种置身于荒原之上的悲凉感受,几乎陪伴了罗丹一生。

的精神启示和影响的,是米开朗琪罗。著名美术史论家福耳这样强调罗丹和米开朗琪罗的共同性:"似乎,罗丹从大地与肉体中走出,向上,吐出大地的呼喊,直到悲剧性的境地,在那里遇到米开朗琪罗,而米开朗琪罗从高峰走下来,带来天上的呼唤。"① 但是罗丹和米开朗基罗之间毕竟已经隔了整整三百年。米开朗基罗的作品到了罗丹的时代已经成了一个遥远的绝响,罗丹要想重拾这一伟大的传统并且予以发扬光大,该需要多么大的勇气和信心。在这样一个众生沉沦着的世界里,罗丹在创造他的每一座作品时几乎都要付出绝大的勇气,因为每一次创造都是一次精神的历险,都是一次生命的创造。人的生命有涯,而艺术创造无限,面对着充满生机的大自然和瞬息万变的人类社会,罗丹深深地感受到一种源自自身生命的有限性与必死性。毅然绝然地,罗丹推出了一系列杰作:《塌鼻人》《行走的人》《地狱之门》《加莱义民》《老娼妇》《巴尔扎克》等。在这些作品中,《加莱义民》的运气算是最好的,当这座雕刻于1895年在加莱揭幕时,获得了市民热烈的反响,1913年在伦敦又进行了更为热烈的揭幕盛典。但是其他作品与之相比较,就没有这么好的运气了。《青铜时代》《思想者》《老娼妇》《吻》《巴尔扎克》等,几乎无一不遭到了市民庸众的嘲笑和学院权威的打击。以《巴尔扎克》为例。1898年面世后,即有评论家讽刺罗丹雕刻了一个雪人,一个石膏海豹,一个披着麻袋片的人。更有人以讽刺揶揄的口气说:"当一个人考虑到为塑像所做的全部努力,他很可能会说,经过长时间巨大的阵痛,却只生出了一只可怜的小老鼠。"② 最终文学家协会以十一票对四票的投票结果

---

① 熊秉明:《关于罗丹——熊秉明日记择抄》,天津教育出版社,2002年版,第127页。
② [美]戴维·韦斯:《我赤裸裸地来——罗丹的故事》,杨苡、雷江、韩曦、林真译,译林出版社,1999年版,第648页。

拒绝接受巴尔扎克塑像。在一片反对声中,坚持己见绝不妥协的罗丹将其拉回自己的工作室里。直到罗丹去世,这部作品才重新公诸于世。如今,它已被公认为世界杰作,是有关巴尔扎克的最好的雕像之一。事实上,无论外界怎样贬低自己、嘲讽自己,罗丹都始终没有动摇过,因为在这之前和在这当中,他早已经拥有了他自己的"决断"了。他没有时间去理会太多的闲言碎语,他必须集中精力于自己的工作。先前,他一听到别人视他的作品为儿戏、草率了事,他就会跳起来,现在呢,他随这些争辩自去,只管自己工作,他认为他的雕刻早已应该能够为自己辩护。工作,对罗丹而言是神圣的。在他看来,"工作即是我们生存的意义与幸福"①。"'艺术家'这个字,广义言之,即是以工作为乐事的人"②。一个真正的艺术家,是可以在他的工作中找到他的快乐的。罗丹即是这样的人。生命的有终性和紧张感促使他不断地从一个工作走向另一个工作,从一个创造走向另一个创造。普通人的一生哪怕只有一个创造就不错了,罗丹的一生中却拥有了无数个创造,《加莱义民》无疑就是他生命中的杰作。罗丹的一生就是工作的一生,就是一位艺术家不断感悟到"先行到死"的一生。

能够和《加莱义民》这种大气磅礴、元气淋漓的"向死亡存在"的生存的勇气相媲美的,在鲁迅的作品中只有《过客》《孤独者》等少数篇章足以当之。

《过客》中描写了三个人:过客、老翁、女孩。他们分别代表了两种生存状态:老翁、女孩代表了非本真的生存状态,过客则代表了本真的

---

① [法]罗丹述,葛赛尔:《罗丹艺术论》,梁宗岱译,广西师范大学出版社,2001年版,第249页。

② [法]罗丹述,葛赛尔:《罗丹艺术论》,梁宗岱译,广西师范大学出版社,2001年版,第250页。

生存状态。从一定意义上说，女孩是过客的既往，老翁是过客的将来。在沉沦着的既往和将来之间，是无限困顿着、已经疲惫不堪了的本真生存，也就是鲁迅所一直念兹在兹的"现在"。

过客不知道自己怎样称呼，从哪里来，到哪里去，单知道走。即使知道前面是并不美好的所在——"坟"，也就是死亡，也还要继续走下去。这同样是鲁迅自身的生命体验。鲁迅说："我只很确切地知道一个终点，就是：坟。然而这是大家都知道的，无须谁指引。问题是在从此到那的道路。那当然不只一条，我可正不知那一条好，虽然至今有时也还在寻求。"①过客的这种精神状态是此在暂时摆脱了借以栖身的世界之后的一种自由状态的真实描写。过客所唯一遵循的是来自远方的"前面的声音"。这个声音其实来自于过客自己的内心深处。它就是内心"良知"（Gewissen）的呼唤。这呼声出自我而又逾越我，这呼声必须在内心十分宁静时才能谛听得到。良知问题是一个人人都会遇到的生存论问题，它涉及此在人对自己的生存态度的选择问题。作为鲁迅独特精神的艺术创造，过客要想始终处于本真状态，就必须随时回应内心良知的呼唤。只有这样，过客才能真正成就个体真我，从而守护住他的"本心""自性"。对于一个真正的个体主义者来说，能否守护住他的"自性"是极端重要的。因为"惟此自性，即造物主"②。任何离开此在之"此"的自由，都是欺人之谈。但是，过客要找到自己，继而坚持自己，又是一件特别困难的事情。因为人总沉沦着，沉沦是一件很容易的事，只要过客一旦听从老翁的劝告，就会一不小心滑入其中，从而使自己处于无根基的虚无

---

① 鲁迅：《坟·写在〈坟〉后面》，《鲁迅全集》第1卷，人民文学出版社，2005年版，第300页。

② 鲁迅：《坟·文化偏至论》，《鲁迅全集》第1卷，人民文学出版社，2005年版，第52页。

状态中。沉沦中的生存论存在论的要点在于：此在不立足于自己本身而以众人的身份存在。失本离真，故称之为"非本真状态"。相应地，本真状态被定义为此在立足于自己生存。区分出生存的这两种最基本的状态，就可以明确地看到此在在沉沦中"从它本身脱落，即从本真的能自己存在脱落"①。海德格尔说：这一切都要通过"畏"实现。所以过客始终处于一种迟疑、紧张、惊惧、矛盾、困惑、沉思等的情绪状态中。过客就在这无始无终的最原始的情绪"畏"中面对"死亡"，体验"空无"，回味"良知"。良知于是把众人本身唤向此在本身，打破此在沉沦于众人，错把众人本身当成自己本身，还津津乐道地自以为过着真实而具体的生活的虚假状态。由于此在已沉溺在嘈杂的公众意见之中，所以良知的声音必须跨越众人，打断芸芸公论，"由远及近，陡然惊动，唯归心者闻之"②。但"归心"不意味着隔绝外界，退缩于方寸之间，良知的呼声倒是把此在"唤上前来，唤到它最本己的诸种可能性中"③。过客就是诸种可能性的化身，所以他也不可能知道自己怎样称呼，从哪里来，到哪里去。因为一旦定格，过客还是过客吗？

但良知的声音何其微弱，稍不留神，瞬息即逝。老翁先前也听到过良知的呼声，然而不去理它，如是几次，也就罢了。以老翁所代表的众人并非不知其将死，就如他也知道前面是坟一样，但总是以沉陷于日常生活的种种活动这一方式闪避死亡。这种闪避"顽强地统治着日常生活，乃至在相互共存中'最亲近的人们'恰恰还经常告慰，临终者相信他将逃脱死亡，不久将重返他所烦忙的世界中的那种安定的日常生活。……

---

① Martin Heidergger，*SEIN UND ZEIT*，Max Niemeyer Verlag Tubingen，1979，P175；陈嘉映：《海德格尔哲学概论》，三联书店，1995年版，第85—86页。
②③ Martin Heidergger，*SEIN UND ZEIT*，Max Niemeyer Verlag Tubingen，1979，P271；陈嘉映：《海德格尔哲学概论》，三联书店，1995年版，第100页。

这种安定作用其实却不只对'临终者'有效，而且同样也对'安慰者'有效。甚至在生命中止的场合，公众意见还不要让这种事件打扰它为之烦忙的无扰无烦，还要求其安定。……众人还以保持沉默的方式支配着人们必须如何对待死亡的方式，并且由此而通情达理，而获得尊敬。对公众意见来说，'想到死'就已经算胆小多惧，算此在的不可靠和阴暗的遁世。众人不让畏死的勇气浮现"[①]。而只有真正听从良知的呼唤的过客，才能体会到前面是坟的真正含义。在过客的眼里，"向死存在""不意味着遁世的决绝，它毋宁意味着无所欺幻地（把自身）带入'行动'。……清醒的畏（把自身）带到个别化的能在面前，而坦荡乐乎这种可能性与清醒的畏是并行不悖的。在这坦荡之乐中，此在摆脱了求乐的种种'偶然性'"[②]。过客是一个真正的行动者，他始终立足于自己在来世，这一决断令其返本归真。过客不可能隐遁于尘世之中，只要这个世界还有其他人类存在（如老翁和女孩），过客就总在这个世界之中，他总须烦忙于事物，烦神于他人，总必对他的存在有所领悟，有所筹划，有所作为。概而言之，即有所"决断"（Entschlossen）。这决断使过客摆脱了"求乐"的种种偶然性，为此，他拒绝了老翁建议他休息一下的好意，他甚至连小女孩的一小块布片都不愿意接受，因为这些都使他觉得太舒适了，而太舒适则是与他的不断行走是有妨碍的。这决断令过客从众人本身中呼唤出他的此在本身，并使此此在本身挺身出来为他的所作所为负责，脱乎欺惘，而进入"命运"（Geschick）的单纯境界。唯畏乎天命的大勇者能先行到死而把被抛入状态承担起来，从而本真地行于世，有其命运。

[①] Martin Heidergger, *SEIN UND ZEIT*, Max Niemeyer Verlag Tubingen, 1979, P253—254；陈嘉映：《海德格尔哲学概论》，三联书店，1995年版，第96页。

[②] Martin Heidergger, *SEIN UND ZEIT*, Max Niemeyer Verlag Tubingen, 1979, P310；陈嘉映：《海德格尔哲学概论》，三联书店，1995年版，第97页。

过客就是这样的大勇者。而那些无宗旨的人则只是在偶然的事故中打转,尽管他们会碰到更多的机会和事故,但是他们不可能有命运,如老翁。学人常认为过客是"反抗绝望"的典型象征,这是很有道理的。以生存论存在论的眼光视之,反抗绝望即是反抗沉沦。过客所念兹在兹的即是担心再次陷入"沉沦"的大泽之中。的确,经历了本真生存的况味,过客又怎甘心再次堕入万劫不复的轮回,尤其是对于他这样一个完全意义上的精神性化身。

过客从亘古中走来,再向着远方走去。他就是一个巨大的符号,这个符号的最大特征就是"走"。他岂不知这样一直走下去是很危险的,但"危险令人紧张,紧张令人觉到自己生命的力"①。世上尽有"乐于牺牲,乐于受苦"②的人物,过客就是其中的一个。在罗丹雕刻中,也有这样一个巨大的精神性的存在,连名字都与"过客"相似,这就是《行走的人》。这幅杰作创作于1878年,以意大利人佩皮诺为原型。与《巴尔扎克》的命运多舛不同,这座作品一经面世即取得了成功。罗丹为此赢得了众多有力者的支持,其中有著名作家马拉美、画家卡里埃、雕塑家布歇等。关于这座作品,熊秉明有一段极为精彩的描述:

> 大迈步的动态!走在风云激荡日夜流转的大气里。残破的躯体;然而每一局部都是壮实的、金属性的,肌肉在拉紧、鼓胀,绝无屈服与妥协。
>
> 它似乎并不忧虑走向何处,而它带有沉着和信心前去。

---

① 鲁迅:《准风月谈·秋夜纪游》,《鲁迅全集》第5卷,人民文学出版社,2005年版,第267页。
② 鲁迅:《坟·娜拉走后怎样》,《鲁迅全集》第1卷,人民文学出版社,2005年版,第170页。

> 我们不知道它的表情,它是微笑的,忧戚的?睥睨一切,踌躇满志?泰然岸然?悲天悯人?都无,都有。准备尝一切苦,享一切乐,看一切相,听一切音,爱一切爱,集一切烦恼……而同时并无恐怖,亦无障碍……直走到末日,他自己的,或者世界的。
>
> 且有一半已经毁灭,已经消逝,已经属于大空间,属于无有,属于不可知,属于神秘。人的行走已跃级到宇宙规律的运行。
>
> 天行健。
>
> 悲壮的,浩瀚的,如贝多芬《第五交响曲》的雕像。①

我觉得这段精彩的描述同样适用于鲁迅的《过客》。在罗丹笔下,还有一个和"过客"的精神气质极为相似的雕刻,它就是《施洗者圣约翰》。关于这座作品,里尔克亦有精彩的描绘。他说:"思想的烈火和意志的风暴:它(注:接原文上文,指的是'这姿势')开放起来,于是,看啊,显现的便是这具有雄辩而且扇动的双臂的《施洗者圣约翰》,带着一种仿佛感到后面有人跟着来的雄壮的步伐。这个人的躯体已经不是完整无损了:沙漠的火穿过他,饥饿侵蚀他,各种狂渴焚烧他。他不折不挠,并且变得极端坚强了。他那隐士的瘦躯无异于一条木柄,上面插着他的步履的叉儿。他走着。他走着,仿佛他胸怀着全世界,仿佛在用他的步伐测量广阔的大地;他走着,他的臂儿证明他在走动,他的手指也分开来在空中划出行进的符号。"②

---

① 熊秉明:《关于罗丹——熊秉明日记择抄》,人民文学出版社,2005年版,第177页。
② [奥]里尔克:《罗丹论》,梁宗岱译,广西师范大学出版社,2001年版,第37—38页。

奋力挣扎着，在残酷到像炼狱一般的痛苦处境中，仍然念念不忘本真生存的，还有《孤独者》中的魏连殳。当魏连殳为生活所迫，不得不躬行先前所憎恶所反对的一切，拒斥他先前所崇仰所主张的一切时，他所拥有的除了新的磕头和打拱等无聊的应酬外，还有新的失眠和吐血。这新的失眠和吐血，无疑在表明魏连殳不但嘲笑着自身，而且在毁灭着自身了。终于，在长期的本真生存和非本真生存状态的激烈拉锯战中，魏连殳不堪忍受，孤独地死掉了。"我"作为他的好友，偶然地来到了这个"一切是死一般静，死的人和活的人"①的灵堂里，瞻仰了魏连殳的遗容。"他（指魏连殳）在不妥帖的衣冠中，安静地躺着，合了眼，闭着嘴，口角间仿佛含着冰冷的微笑，冷笑着这可笑的死尸。"②这正是魏连殳本该就有的神情，只是因了残酷的争夺战，面相遂更加扭曲了。"我"也仿佛在冥冥间听到了魏连殳的真声，"像一匹受伤的狼，当深夜在旷野中嗥叫，惨伤里夹杂着愤怒和悲哀"③。这是魏连殳的精魂，即使肉身已经死了，仍在表达着欲求本真生存而不能的哀伤和绝望。"反抗绝望"也只有在这种意义上才能体会得更加深切。

岁月流逝了几百年，加莱义民仍然行走在走向刑场的路上，行走的人、施洗者圣约翰仍然奔波在风云流转的大气里、沙漠里，罗丹将这些神圣的时刻都定格为雕塑，从而赋予其永恒的意义了。见证过许多青年的老年的死亡的鲁迅，如今也逐渐地步入了他多病多灾多难的晚年。"从去年起，每当病后休息，躺在藤躺椅上，每不免想到体力恢复后应该动手的事情：做什么文章，翻译或印行什么书籍。想定之后，就结束道：

---

① 鲁迅：《彷徨·孤独者》，《鲁迅全集》第2卷，人民文学出版社，2005年版，第107页。
②③ 鲁迅：《彷徨·孤独者》，《鲁迅全集》第2卷，人民文学出版社，2005年版，第110页。

就是这样罢——但要赶快做。"① 这"要赶快做"的念头就是已经在不知不觉地意识到了"死亡"的临近,感觉到了生命的有限和紧张。"熟识的墙壁,壁端的棱线,熟识的书堆,堆边的未订的画集,外面的进行着的夜,无穷的远方,无数的人们,都和我有关。我存在着,我在生活,我将生活下去,我开始觉得自己更切实了,我有动作的欲望——但不久我又坠入了睡眠。"② 这是正值大病之中的鲁迅对于日常生活凡俗事物的重新观照。这些凡俗事物先前仿佛并没有存在过,但现在却突然一下子变得触目起来。维特根斯坦说得好:"可惊的不是世界怎样存在,而是世界竟存在。"③ 鲁迅在这里表达的正是对这样一个最基本事实的震惊:这世界存在着,而且这存在着的世界都和"我"相关,"我"仍然生活在这个世界中,"我"活在人间,"我"还并未沦亡。④

---

① 鲁迅:《且介亭杂文末编·死》,《鲁迅全集》第6卷,人民文学出版社,2005年版,第633页。
② 鲁迅:《且介亭杂文末编·"这也是生活"……》,《鲁迅全集》第6卷,人民文学出版社,2005年版,第624页。
③ 陈嘉映:《海德格尔哲学概论》,三联书店,1995年版,第29页。
④ 鲁迅述说自己并未沦亡的话语可一直上溯到1927年所作的《〈小约翰〉引言》:"荷兰海边的沙冈风景,单就本书所描写,已足令人神往了。我这楼外却不同:满天炎热的阳光,时而如绳的暴雨;前面的小港中是十几只蜑户的船,一船一家,一家一世界,谈笑哭骂,具有大都市中的悲欢。也仿佛觉得不知那里有青春的生命沦亡,或者正被杀戮,或者正在呻吟,或者正在'经营腐烂事业'和作这事业的材料。然而我却渐渐知道这虽然沉默的都市中,还有我的生命存在,纵已节节败退,我实未尝沦亡。"(鲁迅:《译文序跋集·〈小约翰〉引言》,《鲁迅全集》第10卷,人民文学出版社,2005年版,第284页。)这同时亦是鲁迅"先行到死"的又一例证。这时鲁迅正在广州,距离鲁迅上海时期的最后死亡还有九年。

第三章　现实的·审美的·哲学的
——鲁迅与表现主义的同路人凯绥·珂勒惠支

凯绥·珂勒惠支（Kathe Kollwitz，1867—1945），是19—20世纪德国著名的世界级现代版画艺术大师。在西方现代美术史上，珂勒惠支一般被认为是现实主义的艺术大师。但同时，由于珂勒惠支所处的时代，和一些表现主义画家如蒙克（E.Munch）、恩索尔（J.Ensor）、康定斯基（W.Kandinsky）等相近，她的作品又颇具表现主义的艺术特征，如使用象征手法和相当夸张的人物造型，关注战争、死亡等表现主义常用题材，强烈地表现作者的思想情感等，因此现代许多史家也都把她和一般表现主义画家相提并论[1]，称之为"表

---

[1] 如著名美术史论家赫伯特·里德在谈到巴拉赫（E.Barlach）这样一位德国表现派雕塑家的时候，就特意提到了另两位与之有着深刻联系的德国雕塑家，其中一位就是珂勒惠支，并认为："柯勒惠支作为一个版画家更有名，同时也是一个深谙形体塑造的雕塑家和一个伟大的人道主义者。"（[英]赫伯特·里德:《现代雕塑简史》，余志强、栗爱平译，四川美术出版社，1989年版，第11页。）

现主义的同路人"①。对于这位表现主义的同路人,鲁迅给予了极高的评价,说:"在女性艺术家中,震动了艺术界的,现代几乎无出于凯绥·珂勒惠支之上。"②(《且介亭杂文末编·〈凯绥·珂勒惠支版画选集〉序目》,以下简称《序目》。)她的版画,经了鲁迅的介绍,早已为中国人民所熟知,她也早已成为中国人民的老朋友了。

鲁迅开始搜集珂勒惠支的版画是在1930年。在这件事情上,起着中德文化交流作用的是徐诗荃(他被李允经先生称为"中国新兴版画第一人")和美国友人史沫特莱(A.Smedley,鲁迅译史沫德黎)。据《鲁迅日记》载:1930年7月15日"收诗荃所寄Kathe Kollwitz画集五种"。1931年4月7日,托史沫特莱"寄K.Kollwitz一百马克买版画",同年5月24日,"收Kathe Kollwitz版画十二枚",6月23日得诗荃所寄"Kathe Kollwitz画选一帖",7月24日"得Kathe Kollwitz作版画十枚"。

鲁迅向中国读者介绍珂勒惠支的版画,始于1931年9月。同年2月7日,柔石等左联五烈士被国民党反动派秘密杀害于上海龙华,鲁迅为纪念柔石,当这年9月左联机关刊物《北斗》创刊时,特地将珂勒惠支的《牺牲》予以登载。这是介绍珂勒惠支的版画到中国来的第一次。1932年6月4日,鲁迅在上海举办德国作家版画展,将珂勒惠支的《德

---

① 目前这一提法获得了艺术界的广泛认可。但也有评论者,如李欧梵直接从自己的艺术感悟出发,将珂勒惠支的作品划归为"表现主义"一派。李欧梵认为,"从艺术的形式上来看,珂勒惠支等人的作品并不属于所谓清醒的或健康的写实派,而是属于二十世纪第一次世界大战以后所兴起的'表现主义'"。([美]李欧梵:《鲁迅与现代艺术意识》,《鲁迅研究动态》1986年第11期。)

② 鲁迅:《且介亭杂文末编·〈凯绥·珂勒惠支版画选集〉序目》,《鲁迅全集》第6卷,人民文学出版社,2005年版,第487页。以下为同一版本。

国农民战争》（以下简称《农民战争》）展出达三周之久；同年 11 月，鲁迅在《文学月报》第 1 卷第 4 期发表《"连环图画"辩护》时，又选发了珂勒惠支的木刻组画《无产者》中的两幅；1933 年 4 月，鲁迅在《现代》第 2 卷第 6 期发表《为了忘却的记念》一文，又一次刊出了珂勒惠支的《牺牲》；同年 10 月 14 日，鲁迅在上海举办"德俄版画展览会"时，再次展出她的作品；1935 年 10 月，鲁迅还在《译文》上刊发了珂勒惠支的木刻《纪念李卜克内西》（又译《生者之于死者》）；1936 年，当鲁迅的《写于深夜里》在《中国呼声》上发表时，又选发了《农民战争》之五《反抗》。①

而鲁迅对于珂勒惠支的集中介绍，则是他在病魔和死亡的威胁下，精心编印了《凯绥·珂勒惠支版画选集》②（以下简称《选集》）。《选集》由鲁迅于 1936 年 1 月写成《序目》，由史沫特莱于 4 月写成《序言》，即《凯绥·珂勒惠支——民众的艺术家》，茅盾译。7 月底由上海三闲书屋印造出版。共印 103 册。其中一册由鲁迅精选，于 8 月 31 日托内山完造写信并寄《选集》给当时正在柏林的日本作家武者小路实笃，托其将画集转呈珂勒惠支本人。

以上即是珂勒惠支版画在中国的传播、接受状况，同时也是中德两位世界级现代艺术大师——鲁迅与珂勒惠支密切交往的伟大见证。那么，远在异国他乡的珂勒惠支为何进入了鲁迅的研究视野，并特别为其所赏识？或者说鲁迅究竟在何种层次上接受了珂勒惠支，在哪些方面和珂勒惠支发生了"视界融合"？这是本章所密切关注的核心问题，著者拟从以下三个层面进行深入探讨。

---

① 以上内容参考李允经：《鲁迅与中外美术》，陕西人民出版社，1992 年版，第 288—289 页。
② 鲁迅编印：《凯绥·珂勒惠支版画选集》，上海三闲书屋，1936 年印造。

一 现实层面：战斗功利的现实需要

众所周知，鲁迅对中国历史及其文明一直持非常激烈的看法。早在1918年写作《狂人日记》时，他就指出："我翻开历史一查，这历史没有年代，歪歪斜斜的每叶上都写着'仁义道德'几个字。我横竖睡不着，仔细看了半夜，才从字缝里看出字来，满本都写着两个字是'吃人'！"① 自此以后，"吃人"意象一直就像挥之不去的梦魇，始终萦绕在鲁迅的心头，笼罩在鲁迅的各类文体创作中。"所谓中国的文明者，其实不过是安排给阔人享用的人肉的筵宴。所谓中国者，其实不过是安排这人肉的筵宴的厨房。"而"大小无数的人肉的筵宴，即从有文明以来一直排到现在，人们就在这会场中吃人，被吃，以凶人的愚妄的欢呼，将悲惨的弱者的呼号遮掩，更不消说女人和小儿"②。这就是鲁迅所处时代的"风沙扑面，狼虎成群"③ 的残酷社会现实。它同中国历史固有的"吃人"场景一起压迫着生活在"现在"这一现实时空中的人。倘是弱者，就只能忍气吞声，任人宰割，最后造成一个"无声的中国"；倘是鲁迅这样具有清醒、自觉意识的个人，则会奋起而反抗之。而鲁迅恰正是这样一个"扫荡这些食人者，掀掉这筵席，毁坏这厨房"④ 的"先觉善斗之士"⑤。

---

① 鲁迅：《呐喊·狂人日记》，《鲁迅全集》第1卷，人民文学出版社，2005年版，第447页。
② 鲁迅：《坟·灯下漫笔》，《鲁迅全集》第1卷，人民文学出版社，2005年版，第228—229页。
③ 鲁迅：《南腔北调集·小品文的危机》，《鲁迅全集》第4卷，人民文学出版社，2005年版，第591页。
④ 鲁迅：《坟·灯下漫笔》，《鲁迅全集》第1卷，人民文学出版社，2005年版，第229页。
⑤ 鲁迅：《坟·文化偏至论》，《鲁迅全集》第1卷，人民文学出版社，2005年版，第52页。

鲁迅之所以选择文学，其初衷并不是想成为一个文学家，而是为了战斗，为了启蒙，为了改造中国人的国民性。因此，他的文学观就带有非常强烈的现实功利性。鲁迅也一再强调文学的战斗性①。而在鲁迅的各类创作文体中，最适宜于战斗的莫过于杂文了。这也是鲁迅后期一直坚持杂文创作的根本原因。杂文也确实充分发挥了"对于有害的事物，立刻给以反响或抗争"的"感应的神经""攻守的手足"②的战斗功利作用。诚如有论者所言："鲁迅的名字主要和杂文联系在一起，他在中国文学乃至思想文化史上的地位初以小说奠定，实际贡献却应首推杂文，小说次之。"③

　　而在美术领域里，鲁迅之所以看中版画——或具体地说是木刻，也在于它同杂文一样便于革命，便于战斗，便于启蒙。"当革命时，版画之用最广，虽极匆忙，顷刻能办。"④正由于此，鲁迅才在文学创作、翻译、编辑之余，大力培养了中国现代新兴木刻。中国现代新兴木刻也确实是

---

① 比如他在《且介亭杂文·答国际文学社问》中曾说："而对于中国，现在也还是战斗的作品更为紧要。"(《鲁迅全集》第6卷，人民文学出版社，2005年版，第20页。) 在《且介亭杂文二集·叶紫作〈丰收〉序》中说："文学是战斗的！"(《鲁迅全集》第6卷，人民文学出版社，2005年版，第228页。) 鲁迅文学观的战斗性还表现在他对他的恩师章太炎先生和他昔日的战友刘半农的评价上。"战斗的文章，乃是先生一生中最大，最久的业绩，假使未备，我以为是应该一一辑录，校印，使先生和后生相印，活在战斗者的心中的。"(《且介亭杂文末编·关于太炎先生二三事》，《鲁迅全集》第6卷，人民文学出版社，2005年版，第567页。)"我愿以愤火照出他的战绩，免使一群陷沙鬼将他先前的光荣和死尸一同拖入烂泥的深渊。"(《且介亭杂文·忆刘半农君》，《鲁迅全集》第6卷，人民文学出版社，2005年版，第75页。)
② 鲁迅:《且介亭杂文·序言》，《鲁迅全集》第6卷，人民文学出版社，2005年版，第3页。
③ 郜元宝:《鲁迅六讲》，上海三联书店，2000年版，第135页。
④ 鲁迅:《集外集拾遗·〈新俄画选〉小引》，《鲁迅全集》第7卷，人民文学出版社，2005年版，第363页。

中国"现代社会的魂魄"①，是"正合于现代中国的一种艺术"②。它"刚健，分明，是新的青年的艺术，是好的大众的艺术"③，在现实社会中发挥了巨大的战斗功利作用。

但是，由于中国现代新兴木刻尚处于萌芽期，大多数木刻青年纵然有从事木刻创作的一腔热情，却缺乏必要的技术指导。刻风景、静物尚可，一到刻人物和故事画，就暴露出素描功力不足的缺陷。而"木刻的根柢也仍是素描"④，长此以往，势必会不利于现代木刻的发展。所以鲁迅说："采用外国的良规，加以发挥，使我们的作品更加丰满是一条路；择取中国的遗产，融合新机，使将来的作品别开生面也是一条路。"⑤所谓"外国的良规"，当是指在基础方面注重素描功力和人体研究，在构图方面讲究远近透视，在刻法上注意明暗层次等。这些皆是可资利用的"欧洲的新法"⑥。当鲁迅放眼西方艺术世界时，珂勒惠支进入他的视野，也就正当其时了。

前所述鲁迅搜集、整理、传播、接受珂勒惠支版画的过程，同时也

---

① 鲁迅：《且介亭杂文二集·〈全国木刻联合展览会专辑〉序》，《鲁迅全集》第6卷，人民文学出版社，2005年版，第350页。
② 鲁迅：《南腔北调集·〈木刻创作法〉序》，《鲁迅全集》第4卷，人民文学出版社，2005年版，第626页。
③ 鲁迅：《集外集拾遗补编·〈无名木刻集〉序》，《鲁迅全集》第8卷，人民文学出版社，2005年版，第406页。
④ 鲁迅：《书信·341218致金肇野》，《鲁迅全集》第13卷，人民文学出版社，2005年版，第305页。
⑤ 鲁迅：《且介亭杂文·〈木刻纪程〉小引》，《鲁迅全集》第6卷，人民文学出版社，2005年版，第50页。
⑥ 鲁迅：《书信·350204致李桦》，《鲁迅全集》第13卷，人民文学出版社，2005年版，第373页。

是珂勒惠支本人及其作品参与改造中国残酷社会现实的斗争过程。如上所述,《牺牲》是鲁迅介绍进中国来的珂勒惠支的第一幅版画。它描写的是"一个母亲悲哀地献出他的儿子去"①。而柔石恰好有这样一个失明的母亲,她并不知道自己的儿子已经牺牲,还以为他仍在上海翻译和校对。鲁迅有感于此,当《北斗》创刊时,便投寄了过去,算作无言的纪念。"然而,后来知道,很有一些人是觉得所含的意义的,不过他们大抵以为纪念的是被害的全群。"②更巧的是,当全世界的进步的文艺家联名提出抗议柔石等左联五烈士的遇害时,珂勒惠支也是署名的一个。③

珂勒惠支是一个坚持战斗性的作家。她和鲁迅的区别仅仅是,鲁迅拿的是笔,创作的是文学,她拿的是刀,创作的是版画,而坚持现实斗争则是一致的。许多评论家都指出了这一点,如罗曼·罗兰说:"凯绥·珂勒惠支的作品是现代德国的最伟大的诗歌,它照出穷人与平民的困苦和悲痛"④,史沫特莱说她是"民众的艺术家","从没离开过她自己一向是而且现在也是一分子的德国的大众所专心贯注的命运的大路"⑤。珂勒惠支自觉地成为德国无产阶级劳动者中的一员,她说:"我由于我的丈夫的关系,了解到无产阶级生活深处的艰难和悲惨时,在我认识了那

---

① 鲁迅:《南腔北调集·为了忘却的记念》,《鲁迅全集》第4卷,人民文学出版社,2005年版,第501页。
② 鲁迅:《且介亭杂文末编·写于深夜里》,《鲁迅全集》第6卷,人民文学出版社,2005年版,第518页。
③ 鲁迅:《且介亭杂文末编·〈凯绥·珂勒惠支版画选集〉序目》,《鲁迅全集》第6卷,人民文学出版社,2005年版,第488页。
④ 鲁迅:《且介亭杂文末编·〈凯绥·珂勒惠支版画选集〉序目》,《鲁迅全集》第6卷,人民文学出版社,2005年版,第486页。
⑤ [美]史沫特莱:《凯绥·珂勒惠支——民众的艺术家》,鲁迅编:《凯绥·珂勒惠支版画选集》,茅盾译,上海三闲书屋,1936年印造,第1页。

些来求助于我丈夫,同时也附带来找我的妇女们之后,我才能深刻地理解到无产者的命运以及与其有关的一切现象。那些解决不了的问题,比如:卖淫、失业等,使我痛苦,使我不安。这些现实问题促使我去表现下层人民的生活。对他们生活的反复表现使我也开始愿意与他们同甘共苦了。"[1] 当他们的领袖李卜克内西去世的时候,珂勒惠支就作了《生者之于死者》的木刻,"画了一个僵卧的尸衾掩着的身形,露出一个庄严的头;一列的恭肃的劳动者悲哀地俯首站在尸身前,他们的梗露着粗筋的手温柔而爱怜地抚着他们的被谋杀的领袖的身体"[2]。此画表达了珂勒惠支对革命领袖的深深敬意。她和鲁迅同样具有对于无产阶级革命家的朴素的感情。有意味的是,此画也曾被鲁迅所选载。

对妇女和儿童命运的关注,是珂勒惠支版画的一大现实题材。这一题材常常和"死亡"意象纠结在一起进行表现。珂勒惠支常以一架骷髅代表死亡去袭击妇女和儿童,如蚀版画《妇人为死亡所捕获》《与死神争夺孩子的妇人》《死神、妇人和孩子》,木刻《坐在死神膝上的妇人》,等。在她的晚年,她的最后一系列组画是石版组画八幅《死亡》,也都是表现死神把手伸向妇女和儿童。在现代美术史上,还没有一位画家像珂勒惠支这样对妇女和儿童的命运如此同情和关怀,对维护她们生的权利如此殚精竭虑。描写工人和工人中妇女的日常生活是珂勒惠支版画的另一现实题材。珂勒惠支大多描绘了他们的困顿、疲倦、饥饿和死亡,如以《失业》《饥饿》《孩子的死亡》三幅总题为《无产阶级》的木刻组画。只有少数如《母与子》等才在母亲与孩子之间出现一点爱的微笑,这幅

---

[1] 珂勒惠支著,孙介铭译:《我的回忆》,《世界美术》1979年第2期,第9页。
[2] [美]史沫特莱:《凯绥·珂勒惠支——民众的艺术家》,鲁迅编:《凯绥·珂勒惠支版画选集》,茅盾译,上海三闲书屋,1936年印造,第4页。

蚀版画"亚斐那留斯以为从特地描写着孩子的呆气的侧脸,用光亮衬托出来之处,颇令人觉得有些忍俊不禁。"①

珂勒惠支的版画不仅是"战斗"的、"现实"的,而且是"有用"的。她曾写道:"我的作品不是纯粹的艺术,但它们是艺术。我同意我的艺术是有目的的,在人类如此无助而寻求援助的时代中,我要发挥作用,每个人尽力而为,如此而已。"② 珂勒惠支不愧为中国新兴木刻青年们的"导师",经了鲁迅的介绍,她不仅在精神上影响了他们,而且也在实际技法操作上影响了他们的创作。可以说:在所有欧洲版画艺术家中,震动了中国版画界的也几乎无出于凯绥·珂勒惠支之上(李允经先生曾有此语)。如 20 世纪 70 年代,担任中国美术家协会主席的著名版画家江丰,就是深受珂勒惠支版画影响的一位。1933 年 10 月,当江丰从事木刻艺术被国民党逮捕判刑后,他在狱中仍托艺友倪风之向鲁迅借阅《珂勒惠支画集》。12 月 26 日,《鲁迅日记》载:复倪风之信画集并寄《珂勒惠支画集》一本,便是托他将画集交于江丰。江丰在 20 世纪 30 年代所创作的版画《码头工人》《向北站进军》和 1940 年创作的《国民党狱中的政治犯》,都深受珂勒惠支画风的影响,表现了粗犷、有力、豪放的气度和风格。其影响可见一斑。

其实,由鲁迅所介绍进中国的德国版画家还有他称之为"新的战斗

---

① 鲁迅:《且介亭杂文末编·〈凯绥·珂勒惠支版画选集〉序目》,《鲁迅全集》第 6 卷,人民文学出版社,2005 年版,第 493 页。
② 珂勒惠支语,见张奠宇:《西方版画史》,中国美术学院出版社,2000 年版,第 166 页。比利时木刻家麦绥莱勒与珂勒惠支有着相似的艺术风格,同时也表达了与之相似的绘画理念。麦绥莱勒说:"我不承认'为艺术而艺术'。我从来都认为,现在仍然认为艺术是手段,而不是目的本身。在我们的时代,它应该成为进步人类争取消灭剥削和消灭战争的有力武器。"(转引自李允经:《鲁迅和麦绥莱勒》,《鲁迅与中外美术》,陕西人民出版社,1992 年版,第 312 页。)

的作家"①,如格罗兹(G.Grosz)和梅斐尔德(C.Meffert)。前者作有石版《席勒剧本〈群盗〉警句图》等,后者作有木刻《梅斐尔德木刻士敏土之图》等。还有其他国家的作品,如比利时麦绥莱勒(Frans Masereel)的《一个人的受难》等。因珂勒惠支最具有代表性,故以上诸人皆从略。由此可见鲁迅"拿来主义"的广采博取,"别求新声于异邦"②的勇气和信心。

二 审美层面:"力之美"的豁然相通

以上从战斗功利的现实需要论述了鲁迅与珂勒惠支的交往,但仅从这一层面,还不能充分论证鲁迅作为个体为何特别欣赏珂勒惠支的版画。早在1913年,鲁迅就说:"美术诚谛,固在发扬真美,以娱人情,比其见利致用,乃不期之成果。沾沾于用,甚嫌执持"③,要把问题搞得更明白,还需进一步深入到鲁迅的个人审美趣味中去,考察究竟是在哪一方面鲁迅和珂勒惠支的艺术发生了融合。

考察鲁迅的审美特质,答案是很明显的,就是他在《〈近代木刻选集〉(2)小引》中提出的"力之美"的概念。"有精力弥满的作家和观者,才会生出'力'的艺术来。'放笔直干'的图画,恐怕难以生存于颓唐,小巧的社会里的"④。这是鲁迅对于"力之美"的准确表述。

---

① 鲁迅:《集外集拾遗补编·介绍德国作家版画展》,《鲁迅全集》第8卷,人民文学出版社,2005年版,第361页。
② 鲁迅:《坟·摩罗诗力说》,《鲁迅全集》第1卷,人民文学出版社,2005年版,第68页。
③ 鲁迅:《集外集拾遗补编·拟播布美术意见书》,《鲁迅全集》第8卷,人民文学出版社,2005年版,第52页。
④ 鲁迅:《集外集拾遗·〈近代木刻选集〉(2)小引》,《鲁迅全集》第7卷,人民文学出版社,2005年版,第351页。

而对这一"力之美"的执著追求散布于他的各类文章中。早在《文化偏至论》《摩罗诗力说》的时代，鲁迅就有感于"伧俗横行"①，"全体以沦于凡庸"②，"精神益趋于固陋，颓波日逝，纤屑靡存"③的社会现实，着力赞扬"涔焉兴作，会为大潮，以反动破坏充其精神，以获新生为其希望，专向旧有之文明，而加之掊击扫荡焉"的以尼采、叔本华、斯蒂纳等为代表的"神思宗之至新者"④；大力鼓吹"大都不为顺世和乐之音，动吭一呼，闻者兴起，争天拒俗，而精神复深感后世人心，绵延至于无已"的"立意在反抗，指归在动作，而为世所不甚愉悦"的"摩罗"精神⑤。

对于自然美，他欣赏的是"在天空，岩角，大漠，丛莽里是伟美的壮观"的狮虎鹰隼⑥；是"耸立于风沙中的大建筑"⑦；是"蓬勃地奋飞""如包藏火焰的大雾"的北方的雪⑧；是"黄埃漫天""为人和天然的苦斗""所惊"的"古战场"⑨。

对于社会美，尤其是对其中的人，他欣赏"所遇常抗，所向必动，贵力而尚强，尊己而好战"⑩，"其文章无不函刚健抗拒破坏挑战之声"⑪的拜

---

① ② ③　鲁迅：《坟·文化偏至论》，《鲁迅全集》第1卷，人民文学出版社，2005年版，第52页。

④　鲁迅：《坟·文化偏至论》，《鲁迅全集》第1卷，人民文学出版社，2005年版，第50页。

⑤　鲁迅：《坟·摩罗诗力说》，《鲁迅全集》第1卷，人民文学出版社，2005年版，第68页。

⑥　鲁迅：《且介亭杂文末编·半夏小集》，《鲁迅全集》第6卷，人民文学出版社，2005年版，第619页。

⑦　鲁迅：《南腔北调集·小品文的危机》，《鲁迅全集》第4卷，人民文学出版社，2005年版，第591页。

⑧　鲁迅：《野草·雪》，《鲁迅全集》第2卷，人民文学出版社，2005年版，第186页。

⑨　鲁迅：《三闲集·看司徒乔君的画》，《鲁迅全集》第4卷，人民文学出版社，2005年版，第73—74页。

⑩　鲁迅：《坟·摩罗诗力说》，《鲁迅全集》第1卷，人民文学出版社，2005年版，第84页。

⑪　鲁迅：《坟·摩罗诗力说》，《鲁迅全集》第1卷，人民文学出版社，2005年版，第75页。

伦；激赏"所鼓吹的是复仇，所希求的是解放"的波兰诗人密茨凯维支[①]；欣赏的是世俗的民间的"漂亮活动"的村女的美，而不是故作高雅，"死板板，矜持得可怜"的化为"天女"的梅兰芳的美[②]。

对于艺术美，他欣赏曹氏父子的清峻通脱，阮籍的狂放，特别是嵇康的敢发议论[③]；欣赏晚唐"几乎全部是抗争和愤激之谈"的罗隐的《谗书》，"并没有忘记天下，正是一榻胡涂的泥塘里的光彩和锋铓"的皮日休的《皮子文薮》和陆龟蒙的《笠泽丛书》，以及"并非全是吟风弄月，其中有不平，有讽刺，有攻击，有破坏"的明末小品[④]；欣赏对于北方人民的"生的坚强"和"死的挣扎"的描写已经"力透纸背"的萧红的《生死场》[⑤]；欣赏"鬼而人，理而情，可怖而可爱的无常"[⑥]，"两肩微耸，四顾，倾听，似惊，似喜，似怒，终于发出悲哀的声音"[⑦]的"比别的一切鬼魂更美，更强"[⑧]的复仇女吊。

---

① 鲁迅：《集外集·〈奔流〉编校后记之（十一）》，《鲁迅全集》第7卷，人民文学出版社，2005年版，第193页。

② 鲁迅：《花边文学·略论梅兰芳及其他（上）》，《鲁迅全集》第5卷，人民文学出版社，2005年版，第610页。

③ 鲁迅：《而已集·魏晋风度及文章与药及酒之关系》，《鲁迅全集》第3卷，人民文学出版社，2005年版。

④ 鲁迅：《南腔北调集·小品文的危机》，《鲁迅全集》第4卷，人民文学出版社，2005年版，第591—592页。

⑤ 鲁迅：《且介亭杂文二集·萧红作〈生死场〉序》，《鲁迅全集》第6卷，人民文学出版社，2005年版，第422页。

⑥ 鲁迅：《朝花夕拾·无常》，《鲁迅全集》第2卷，人民文学出版社，2005年版，第281页。

⑦ 鲁迅：《且介亭杂文末编·女吊》，《鲁迅全集》第6卷，人民文学出版社，2005年版，第641页。

⑧ 鲁迅：《且介亭杂文末编·女吊》，《鲁迅全集》第6卷，人民文学出版社，2005年版，第637页。

让我们再回过头来看珂勒惠支，这被罗曼·罗兰称为有丈夫气概的妇人。可以说在她的版画里，同样表现出了一种"力之美"。

且看她的两幅自画像。一幅登在《选集》中史沫特莱所作《序言》的首页，一幅登在《选集》正文的第一页。前幅是木刻，后幅是石版。前幅雕刻的是一个妇人支颐沉思的情景。脸部仅是受光的大半个侧面，另一面则没入黑暗（阴影）里。脸上皱纹纵横，沟沟壑壑，宛若奔腾不息的河流，眼睛是坚毅、果敢的，仿佛射出逼人的光，而支着下巴的仅是一只瘦骨嶙峋的充满骨节、富有骨感的手，微微地弯曲着，仿佛要攫取什么。这是一幅黑白对比强烈、木味刀感十足的现代木刻。不知怎的，这幅木刻老是让我想起一位外国评论家第一次见到鲁迅画像时的感受："在我的面前从那坚硬的头发和有力的下颚上，我看见一个坚定而倔强的脸孔，同时那十分诚恳的人格显示着一种坦白的神气。美丽的前额下，一双眼睛发出锐利而忧郁的光芒。是的，眼和口都表示忠诚和深挚的同情，然而那胡髭却像在掩饰着它们。"[1] 或许是这两幅自画像所蕴含着的相似的精神内涵深深地打动了我。后一幅也只雕刻了一个侧面，鲁迅曾说，从这一幅中"隐然可见她的悲悯，愤怒和慈和"[2]。倘不看解说，便一定会误认为这是一个男子的头像，而且其浑厚博大、孔武有力正如雕塑一般。

而在珂勒惠支的其他版画中所雕刻的人物，也无一不充满着力量感。正如鲁迅所说，让我们看到了别一种人，"虽然并非英雄，却可以亲

---

[1] ［英］H.E. 谢迪克：《对于鲁迅的评价》，天蓝译，载北京鲁迅博物馆鲁迅研究室编《鲁迅研究资料》，第14辑，天津人民出版社，1984年版。

[2] 鲁迅：《且介亭杂文末编·〈凯绥·珂勒惠支版画选集〉序目》，《鲁迅全集》第6卷，人民文学出版社，2005年版，第489页。

近，同情，而且愈看，也愈觉得美，愈觉得有动人之力"①。这些人物大都是"'被侮辱和被损害的'人，是和我们一气的朋友"②。《选集》所选的珂勒惠支的两组名画：《织工的反抗》（鲁迅译《织工一揆》）和《农民战争》，大都是这样富有反抗力量的人。如《织工队》（《织工的反抗》之四），描写的是一群进入吮取脂膏的工场的队伍，"手里捏着极可怜的武器，手脸都瘦损，神情也很颓唐，因为向来总饿着肚子。队伍中有女人，也疲惫到不过走得动"③。在《织工的反抗》这组画中，一个中年妇女的形象最为突出，在六幅画中总共出现了五次：她忍受苦难最深，死亡从她那里夺走孩子，她或者双手抱头，或者斜靠在墙壁上，显示出无力的模样；在前进的队伍中她迈着坚定的步伐，没有带着武器，但却背着一个睡着的孩子；在斗争中她携带着儿女，面向敌人毫无惧色，旁边的几位同伴在寻找着石头准备向紧闭着的工厂投掷；当她面对同伴的尸体时，虽然悲哀地低下了头，但双手紧握的拳头显示出她内心的仇恨和决心。《耕夫》（《农民战争》之一），刻画的是在"没有太阳的天空之下，两个耕夫在耕地，大约是弟兄，他们套着绳索，拉着犁头，几乎爬着的前进，像牛马一般，令人仿佛看见他们的流汗，听到他们的喘息"④。此外，如《凌辱》（《农民战争》之二）中的遭到可耻的凌辱的农妇，《磨镰刀》

---

① 鲁迅：《且介亭杂文末编·写于深夜里》，《鲁迅全集》第6卷，人民文学出版社，2005年版，第519页。
② 鲁迅：《且介亭杂文末编·写于深夜里》，《鲁迅全集》第6卷，人民文学出版社，2005年版，第518页。
③ 鲁迅：《且介亭杂文末编·〈凯绥·珂勒惠支版画选集〉序目》，《鲁迅全集》第6卷，人民文学出版社，2005年版，第490页。
④ 鲁迅：《且介亭杂文末编·〈凯绥·珂勒惠支版画选集〉序目》，《鲁迅全集》第6卷，人民文学出版社，2005年版，第491页。

(《农民战争》之三)中的"饱尝苦楚的女人"①,《圆洞门里的武装》(《农民战争》之四)里"一大群拼死的农民"②,《俘虏》里被俘获的"强有力的汉子"③,作者用她的充满力量的雕刀,如同"无声的描线,侵人心髓",发出一种"惨苦的呼声:希腊和罗马时候都没有听到过的呼声"④。而最惨烈的一幅莫过于《反抗》(《农民战争》之五)。它刻画的是"谁都在草地上没命的向前,最先是少年,喝令的却是一个女人,从全体上洋溢着复仇的愤怒。她浑身是力,挥手顿足,不但令人看了就生勇往直前之心,还好像天上的云,也应声裂成片片。她的姿态,是所有名画中最有力量的女性的一个"⑤。而这最有力量的女性就是珂勒惠支本人。史沫特莱说:"我们看见挺然立在面前的是一个女人的身形,高举着手,号召那如潮如浪的农奴起来前进。这女人的身形,错不了,正是凯绥·珂勒惠支的身形,凡是认识她的人一看就认出来了。"⑥其实在《织工的反抗》里的那个中年妇女也是珂勒惠支的化身。如同鲁迅作品中的许多人物有着鲁迅的影子(如"魏连殳""过客""宴之敖者"等),珂勒惠支本人也进入到她的版画里面,参加着革命武装的反抗和斗争了。

珂勒惠支版画作品中的这种力量感,也与她对美的理解有关。她说:"有时父母亲亲自对我说:'在生活中总也有愉快的事情。为什么你只是

---

① ② ⑤ 鲁迅:《且介亭杂文末编·〈凯绥·珂勒惠支版画选集〉序目》,《鲁迅全集》第6卷,人民文学出版社,2005年版,第492页。

③ 鲁迅:《且介亭杂文末编·〈凯绥·珂勒惠支版画选集〉序目》,《鲁迅全集》第6卷,人民文学出版社,2005年版,第493页。

④ 霍普德曼语,见鲁迅:《〈凯绥·珂勒惠支版画选集〉序目》,《鲁迅全集》第6卷,人民文学出版社,2005年版,第486页。

⑥ [美]史沫特莱:《凯绥·珂勒惠支——民众的艺术家》,鲁迅编:《凯绥·珂勒惠支版画选集》,茅盾译,上海三闲书屋,1936年印造,第2页。

表现它的阴暗面呢?'对这个问题我回答不出什么来。这些愉快的事就是引诱不了我。不过有一点我要再一次强调的:在一开始的时候吸引我去表现无产者生活的那种同情心只起了很小的作用,我主要单纯地认为他们的生活很美。就像左拉,或者另一位谁曾经说过的:'美的就是丑的。'"① 珂勒惠支的这种从日常生活中被他人认为是丑的事物中发掘出其中所蕴含着的丰富的审美意味的举动,不也是鲁迅以及鲁迅所欣赏的另一位表现派雕刻大师——罗丹所具有的吗?

事实胜于雄辩,珂勒惠支的版画有力地证明了:"谁一听到凯绥·珂勒惠支的名姓,就仿佛看见这艺术。这艺术是阴郁的,虽然都在坚决的动弹,集中于强韧的力量,这艺术是统一而单纯的——非常之逼人。"②

三 哲学层面:"反抗绝望"的精神原型

当我们穿越现实和审美的层面,来到鲁迅和珂勒惠支相互遇合的哲学层面时,一个更为深沉、彻底的景观就展现在我们面前了。

我久久不能忘怀阅读鲁迅作品的感受。"我快步走着,仿佛要从一种沉重的东西中冲出,但是不能够。耳朵中有什么挣扎着,久之,久之,终于挣扎出来了,隐约像是长嗥,像一匹受伤的狼,当深夜在旷野中嗥叫,惨伤里夹杂着愤怒和悲哀。我的心地就轻松起来,坦然地在潮湿的石路上走,月光底下。"③ "几株老梅竟斗雪开着满树的繁花,仿佛毫不以深冬为意;倒塌的亭子边还有一株山茶树,从暗绿的密叶里显

---

① [德] 珂勒惠支:《我的回忆》,《世界美术》1979年第2期,第9页。
② 亚斐那留斯语,见鲁迅:《〈凯绥·珂勒惠支版画选集〉序目》,《鲁迅全集》第6卷,人民文学出版社,2005年版,第487页。
③ 鲁迅:《彷徨·孤独者》,《鲁迅全集》第2卷,人民文学出版社,2005年版,第110页。

出十几朵红花来,赫赫的在雪中明得如火,愤怒而且傲慢,如蔑视游人的甘心于远行。"①鲁迅在这里抒发的分明是一种"反抗绝望"的精神哲学。②

如果给鲁迅"反抗绝望"的精神哲学寻找一个原型,那就是加缪在《西西弗的神话》中所描写的希腊神话中的"失败的英雄"——西西弗。"一个紧张的身体千百次地重复一个动作:搬动巨石,滚动它并把它推至山顶;我们看到的是一张痛苦扭曲的脸,看到的是紧贴在巨石上的面颊,那落满泥土、抖动的肩膀,沾满泥土的双脚,完全僵直的胳膊,以及那坚实的满是泥土的人的双手。经过被渺渺空间和永恒的时间限制着的努力之后,目的就达到了。西西弗于是看到巨石在几秒钟内又向着下面的世界滚下,而他则必须把这巨石重新推向山顶。他于是又向山下走去。"③ 这里西西弗是通过不断地"推"来确证自我和世界的荒谬、反讽、破裂的关系,而鲁迅则是通过不断地"走"来找寻并创造自我实现的价值和意义。

  翁——客官,你请坐。你是怎么称呼的。

  客——称呼?——我不知道。从我还能记得的时候起,我就只一个人。我不知道我本来叫什么。我一路走,有时人们也随便称呼我,各式各样地,我也记不清楚了,况且相同的称呼也没有听到过第二回。

  翁——阿阿。那么,你是从那里来的呢?

---

① 鲁迅:《彷徨·在酒楼上》,《鲁迅全集》第2卷,人民文学出版社,2005年版,第25页。
② 具体参见汪晖:《反抗绝望——鲁迅及其文学世界》,河北教育出版社,2000年版。
③ [法]加缪:《西西弗的神话》,选自《西西弗的神话:论荒谬》,杜小真译,三联书店,1998年第2版,第142页。

客——（略略迟疑，）我不知道。从我还能记得的时候起，我就在这么走。

翁——对了。那么，我可以问你到那里去么？

客——自然可以。——但是，我不知道。从我还能记得的时候起，我就在这么走，要走到一个地方去，这地方就在前面。我单记得走了许多路，现在来到这里了。我接着就要走向那边去，（西指，）前面！[①]

"过客"不知道自己是谁，从哪里来，到哪里去，单知道"走"，鲁迅在这里创造的是一个"反抗绝望"的大写的人的形象。

我同样不能忘怀珂勒惠支的《磨镰刀》(《农民战争》之三)，它描写的是一个"饱尝苦楚的女人，她的壮大粗糙的手，在用一块磨石，磨快大镰刀的刀锋，她那小小的两眼里，是充满着极顶的憎恶和愤怒。"[②] 这是黎明爆发前的沉默，甚至连这沉默也要尽绝的反抗。"我们听到呻吟，叹息，哭泣，哀求，无须吃惊。见了酷烈的沉默，就应该留心了；见有什么像毒蛇似的在尸林中蜿蜒，怨鬼似的在黑暗中奔驰，就更应该留心了：这在豫告'真的愤怒'将要到来。"[③] 它让我想起了《秋夜》中"默默地铁似的直刺着奇怪而高的天空，使天空闪闪地鬼䀹眼；直刺着天空中圆满的月亮，使月亮窘得发白"的枣树，更让我想起了《颓败线的颤动》中的"老女人"：

[①] 鲁迅：《野草·过客》，《鲁迅全集》第2卷，人民文学出版社，2005年版，第194—195页。

[②] 鲁迅：《且介亭杂文末编·〈凯绥·珂勒惠支版画选集〉序目》，《鲁迅全集》第6卷，人民文学出版社，2005年版，第492页。

[③] 鲁迅：《华盖集·杂感》，《鲁迅全集》第3卷，人民文学出版社，2005年版，第53页。

当她说出无词的言语时,她那伟大如石像,然而已经荒废的,颓败的身躯的全面都颤动了。这颤动点点如鱼鳞,每一鳞都起伏如沸水在烈火上;空中也即刻一同振颤,仿佛暴风雨中的荒海的波涛。

她于是抬起眼睛向着天空,并无词的言语也沉默尽绝,惟有颤动,辐射若太阳光,使空中的波涛立刻回旋,如遭飓风,汹涌奔腾于无边的荒野。①

对此汪晖有过精彩的论述,他说:"连无词的言语也沉默尽绝,这是怎样复杂的情感体验:这是伟大的憎?神圣的复仇?无边的爱?粗暴的灵魂?这种复杂的人生体验使人达到对于生命的最为深刻的理解:面对着个体的荒废、颓败,面对着世界的黑暗和虚无,'她'以沉默的绝望的反抗,赋予自己的生命以如此悲壮、激烈又如此精彩绝艳、气充寰宇的形态!"②我觉得这段精彩的论述同样适用于《磨镰刀》。

然而,"沉默"还只是珂勒惠支"反抗绝望"方式的一种,在她的版画里还充满着大量的"悲愤的叫唤"③和"反狱的绝叫"④。打开珂勒惠支的版画,"就知道她以深广的慈母之爱,为一切被侮辱和损害者悲

---

① 鲁迅:《野草·颓败线的颤动》,《鲁迅全集》第2卷,人民文学出版社,2005年版,第211页。

② 汪晖:《反抗绝望——鲁迅及其文学世界》,河北教育出版社,2000年版,第283页。

③ 鲁迅:《译文序跋集·〈战争中的威尔珂〉译者附记》,《鲁迅全集》第10卷,人民文学出版社,2005年版,第199页。

④ 鲁迅:《野草·失掉的好地狱》,《鲁迅全集》第2卷,人民文学出版社,2005年版,第205页。

哀,抗议,愤怒,斗争;所取的题材大抵是困苦,饥饿,流离,疾病,死亡,然而也有呼号,挣扎,联合和奋起"①。表现最明显的自然是《突击》(《织工的反抗》之五)和《反抗》。《突击》表现的是:"工场的铁门早经锁闭,织工们却想用无力的手和可怜的武器,来破坏这铁门,或者是飞进石子去。女人们在助战,用痉挛的手,从地上挖起石块来。孩子哭了,也许是路上睡着的那一个。"②《反抗》已述,故略。此外,如《凌辱》(《农民战争》之二)中农妇惨遭凌辱后,作者却偏偏在她的较远处,刻了一丛可爱的小小的葵花,这些葵花想必就是"反抗绝望"的象征。这是可以让人想起"野蓟经了几乎致命的摧折,还要开一朵小花"③的坚强毅力的。在《妇人为死亡所捕获》(又名《死神与妇人》)里,孩子已经明明知道自己的母亲被死亡所捕获,却还是极力地去抓取母亲的乳房,和魔鬼死命地争夺,虽然是徒劳,观之不禁让人泪下。这也正应了珂勒惠支版画的两大主题:"她早年的主题是反抗,而晚年的是母爱,母性的保障,救济,以及死。"④

如果说鲁迅的"反抗绝望"来自他作为"历史中间物"的战士的使命:"自己背着因袭的重担,肩住了黑暗的闸门,放他们(指孩子们,喻指希望)到宽阔光明的地方去;此后幸福的度日,合理的做人"⑤,那么,

---

① 鲁迅:《且介亭杂文末编·〈凯绥·珂勒惠支版画选集〉序目》,《鲁迅全集》第6卷,人民文学出版社,2005年版,第487—488页。

② 鲁迅:《且介亭杂文末编·〈凯绥·珂勒惠支版画选集〉序目》,《鲁迅全集》第6卷,人民文学出版社,2005年版,第490页。

③ 鲁迅:《野草·一觉》,《鲁迅全集》第2卷,人民文学出版社,2005年版,第229页。

④ [美]史沫特莱:《凯绥·珂勒惠支——民众的艺术家》,鲁迅编:《凯绥·珂勒惠支版画选集》,茅盾译,上海三闲书屋,1936年印造,第2页。

⑤ 鲁迅:《坟·我们现在怎样做父亲》,《鲁迅全集》第1卷,人民文学出版社,2005年版,第145页。

珂勒惠支的"反抗绝望"则来自她的深广的慈母之爱了。罗曼·罗兰说珂勒惠支"用了阴郁和纤秾的同情,把这些收在她的眼中,她的慈母的腕里了"。①那盖勒(Otto Nagel)说她"之所以与我们这样接近的,是在她那强有力的,无不包罗的母性"②。鲁迅也说她的自画像"脸上虽有憎恶和愤怒,而更多的是慈爱和悲悯的相同。这是一切'被侮辱和被损害的'的母亲的心的图像"③。

其实"母性"也是鲁迅所具有的。观察鲁迅在上海的最后十年,他对于中国左翼木刻青年们的温情,对于孺子周海婴的喜爱,对于萧军、萧红、胡风、巴金、黄源、柔石、丁玲等的慈祥,会让人觉得一股浓浓暖意蕴藏流淌在鲁迅心中。在清楚地知道死亡的日渐来临之际,鲁迅首先想到的是自己的亲属并为他们留下遗嘱(《死》)。当鲁迅在欣赏珂勒惠支版画的时候,珂勒惠支版画中所深深蕴藏着的母性意识也肯定会深深打动鲁迅。

的确,在珂勒惠支的版画里,充溢着一种温暖的母爱。创作于1924年的《德国的孩子们饿着!》,以悲悯的慈母之爱描绘了一群在第一次世界大战后"都擎着空碗向人,瘦削的脸上的圆睁的眼睛里,炎炎的燃着如火的热望"④的饥饿的孩子们,强烈地表达了对于战争所带给人们——

---

① 鲁迅:《且介亭杂文末编·〈凯绥·珂勒惠支版画选集〉序目》,《鲁迅全集》第6卷,人民文学出版社,2005年版,第486页。

② 鲁迅:《集外集拾遗补编·凯绥·珂勒惠支木刻〈牺牲〉说明》,《鲁迅全集》第8卷,人民文学出版社,2005年版,第350页。

③ 鲁迅:《且介亭杂文末编·写于深夜里》,《鲁迅全集》第6卷,人民文学出版社,2005年版,第518页。

④ 鲁迅:《且介亭杂文末编·〈凯绥·珂勒惠支版画选集〉序目》,《鲁迅全集》第6卷,人民文学出版社,2005年版,第494页。

尤其是孩子们的憎恶。制作于同年的《面包》,则描绘了一个不能满足孩子们热切地索食的愿望的母亲的哀伤而无力的背影,"她的肩膀耸了起来,是在背人饮泣。她背着人,因为肯帮助的和她一样的无力,而有力的是横竖不肯帮助的。她也不愿意给孩子们看见这是剩在她这里的仅有的慈爱"①。在珂勒惠支版画里,母亲和孩子等弱势群体也参加了战斗。最动人的一幅莫过于《战场》(《农民战争》之六),"只在隐约看见尸横遍野的黑夜中,有一个妇人,用风灯照出她一只劳作到满是筋节的手,在触动一个死尸的下巴"②。这幅版画整个版面都布满软蜡,造成隐约朦胧的黑夜效果,唯独受光的手,却用清晰的线蚀精确地刻出。这个仁厚黑暗而不幸的地母,在寻找她的在战争中牺牲的儿子。不料珂勒惠支自己的儿子也在第一次世界大战中去世了,她后来刻了《牺牲》来纪念自己的儿子,而鲁迅又用它来纪念柔石了。不难发现,珂勒惠支"反抗绝望"的精神原型也可以说是不断推石上山的西西弗斯。西西弗斯是通过"推",鲁迅是通过"走",而珂勒惠支则是直接通过"反抗"来展现自我和世界的关系,确证自己的生命意识和形态的。他们三者在哲学层次上达到了甚深的融合。

---

① 鲁迅:《且介亭杂文末编·〈凯绥·珂勒惠支版画选集〉序目》,《鲁迅全集》第6卷,人民文学出版社,2005年版,第494页。
② 鲁迅:《且介亭杂文末编·〈凯绥·珂勒惠支版画选集〉序目》,《鲁迅全集》第6卷,人民文学出版社,2005年版,第492页。

下 编

鲁迅作品的西方表现主义美术形式语言分析

第四章　鲁迅作品中的表现主义版画（木刻）感

  微风早经停息了；枯草支支直立，有如铜丝。一丝发抖的声音，在空气中愈颤愈细，细到没有，周围便都是死一般静。两人站在枯草丛里，仰面看那乌鸦；那乌鸦也在笔直的树枝间，缩着头，铁铸一般站着。①

  这是鲁迅《呐喊·药》中的一段。这是一幅典型的现代版画（木刻）图。整个意境萧索、惨淡，有着鲁迅所说的安特莱夫的阴冷、悲惨气息。线条粗粝冷硬，"有如铜丝""铁铸一般"，突显出"荒原"般的死寂（"死一般静"）。构图看似僵直、凝固，实则满蕴动势，充溢着一股紧张到快要破裂的状态。果然：

  他们走不上二三十步远，忽听得背后"哑——"的一声大

---

① 鲁迅:《呐喊·药》,《鲁迅全集》第1卷，人民文学出版社，2005年版，第471页。

叫；两个人都竦然的回过头，只见那乌鸦张开两翅，一挫身，直向着远处的天空，箭也似的飞去了。①

突兀的怪叫——鲁迅期待已久的"真的恶声"，终于破势而出，击破了"荒原"般的死寂，暗含了战士——不绝的奋斗者的姿态。

这两个片段给人以极其强烈的视觉冲击力。类似片段在鲁迅作品中大量存在。鲁迅在其中创造了极其丰富的"视觉意象"（Visual Image，下文简称"意象"），如上文之"坟场乌鸦"，充满着象征隐喻。喻体和本体之间，可以相互替代。从中我们发现，鲁迅作品具有极其强烈的视觉性（隐喻性）。这与鲁迅对视觉艺术的欣赏大有关系。考察鲁迅的日记、书信、翻译，他对绘画、雕塑、书法等都极为欣赏。

然而，鲁迅作品的视觉美感，又绝非古典，而纯然现代的。从上文《药》中两段，我们再也见不到古典艺术之所谓的圆稳、和谐、优美、静雅，而强烈感受到一股倾斜、破裂、粗粝、僵硬的现代崇高美。这种现代崇高，再深入一点，则更是表现的。它是鲁迅内在心灵、灵魂、精神的表现。

通过上编的考察，我们知道，在所有现代派美术中，鲁迅最喜欢的莫过于西方表现主义美术了。那么，这种表现主义美术究竟有没有在鲁迅作品中留下深刻的视觉印痕？这就需要我们对鲁迅作品进行一番现代美术形式语言分析。本章即就鲁迅作品与西方表现主义版画（木刻）作一专论，即题目所言，考察它们之间的关系，借此加深对鲁迅作品的视觉审美特性研究。这种研究同时离不开对鲁迅精神的再度阐释。

---

① 鲁迅：《呐喊·药》，《鲁迅全集》第1卷，人民文学出版社，2005年版，第472页。

一　刚直的"线条"和粗粝的"笔触"

　　全楼都寂静下去,窗外也一点声音没有了,鲁迅先生站起来,坐到书桌边,在那绿色的台灯下开始写文章了。许先生说鸡鸣的时候,鲁迅先生还是坐着,街上的汽车嘟嘟地叫起来了,鲁迅先生还是坐着。

　　有时许先生醒了,看着玻璃窗白萨萨的了,灯光也不显得怎么亮了,鲁迅先生的背影不像夜里那样高大。

　　鲁迅先生的背影是灰黑色的,仍旧坐在那里。①

　　这是萧红在鲁迅先生逝世以后,用语言文字为她的精神导师所作的黑白木刻插图。这幅插图突出的是鲁迅灰黑色的背影。出自女性作家细腻的心灵,笔触却是刚劲有力的,如铁线描,读来不由让人为之耸动、颤栗。萧红线条(笔触)在这里已经初步具备了"表现"意味。无独有偶,表现主义的版画(木刻)大师珂勒惠支,也喜欢用"背影"来表情。如《面包》(石版)和《反抗》(铜版,《农民战争》之五)。《面包》刻画的是饥饿的孩子们徒然地张着热切、希望的眼,而无能为力的母亲却只能背转过身去无声地饮泣。"她背着人,因为肯帮助的和她一样的无力,而有力的是横竖不肯帮助的。她也不愿意给孩子们看见这是剩在她这里的仅有的慈爱。"②《反抗》刻画的是一个洋溢着复仇的愤怒,背对着我们指挥一大群人在前进的自由女神般的老妇人。"她浑身是力,挥手顿足,

---

① 萧红:《回忆鲁迅先生》,张毓茂、阎志宏编:《萧红文集》第3卷,安徽文艺出版社,1997年版,第268页。

② 鲁迅:《且介亭杂文末编·〈凯绥·珂勒惠支版画选集〉序目》,《鲁迅全集》第6卷,人民文学出版社,2005年版,第494页。

不但令人看了就生勇往直前之心,还好像天上的云,也应声裂成片片。她的姿态,是所有名画中最有力量的女性的一个。"①诚如史沫特莱所言,她就是鲁迅最喜欢的画家——珂勒惠支夫人。

如果说,萧红的线条(笔触)还不够粗暴有力,略显稚嫩,无法与珂勒惠支相比,那么鲁迅的线条(笔触)则完全可以称之为钢筋铁骨,足以和珂勒惠支相匹敌抗衡了。如上文所引《药》中两段,描写枯草"支支直立,有如铜丝",描写乌鸦"在笔直的树枝间,缩着头,铁铸一般站着",几乎每一笔都倾注着作者的心力,每一根线条都充满着力量。而且,在《药》中,其线条还经历了一个由看似僵直、凝固到突然爆发、自由奔放的过渡。乌鸦箭似的直向着远处的天空飞去,宛如在整个构图中划过一道斜线,破框而出。它那"哑——"的一声大叫,更是击破了"荒原"般的沉寂("死一般静"),蕴含了作者冲出阴霾、压抑心境的喜悦,同时赋予了"战士"——不绝的奋斗者以更加英武的姿态。鲁迅作品线条的钢筋铁骨、自由奔放,在《狂人日记》的描写中达到了一种极致。让我们分析一下常为论者所引的著名的一段:

我翻开历史一查,这历史没有年代,歪歪斜斜的每叶上都写着"仁义道德"几个字。我横竖睡不着,仔细看了半夜,才从字缝里看出字来,满本都写着两个字是"吃人"!②

显然,这是一幅完全可以运用木刻形式表现的"狂人夜半读史"图。

---

① 鲁迅:《且介亭杂文末编·〈凯绥·珂勒惠支版画选集〉序目》,《鲁迅全集》第6卷,人民文学出版社,2005年版,第492页。
② 鲁迅:《呐喊·狂人日记》,《鲁迅全集》第1卷,人民文学出版社,2005年版,第447页。

在线条表现上，它宜用雕刀快速刻出"仁义道德""吃人"几个字。前几个字作为背景，大可逸笔草草，似曾相识；后两个字则恐怖狰狞，曲扭挣扎，分明可见。读史狂人要用粗重线条简笔勾勒，突出其"黑的恶鬼"①或兀立的枯骨的形象。如此，狂人形象、吃人意象则跃然而出。②从中不难发现，鲁迅对人物形象的刻画，酷似珂勒惠支的木刻刀法。在她的一幅《自造像》③中，珂勒惠支雕刻了一个妇人支颐沉思的情景。脸部仅是受光的大半个侧面，另一面则没入黑暗（阴影）里。脸上皱纹纵横，沟沟壑壑，宛若奔腾不息的河流，眼睛是坚毅、果敢的，仿佛射出逼人的光，而支着下巴的仅是一只瘦骨嶙峋的充满骨节、富有骨感的手，微微地弯曲着，仿佛要攫取什么。这是一幅黑白对比强烈、木味刀感十足的现代木刻。在线条表现上和鲁迅作品中的线条有异曲同工之妙。

从上文"狂人夜半读史"图中，我们还可以感受到鲁迅作品的笔触之美。所谓笔触，原指作画时作画工具留下的痕迹。鲁迅虽并未进行绘

---

① 鲁迅：《两地书·九三》，《鲁迅全集》第11卷，人民文学出版社，2005年版，第245页。
② 著者在作出这段文字描绘之后，继而读到了赵延年先生的木刻作品：《画说鲁迅——赵延年鲁迅作品木刻集》，木犁书系/鲁迅解读丛书，福建教育出版社，2002年版。查该书第200—201页，可知赵氏所作该页木刻插图即为"狂人夜半读史"图。赵氏不愧为制作木刻的艺术大师。整幅画面布满了"仁义道德"四个大字，这四个大字浓笔重墨，其线条表现是粗放的。在白色的宛然可见粗糙木纹的底子里，充塞着无数大大小小面目狰狞的骷髅头，从中凸显的是"吃人"意象。不知何故，狂人没有在画面中出现。可能作者认为既然已经传达出了狂人的视觉感触，为艺术简练概括起见，再现狂人形象也就无此必要了吧。更何况狂人的形象在作者其他木刻插图中也已经得到了充分有力的描绘。由于艺术创造的灵活性和多样性，我并不觉得我的设计与赵先生的制作有高下之分。从这幅木刻插图，我们同样可以感受到鲁迅作品木刻线条的刚劲有力和木刻笔触的粗粝毛糙。
③ 这幅《自造像》为木刻，刊登在史沫特莱为鲁迅的《凯绥·珂勒惠支版画选集》所作序言——《凯绥·珂勒惠支——民众的艺术家》的首页。

画实际操作，但我们通过对他画面构成形式的分析，仍然可以感受到一种粗朴、稚拙、有力之美。这与他独特的"运笔"方式有关，即鲁迅是有其独特"笔法"的。鲁迅的笔法为"捏刀向木""放刀直干"[①]，从中强调的是艺术家的战斗毅力及其丰满个性，认为"有精力弥满的作家和观者，才会生出'力'的艺术来。'放笔直干'的图画，恐怕难以生存于颓唐，小巧的社会里的"[②]。鲁迅由此提出了"有力之美"的审美追求。这在鲁迅作品木刻线条和笔触上均有甚深的表现。再以狂人读史一图为例，在刻制版材选择上，适宜选用粗木，最好是有着清晰纹理的，事先不加任何修饰处理，而保持其粗糙本性。在进行实际操作时，则不妨大胆自由运笔，几近挥刀抢铲，有意产生粗犷毛糙的刀痕和纹理。在雕刻"仁义道德""吃人"这几个字时，为显示其狰狞面目，完全不必也不可能按照正规字型雕刻，而只能按照大体的字形构架迅速地刨出，关键是要从整体上传达出这几个字所蕴含的神韵，烘托出恐怖的氛围。在《药》中刻画坟场枯草时，则也不妨留有刀痕，但刀法要概括简洁，服从整体明晰构图。在刻画那个如箭一般离开树枝的乌鸦时，更不妨以刀痕辅助，以显示其剧烈的动态。

可以说，鲁迅作品的笔触之美，与鲁迅对高更的欣赏大有关系。对于这位现代木刻之父，鲁迅并不陌生，而毋宁说十分熟悉。查《鲁迅日记》，鲁迅最早有确切记录的表现主义画家就是高更。早在1912年7月11日，鲁迅就收到周作人从日本寄来的高更的文学兼版画作品《诺阿　诺阿》一书，读后认为很好，并表达了进一步了解整个印象画派的

[①] 鲁迅：《集外集拾遗·〈近代木刻选集〉(1) 小引》，《鲁迅全集》第7卷，人民文学出版社，2005年版，第336页。

[②] 鲁迅：《集外集拾遗·〈近代木刻选集〉(2) 小引》，《鲁迅全集》第7卷，人民文学出版社，2005年版，第351页。

强烈愿望。1930年代鲁迅对高更兴趣持续不减，突然又掀起了一个新的购书热潮：1932年4月28日，买《诺阿　诺阿》（日译本，1932年东京岩波书店出版）一本；1933年4月29日，得增田君所寄法文原文《Noa Noa》（1929年巴黎克雷斯出版社出版）一本；同年10月28日从丸善书店购来法文原本《高更版画集》（1927年巴黎弗鲁利出版社重版）一部二本。鲁迅还打出广告计划以"罗怃"的名义翻译出版《诺阿　诺阿》，可惜因病未成。由此可见鲁迅对高更是极为欣赏的。反过来，高更的文学及其版画作品也对鲁迅构成了某种潜在的影响。高更是一个极为独特的画家，他渴望在绘画界走出一条属于自己的新路。他在到达塔希提岛之后，深受当地毛利人土著艺术的影响，在版画（木刻）刻制上，糅进日本版画的简约单纯，民间宗教木刻的纯朴粗放，制作了一大批作品。这批作品即为《诺阿　诺阿》的插图。由于鲁迅对《诺阿　诺阿》极为熟悉，下文即取其中的一幅《妇女在河边》为例来分析高更笔触，以见对鲁迅的深刻影响。高更在接受土著人艺术之前，就已有雕刻木雕像和木制器皿的经验（他的这些作品往往布满刀劈斧凿的痕迹，有着原始艺术的粗野和稚拙），他把这些经验用于木刻版面。在使用工具上，选择大圆凿、大平铲刀等工具；在粗木上放刀直干，力求产生粗犷的刀痕和毛糙的纹理。画面不用中间调子的推移，而用大块黑白的对比，阴刻阳刻交替，强烈而活泼。一条粗犷的对角线将画面一分两半，前半是明亮的地，衬出全黑的坐着的妇女，人物的结构与明暗用细三棱雕刀阴刻细线，更细的线则用刻针或尖刃刀尖刮刻，使整个人体既展露丰富又保持黑色。后一半则是用黑色的河水，衬映白色的正在走入水中的妇女。最为巧妙的是地上布满了圆口凿刀的刀痕，既表现了土地的质感，又避免了空白的过于单调和明亮。

　　从鲁迅与高更木刻笔触的相承关系上，可以看出鲁迅的木刻绝不同于西方 18 世纪末出现的雕刀木口木刻[1]，而是以高更为源头的现代表现主义的木刻。的确，高更的木版画完全另辟蹊径，向原始艺术和民间木刻传统汲取营养，使用完全不同的刻版工具，采取自由不羁的刻法和大块的黑白对比，追求粗木质的自然趣味和刀痕的美感，为木刻的现代发展开辟出一块新的空间。鲁迅对高更的青睐并非无故获至，而是独具眼光、意味深长的。

二 "黑与白"的强烈对比

版画是利用版材制作的绘画。根据版材的不同，分为木版画、铜版画、石版画、水泥版画、麻胶版画、纸版画等。其中木版画为最重要、最常见的版画形式。木版画又叫木刻和套色木刻。前者以一块版材完成，画面用黑色油墨印刷；后者用多块版材按不同色块要求分别刻出画面，套印完成两种以上颜色作品。鲁迅作品所指木刻感主要是前者，即黑白木刻。从一定意义上讲，正是黑白构成了鲁迅作品木刻感的生命和精华所在。实际在上文论述高更木刻时，已经涉及了木刻的这种黑白对比。它自然渗透进鲁迅作品中，成为无所不在的存在。（值得注意的是，下文所举珂勒惠支、蒙克的版画，虽系铜版或石版，而非木刻，却有强烈黑白效果，在一定程度上，可同视为木刻。）最明显的莫过于《颓败线的颤动》了：

> 她于是举两手尽量向天，口唇间漏出人与兽的，非人间所有，所以无词的言语。

---

[1] 这一木刻经过毕韦克、多雷等插图大师的努力，已经形成了一种优美的形式，影响至今。

第四章　鲁迅作品中的表现主义版画（木刻）感

当她说出无词的言语时，她那伟大如石像，然而已经荒废的，颓败的身躯的全面都颤动了。这颤动点点如鱼鳞，每一鳞都起伏如沸水在烈火上；空中也即刻一同振颤，仿佛暴风雨中的荒海的波涛。

她于是抬起眼睛向着天空，并无词的言语也沉默尽绝，惟有颤动，辐射若太阳光，使空中的波涛立刻回旋，如遭飓风，汹涌奔腾于无边的荒野。①

这是一幅多么震人心魄的现代木刻图。鲁迅仿佛刻制木版的高手，迅疾如风，挥刀抢铲，挖掘出大块大块粗粝、遒劲的线条，更在极其强烈的黑白对照中，突出了苦难人物的精神意象。这是黎明爆发前的沉默，并连这沉默也要尽绝地反抗。"我们听到呻吟，叹息，哭泣，哀求，无须吃惊。见了酷烈的沉默，就应该留心了；见有什么像毒蛇似的在尸林中蜿蜒，怨鬼似的在黑暗中奔驰，就更应该留心了：这在豫告'真的愤怒'将要到来。"②鲁迅在这里表达的其实是一个源自自身的情感体验：独战众数的精神界之战士被社会庸众逼成单身之后的出离愤怒。这酷烈到无声的沉默，其实是极具紧张性和爆发力的，它同样表达了一个在鲁迅作品中所普遍存在的精神意象："独异个人"和"庸众"的尖锐对立。无独有偶，李欧梵先生在读到《颓败线的颤动》中有关"老女人"的这一段精彩描写之后，也认为这是一幅给人以鲜明印象的黑白木刻。他说："这个老女人的样子，仿佛出自珂勒惠支的《牺牲》的模型，这当然是我这

---

① 鲁迅：《野草·颓败线的颤动》，《鲁迅全集》第2卷，人民文学出版社，2005年版，第211页。
② 鲁迅：《华盖集·杂感》，《鲁迅全集》第3卷，人民文学出版社，2005年版，第53页。

个读者的一种错觉,因为鲁迅此时可能还没有看到珂勒惠支的作品,然而这首散文诗所展露的艺术感,却又和德国表现主义非常相似。"继而进一步推进到鲁迅其他作品,"读《野草》中的散文时,时常使我想到画和木刻,这恰好印证了鲁迅文字中丰富的视觉感,所以在鲁迅的创作中文学和美术毕竟还是有相通之处。"① 应当说,李欧梵的这种感觉还是相当敏锐的。

其实,有关于黑白并置所产生的力量,古代美术家早就有所发现。意大利文艺复兴时期人文主义者阿尔贝蒂就认为"绘画中的最高技巧和艺术在于懂得如何使用黑和白。……因为,使物体有立体感的是光和影,而给所画的事物以体积感的则是黑和白。"② 在色彩学中,黑色和白色被认为是"无彩的色",但它们也可以被当作基本色来使用,"它们之间的对比,也和绿色与红色之间的对比一样引人注目"。③ 就色彩所给予人的心理感受而言,黑色给人以"罪恶、恐怖、邪恶、寂静、不祥"之感,白色则给人以"洁白、神圣、快乐、光明、清净"之感(参见《大庭三郎色彩情感价值表》),两者之间的差异是巨大的。它们并置在一起,必然会引起剧烈紧张之感。用他们来表达《颓败线的颤动》中的"老女人"所给予人的极其强烈的撼动、颤栗,真是再好不过了。

---

① [美]李欧梵:《铁屋中的呐喊——鲁迅研究》,尹慧珉译,岳麓书社,1999年版,第254—255页。
② 阿尔贝蒂语,《造型艺术美学》第一辑,常又明译,浙江美术学院出版社,1987年版,第407页。又见杨身源、张弘昕编著:《西方画论辑要》,江苏美术出版社,1990年版,第108页。
③ 凡·高语,见《塞尚、凡高、高更书信选》,吕澎译,四川美术出版社,1984年版,第33—34页。又见《西方画论辑要》,第430页。

这部名篇所造成的强大的精神内涵，不由让我想起了珂勒惠支的一幅名作:《磨镰刀》(铜版,《农民战争》之三)。它描写的是一个"饱尝苦楚的女人，她的壮大粗糙的手，在用一块磨石，磨快大镰刀的刀锋，她那小小的两眼里,是充满着极顶的憎恶和愤怒"[①]。此画虽用铜版表现，但仍具有极端强烈的黑白效果。在鲜明剧烈的明暗对比中，突显的同样是饱尝苦难的人。显然，她是要将自己的身躯，汇入农奴兄弟们的反抗斗争中去。此画曾悬挂在鲁迅在上海的客厅，可见先生喜爱之甚。它还不由得让人想起鲁迅所喜欢的又一位表现主义的版画大师——蒙克的作品《呐喊》(1895，石版)。它描写一个面容消瘦近于骷髅似的人物，双手紧紧地捂住耳朵，从一条看不到头尾的桥上跑过来，好像受到极大的惊吓，张口狂呼。画家用粗重的黑白线画出桥面、河水和天空。通过曲线的旋转，造成一种"漩涡"般的蠕动感，使人深深感到整个宇宙都处于动乱之中。这幅作品表现了慑人心魄的恐怖与绝望以及无可名状的巨大痛苦，具有很强的艺术感染力，足以构成《颓败线的颤动》的姊妹篇。唯一不同之处在于，蒙克的《呐喊》充斥着充满绝望的尖叫、呼嚎，而《颓败线的颤动》中的"老女人"却是沉默尽绝的并无语词的反抗。然而，两者同样充满了力量感。实际上，黑白木刻并非不能表现优美的景象，欧洲许多古典乃至现代版画家都创作出了不少精致优美之作，如鲁迅在《近代木刻选集》(2)中所选的英国版画家格斯金的两幅黑白木刻:《大雪》和《童话》。鲁迅说:"他(指格斯金)不是一个始简单后精细的艺术家。他早懂得立体的黑色之浓淡关系。这幅《大雪》的凄凉和小屋底景致是很动人的。雪景可以这样比其他种种方法更有力地表现，这是

[①] 鲁迅:《且介亭杂文末编·〈凯绥·珂勒惠支版画选集〉序目》,《鲁迅全集》第6卷,人民文学出版社,2005年版,第492页。

木刻艺术的新发见。《童话》也具有和《大雪》同样的风格。"①格斯金主要是创造一种优美的意境。然而，在珂勒惠支、蒙克刀下，洋溢的是主体绵绵不绝的生命力，再也遏制不住的绝叫。他们的作品就是他们激情的外化。珂勒惠支的《磨镰刀》也是沉默尽绝的快要破裂的反抗，而其《反抗》（如上文所举）则更是充满力量。这一切都在鲁迅的作品中打下了深深的烙印。

同时，这也与鲁迅本人就是一个极富激情——热到发冷，又冷到发热的人密切相关。鲁迅的这种精神特征，一旦投射到作品创作中，就必然带来强烈印痕。而这印痕又特别适合于现代艺术表现。里格尔（Alogis Riegl）论"艺术欲望"（又译"艺术意欲""绝对艺术意志"），说："我主张……一种目的论的观点。我认为在一件美术作品中存在着一种由'艺术欲望'所产生的、确定无疑而有目的的结果。"②里德（Herbert Edward Read）也认为，艺术家的作品的个性特征取决于"反映艺术家性格的特定形式意志"，"如果没有这种创造性的意志活动，就不可能生产出有意味的艺术作品"③。据此可以断言，非有强烈"艺术欲望"，就绝然不会有

---

① 鲁迅:《集外集拾遗·〈近代木刻选集〉（2）附记》,《鲁迅全集》第7卷, 人民文学出版社, 2005年版, 第353页。
② ［奥］里格尔语,《美术译丛》1985年第3期, 杨思梁、周晓康译, 第54页。又见《西方画论辑要》, 第673—674页。
③ ［英］赫伯特·里德:《艺术的真谛》, 王柯平译, 中国人民大学出版社, 2004年版, 第195页。这里的"特定形式意志""意志活动"即为里格尔所说的"艺术欲望"（"艺术意欲""绝对艺术意志"）。同为著名美术史论家, 沃林格尔在其著作《抽象与移情》中, 在述及里格尔时, 即认为："里格耳首先在艺术史的研究方法中引进了'艺术意志'这个概念。而对于'<u>绝对艺术意志</u>'人们应理解成那种潜在的内心要求, 这种要求是完全独立于客体对象和艺术创作方式的, 它自为地产生并表现为<u>形式意志</u>。"（［德］W.沃林格:《抽象与移情——对艺术风格的心理学研究》, 王才勇译, 辽宁人民出版社, 1987年版, 第10页。下划线为著者所加。）

现代艺术作品。鲁迅、珂勒惠支、蒙克等均不例外。他们的艺术作品都来自于他们潜在的内心要求，"这种内心要求是一切艺术创作活动的最初的契机，而且，每部艺术作品就其最内在的本质来看，都只是这种先验地存在的绝对艺术意志的客观化"①。他们三者作品强烈的表现主义风格之所以不同于以往，并非因为某种技巧的消失，而应归功于产生了不同的意志，所以，"决定性的东西就是里格耳称之为'绝对艺术意志'的东西"。②而且，对于这种"艺术欲望"（"艺术意欲""绝对艺术意志"），鲁迅是并不陌生的。他所译日本板垣鹰穗著《近代美术史潮论》，就是运用"艺术意欲"③进行美术史论的成功之作。其第九章《最近的主导倾向》，运用此法更多解颐快论，鲁迅也是极为赞同的。再进一步说，联系鲁迅极具紧张性的性情以及极富表现性的哲思，他恐怕更加欣赏板垣鹰穗所划分的统一于"思想本位的艺术意欲"④的北方系统一类。即，在地域上，以德国为中心，加之荷兰、瑞士、挪威、俄罗斯；代表人物，则是凡·高、蒙克、霍德勒等。这其中自然还应该包括德国的珂勒惠支、梅斐尔德，比利时的麦绥莱勒，他们都是"表现主义的同路人"——表现主义的版画（木刻）大师，只不过更多地把表现派的影响散布在革命鼓动性上而已；而高更——现代木刻的始祖，虽属法国，却是巴黎文明及其艺术的叛逆者，在艺术倾向上实接近北方系统。这一画系大致遵循

---

① ［德］W.沃林格:《抽象与移情——对艺术风格的心理学研究》，王才勇译，辽宁人民出版社，1987年版，第10页。这里的"绝对艺术意志"即为里格尔所说的"艺术欲望"。

② ［德］W.沃林格:《抽象与移情——对艺术风格的心理学研究》，王才勇译，辽宁人民出版社，1987年版，第10页。

③ 这里的"艺术意欲"即为里格尔所说的"艺术欲望"。

④ ［日］板垣鹰穗:《近代美术史潮论》，《鲁迅译文全集》第3卷，福建教育出版社，2008年版，第382页。

以北欧文化为代表的北方文化。有趣的是，与鲁迅的精神气质有密切联系并对其发生重大影响的易卜生、斯特林堡、克尔凯郭尔、凡·高、蒙克、麦绥莱勒等都是北欧人。这就更加深了鲁迅对北欧文化的好感。虽则欧洲文化作为一个整体有其统一形貌，但是由于地域的差异北欧文化却形成了独立的个性。沃林格尔（Wilhelm Worringer）在谈到这种个性时说，"北欧人渴望活动，但由于这种活动不能换取对现实的清楚理解，而且由于得不到这种正常的解决，因而只好加强活动，最后唯有借助于不健康的幻想以求自己的解脱。从前哥特人不能通过清楚的知识把现实化为自然形象，所以也就为这种强烈的幻想所驱使，而把现实转化为神奇、变形的东西。每一事物都变成怪异的和幻想的。在事物的可见外貌的背后，隐藏着它的漫画式形象，在事物的呆无声息的背后，隐藏着可怖的幽灵的生命，因此所有的真实事物都变成奇异的形象……大家的共同点是迫切要求活动，但由于活动没有固定目标，结果消失在无限无极中。"[①] 这渴望活动、加强运动以及借助幻想之举，充分表现出北欧文化所特有的怪异，在极富主观激情的反抗中表达出对生命（及其存在）的抑郁以及悲怆之感。这正与鲁迅的精神世界相通。

三　骷髅意象·荒原意象·战士意象

值得注意的是，在蒙克的《呐喊》中出现了两大意象："骷髅"和"漩涡"（对于后者，我将在下一章论及）。显然，骷髅是死神的代表。对于死神的描写，是表现主义的版画家们所酷爱的题材之一。蒙克除《呐

[①] [英]赫伯特·里德：《现代绘画简史》，刘萍君译，周子丛、秦宣夫校，上海人民美术出版社，1979年版，第33—34页。

喊》外，还在其名作《死神和少女》(1894，铜版)、《岸边的两个女人》(1898，套色木刻)中，直接塑造了死神意象。前者表现的是少女和死神的接吻。少女的肉体是洁白、丰满、美丽的，死神则是一具骨立的骷髅架。但是他们拥抱而且接吻了：少女的双臂勾在死神的脖子上，死神的双手搂在少女的腰上。这极端强烈美丑结合与鲜明对照，对观者的视觉构成了强烈刺激与争夺。后者描写了海岸边的两个女人：红色的少女眺望着紫灰色的海面，她代表着青春和美丽；黑色的老妇坐在旁边，意味着死亡和枯槁，她正将邪恶的手爪伸向沉浸在爱情幸福中的少女。而死亡也是珂勒惠支最多表现的题材之一。如《牺牲》描写的是"一个母亲悲哀地献出他的儿子去"，它所给予鲁迅的极其强烈的震撼力，已为我们大家所熟知。《生者之于死者》(1919，木刻)，"画了一个僵卧的尸衾掩着的身形，露出一个庄严的头；一列的恭肃的劳动者悲哀地俯首站在尸身前，他们的梗露着粗筋的手温柔而爱怜地抚着他们的被谋杀的领袖的身体。"① 这是德国无产阶级革命领袖李卜克内西去世的时候，珂勒惠支的满含沉痛之作。《妇人为死亡所捕获》(1910，铜版)，孩子已经明明知道自己的母亲被死亡所捕获，却还是极力地去抓取母亲的乳房，和魔鬼死命地争夺，虽然是徒劳的，读之不禁让人泪下。此外，再如蚀版画《与死神争夺孩子的妇人》(1911)、《死神、妇人和孩子》(1910)、木刻《坐在死神膝上的妇人》(1921)等。在她的晚年1934年，她创作的最后一个组画是石版画八幅《死亡》，也都是表现死神把手伸向妇女和儿童等弱势群体。

而对骷髅（死神）意象的描写，也大量充斥在鲁迅作品中。《狂人日

---

① ［美］史沫特莱：《凯绥·珂勒惠支——民众的艺术家》，鲁迅编：《凯绥·珂勒惠支版画选集》，茅盾译，上海三闲书屋，1936年公造，第4页。

记》中的狂人有着被吃的幻觉和恐怖，仿佛死神与他同行。狼子村、海乙那、赵家的狗、今晚的月光、陈老五、古久先生、大哥等，无一不指向死亡。《药》中小栓的痨病、滴血的馒头、红白分明的花环、不祥的乌鸦，暗示着另一个鬼蜮世界的存在。《阿Q正传》中，在阿Q临刑前出现了咬啮他的灵魂的"狼眼睛"，死神之眼终于唤醒了他的意识。《在酒楼上》吕纬甫不断提到为小弟迁坟所用的棺材和阿顺的不幸早夭。《长明灯》中始终燃着晦暗不明、散发出幽光的"长明灯"，四爷的客厅里几个鬼鬼祟祟的家伙在商议如何处置他们眼中的"疯子"，呈现出一片阴森恐怖的地狱景象。《孤独者》中始终伴随着魏连殳的是"失眠和吐血"，精神上和物质上的双重困苦和焦虑，一直到死仍不能摆脱周围环境的挤压。在"一切是死一般静，死的人和活的人"①的灵堂里，"他（指魏连殳）在不妥帖的衣冠中，安静地躺着，合了眼，闭着嘴，口角间仿佛含着冰冷的微笑，冷笑着这可笑的死尸"②。此外，如《无常》中有情的"无常"，《女吊》中复仇的"女吊"，《失掉的好地狱》中周身散发出大光辉的"魔鬼"和不甘奴役发出"反狱的绝叫"的鬼魂，甚至在鲁迅的杂文《怎么写》中也随手出现了"冢中的白骨"③的意象。他自己虽然厌恶"骸骨的迷恋"④，但不知怎的来自自身的鬼气，如"庄周韩非的毒"，总是不时来袭击他，使他"时而很随便，时而很峻急"⑤。而骷髅意象最集

---

① 鲁迅：《彷徨·孤独者》，《鲁迅全集》第2卷，人民文学出版社，2005年版，第107页。
② 鲁迅：《彷徨·孤独者》，《鲁迅全集》第2卷，人民文学出版社，2005年版，第110页。
③ 鲁迅：《三闲集·怎么写》，《鲁迅全集》第4卷，人民文学出版社，2005年版，第19页。
④ 鲁迅：《且介亭杂文末编·续记》，《鲁迅全集》第6卷，人民文学出版社，2005年版，第513页。
⑤ 鲁迅：《坟·写在〈坟〉后面》，《鲁迅全集》第1卷，人民文学出版社，2005年版，第301页。

中最明显的莫过于鲁迅的《墓碣文》了：

　　……于浩歌狂热之际中寒；于天上看见深渊。于一切眼中看见无所有；于无所希望中得救。……①

在激烈矛盾悖论中，他抒发的是一种对于"死亡"的大彻大悟，一种看破红尘又不愿离世的类似宗教狂热的极端情感。这里，死亡赋予他极高的智慧，既使他独具"佛眼"，又防止他在察见深渊中惨遭沦亡和虚脱。

　　……抉心自食，欲知本味。创痛酷烈，本味何能知？……
　　……痛定之后，徐徐食之。然其心已陈旧，本味又何由知？……②

又是死亡使他认识到人生本然的荒诞和逻辑的破裂，面对已然破碎的现实，鲁迅只有直面死亡，承担虚无，勇于自为，向死而在。

　　在中国现代文学（文化）史上，还没有哪一位作家、哲人能够像鲁迅这样敢于直面鲜血淋漓的痛苦、死亡，与之坦然地对话，并从中获得启示。传统的儒家文化教人"未知生，焉知死"，在过分关注现实生活的同时忽略了彼岸世界的存在。庄老之徒倒是看到了另一世界的存在，却又有意无意地抽掉了现实存在一维，好像只要不对它们予以正视，它们就仿佛不存在似的，他们就在这仿佛不存在中实现了虚假的超脱。在传统文化中，唯有曾经来自异域文化中的佛学，尤其是讲究苦修、渐进，以认真、

---

①② 鲁迅：《野草·墓碣文》，《鲁迅全集》第2卷，人民文学出版社，2005年版，第207页。

切实著称的小乘佛学，不惮出现阴森恐怖的地狱、死亡意象，强调对生存痛苦的个人体验，并在这体验中实现自己精神的升华，对鲁迅构成了极大的精神影响。基督教原汁原味受苦受难的救世精神、牺牲精神、忏悔意识，对鲁迅而言也是重要的精神滋养源。鲁迅所欣赏的北欧文化中的许多哲人、艺术家，如凡·高、蒙克、克尔凯郭尔等本身就是虔诚的基督徒。《狂人日记》《墓碣文》等中的死亡体验与此皆有着密切的精神联系。

实际上，骷髅意象不过是"荒原"意象的一种幻化。真正在鲁迅作品中居于无所不在的幽灵地位的是"荒原"。"凡有一人的主张，得了赞和，是促其前进的，得了反对，是促其奋斗的，独有叫喊于生人中，而生人并无反应，既非赞同，也无反对，如置身毫无边际的荒原，无可措手的了"。① 它"毫无边际"，空洞无物，宛似"无物之阵"，然而又幻化为各种各样的形态。如"骷髅"（如上所示）、"铁屋子"（《呐喊·自序》）、"厨房"（《坟·灯下漫笔》）、"坟地""刑场"（《药》）、"酒店"（《孔乙己》）、"灵堂"（《孤独者》）、"狼子村"（《狂人日记》）、"未庄"（《阿Q正传》）、"吉光屯"（《长明灯》），甚至"故乡"（鲁镇或S城）等，大有傲视寰宇，以人类永久"造物主"自居的架势。"一切是死一般静，死的人和活的人"，《孤独者》中的这句话，集中表现了"荒原"般的死寂。而在《颓败线的颤动》中，鲁迅也一再强调老女人所处的环境——"无边的荒野"："四面都是荒野，头上只有高天，并无一个虫鸟飞过。"② 鲁迅以其如椽的巨笔，刻画了黑暗中国的历史及其现实。对于鲁迅这一代人而言，这是一种不论在时间上还是在空间上的双重意义上

---

① 鲁迅:《呐喊·自序》,《鲁迅全集》第1卷, 人民文学出版社, 2005年版, 第439页。
② 鲁迅:《野草·颓败线的颤动》,《鲁迅全集》第2卷, 人民文学出版社, 2005年版, 第210页。

的文化"荒原"。从时间上来看，鲁迅自觉地将他们这一代人定位为"历史中间物"，如同文言文向白话文的逐渐过渡尚还需要一些中间环节，鲁迅这一代人也起着一个由旧人逐渐向新人过渡转变的中间桥梁作用。处在这样的生存夹缝中，既不能引起旧垒中人的注意，又不能获得新起人类的反顾，而只能如孤独的影一般独自彷徨于无地。从空间上来看，鲁迅这一代人普遍具有留学经历，吸呐了异域空间、异域文化的精神滋养，逐渐转变为自身文化母体的异端叛客，他们拒绝再度进入这一母体，然而自身灵魂中鬼气的存在，同样也无法使他们完全容身于新的世界，他们同样处于生存的两难困境之中，一旦尽到历史所赋予他们的职责，就只能无声无臭，悄然引退。鲁迅的悲凉况味正由此而来。

然而，鲁迅的刻画绝不仅止于荒原，鲁迅的特色在于他还刻画了对于荒原（骷髅）意象的超越和反抗。这就是"荒原"之上的"战士"——觉醒了的人。《狂人日记》中的狂人无意之中发现了中国历史及其文明"吃人"的惊人事实，自此以后意识到自己所面对的是已经有了四千年吃人历史的地狱深渊般的黑暗，不由得发一声"反狱的绝叫"："你们立刻改了，从真心改起！你们要晓得将来是容不得吃人的人，……"[①]狂人同样意识到了自己的"有罪"，自己也是"吃人"的人中的一员：自己是吃人的人的兄弟，也未始不在无意之中吃了妹子的几片肉。这种不净的内心有罪的血腥（污）感，唤醒了狂人内心的良知，使得狂人终究自惭形秽于"真的人"，而甘心处于一种"历史中间物"的悲凉处境。《长明灯》中的"疯子"也喊出了微细沉实的声息"熄掉他罢！"和悲愤激烈的声音"我放火！"，他要烧掉的何止是"吉光屯"，要吹熄的何止是"长明灯"，他要毁灭的是整个华夏"荒原"般的存在，

---

① 鲁迅：《呐喊·狂人日记》，《鲁迅全集》第1卷，人民文学出版社，2005年版，第453页。

唤醒的是整个国民麻木的神经。这是现代的唐·吉诃德，可惜也是并无能力战胜"无物之阵"反而遭人暗算、身陷囹圄的"国民公敌"。他那一声悲愤的"我放火"，也竟消失在代表希望的儿童们并无恶意的儿歌中。《在酒楼上》，"我"尽管亲睹并耳闻了吕纬甫的颓唐和失意，在分手回各自旅馆的路上，"我"的感觉竟是"寒风和雪片扑在脸上，倒觉得很爽快。见天色已是黄昏，和屋宇和街道都织在密雪的纯白而不定的罗网里"①（这又是一幅现代木刻图），分明竟是得到醍醐灌顶般的精神洗礼，痛快淋漓。拥有了这种感觉的"真的知识阶级"②——如"我"辈，是不会真的放弃战斗的。在看似山穷水尽之处，仍有柳暗花明——新的转机的存在。《阿Q正传》中，阿Q在临死之际，突然顿悟，竟出现了未曾有过的思想和灵魂，终于喊出一声平生绝无仅有的绝叫——绝望的"救命……"，他的没唱一句戏也在无意之中对城里的看客们复了仇。当然，正如大多数论者所言，这已是鲁迅自身的精神体验了。很难想象如果没有鲁迅自身情感的融入，阿Q这样一个行尸走肉会有如此激烈的情感体验。再如《颓败线的颤动》中的"老女人"（如上文所举一段），汪晖有过精彩的论述，他说："连无词的言语也沉默尽绝，这是怎样复杂的情感体验：这是伟大的憎？神圣的复仇？无边的爱？粗暴的灵魂？这种复杂的人生体验使人达到对于生命的最为深刻的理解：面对着个体的荒废、颓败，面对世界的黑暗与虚无，'她'以沉默的绝望的反抗，赋予自己的生命以如此悲壮、激烈又如此精彩绝艳、气充寰宇的形态！"③而最精艳动人的还有孤独者的一声"长嚎"：

---

① 鲁迅：《彷徨·在酒楼上》，《鲁迅全集》第2卷，人民文学出版社，2005年版，第34页。
② 鲁迅：《集外集拾遗补编·关于知识阶级》，《鲁迅全集》第8卷，人民文学出版社，2005年版，第226页。
③ 汪晖：《反抗绝望——鲁迅及其文学世界》，河北教育出版社，2000年版，第283页。

> 忽然，他流下泪来了，接着就失声，立刻又变成长嗥，像一匹受伤的狼，当深夜在旷野中嗥叫，惨伤里夹杂着愤怒和悲哀。①

这是孤寂的荒原狼面对"伧俗横行"②的黑暗现实，发出的一声撕心裂肺的嗥叫。它的强度和力度，直逼蒙克《呐喊》中的"骷髅"。

他们共同在"荒原"上燃起了熊熊的火焰，照亮了前驱者——永无止息在寂寞里奔驰的"真的猛士"们的身影。这是希望之光，"反抗绝望"之光。它代表了鲁迅最高的精神境界。

---

① 鲁迅：《彷徨·孤独者》，《鲁迅全集》第2卷，人民文学出版社，2005年版，第90—91页。
② 鲁迅：《坟·文化偏至论》，《鲁迅全集》第1卷，人民文学出版社，2005年版，第52页。

第五章　鲁迅作品中的表现主义油画感

　　窗外的黄昏，窗内许先生低着的头，楼上鲁迅先生的咳嗽声，都搅混在一起了，重续着、埋藏着力量。在痛苦中，在悲哀中，一种对于生的强烈的愿望站得和强烈的火焰那样坚定。①

——萧红

　　我要建造某种很简单但却不朽的东西的激情是如此强烈。我想我是在与不可避免的命运抗争。②

——凡·高

　　在我的作品中，我试图解释生命和它的意义，并且帮助他人更懂得生命。

---

① 萧红:《回忆鲁迅先生》，张毓茂、阎志宏编:《萧红文集》第3卷，安徽文艺出版社，1997年版，第288页。

② [美] 欧文·斯通、吉恩·斯通编:《凡·高自传——凡·高书信选》，澹泊等译，湖南文艺出版社，1991年版，第377页。

病魔和死神象乌鸦一样地停留在我的小床上盯着我，从那以后，整整一生我都摆脱不了。在我的作品中，我是该多么地感谢病魔和死神啊！①

　　我一定要描绘有呼吸、有感觉，并在痛苦和爱情中生活的人们。②

——蒙克

上章考察了鲁迅作品与西方表现主义版画（木刻）之间的关系，本章拟就鲁迅作品与西方表现主义油画作出自己的理解和阐释。以上所论已经涉及了线条、笔触、黑白等绘画形式语言，在下文论述中仍将使用这些语言，但色彩更加丰富多彩，不再限于黑白。

一　线条和笔触的形式观照

正如版画（木刻）线条的钢筋铁骨、遒劲有力一样，鲁迅作品中的油画线条，同样充满力量之感。通过对其细致考察，我们可以发现它大致有三种类型。第一种类型，以《好的故事》中一段为代表：

　　河边枯柳树下的几株瘦削的一丈红，该是村女种的罢。大红花和斑红花，都在水里面浮动，忽而碎散，拉长了，如缕缕的胭脂水，然而没有晕。茅屋，狗，塔，村女，云，……也都浮动着。大红花一朵朵全被拉长了，这时是泼剌奔迸的红锦带。

---

① 蒙克语，见《挪威画家笛·迪·阿内森谈挪威画家蒙克》，裴显亚译。
② 该文为蒙克于1889年所写的一段日记，具体参见［日］土方定一：《爱德华·蒙克——近代人类心灵的肖像画家》，毛良鸿译，《世界美术》1981年第2期。

带织入狗中,狗织入白云中,白云织入村女中……。在这一瞬间,他们又将退缩了。但斑红花影也已经碎散,伸长,就要织进塔,村女,狗,茅屋,云里去。①

这一段描写给人印象最强烈的自然是"光与色",关于这一点将在本章第二节论述油画色彩时述及。此处我们关注的是线条之美。我们注意到其线条是充满动感的("浮动""碎散""拉长"等),富有韵律(一系列"织入"等),流畅、伸缩自如的("泼剌奔迸""碎散""伸长""退缩"等),从中不难窥测到鲁迅愉悦的心情。这的确是一篇"好的故事"。第二种类型,以《奔月》中一段为代表:

他一手拈弓,一手捏着三枝箭,都搭上去,拉了一个满弓,正对着月亮。身子是岩石一般挺立着,眼光直射,闪闪如岩下电,须发开张飘动,像黑色火,这一瞬息,使人仿佛想见他当年射日的雄姿。②

这一段对"后羿射月"英姿的描写,给人以极其强烈的油画感(雕塑感)。"岩石一般挺立着"意味着线条的刚硬、坚直,然而又不失飘逸、洒脱,"岩下电""黑色火",更加深了"力之美"的感觉。然而这种"力之美"始终存在于人物形体内部,总有一种作势欲出、一触即发之感。其线条不再流畅自如,在看似僵直、滞涩(实则刚硬、坚直)的张力之中,蕴涵了人物无穷的精力,暗示了后羿内心的愤怒,隐含了鲁迅对英

---

① 鲁迅:《野草·好的故事》,《鲁迅全集》第2卷,人民文学出版社,2005年版,第191页。
② 鲁迅:《故事新编·奔月》,《鲁迅全集》第2卷,人民文学出版社,2005年版,第380页。

雄再度复出的欣羡和赞美。第三种类型，以《补天》中的两段为代表：

> 火势并不旺，那芦柴是没有干透的，但居然也烘烘的响，很久很久，终于伸出无数火焰的舌头来，一伸一缩的向上舔，又很久，便合成火焰的重台花，又成了火焰的柱，赫赫的压倒了昆仑山上的红光。大风忽地起来，火柱旋转着发吼，青色的和杂色的石块都一色通红了，饴糖似的流布在裂缝中间，像一条不灭的闪电。
>
> 风和火势卷得伊的头发都四散而且旋转，汗水如瀑布一般奔流，大光焰烘托了伊的身躯，使宇宙间现出最后的肉红色。①

这是两段有关"女娲补天"壮丽恢宏情景的描绘。就线条表现而言，一开始并没有，尔后终于伸出无数火焰的舌头，"一伸一缩的向上舔"，示人以积极之感，接着汇集成集体的力量，先是"合成火焰的重台花"，后又形成了"火焰的柱"。加之大风催助，"火柱旋转着发吼"，女娲的头发也卷得"四散而且旋转"，"汗水如瀑布一般奔流"，终于形成了"如遭飓风"般的"漩涡"。值得注意的是，这旋转的飓风——"漩涡"的形成，一直是在极端压抑、折磨、斗争之中进行的；在愈挫愈奋的生命伟力（"不灭的闪电"）的爆发中，充分表现了鲁迅的战斗激情。显然，在三种类型中，以第三种类型最具表现特色，其他两种稍逊之。

"漩涡"实际是鲁迅作品的一大意象，它喻示着并不安分的生命。关于这一点，我们将在下文论述，此处仅从其线条意味上着眼。可以说，

---

① 鲁迅：《故事新编·补天》，《鲁迅全集》第2卷，人民文学出版社，2005年版，第364—365页。

它以其盘曲扭结、旋转飞腾般的螺旋上升形式，几乎使鲁迅作品油画线条的表现形态达到了一种极致。在某种程度上，它同鲁迅所激赏的又一位表现主义绘画的大师、先驱者——凡·高的名作《星月夜》和《两棵柏树》中的线条有着极大的相似性。《星月夜》（1889.6，油画），描绘了似火焰一般燃烧的黑色的柏树、在天空中急速翻卷如漩涡状的云彩、金黄明亮宛如太阳的月亮、一盏又一盏闪闪发亮的星星，和下面在平静中沉睡的大地。画中波浪般的曲线再现了向上飞腾的动感，它们从村庄升起，扶摇直上，与天空中漩涡似的线条融为一体。这是凡·高惟一的幻觉性作品，是他在监禁生活期间凭空想象出来的。当凡·高在画太阳与月亮，而特别画出三个明亮的日月，又画云彩在卷起漩涡时，他可能想到了《圣经·启示录》里的情景，因为《启示录》就有一章叙述龙在袭击怀孕女人。《两棵柏树》（1889.6，油画），是凡·高在圣·雷米精神病院时作。这个时期，柏树似乎取代了他心爱的主题——向日葵，频频出现在他的作品中（如上图《星月夜》）。这些巨柱似的柏树（想想《补天》中"火焰的柱"），枝丫拥攒，在正午的炎炎烈日或夜晚的金黄弯月的照耀下，仿佛冲腾的黑色火焰（想想《奔月》中"须发开张飘动，像黑色火"）。柏树成荫的阴暗小径或许取代了北方哥特式教堂神秘莫测的正厅。就线条表现而言，这些柏树摆脱了天生的刚直，好似团团巨大的黑色火舌，拔地而起，翻云缭绕，直上云端。自然，在这幅图画中，仍然出现了青里透着粉红色的天空中翻卷着的漩涡——云彩，以及弯曲扭动的紫色的山峦。它们同鲁迅作品中的漩涡，在线条表现形式上，取得了高度一致。

鲁迅作品中的漩涡，不仅具有线条意味，还具有极端强烈笔触意味。在上文所引《补天》中两段阐述鲁迅作品"漩涡"线条时，已经暗含了鲁迅笔触的曲扭、强韧。如同鲁迅作品版画（木刻）笔触一样，其油画笔触同样自由恣肆、粗暴有力，具有极强的表现性、爆发力。让我们再看《雪》中一段：

> 在晴天之下，旋风忽来，便蓬勃地奋飞，在日光中灿灿地生光，如包藏火焰的大雾，旋转而且升腾，弥漫太空，使天空旋转而且升腾地闪烁。①

这里又出现了集线条、笔触、色彩"三位一体"的"漩涡"意象。从笔触表现来看，它是极端自由奔放的。把如粉如沙的朔雪比喻成"如包藏火焰的大雾"，而且旋转升腾，弥漫太空，并使天空同样发生旋转，成为一个透明的闪闪发光的结晶体，恐怕只有鲁迅——把情感发展到一种极致的人，才会有这样的笔力。在这种意义上，鲁迅创造的激情绝不亚于凡·高。再以《两棵柏树》为例。凡·高运用层层堆叠的旋转向上的笔触，敷涂风景中的柏树——他称之为跳跃在阳光明媚中的"黑色的音符"——的色彩，使整个色彩造成一种逆光效果。随着凡·高后期艺术个性的发展变化，尤其是在他患有癫痫病期间，他的笔触，无论并排涂抹，或层层堆叠，都不再是纵横或斜向的，而是呈旋风的形状，仿佛火焰在燃烧，仿佛宇宙在诞生，仿佛物质在令人眼花缭乱地运动。他的这种笔触，在他的绝笔之作《麦田和乌鸦》（1890.7，油画）中达到了高峰。在绘制这幅山雨欲来风满楼的不祥之作中，凡·高充满了绝望之感。他不再用画笔设色，而是用刮刀上色，从而使形象更加粗犷，奔放不驯。这里，他的刮刀横扫画布，绘出乌云翻卷的天空和一任狂风撼动的麦田，看上去就像一块发红的疤疤，急促而苍劲的黑色线条（笔触），画出在波浪起伏的麦田上低掠而过的乌鸦。值得注意的是，这幅画的造型十分概

---

① 鲁迅：《野草·雪》，《鲁迅全集》第 2 卷，人民文学出版社，2005 年版，第 186 页。

括简洁，仿佛一件未完成品，与笔触的粗放有力恰相适应。

从上述鲁迅对油画线条、笔触的熟练运用来看，鲁迅的现代艺术趣味是相当高超的，诚如史沫特莱所言，鲁迅"懂得而且发现各种表现方式的兴趣"①。"在那黯然埋藏着的作品中，却满显出作者个人的主观和情绪，尤可以看见他对于笔触、色采和趣味，是怎样的尽力与经心"②，这是鲁迅对于陶元庆西洋绘画的评价，其实何尝不也是鲁迅对自己文学作品的评价。陶元庆运用现代艺术的新的形（新的线条和笔触），尤其是新的色，描绘出了他自己的世界。鲁迅何尝不也如是。只不过他们的艺术表现方式不同，鲁迅的更技高一筹。有意思的是，陶元庆本人就是一位深受凡·高、蒙克等表现主义艺术大师深刻影响的西洋画家。鲁迅对表现主义美术的喜爱，与他对陶元庆的赏识，并不是两件孤立的事情，而是有其内在的精神上的联系的。这同时也与鲁迅对汉画像石的欣赏，与对中国文人画的批判有其相通（似）处（关于这一点，由于特别重要，拟另作文专论）。这种现代艺术趣味最终使得鲁迅作品融成特别的丰神，其中蕴含着的丰富的视觉美感是可以深长思之的。

二　冷暖"色彩"的鲜明对立

鲁迅作品色彩的鲜艳夺目、美轮美奂，几乎为学人所共识。但对其现代性、表现性的强调，还未引起充分注意。其实，在鲁迅作品的"油

---

① ［美］史沫特莱：《论鲁迅》，黄源译，载《刀与笔》月刊（金华），1939年12月创刊号。
② 鲁迅：《集外集拾遗·〈陶元庆氏西洋绘画展览会目录〉序》，《鲁迅全集》第7卷，人民文学出版社，2005年版，第272页。

画感"中，并不乏优美、精致、雅洁之作。如《风筝》中一段：

> 故乡的风筝时节，是春二月，倘听到沙沙的风轮声，仰头便能看见一个淡墨色的蟹风筝或嫩蓝色的蜈蚣风筝。①

这是一幅故乡童年春日温和小景图。"淡墨色"和"嫩蓝色"都是浅色，仿佛不经意间流露出作者对故乡、对童年的渴望。但放置于整篇文章之中，仍给人一种不调和之感。"我"还分明感到了自己正处于"非常的寒威和冷气"之中的"严冬"。"严冬"和"春日"，"寒威""冷气"和"温和"，构成了鲜明的对比。（其实，文章一开始就暗含了这种不谐调，"北京的冬季，地上还有积雪，灰黑色的秃树枝丫叉于晴朗的天空中，而远处有一二风筝浮动，在我是一种惊异和悲哀。"）

在《好的故事》里，这种优美、精致、雅洁几乎达到了一种极致（具体参见本章第一节第一处引文，此处从色彩着眼）。画面岂但"美丽、幽雅、有趣"，简直生动、奔放、热烈。这里充满了印象派的光与色，一种流动瞬息的美，而这种美恰恰是在水中进行，天然具有流动性，尤胜于印象派的调色板。最典型的颜色是"红"，一丈红、大红花、斑红花、胭脂水、红锦带等。在色彩学上，这是一种积极的色彩，容易引起热情、兴奋、勇敢、刺激、极端等情感。其次是"白"，是一种"无彩的色"，可以引起洁白、神圣、快乐、光明等感觉。在白底中愈加衬托出景色的鲜艳华美。色块和色块之间，形体和形体之间，相互交融，并无明确界限，只有莫奈的印象派手法才能表现。但它终究只是一个梦，待要凝视，突然惊醒，连一点虹霓色的碎影也捕捉不住，因为窗外仍然是"昏沉的

---

① 鲁迅：《野草·风筝》，《鲁迅全集》第2卷，人民文学出版社，2005年版，第187页。

夜"。鲁迅总忘不掉这苦涩、浓重的一笔。

不断有论者指出，鲁迅作品中的"光与色"的描写，十分接近印象派。如上文所分析。再如《补天》中一段：

> 伊在这肉红色的天地间走到海边，全身的曲线都消融在淡玫瑰似的光海里，直到身中央才浓成一段纯白。①

此段被著名画家张仃惊叹为"很容易让人联想起印象派的色彩"②。印象派的一大特征，是对"条件色"而非"固有色"的自由使用。这里，天地本非肉红色，因了女娲肉体的影响；大海本非淡玫瑰色，也是因了女娲肉体的影响，自然还有太阳的照射（"光海"）。在鲁迅笔下，形、线、光、色几乎融为一体，充分表现了人类始母——女娲白里透红的肉体之美。

但是，由以上分析，单单推断出鲁迅对于"光与色"的追求，那就太小看鲁迅使用色彩的能力了。他并不停止于对瞬间视觉丰富的刺激和满足，还要追求光与色中的灵魂。即使莫奈也有一双追求情感与诗意的眼睛。在某种程度上，鲁迅更多地倾向于印象派之后的表现色彩。凡·高、高更、蒙克等就这样进入了他的视野和心灵。

让我们进入《补天》中的另一段：

> 天边的血红的云彩里有一个光芒四射的太阳，如流动的金球包在荒古的熔岩中；那一边，却是一个生铁一般的冷而且白的

---

① 鲁迅：《故事新编·补天》，《鲁迅全集》第2卷，人民文学出版社，2005年版，第358页。
② 张仃：《鲁迅先生作品中的绘画色彩》，《解放日报》，1942年10月18日。

月亮。"①

一边是"光芒四射的太阳",象征着生命;一边是"冷而且白的月亮",象征着死亡。仔细分析这一段的色彩,我们至少可以有三个方面的发现:

其一,运用鲜明对比。主要包括:色相对比、纯度对比和冷暖对比。前两个对比最后集中为冷暖对比,并达到一种极致状态。色相对比是由色相间的差别造成的对比。从色相环上看,色相对比关系的强弱,是由色相间的距离与角度的大小决定的。此处指"红"与"白"的对比。红与白都是两种基本色,它们放在一起极难和谐。按照色彩理论,"色彩运用的目的是为了表达画家的情感。色彩本身无所谓感情,情感的发生只是在人与色彩之间的色彩联想和心理感应"②。色彩联想包括具体联想和意义联想。所谓具体联想是指人类感知客观事物均离不开以往的印象和经验,当人们看到某种色彩时,常常会联想到与此色相关联的其他事物。意义联想则紧接着由具体联想而来。红色常常被具体联想为:太阳、火焰、红花、红旗、节日、彩霞、信号、鲜血;意义联想则为:热烈、热情、革命、激奋、欢乐、喜庆、勇武、力量、危险、暴力、野蛮等。白色常常被具体联想为:冰雪、光线、白云、白纸、白昼、白纱、白帆;意义联想则为:纯洁、平静、神圣、朴素、明亮、空灵、轻盈、飘逸、冷清等。由此可知,红与白是两种具有极强紧张力的色彩。在鲁迅作品中,除红与白的对比外,还有诸如红与黑、黑与白等的对比。前者如《铸剑》,后者如《颓败线的颤动》,其色相配列都可以说创造了一

---

① 鲁迅:《故事新编·补天》,《鲁迅全集》第 2 卷,人民文学出版社,2005 年版,第 357 页。
② 赵勤国:《绘画形式语言》,黄河出版社,2003 年版,第 75 页。

种高度的表现性。运用色相对比达到一种极致状态的，如凡·高的《夜晚的咖啡馆》(1888.9，油画)。在此画中，他为了表现夜晚的咖啡馆是一个可以使人堕落、发疯、犯罪的地方，大量采用了红与绿的鲜明对比。主要选用了淡红、血红、酒糟色，与路易十五绿、石青、橄榄绿以及刺眼的青绿色的强烈对比。纯度对比，是指色彩的鲜与灰对比、灰与灰对比、鲜与鲜的对比。高纯度的对比视觉刺激强烈，低纯度的对比视觉刺激比较平和而显出淡雅、朦胧的诗意。此段色彩对比属高纯度的对比，对人的视觉构成强烈争夺。"血红""生铁"，几乎把太阳的熔热、月亮的冷硬，提纯到一种极限。同时给人以极其强烈的质感和触感。凡·高、高更都是使用纯度极高色彩的大师。如凡·高的《向日葵》(1889.1，油画)，几乎全部采用明亮的黄色和橙色，使人看了有一种眩晕感。而高更更是直接使用"生色"的大师。在其名作《雅各与天使的格斗》(1888，油画)中，他直接涂抹了鲜艳的红色，用以显示说教之后的幻觉。冷暖对比，就是将自然界中的所有的色彩一律分为冷、暖两个色彩，它们之间构成对比，并存在于画面关系之中。用"冷暖"归纳、组合画面秩序，是条件色色彩语言的显著特点。在绘画表现上，它是使画面生动起来的重要语言。不仅构成一幅画的几个主要色块有冷暖对比，就是每一色块自身之中也是冷暖并存。仔细研究莫奈的《日光下的鲁昂大教堂》(1894，油画)，不难发现：冷暖几乎成为作品的细胞，他有意运用冷暖对比造成色彩间的"斗争"，使画面产生跳跃、闪烁、丰富的效果。不同于莫奈这幅名作的是，《补天》中的这段描写将冷暖对比拉到了一种极端，突出表现为红与白这两种截然不同的紧张力较强的色相的对比，并通过一系列意象比喻("血红"和"生铁")将这种对比的纯度极大提高，最后发展到一种极致的和临界的状态：极冷和极热，仿佛一不小心就会发生破裂和爆炸。

其二，用色较简省，有类"白描"。众所周知，"白描"是鲁迅文学创作中惯用的手法。用他的话说，即："有真意，去粉饰，少做作，勿卖弄"①。在现代作家中，鲁迅的用笔也算是较为简省的一个。在用色上，他同样循此原则。而他越限制使用自己的颜色，其作品表现就越明确。《补天》中的这一段描写，主色调只有两个：红与白，此外并不搀杂别的颜色，给我们以极其清晰、强烈逼真的视觉感受。两大意象：太阳和月亮，跃然而出。这也正符合色彩学原理，查理·勃郎克就曾说过："形状和色彩的结合对于创造绘画是必需的，正如男人和女人的结合对于繁殖人类是必需的一样。但在结合中形状必须保持对色彩的绝对优势，不然的话，一幅画很快就会解体；这幅画会因过多的色彩而毁灭，正如男人会因过多地沉入女色而灭亡一样。"②用色较为简省的，再如《雪》中一段：

> 雪野中有血红的宝珠山茶，白中隐青的单瓣梅花，深黄的磬口的腊梅花；雪下面还有冷绿的杂草。③

这一段颜色描写冷暖并陈，分明有序，给人以极其鲜明、清新而不奢侈之感。再如《好的故事》中一段，乍一看光色迷离，实际大量使用了各种红色块（一丈红、大红花、斑红花等），造成整体色调极为生动、奔

---

① 鲁迅：《南腔北调集·作文秘诀》，《鲁迅全集》第4卷，人民文学出版社，2005年版，第631页。
② 查理·勃郎克：《艺术构图原理》，巴黎版，1870年，第23页。转引自［美］鲁道夫·阿恩海姆：《艺术与视知觉》，滕守尧、朱疆源译，中国社会科学出版社，1984年版，第459—460页。
③ 鲁迅：《野草·雪》，《鲁迅全集》第2卷，人民文学出版社，2005年版，第185页。

放、热烈。同凡·高在《向日葵》中使用各种黄一样，充分表达了对生命中美好事物的挚爱。

其三，用直接或间接意象表现。《补天》中的此段描写，直接意象是太阳和月亮，分别表征生命和死亡。此外，还有两个较为分明极富质感和触感的间接意象："血"和"铁"。它们之间同样形成对立，共同表达女娲所处困境。类似间接意象呈现手法，在鲁迅作品中大量存在，典型的如"梦"（《好的故事》《死火》《狗的驳诘》《失掉的好地狱》《墓碣文》《颓败线的颤动》《立论》《死后》等）、"影"（《影的告别》）、"夜"（《秋夜》）、"火"（《死火》）、"坟墓"（《墓碣文》）、"地狱"（《失掉的好地狱》）等。在一定意义上，它们都可以大致划分为生命、死亡两大意象群落（如色彩中大致划分为冷、暖两大色系一样），共同表现了鲁迅的内在心境。如《求乞者》中连续出现"灰土"意象，象征生命力的受到极端压抑和窒息，表达鲁迅内心找不到出路的极端抑郁和苦闷。

由以上对《补天》一段的分析，扩而广之到对鲁迅整个作品的考察。我们便不难发现一个饶有趣味的现象，即类似这种在《补天》中存在的冷暖色彩鲜明对立，在鲁迅其他作品中大量存在，而且这种对立往往达到了一种极致。的确，从色调上看，鲁迅作品（典型的如《野草》和《故事新编》）给予人的整体感受，既是阴冷、苍白、压抑的，又是鲜活、飞扬、明亮的。两大色系相互争夺，几成鼎立。（如《补天》中太阳和月亮的对峙，一直到女娲去世，仍然存在。）在绝望和压抑之中，充满着生机和活力，反抗和挑战。这与鲁迅的精神哲学——"反抗绝望"，确有相通之脉。

带着这种见解，让我们进入对《死火》的分析。文章先是描写了"一切冰冷，一切青白"的冰山，然而，在冰谷中，"上下四旁无不冰冷，青白。而一切青白冰上，却有红影无数，纠结如珊瑚网。我俯看脚下，有火焰在"。"冰冷，青白"和"红影无数""珊瑚网"两大色块发生碰撞、交织、融合，仿佛干将莫邪雌雄双剑的激烈交锋。"这是死火。有炎炎的形，但毫不摇动，全体冰结，像珊瑚枝；尖端还有凝固的黑烟，疑这才从火宅中出，所以枯焦。这样，映在冰的四壁，而且相互反映，化为无量数影，使这冰谷，成红珊瑚色。"文章同时出现红与黑、红与白这两对三大极难和谐色块的对峙，它们并置在一起，引起了剧烈紧张。最后"死火""忽而跃起，如红彗星，并我都出冰谷口外"，再次出现红与白的鲜明冷暖对立，并赋予"死火"——"反抗绝望"的生命战士以悲壮的色彩。

三 生命意象·死亡意象·行者意象

鲁迅作品中冷、暖两大色系的对立，在意象上则表现为生命与死亡两大意象群落之间的对立和斗争。生命意象具体表现为漩涡、太阳、火焰等。它们在鲁迅作品中都曾反复出现。如《颓败线的颤动》《雪》《补天》中的"漩涡"，《好的故事》《雪》《补天》中的"太阳"，《雪》《死火》《奔月》中的"火焰"等，上文皆从不同角度或多或少有所论列。死亡意象则具体表现为"月亮"(《补天》)、"坟墓""死尸"(《墓碣文》)、"冰谷"(《死火》)、"夜"(《秋夜》)、"影"(《影的告别》)、"灰土"(《求乞者》)、"地狱"(《失掉的好地狱》)等。它们之间构成了激烈斗争，几成水火不容之势。这同样与鲁迅热到发冷，又冷到发热的性格密切相关。与周作人着意于"生活之艺术"："把生活当作一种艺术，微妙地美地生活"[①]相反，鲁迅总是赤裸裸地将自身的情感、自身的生活直接进入

[①] 周作人：《生活之艺术》，载《语丝》1924年11月17日第1期，收入《雨天的书》。又见，钱理群编：《周作人散文精编》，浙江文艺出版社，1994年版，第242页。

他所创造的艺术作品中,从中实现的是一种"连自己也烧在这里面"[1]的审美理想。在中国现代文学(文化)史上,似乎还没有哪一位作家能够像鲁迅这样将自己的生活完全融注在他的艺术作品中,从而真正实现了人文一致。在真正了解他的人看来,"他的风度,他的语言,他的每一个手势,都放射出一种完整的统一的人所具有的那种难以表达的和谐与魅力"[2]。生命与死亡两大意象群落在鲁迅作品中的精彩描绘,充分证明了鲁迅所建立的整个艺术世界都是他心灵感受中的世界,鲁迅与这个世界中的每一个事物的关系都不仅仅是理智认识的关系,即单纯着眼于主客体关系的"我—他"关系,而是包含着具体感受、具体感情、具体愿望乃至具体实践的融物我为一体的"我—你"关系。不论生命意象还是死亡意象具体幻化为哪种意象,是具体表现为漩涡、太阳、火焰,还是具体表现为月亮、坟墓、死尸,都已经成为鲁迅独特的艺术表征。作为一个特别强调感性渗透的诗性哲学家,鲁迅总是习惯于使用这些在他个人看来已经内含了丰富审美意蕴的独特意象。这些独特的意象宛如一个个有待破解的密码,期待着与探索它们的学人们发生密切的精神上的对话与交流。

值得注意的是,凡鲁迅作品中出现的几大"生命意象",在凡·高画作中皆出现了。如《星月夜》《两棵柏树》《麦田和乌鸦》中翻卷的云彩——"漩涡"意象,《星月夜》《两棵柏树》中冲腾如黑色"火焰"的丝柏,像"太阳"一样明亮闪烁的《向日葵》,此外属于凡·高独有的生命意象还有盛开的桃花、金黄的麦田、红色的葡萄园、银褐色的橄榄

---

[1] 鲁迅:《集外集·文艺与政治的歧途》,《鲁迅全集》第7卷,人民文学出版社,2005年版,第120页。

[2] 史沫特莱语,见戈宝权辑译:《史沫特莱回忆鲁迅》,载《新文学史料》1980年第3期。

树、洁白的杏花等。这些生命意象都爆发出强韧的"生命之光"。诚如1901年在巴黎伯恩海姆画廊里首次举办凡·高回顾展时维也纳诗人豪夫曼斯达尔所言:"我在那些为命运撕裂的风景、静物、食土豆的几个农夫的画面前,不禁愕然……我不得不承认奇迹般地受到了强烈的冲击。树木,黄色与绿色的地面,残缺石块铺的山丘小路,锡水壶,陶瓷盆,桌子和粗糙的椅子,各自都有了新的生命。那是从没有生命的恐怖的混沌中,从无底的深渊中,向我投射的生命之光。……这些被造物是由对世界绝望而极其恐惧的怀疑中诞生出来的。它们的存在,将永远地穿破虚无、丑恶的裂缝。我确实感觉到,作者为了摆脱恐怖、怀疑和死的痉挛,以这种绘画来回答自己那种人的灵魂。"① 是的,在凡·高笔下,其生命意象始终就没有离开过死亡意象,而是在与它的不懈斗争中表现出来的。凡·高在创制他的生命之作《向日葵》时,时值他身心极度疲劳、憔悴、忧郁和绝望也不时来袭击他;然而越是这样,他越是要表现出生命的充盈和美丽。他说:"我越是耗尽精力,越是患病、疯疯癫癫,越是一个艺术家——创造性的艺术家。……唯一能使我恢复信心和平静的心境的途径,就是更好地创作。即使我的身体垮掉,但我这些画家的手指却变得灵巧自如了。"② 为了画画,凡·高几乎舍弃了一切,作画已经成为他的一种生命形态。就像鲁迅的"赶紧做"一样,从中凸显出他们两人共同的生命哲学——"反抗绝望"。

而鲁迅作品中的"死亡意象",则同蒙克笔下的对生之不安、死之恐怖、爱之焦虑的描写有着极大的相通性。蒙克曾自称他的二十二幅《生

---

① 鲍诗度:《西方现代派美术》,中国青年出版社,1993年版,第34—35页。
② [美]欧文·斯通、吉恩·斯通编:《凡·高自传——凡·高书信选》,澹泊等译,湖南文艺出版社,1991年版,第338页。

命》组画为"生命、爱与死的诗歌"。的确,他对死亡的思考,往往是同对生命、爱情的描绘紧密联结在一起的。在上节我们谈到蒙克的版画《呐喊》时,已注意到它有两个鲜明意象:漩涡和骷髅。在油画《呐喊》中亦有,分别代表生命和死亡两大意象。其中,充斥着面对死亡、荒原般的世界的呐喊(尖叫、呼嚎),那漩涡分明意味着生命的不安。描写"生之不安"的,再如《卡尔约翰街的夕暮》(1893—1894,油画)。它描写了夕暮之时在大街上散步的人群,在蒙克眼中,却变成了一群亡灵。他们或戴着高帽、蒙着面纱,或戴着面具,形似骷髅,鬼影幢幢,走向不可测知的未来。周围灯光,点点如鬼火,照着他们可怖的表情。在蒙克笔下,他们的面孔或形体都发生了严重曲扭,完全是作者内在心灵的外化。描写"死之恐怖"的,在蒙克的画作中占绝大多数。典型的如《女人与死亡》(1894,油画)。的确,再也没有比这更恐怖更惨不忍睹的画面了。美丽的少女的洁白的肉体,拥吻的却是丑陋的骨立的骷髅,而且是那么主动和自愿、忘情和陶醉,竟看不出丝毫的强迫和就范。左边饰以褐色的长条的粗线,描绘了向上游动的肆无忌惮的精子;右边是两个赤身裸体的婴孩,在做着毫无意义的动作。此图可与《呐喊》媲美。描写"爱之焦虑"的,以《青春期》(1893,油画)最有名。它描绘了一个正处于青春萌动期的女孩,夜半起坐,赤身裸体,双手交叠在双腿之间(恰好遮住了隐秘部位),眼神中充满了对性(爱情)的渴望和惧怕;一道光线照亮了她的已经快要成熟了的白色的胴体,而墙上却投射了她的巨大而深沉的黑影,仿佛有不祥的预感。在1901年的铜版制作中,则将这一阴影作了无限放大,似乎更加深了女孩内心的不安和恐惧。

但蒙克画作,并不纯然如此。在描绘"生之不安"时,亦有生之欢欣和喜悦。如他为奥斯陆大学制作的巨幅壁画:《太阳》(1914),描写清晨太阳冉冉升起的壮观景象。整幅画色彩明亮、灿烂,生机勃勃,过去那种躁动不安的情绪已荡然无存。描写"爱之焦虑"时,亦有爱的欢乐和向往。如《接吻》(1897,油画),把男女之爱——亲吻,刻画得如此生动、自然、纯洁、诱人。我最喜欢1895年铜版一幅,与其他几幅不同的是,他们赤身裸体,优美的线条刻画出了男性肉体的阳刚和女性肉体的柔软,在他们的背后有一扇窗户,这是一扇生命——爱情之窗,在蒙克心灵中,这扇窗户曾几何时也向他展开过。1897—1898年所作木刻三幅,将拥吻男女置于中心,周围刻以生动丰富的曲线,条条颤动如波澜,使他们仿佛处于宇宙爱情磁场之中。而蒙克在竭尽全力描绘出"死之恐怖"时,他不也是在寻求一种解脱之道么?也许越将自己内心的阴暗面表达得淋漓尽致,就越有一种释重之感。

从意象上看,凡·高、蒙克以及鲁迅所酷爱的珂勒惠支、高更等这些世界级的艺术大师们,能够和鲁迅的心灵发生共振,在鲁迅作品中留下痕迹,绝不是偶然的。他们共同对于生命存在、死亡意识乃至爱情幸福的思考,使他们走到了一块。他们也以其充沛的生命意志、不懈的反抗精神,赢得了世人的普遍尊敬和关注。

而鲁迅并不仅停止于刻画生命、死亡两大意象,他还进一步刻画了类似罗丹的雕刻"行走的人"的"行者"意象。仔细考察鲁迅作品所创造的"行者"意象,可以发现大致有两大类型:静者(实蕴动势)和动者(已然行动)。静者如,《秋夜》中"默默地铁似的直刺着奇怪而高的天空"的"枣树",《复仇》中裸着全身,捏着利刃,在广漠的旷野上挺立不动的"沉浸于生命的飞扬的极致的大欢喜中"的男女,《颓败线的颤动》中连"并无词的言语也沉默尽绝"的默默地反抗的"老女人",《腊叶》中虽遭岁月剥蚀但仍明眸善睐的"病叶",《淡淡的血痕中》"屹立着,洞见一切已改和现有的废墟和荒坟,记得一切深广和久远的苦痛,正视一切重叠淤积的凝血,深知一切已死,方生,将生和未生"的"叛逆的猛士"。动者如"我息不下",不知道自己叫什么、从哪里来、到哪里去的"过客";《影的告别》中无地彷徨和"独自远行"的"影";《雪》中"闪闪地旋转升腾着"的"雨的精魂";《死火》中奋起一跃,如红彗星的"死火";《这样的战士》中面对"无物之阵"仍然举起投枪,奋力一掷的"战士",此外,再如"补天"的"女娲","射月"的"后羿","复仇"的"宴之敖者""眉间尺","治水"的"大禹","解难"的"墨子",等,皆是活动行走的人。

鲁迅所创造的这些行者意象,自然具有极强的油画性,但更具有强烈的雕塑感。他们的"行动",促使他们有"破框而出"之感。的确,阅读这些"行者"意象,不断让我怀想及罗丹雕刻中的人。如《老娼妇》(1888,青铜)与《颓败线的颤动》中的"老女人",都在叹息着已然衰败的身躯。《行走的人》(1887)、《施洗者圣约翰》(1877,青铜)、《加莱义民》(1884—1886)与《过客》中的人物,同是从远处走来,且再向远方走去,《行走的人》干脆砍掉头及双臂,只突出一个大写的"走"字。此外再如《呐喊》(1899,铜)与《狂人日记》《长明灯》《孤独者》中的绝叫,《地狱之门》(1880—1917)与《失掉的好地狱》中的地狱等。这一切都存在着极大的相通(相似)性。我不敢说鲁迅一定是看了这些作品而后去创作,但在创作中受其潜移默化的影响则是必然的。

总之,鲁迅所创造的这些行者意象,如从荒蛮时代中来,面对人类文明制造的种种虚伪和丑恶,不懈地举起了手中的投枪;又好像黑暗王国里突然响起的一声惊雷,震醒了仍然沉睡在混沌麻木中的国民的神经。它既是对生命意象的升华,又是对死亡意象的超越,并在这升华和超越中,迈步走向未来。

第六章　鲁迅作品中的表现主义漫画感

"漫画是简笔而注重意义的一种绘画。"[①] 这是丰子恺先生的定义。油画、版画，是根据绘画使用的工具、材料和技法来分；漫画，是根据绘画的社会功能和表现形式来分，同宣传画（招贴画）、年画、连环画、组画、插画等并列。在画种上，油画、版画是大画种，漫画是小画种。它同其他画种的区别，在于其独特的构思方法和表现手法。它可以把各种绘画技法拿来为我所用，在绘画工具和物质材料的使用上没有专一的选择，在造型手段上也没有什么限制。使用毛笔、钢笔，借用木刻、油画、剪纸、拼贴、中国画等手段来绘制都可以，主要取决于作者自己的特长以及内容、用途的需要。它可以把古今中外的人物同时邀集到一起，让他们在一个画面上演出奇异怪诞而又意蕴深邃的喜剧。它不受时空观念的限制，人与物之间也可以对话，不同质、不同类的事物可以嫁接、杂交，可以借物喻人，借古喻今，可以人神交游，幻想与现实同存，从而使画面产生幽默、诙谐、怪诞、风趣的艺术效果。

[①] 丰子恺：《漫画的描法》，丰一吟编：《丰子恺》，学林出版社，1996年版，第243页。

较之版画，鲁迅关于漫画的直接论述较少，主要集中在《热风》中的《随感录四十三》《随感录四十六》《随感录五十三》，以及《且介亭杂文二集》中的《漫谈"漫画"》《漫画而又漫画》等五篇文章。但鲁迅对于讽刺、幽默、滑稽，尤其是讽刺的论述却较多，在许多文章，包括学术著作中，鲁迅都谈到了对讽刺的理解。由于漫画和讽刺（有时也包括幽默和滑稽）有着天然的艺术上的联系，所以许多有关于讽刺的论述实际上也可以移用到漫画上来。从这个角度来看，鲁迅的漫画思想（漫画理论）就显得丰富沉实多了。

鲁迅对漫画（包括讽刺等）不但有其丰富独到深刻的认识，而且进一步自觉地将这种认识贯穿于他的各类文学创作中，从而使他的文学作品产生了丰富的表现性和漫画感。那么，这种漫画感在鲁迅作品中是怎样生成的，或者说它是通过什么样的艺术手法产生了丰富的表现性的？它表现了鲁迅怎样的思想情感（精神特质）？这就是本章我们所要探讨的问题。

一　写实与点睛："漫画的第一件紧要事是诚实"[①]

尽管鲁迅的艺术创造手法是多种多样的，但作为一名无情地撕下假面和勇猛无畏地看取人生的闯将，鲁迅在他的文学创作中始终自觉地坚持了写实主义的艺术手法，漫画创造也不例外。也就是说，鲁迅作品的漫画感（漫画性）与写实主义的艺术手法有着密切的关联，写实构成了鲁迅漫画创造的真精神。理解鲁迅的漫画创造也应该从此出发。这同时与鲁迅的讽刺观有关。鲁迅说："'讽刺'的生命是真实；不必是曾有的

---

① 鲁迅：《且介亭杂文二集·漫谈"漫画"》，《鲁迅全集》第6卷，人民文学出版社，2005年版，第241页。

实事,但必须是会有的实情。"①又说:"其实,现在的所谓讽刺作品,大抵倒是写实。非写实决不能成为所谓'讽刺';非写实的讽刺,即使能有这样的东西,也不过是造谣和诬蔑而已。"②漫画和讽刺紧密相联,这里关于讽刺的论述完全可以置换成漫画,其意不变。所以漫画的生命也是真实,不必是曾有的实事,但必须是会有的实情,非写实决不能成为所谓漫画,正是写实构成了鲁迅作品漫画感的最基本特色。这种漫画感在鲁迅作品中的表现方式(艺术手法),我概括称之为:写实与点睛法。③

所谓"写实法",是指"漫画家在日常见闻中,选取富有意义的现象,把它如实描写,使看者能在小中见大,个中见全。"④这种漫画表面上看来,与普通画没有什么区别,其所以异于普通画者,就是普通写生画等不注重内容意义而注重形状色彩的美,漫画则以含有丰富的内容意义为第一要件,形状色彩的美却在其次。换言之,前者重视觉,后者重

---

① 鲁迅:《且介亭杂文二集·什么是"讽刺"?——答文学社问》,《鲁迅全集》第6卷,人民文学出版社,2005年版,第340页。
② 鲁迅:《且介亭杂文二集·论讽刺》,《鲁迅全集》第6卷,人民文学出版社,2005年版,第287—288页。
③ 此法及后面两法的名称皆来源于丰子恺总结的"漫画六法"。这"漫画六法"分别为:"(一)写实法,(二)比喻法,(三)夸张法,(四)假象法,(五)点睛法,(六)象征法。"(丰子恺:《漫画的描法》,《丰子恺》,第257页。)为论述方便见,我将这六法合并成为三法,即:写实与点睛法,夸张与假象法,比喻与象征法。后两法下文述及。为什么要采用丰子恺的漫画理论呢?这是因为在中国现代文学(文化)史上,能够将作家与画家集于一身的人,并不太多。从严格意义上讲,鲁迅还不能称之为画家,因为他毕竟没有真正以绘画为职业,创作过中国画、油画、版画、漫画等。而丰子恺则是名符其实的一位。他不仅有着丰富而扎实的漫画创作,而且还创造了一套属于自己的漫画理论。这套漫画理论,即使从今天的眼光来看,仍然不失其现实性和生命力,是完全可以用来阐释鲁迅作品的漫画性的。
④ 丰子恺:《漫画的描法》,《丰子恺》,学林出版社,1996年版,第257页。

思想。前者是在看时眼睛觉得优美，后者看后脑中留着余味。

　　鲁迅作品漫画的"写实法"大多是通过不动声色的具体细节描写表现出来的。当然细节描写并不独为写实法所有，只是在写实法中有着更为突出的表现。在鲁迅创造的所有漫画形象中，阿Q大概是最为著名的一个了吧。鲁迅在塑造阿Q这样一个落后农民的人物形象时，所采用的主要是写实主义的艺术手法。这篇小说虽然发表在"开心话"的栏目里，鲁迅在小说开头也采取了许多笑谑的手法，但就鲁迅的本意而言，这篇小说"实不以滑稽或哀怜为目的"①，而是要通过种种讽刺性的细节描写，暴露出国民的弱点，从而促使一般国民们就此开出反省的路来的。比如小说着意描写了阿Q的典型细节——"精神胜利法"。当阿Q受到未庄闲人们的欺侮之后，明明已经处于失败者的地位，阿Q却用"我总算被儿子打了，现在的世界真不像样"这样的话来自我安慰，从而取得精神上的满足和心理上的平衡。可是有一次阿Q真正尝到了失败的滋味：明明属于自己的一堆洋钱不见了，这实在让阿Q感觉心痛。他就立刻转败为胜，自己打了自己两个耳光，于是也就像打了别个的耳光一样，心满意足地睡了。从这些具体的细节描写中，我们看到的是阿Q自欺欺人、妄自尊大、善于忘却等国民劣根性。鲁迅在写出这些颇含讽刺意味的细节时，同时含蕴了"哀其不幸，怒其不争"的思想情感。当然，这也并不排除在塑造阿Q这样一个漫画形象时，鲁迅也采取了其他的漫画表现手法，如夸张法。比如，有很多人就认为，鲁迅关于"精神胜利法"的描写，是有其夸张之处的，让阿Q自打耳光的一段描写即是。其实，有关这一段描写，正应了"不必是曾有的实事，但必须是会有的实情"这

---

① 鲁迅：《书信·301013 致王乔南》，《鲁迅全集》第12卷，人民文学出版社，2005年版，第245页。

一句话。对于这段描写的"过分"之处,鲁迅是怎样看待的呢?鲁迅说:"先前,我觉得我很有写得'太过'的地方,近来却不这样想了。中国现在的事,即使如实描写,在别国的人们,或将来的好中国的人们看来,也都会觉得 grotesk(德语,意为古怪的、荒诞的)。"① 从鲁迅夫子自道的这一段话中,至少表明了鲁迅认为他在《阿Q正传》中关于阿Q"精神胜利法"等的描写其实是并不过分夸张的,而是"如实描写,并无讳饰"②的,是"并非将它漫画化了的,却是它本身原来是漫画"③。

这种漫画写实法的细节表现,在鲁迅其他作品中也比比皆是。鲁迅仿佛在不经意之间刻画出人物的心态,经常一个小动作,一个小眼神,一个漫画形象就跃然而出。《肥皂》中,"四铭当这时候,便也不由的感奋起来,仿佛就要大有所为,与周围的坏学生以及恶社会宣战。他意气渐渐勇猛,脚步愈跨愈大,步鞋底声也愈走愈响,吓得早已睡在笼子里的母鸡和小鸡也都唧唧足足的叫起来了"④。这一段描写活画出四铭的极端虚伪,这种虚伪已然内化为一种无意识,以至于他个人都不觉得。鲁迅的厌恶之情自是溢于言表。《奔月》中,嫦娥知道后羿回家,"在圆窗里探了一探头";见到后羿射碎了的麻雀,"慢慢地伸手一捏";当后羿小心地解释时,嫦娥表现出了很不耐烦和漫不经心的态度。这些对嫦娥一系列小动作、小手势的描写,讽刺了嫦娥的好逸恶劳,不能和后羿同

---

① 鲁迅:《华盖集续编·〈阿Q正传〉的成因》,《鲁迅全集》第3卷,人民文学出版社,2005年版,第398—399页。

② 鲁迅:《中国小说的历史的变迁·清小说之四派及其末流》,《鲁迅全集》第9卷,人民文学出版社,2005年版,第348页。

③ 鲁迅:《准风月谈·"滑稽"例解》,《鲁迅全集》第5卷,人民文学出版社,2005年版,第361页。

④ 鲁迅:《彷徨·肥皂》,《鲁迅全集》第2卷,人民文学出版社,2005年版,第50—51页。

甘共苦，也为以后嫦娥的偷食灵药埋下了伏笔。《出关》中，签子手翻剌了老子的东西，见无所获，"一声不响，撅着嘴走开了"。《非攻》中，曹公子大手一挥，大叫道："我们给他们看看宋国的民气！我们都去死！"这些手势、神态的刻画，着墨不多，人物漫画形象却活灵活现，宛在眼前。鲁迅还忘不掉对他心目中的英雄来一番揶揄，如描写墨子为宋国排忧解难之后，却在宋国连遇晦气，鼻塞了十多天。这是沉重、苦涩的一笔，从中不难体会到鲁迅的心境：先驱者为群众祈福，却并不为群众所理解。

鲁迅作品漫画的细节描写还表现在对于道具的巧妙使用上。仿佛受到戏剧艺术的启示，这些道具在鲁迅作品中时有表现，且造成丰富的漫画感。最有趣味的是《肥皂》中的"肥皂"，引出了洋堂学生对四铭的嘲骂，四铭逼迫学程查字典，孝女的为祖母讨饭，两个光棍的打趣，伴随着刺耳的"咯吱咯吱"一直到饭桌上的家庭危机，狐朋狗友们的拟诗题，小孩子的学大人样，四铭夫人的大肆洗涤，等。无一不充满着丰富的讽刺趣味，让人在笑声中剥下了四铭虚伪的外衣。巧用道具的，再如《高老夫子》中高老夫子不断揽镜自照的"镜子"，折射出他欲看继而勾引女学生的卑污心理。《端午节》中方玄绰的口头禅"差不多"，讽刺了他对世事浮光掠影、漠不关心，事不关己、高高挂起的心态。《幸福的家庭》中不断出现的"A"字形的白菜堆，似乎在嘲笑所谓幸福家庭的虚设。《出关》中对给老子"饽饽"数目的一再说明，暗含了他们对老子所谓作家（学者）的玩弄，所谓学问（知识）的轻视。《奔月》中反复迭现的后羿的各种弓和剑，不由透射出后羿英雄失路之后内心的凄凉，其中自然含蕴了中年鲁迅面对内外交困的悲哀和愤激。

鲁迅作品漫画的细节表现还造成了一种类似新闻特写般的效果。如《头发的故事》中的一段："早晨，警察到门，吩咐道'挂旗！''是，挂旗！'各家大半懒洋洋的踱出一个国民来，撅起一块斑驳陆离的洋布。这样一直到夜，——收了旗关门；几家偶然忘却的，便挂到第二天的上午。"①活画出国民的对所谓中华民国及其节日的两不关心，多少革命先烈的鲜血都在这淡漠中被忘却了。在《太平歌诀》中更直接引用《申报》新闻记事，以"如实描写，并无讳饰"的笔力，记录了南京市民对自己黑暗的暴露和表现。"叫人叫不着，自己顶石坟"，则竟包括了许多革命者的传记和一部中国革命的历史。鲁迅还特别讽刺了当时所谓革命文学家的"特别畏惧黑暗，掩藏黑暗"，"那小巧的机灵和这厚重的麻木相撞"，竟使得他们"不敢正视社会现象，变成婆婆妈妈，欢迎喜鹊，憎厌枭鸣，只检一点吉祥之兆来陶醉自己，于是就算超出了时代"②。在《铲共大观》中同样引用《申报》新闻，认为有几处文笔做得极好，实称得上"革命文学"或"写实文学"，并在临末揭出一点黑暗，就是"我们中国现在（现在！不是超时代的）的民众，其实还不很管什么党，只要看'头'和'女尸'"③。从中隐含了鲁迅尖锐、辛辣的讽刺。而在《示众》中，整篇小说皆由这种新闻特写组合集结而成，从整体上展示出中国民众的百无聊赖的生存状态。其中寄予了鲁迅的无限忧思。

以上所述"写实法"，正如鲁迅所说："它所写的事情是公然的，也是常见的，平时是谁都不以为奇的，而且自然是谁都毫不注意的。不过这事情在那时却已经是不合理，可笑，可鄙，甚而至于可恶。但这么行下来

---

① 鲁迅：《呐喊·头发的故事》，《鲁迅全集》第1卷，人民文学出版社，2005年版，第484页。
② 鲁迅：《三闲集·太平歌诀》，《鲁迅全集》第4卷，人民文学出版社，2005年版，第105页。
③ 鲁迅：《三闲集·铲共大观》，《鲁迅全集》第4卷，人民文学出版社，2005年版，第107页。

了，习惯了，虽在大庭广众之间，谁也不觉得奇怪；现在给它特别一提，就动人。"① 这"特别一提，就动人"还突出表现在鲁迅作品漫画的"点睛法"上。

所谓"点睛法"，是指"描写一种值得注意的现象，而加以警拔的题目，使画因题目而忽然生色，好比画龙点睛。"② 点睛法与写实法大体相同；所异者，写实法靠画本身表现，并不全靠题目；点睛法则全靠题目，没有了题目，画就失却精彩。不同于纯漫画表现的是，鲁迅作品漫画"点睛法"不但表现在题目上，还表现在文中，尤其表现在结尾上。以故，鲁迅作品漫画"点睛法"共有三种方式：

其一，题目点睛。鲁迅作品的这一漫画表现法与纯漫画表现极相类似。如《"丧家的""资本家的乏走狗"》，仅题目就点破了梁实秋的反动本质，可谓一针见血。这个题目是对文中两段精彩描绘的集中概括。一段描绘集中于讽刺梁实秋的"丧家"："即使无人豢养，饿得精瘦，变成野狗了，但还是遇见所有的阔人都驯良，遇见所有的穷人都狂吠的，不过这时它就愈不明白谁是主子了。"③ 另一段描绘则集中于讽刺梁实秋的"乏"："但倘说梁先生意在要得'恩惠'或'金镑'，是冤枉的，决没有这回事，不过想借此助一臂之力，以济其'文艺批评'之穷罢了。所以从'文艺批评'方面看来，就还得在'走狗'之上，加上一个形容字：

---

① 鲁迅：《且介亭杂文二集·什么是"讽刺"？——答文学社问》，《鲁迅全集》第6卷，人民文学出版社，2005年版，第340页。

② 丰子恺：《漫画的描法》，《丰子恺》，学林出版社，1996年版，第266页。关于"画龙点睛"，鲁迅也很赞同，鲁迅说："要极省俭的画出一个人的特点，最好是画他的眼睛。"（《南腔北调集·我怎么做起小说来》，《鲁迅全集》第4卷，人民文学出版社，2005年版，第527页。

③ 鲁迅：《二心集·"丧家的""资本家的乏走狗"》，《鲁迅全集》第4卷，人民文学出版社，2005年版，第251—252页。

'乏'。"① 这是很有讽刺力度的。后来梁实秋曾一再贬称鲁迅为"乏牛",终其一生未能释怀,由此可见这个称号的恶辣。《非革命的急进革命论者》,这个题目也是对某一类人——对革命要求极严厉、极彻底的《申报》批评家们的集中概括。

其二,文中点睛。如在《新月社批评家的任务》中,鲁迅将新月社这一帮英美派自由知识分子比之为投靠官府的"帮凶"——"刽子手和皂隶",他们"既然做了这样维持治安的任务,在社会上自然要得到几分的敬畏,甚至于还不妨随意说几句话,在小百姓面前显显威风,只要不大妨害治安,长官向来也就装作不知道了。"② 在《言论自由的界限》中,则又将新月社诸君子定位为为党国效忠尽力的"帮闲"式奴才——贾府中的焦大和会做"离骚经"的屈原。这两种定位都是相当准确的,从中显示了鲁迅与新月社的显著不同:鲁迅是一个高呼猛进煽风点火的轨道破坏者,新月社诸人则是自居为"帮闲"兼"帮凶"的旧有现状的维持者。其他文中点睛的如,在《隐士》中点明:归隐,也是瞰饭之道;在《晨凉漫记》中点明张献忠杀人心理:他分明感到,天下已没有自己的东西,现在是在毁坏别人的东西了;等等。

其三,文末点睛。《流氓的变迁》是一篇奇文,短短的几百字,却几乎涉及了上下五千年。它既可以当作学术文章读,更可以当作杂文读。因为这篇文章具有很强的现实针对性,几乎为中国的某一类人——从"侠客"到"流氓",画了一幅幅惟妙惟肖的系列肖像图。如文中评论宋江们,"他们所反对的是奸臣,不是天子,他

---

① 鲁迅:《二心集·"丧家的""资本家的乏走狗"》,《鲁迅全集》第 4 卷,人民文学出版社,2005 年版,第 252—253 页。

② 鲁迅:《三闲集·新月社批评家的任务》,《鲁迅全集》第 4 卷,人民文学出版社,2005 年版,第 163 页。

们所打劫的是平民,不是将相。李逵劫法场时,抡起板斧来排头砍去,而所砍的是看客。一部《水浒》,说得很分明:因为不反对天子,所以大军一到,便受招安,替国家打别的强盗——不'替天行道'的强盗去了。终于是奴才。"①这是精妙之论。然而这却并非文章的归结点。鲁迅写作此文的真正意图在后面,他所讽刺的主角是当下现实生活中的人——张资平氏。这种文末点睛法是实现了鲁迅将坏种的祖坟刨出的愿望的。《张资平氏的"小说学"》也是一篇讽刺张资平的文章,结末的一个"△"几乎概括了张氏小说的精华,可以视作鲁迅对他的小说所做的漫画式的叙事学解读。在《我谈"堕民"》中,鲁迅抒发的仍然是"终于是奴才"的深沉喟叹:就是为了一点点犒赏,不但安于做奴才,还得出钱去买做奴才的权利,这是堕民以外的自由人所万想不到的吧。其他在文末点睛的还有,在《扑空》结尾点明施蛰存的本相:洋场恶少;在《答杨邨人先生公开信的公开信》结尾写出杨氏的画像:"门面太小"之"革命小贩",等等。

  从以上分析,不难发现写实的确构成了鲁迅作品漫画感的底色。但鲁迅作品的漫画追求绝不仅止于写实,而毋宁说他还追求一种更高意味上的"写实",即"表现"。鲁迅说:"漫画的第一件紧要事是诚实,要确切的显示了事件或人物的姿态,也就是精神。"②诚实自然是写实,这对姿态和精神的显示可就是表现的了。实际上,我们仔细考察鲁迅欣赏的所谓"写实派"漫画家及其作品,也都是写实与表现特征兼存并在。

---

① 鲁迅:《三闲集·流氓的变迁》,《鲁迅全集》第4卷,人民文学出版社,2005年版,第159页。
② 鲁迅:《且介亭杂文二集·漫谈"漫画"》,《鲁迅全集》第6卷,人民文学出版社,2005年版,第241页。

如鲁迅在《漫谈"漫画"》一文中提到的欧洲两位漫画家：18世纪西班牙的歌雅（戈雅）和19世纪法国的杜米埃（陀密埃）。从内容上看，歌雅的作品讽刺了西班牙贵族、宗教裁判所、法国侵略者、费迪南专制政权等，杜米埃的则主要讽刺了君主立宪的"七月王朝"（国王及其大臣）等，都具有极其强烈的写实性、战斗性和政治讽刺性。但在运用手法上，则具备了明显的表现派特征。如歌雅的《真理睡去，妖魔丛生》（《狂想曲》第43，1799，铜蚀版画，线蚀飞尘），画的是一个青年正伏案而睡，而周围象征群魔的恶鸟、山鸟、蝙蝠正盘旋在上下左右。《结局》（《战争的灾难》第72，1812—1815，铜蚀版画，线蚀乾针），揭示战争的结局是巨大的吸血蝠——比喻流亡的费迪南专制政权，又回来重新狂吸西班牙人民的血。在这两幅名作中出现的各种鬼怪物象，非人间所有，已非单纯写实法所能表现的了。再如杜米埃的《高康大》（又译《卡冈都亚》，1831，石版画），这是借用文艺复兴时期拉伯雷小说《巨人传》中的人物高康大——一个食量无比巨大的人物，来影射"七月王朝"国王菲利普。这人长着梨形的脸①，臃肿的身躯坐在灌肠用的椅子上，在他的旁边，议员们正在开会，而在他前面，饥饿贫穷的人民正被迫交纳仅有的一点钱，这些钱正由他的大臣们通过连在他嘴上的一块跳板源源不断地送入他的口中。这里采用了夸张法或比喻法，同样非单纯写实法所能表现。他的另一幅名作：《立法的肚子》（1834，石版画），是继单个肖像之后所做的一幅群丑图。议会中的这些老爷们个个挺着大肚子。不但外形酷似对象，当时的人们都可以毫不困难地叫出他们的名字，而且把这些人的性格如有的阴险狡诈，有的虚伪做作，有的贪婪自私，有的昏庸无能都一一表现得淋漓尽致。这是一幅集写实与表

---

① 在法语中，梨字的另一个意思是傻瓜。

现为一体的大成之作。

二 夸张与假象:"大的笑的阴荫里,有着大的悲"①

鲁迅作品漫画的"表现"特征,主要体现为夸张与假象法、比喻与象征法。

所谓"夸张法",是指"漫画家为欲增大作品的效果,常常把主题的特点加以夸张,使成滑稽可笑之状,使读者欢喜信受"②。漫画的夸张,可分内容的和外形的两方面。内容的夸张,就是把所表示的意见说得过分厉害,使成荒唐可笑之状。这方面的典例如对《理水》中"文化山上的学者"的奇异描绘。他们的食粮都从奇肱国用飞车运来,因此尽管四周汪洋,他们仍能研究学问;可他们的学问也大都稀奇古怪,有研究历代家谱提倡所谓"优生学"的,有考证出禹是一条虫根本没有这个人的,有睁着大眼说瞎话的苗民言语学专家,研究《神农百草》的学者,还有满嘴胡言乱语不知所云的八字胡子的伏羲朝小品文学家,说的话里,也是既有白话,也有文言,还不时搀杂着英语。迷离恍惚,荒诞滑稽,充满着夸张怪异之感,然而却是当时现状的真实写照。再如鲁迅论"第三种人":"生在有阶级的社会里而要做超阶级的作家,生在战斗的时代而要离开战斗而独立,生在现在而要做给与将来的作品,这样的人,实在也是一个心造的幻影,在现实世界上是没有的。要做这样的人,恰如用

---

① [日]厨川白村:《为艺术的漫画》,见《出了象牙之塔》,《鲁迅译文全集》第2卷,福建教育出版社,2008年版,第381页。
② 丰子恺:《漫画的描法》,《丰子恺》,学林出版社,1996年版,第261—262页。

自己的手拔着头发,要离开地球一样,他离不开,焦躁着,然而并非因为有人摇了摇头,使他不敢拔了的缘故。"① 通过这样的夸张性描述,所谓"第三种人",所谓"心造的幻影"也就全部破产了。外形的夸张,就是形状的特点的夸张的描写。即如鲁迅所说:"矮而胖的,瘦而长的,他本身就有漫画相了,再给他秃头,近视眼,画得再矮而胖些,瘦而长些,总可以使读者发笑。"② 这方面的例子甚多。如《故乡》中把杨二嫂夸张为细脚伶仃的圆规,喻其枯槁骨立;《离婚》中爱姑则将双脚摆成一个"八"字,暗示她的不驯。《长明灯》中的"三角脸""方头"四爷的"鲇鱼须",《离婚》中七大人一声地动天摇的"来——兮",《铸剑》中穿行在威严的王宫里的"矮胖侏儒",国王的顺民、无聊的奴才"干瘪脸少年"等,这些形象一经鲁迅描出,立即引起厌恶之感。这种形体的夸张往往通过对比来显现。《补天》中一边是伟岸的人类始母女娲,一边是卑琐的"古衣冠小丈夫";《理水》中一边是以大禹为代表的像铁铸的黑瘦的乞丐似的东西——实干家们,一边是昏聩无能、敷衍塞责的水利局的官员们。两相对照,愈益显明。而在《补天》中,鲁迅还写出了同一群人——所谓"禁军"们的前后矛盾行为,先是与女娲为敌,磨磨蹭蹭、躲躲闪闪地进攻,后是发现女娲死掉,突然改变口风,以正统自居。鲁迅的厌恶自是溢于言表。

鲁迅对漫画的夸张(他又称之为"廓大")还有着自己极富创意的理解。他说:"廓大一个事件或人物的特点固然使漫画容易显出效果来,但

---

① 鲁迅:《南腔北调集·论"第三种人"》,《鲁迅全集》第4卷,人民文学出版社,2005年版,第452页。
② 鲁迅:《且介亭杂文二集·漫谈"漫画"》,《鲁迅全集》第6卷,人民文学出版社,2005年版,第242页。

廓大了并非特点之处却更容易显出效果。"① 这夸大"并非特点之处"就是鲁迅的创造，在其作品中也大量存在。如《采薇》中的华山大王小穷奇，本是一个穷凶极恶的强盗，但作者却一味写他的尊老敬老、礼貌待人，读来更加不寒而栗。一个杀人不眨眼的亡命之徒，却口吐仁义道德，取得了强烈讽刺效果。小丙君本来是一个趋炎附势的土财主，奉行有奶便是娘的无耻原则，鲁迅却写他爱好文学，尤其喜欢作诗，还得是温柔敦厚的诗。不学无术偏弄风雅，鲁迅在这里好像讽刺陈西滢、邵洵美等。阿金姐就其身份而言，是阔人家的婢女，应是一个纯朴的劳动妇女，鲁迅却写出她的尖酸、刻薄，不留情面，还善于说谎文过饰非。再如《理水》中被迫奉命前去见官的"下民"。本来安分守己，毫无特色（这其实就是他的特色），因偶尔被官方的石头击中，起了一个疙瘩，从此就不平凡起来。终于在大家催逼下被推为代表。"他两腿立刻发抖，然而又立刻下了绝大的决心，决心之后，就又打了两个大呵欠，肿着眼眶，自己觉得好像脚不点地，浮在空中似的走到官船上去了。"② 这个"并非特点"的夸张的描写，活画出民怕见官的心态。后文又写他大声叮嘱大家给大员们送的东西，要"干净、细致、体面"，更活画出他的"终于是奴才"的心理。鲁迅对漫画夸张的这一见解，的确给人不少启示。值得注意的是，鲁迅主张夸张，但不宣扬"溢恶"。他在评价明清小说时，独推《儒林外史》为"绝响"，就因为它"秉持公心，指摘时弊，机锋所向，尤在

---

① 鲁迅：《且介亭杂文二集·漫谈"漫画"》，《鲁迅全集》第6卷，人民文学出版社，2005年版，第242页。
② 鲁迅：《故事新编·理水》，《鲁迅全集》第2卷，人民文学出版社，2005年版，第391—392页。

士林；其文又戚而能谐，婉而多讽".① 而《二十年目睹之怪现状》则有过甚其词、溢恶失真之嫌，鲁迅是不喜欢的。

鲁迅作品漫画的夸张法，常常使鲁迅的作品流溢着一股真纯的笑声。但笑过之后，又总觉得一丝丝沉重的压迫扑面而来，有时候竟至于透不过气来，甚至于会产生一种悲凉的想哭的感觉。这可能就是厨川白村在论及"漫画式的表现"时所说的，在"大的笑的阴荫里，有着大的悲。不是大哭的人，也不能大笑"②的吧？这种笑中含悲、悲中带笑的感觉，其实正是鲁迅作品漫画创作的一大美学特征。这种美学特征不但在鲁迅作品漫画的夸张法，更在鲁迅作品漫画的假象法中有着突出的表现。如果说夸张法主要是提供了一种笑声，那么假象法则首先提供了一种阴暗、恐怖乃至自虐的悲凉之音。

所谓"假象法"，是指"假设一种世间所罕有或不能有的现象，用以表明漫画家所要说的事理"。③ 这就是使无形的事理有形化，所以画面上大都奇怪荒唐。它其实也正是夸张法发展到的一种极致，故而这二者也具有相同（似）的美学特征。鲁迅在其作品中运用"假象法"寻求漫画表现效果的例子很多。从某种意义上说，《野草》《故事新编》中所采用的各种物象的拟人化、现实与梦幻的交织、人与神对话共存等以达讽刺性的方式（方法），都可以称之为运用假象法的典例。下文即以《野草》中有关篇章为例。

《秋夜》中充满着两大虚拟的假想敌——"鬼䀹眼"的天空和"窘得

---

① 鲁迅：《中国小说史略·清之讽刺小说》，《鲁迅全集》第9卷，人民文学出版社，2005年版，第228页。
② ［日］厨川白村：《为艺术的漫画》，见《出了象牙之塔》，《鲁迅译文全集》第2卷，第381页。
③ 丰子恺：《漫画的描法》，《丰子恺》，学林出版社，1996年版，第264页。

发白"的月亮,它们在象征着战士——"默默地铁似的直刺着奇怪而高的天空"的枣树的威逼下,一个"越加非常之蓝,不安了,仿佛想离去人间",一个"也暗暗地躲到东边去了"。鲁迅写出了"天空"和"月亮"们的外强中干、怯懦和胆小——"狮子似的凶心,兔子的怯弱,狐狸的狡猾"。①《复仇》中的"路人",面对着一对男女手持利刃裸身对峙,却始终没有任何或拥抱或杀戮的动作,终于感觉到了无聊和干枯,以至于失去了继续苟活下去的生趣。《复仇》(其二)中的耶稣受难(这本身即假想),揭示了人类的残酷和虚伪,竟然把拯救、启蒙他们的先知也杀掉了。《狗的驳诘》通过狗的一番言语,指斥了人的势利,因为狗毕竟还不知道分别铜和银、布和绸、官和民、主和奴。《失掉的好地狱》中,通过魔鬼(假想)自述,讽刺了鬼众们的短视、人类的凶残(比魔鬼尤甚)。《墓碣文》的结尾,"我疾走,不敢反顾,生怕看见他的追随",讽刺了"我"(并非鲁迅)面对死尸(假象)——血淋淋的黑暗现实,不敢正视,临阵脱逃,丧失存在勇气的行为。《死后》以死后的"我"(假象)为审视对象,考察周围人的反应,充满讽喻意味。对于拟想中的那只前来寻找作论的材料的青蝇,鲁迅表达的是对于谬托知己者的憎恶。《这样的战士》,面对"无物之阵"(假象),战士始终举起投枪。"一切都颓然倒地;——然而只有一件外套,其中无物。"讽刺并揭露了"无物之阵"的虚伪和狡猾。《淡淡的血痕中》,一旦叛逆的猛士出于人间,造物主(假象),怯弱者,立即"羞惭了,于是伏藏。天地在猛士眼中于是变色。"值得注意的是,以上有的篇章(《狗的驳诘》《失掉的好地狱》《墓碣文》《死后》等)采用了梦境显现的方法,这本身即是假象法。采用此法的,再如《阿Q正传》中阿Q在土谷祠所做的梦,尖锐讽刺了阿Q式

---

① 鲁迅:《呐喊·狂人日记》,《鲁迅全集》第1卷,人民文学出版社,2005年版,第449页。

的革命，所追求的仍然无非是"威福、子女、玉帛"。《弟兄》中沛君所做的一个小孩子脸上流着血的梦，是对"鹡鸰在原""兄弟怡怡"的讽刺。《故事新编》中运用假象法的例子很多，兹不例举。

　　在这方面，与鲁迅漫画风格极相类似的勃拉特来、格罗斯，也是在其画作中运用夸张与假象法的高手。勃拉特来是鲁迅最早提到的表现派漫画家。在《随感录四十三》中，鲁迅因为痛感于上海《泼克》画报上几张讽刺画作者的思想顽固和人格卑劣，特意提到了勃拉特来的《秋收时之月》。这幅漫画描写的是"上面是一个形如骷髅的月亮，照着荒田；田里一排一排的都是兵的死尸"[①]。"骷髅"意象正是一般表现派画家所经常采用的意象。凡·高、蒙克、珂勒惠支如此，作为杰出的表现派漫画家勃拉特来也不例外。显然这是采取了漫画之中的假象法的。鲁迅对这幅漫画大加赞赏，对照国内"皮毛改新，心思仍旧"[②]"改革一两，反动十斤"[③]的假讽刺画家，认为勃拉特来才算得上是真正的进步的美术家。这样的美术家及其美术作品才能真正实现鲁迅的美术理想，即："我们所要求的美术家，是能引路的先觉，不是'公民团'的首领。我们所要求的美术品，是表记中国民族知能最高点的标本，不是水平线以下的思想的平均分数。"[④]相比勃拉特来，鲁迅对另一位杰出的表现派漫画家格罗斯更为推崇。查《鲁迅日记》可知，鲁迅购买了这位杰出的漫画家的很

[①] 鲁迅：《热风·随感录四十三》，《鲁迅全集》第1卷，人民文学出版社，2005年版，第347页。

[②④] 鲁迅：《热风·随感录四十三》，《鲁迅全集》第1卷，人民文学出版社，2005年版，第346页。

[③] 鲁迅：《二心集·习惯与改革》，《鲁迅全集》第4卷，人民文学出版社，2005年版，第229页。

多美术作品(有的还是价值不菲的原作)①。鲁迅在公开发表的文章《〈小彼得〉译本序》中特意提到了格罗斯的作品《耶稣受难图》。它画的是耶稣被钉在十字架上,却蒙了一个避毒的嘴套(因为欧战时人们用毒瓦斯打仗)。如同"骷髅"意象并不为人间所有,"耶稣"意象其实也是人类精神臆想的产物。"耶稣受难",这是一个传统的宗教题材。古往今来,许多绘画艺术大师都在这一题材上倾注过巨大的心血,并留下了精美的作品。但以此题材创作漫画的,却很少见,格罗斯恐怕是最早进行尝试的一个。这在当时的欧洲,是需要付出极大的勇气的,因为这要承担"渎神"的罪名,实际上格罗斯本人确也为此受到惩罚。如果说与他同属达达阵营的另一位著名人物杜桑,在达·芬奇的名作《蒙娜丽莎》的

---

① 查《鲁迅日记》,鲁迅购买格罗斯的美术作品具体如下:

1929年12月20日,下午往内山书店买《无产阶级的画家乔治·格罗斯》(传记)一本。

1930年3月8日,夜收诗荃寄自德国《格罗斯绘画》、《统治阶级的新面目》。

1930年5月3日,收诗荃所寄《格罗斯素描集》;《统治阶级的新面目》,画册;同时所收到的《背景》中,收格罗斯为皮斯卡托尔剧场上演《帅克》所作素描画17幅。

1930年7月15日,收诗荃所寄《用画笔和剪刀》画集。格罗斯作。

1930年9月23日,又收《乔·格罗斯》画集一本。

1930年10月7日,再收《乔治·格罗斯》画集一册。

1930年11月10日,下午收诗荃所寄《爱情至上》画册。内收素描60幅。格罗斯作。

1930年12月2日,午后往瀛环书店买《艺术在危险中》(德文)。该书含论文三篇,格罗斯等著。

1931年1月15日,上午往瀛寰图书公司买《空座位的旅客》,德文,小说集,丹麦尼克索著,内附格罗斯插图12幅。

1931年5月15日,托商务印书馆自德国购得格罗斯所作《席勒剧本〈群盗〉警句图》画帖(系原作)。

1931年8月13日,购得格罗斯画册《庸人的镜子》一本。

1932年6月7日,托曹靖华自苏联购得《G.Grosz画集》一本。

1934年7月19日,又购得格罗斯画册《庸人的镜子》一本。

脸上加上两撇小胡子，还只能表明杜桑的对于传统的古典"美"的一种单纯破坏行为，那么格罗斯的给耶稣的嘴上加上一个防毒面罩，就具有极大的现实针对性和极其浓烈的讽刺意味了。这也完全可以理解鲁迅为什么会如此赏识格罗斯，并赠予他"新的战斗的作家"[①]的光荣称号了。从一定意义上讲，或许正是这些表现主义的漫画杰作（包括勃拉特来的《秋收时之月》），对鲁迅的精神造成了极大的影响，令其不但欢喜赏玩，尤能发生感动，继而深刻影响了他的文学作品的漫画创造思维。除了《耶稣受难图》，格罗斯还作有《献给奥斯卡·巴尼扎》（1917—1918，油画）。这件作品把一个人的葬礼描绘成一个社会动乱的场面，有未来主义艺术的味道。画面被血与火的红色所淹没，建筑物是倾斜的、不稳定的。一群疯狂的群众围绕着死者的棺材在活动，死神得意洋洋地坐在棺材上面，抱着酒瓶子痛饮；画面上所有人物的面部都是令人恐怖的假面具。此图可谓假象法漫画表现的登峰造极之作。以鲁迅对格罗斯了解之深，对于这幅漫画所蕴含的真精神真味道，鲁迅是相当清楚的。鲁迅从中体味到的是笑中有泪（哭）的悲凉之感。

三 比喻与象征："消融了内面世界与外面表现之差"[②]

和夸张与假象法相伴而生的是比喻与象征法。所谓"比喻法"，是指"漫画家对于人生社会的某种问题，欲加以批评或描写；而此问题是抽象的，难于用画表现；乃描写另一具体的东西，以比喻这问题而

---

① 鲁迅：《集外集拾遗补编·介绍德国作家版画展》，《鲁迅全集》第8卷，人民文学出版社，2005年版，第361页。

② 鲁迅：《译文序跋集·〈黯澹的烟霭里〉译者附记》，《鲁迅全集》第10卷，人民文学出版社，2005年版，第201页。

表示对这问题的意见"①。它同稍后的象征法大同小异。所同者：都是写他物以喻本物。所异者，比喻法其义显豁，容易明白；象征法则较隐晦，需仔细体悟，但同时也更精微耐品。它们之间的关系类似文学上的比兴。

鲁迅作品运用比喻法进行漫画创造的典例甚多，几乎俯拾皆是。如讽刺创造社中的人长了一张创造脸，连打喷嚏都是创造。讽刺杨荫榆是"婆婆""寡妇""凶兽样的羊，羊样的凶兽"："他们是羊，同时也是凶兽；但遇见比他更凶的凶兽时便现羊相，遇见比他更弱的羊时便现凶兽样"。②讽刺国民党失势元老吴稚晖是宫女泄欲剩下的"药渣"③，讽刺老子坐着像一段"呆木头"，说话像"留声机"。④讽刺梁实秋是"丧家的""资本家的乏走狗"："即使无人豢养，饿得精瘦，变成野狗了，但还是遇见所有的阔人都驯良，遇见所有的穷人都狂吠的"。⑤讽刺吃人者是"海乙那"："眼光和样子都很难看；时常吃死肉，连极大的骨头，都细细嚼烂，咽下肚子去"。⑥讽刺刑场上看客"颈项都伸得很长，仿佛许多鸭，被无形的手捏住了的，向上提着。"⑦讽刺智识阶级为"帮闲"："在忙的时候就是帮忙，倘若主子忙于行凶作恶，那自然也就是帮凶。但他

---

① 丰子恺：《漫画的描法》，《丰子恺》，学林出版社，1996年版，第259页。
② 鲁迅：《华盖集·忽然想到（七至九）》，《鲁迅全集》第3卷，人民文学出版社，2005年版，第63页。
③ 鲁迅：《伪自由书·新药》，《鲁迅全集》第5卷，人民文学出版社，2005年版，第132页。
④ 鲁迅：《故事新编·出关》，《鲁迅全集》第2卷，人民文学出版社，2005年版，第454、455页。
⑤ 鲁迅：《二心集·"丧家的""资本家的乏走狗"》，《鲁迅全集》第4卷，人民文学出版社，2005年版，第251页。
⑥ 鲁迅：《呐喊·狂人日记》，《鲁迅全集》第1卷，人民文学出版社，2005年版，第449页。
⑦ 鲁迅：《呐喊·药》，《鲁迅全集》第1卷，人民文学出版社，2005年版，第464页。

的帮法,是在血案中而没有血迹,也没有血腥气的"①;为"二丑":"当受着豢养,分着余炎的时候,也得装着和这贵公子并非一伙"②;为"山羊":"走在一群胡羊的前面,脖子上还挂着一个小铃铎,作为智识阶级的徽章"③。讽刺统治阶级(圣君,贤臣,圣贤,圣贤之徒,阔人,学者,教育家,"特殊知识阶级"的留学生,绅士等)妄想为"细腰蜂":只要用神奇的毒针向那运动神经球一螫,便使"青虫"麻痹为不死不活的状态,既不反抗,又能役使,两全其美,大功告成④;为"武士蚁":"自己不造窠,不求食,一生的事业,是专在攻击别种蚂蚁,掠取幼虫,使成奴隶,给它服役的"⑤;为"豪猪":可以任意刺着庶人取暖,倘庶人用牙角或棍棒来抵御的,至少必须拼出背一条豪猪社会所制定的罪名:"下流"或"无礼"⑥。此外,再如讽刺势利的狗("叭儿狗"等),媚态的猫,比名人、名教授还轩昂的鼠,流言家、阴谋家、闲话家:章士钊、杨荫榆、陈西滢们,以及夏三虫:苍蝇、蚊子、跳蚤等,已为我们尽所熟知,不再详述。从以上列举,至少有两点值得注意:一是鲁迅善用动物作比,这有点类似《伊索寓言》,在妙趣横生中给人以无穷启迪;二是鲁迅笔下的这些漫画创造大都上升为一种"社会相"或"共名",就像是取了一个"绰号"(诨名),"就

---

① 鲁迅:《准风月谈·帮闲法发隐》,《鲁迅全集》第5卷,人民文学出版社,2005年版,第289页。
② 鲁迅:《准风月谈·二丑艺术》,《鲁迅全集》第5卷,人民文学出版社,2005年版,第207页。
③ 鲁迅:《华盖集续编·一点比喻》,《鲁迅全集》第3卷,人民文学出版社,2005年版,第232页。
④ 鲁迅:《坟·春末闲谈》,《鲁迅全集》第1卷,人民文学出版社,2005年版,第215页。
⑤ 鲁迅:《准风月谈·新秋杂识》,《鲁迅全集》第5卷,人民文学出版社,2005年版,第286页。
⑥ 鲁迅:《华盖集续编·一点比喻》,《鲁迅全集》第3卷,人民文学出版社,2005年版,第234页。

是你跑到天涯海角，它也要跟着你走，怎么摆也摆不脱"[1]。

所谓"象征法"，是指"漫画家对于人生社会的某种事象，欲发表自己的感想，而这事无形可描，或不便于明言直说，乃另描一种性状相同的他事象，拿来象征所欲说的事象"[2]。它同比喻法的关系如前所述。象征法的漫画，在漫画中被认为用意最隐藏，含蓄最丰富，诗趣最多，艺术价值也最高。它在鲁迅作品中也有丰富表现。

《野草》是鲁迅的"个人哲学"，其中的许多篇章具有强烈的漫画效果，带有浓郁的象征表现意味。《求乞者》塑造了一个"微风起来，四面都是灰土"的世界，里面有着求乞者和被求乞者两类人物。它象征着黑暗中国荒原般的冰冷、死寂世界，人与人之间相互猜疑、憎恶、烦腻的"隔膜"心态，是对"他人即地狱"存在状况的真实写照。《我的失恋》，表面上讽刺了当时盛行的过分夸张的失恋诗。在深层意味上，则象征着即使是在真正的爱我者和我爱者之间，也实不能相互沟通交流。一旦把"我"内心中的真实想法（猫头鹰、冰糖壶卢等）和盘托出，得到的却是失意的结局。"我"于是只能按照既定的模式在虚伪和做作中生存、说话、行为，这正是"我"的悲哀所在。《狗的驳诘》，表面上写的是狗对人的话语的驳斥，实际上写的是人对自身所处世界的怀疑，以及随之而来的无法对自己行为、言语负责、辩护的"失语"困境。在言与不言之间，这正是"我"的焦虑所在。《立论》，以更直接的方式写了人所实际处于的"失语"的矛盾困境，"我"即使想在真话和假话之间寻求空隙，也最终只能奉献一个"无所有"。这更加深了"我"的焦虑和困惑。《聪

---

[1] 鲁迅：《且介亭杂文二集·五论"文人相轻"——明术》，《鲁迅全集》第6卷，人民文学出版社，2005年版，第394页。
[2] 丰子恺：《漫画的描法》，《丰子恺》，学林出版社，1996年版，第267页。

明人和傻子和奴才》，表面上讲了一个饶有趣味的故事，实际上写了三种人的生命状态："奴才"总不过是寻人诉苦，他安于奴才地位，所求获的仅是廉价的同情，根本不思解放，这是一种自欺欺人的瞒和骗的生命方式；"聪明人"则老于世故，明哲保身，绝不会劝"奴才"去造反，这是一种事不关己高高挂起的生存态度；只有"傻子"才敢于反抗主子，以自身的实际行动，承担起拯救他人及世界的义务，这是一种勇于自决、敢于自为的人生态度。这正是鲁迅所欣赏的。

鲁迅针对中国封建文化、中国人的生命状态、中国人的奴性意识等的批判，终其一生不遗余力，这一切皆在他的杂文中有着丰富的漫画表现，其中很多文章充满象征隐喻意味。针对有人"要以中国文明统一世界"，鲁迅虚构了这样一幅景象："倘使如此，则一大阵高鼻深目的男留学生围着遗老学磕头，一大阵高鼻深目的女留学生绕着姨太太学裹脚，却也是天下的奇观"①。这是一幅漫画，同时也是一个象征。高鼻深目的男留学生和女留学生代表着西方先进文化，遗老和姨太太象征着落后的中国封建文化，倘若前者向后者学习，便只能是这样一幅滑稽的场面。如此一来，"以中国文明统一世界"的幻想便宣告了破产，成了一个巨大的肥皂泡。《论照相之类》是一篇名符其实的杂论。在其中我们看到了S城人——中国人的愚昧无知，把外国人用来照相的材料看成是"一坛盐渍的眼睛，小鲫鱼似的一层一层积叠着"。其实这不也幻化出一幅中国人的生命状态图么？"二我图"或"求己图"："一个自己傲然地坐着，一个自己卑劣可怜地，向了坐着的那一个自己跪着"。鲁迅认为这是一张极好的插画，"就是世界上最伟大的讽刺画家也万万想不到，画不出的"。

---

① 鲁迅：《集外集拾遗补编·关于〈小说世界〉》，《鲁迅全集》第8卷，人民文学出版社，2005年版，第138页。

将来做中国人的奴性史时，这也是一份不可多得的资料，因为它实在太富有象征讽刺意味了：它象征着中国人的奴性由来已久，根深蒂固，而且已经转化为一种不自觉的更为可怕的潜意识。在这篇杂文中，鲁迅由对梅兰芳的照相进一步拓展到对他的京剧艺术的评论上来，不无严厉地指出："我们中国的最伟大最永久的艺术是男人扮女人。"鲁迅以绍兴师爷察见渊鱼般的锐利刀笔分析了京剧艺术下的中国人的邪恶心理——男人看见"扮女人"，女人看见"男人扮"。于是，在鲁迅的眼里，梅兰芳及其创造的京剧艺术就变成了中国腐朽艺术乃至腐朽文化的典型象征。①鲁迅的眼光是犀利的。更犀利的自然是把一场滑稽的"变戏法"象征为整个庄严的"现代史"，在极不调和中建立起同构关系。②又以同样的"变戏法"象征中国人的生命（生存）状态：在年复一年、日复一日的并不复杂的骗局中，中国人竟适应习惯了这一切，竟至于不觉得有什么不妥。③更以"野兽训练法"尖锐讽刺了所谓中国文明的"王道"，揭去其虚伪的外衣，示以赤裸裸的"霸道"本性。④鲁迅讽刺笔触的犀利和刻毒，在杂文中达到了高峰。在其文学作品中进行着丰富的漫画比喻与象征创造的鲁迅也"消融了内面世界与外面表现之差，而现出灵肉一致的境地"。⑤

---

① 以上同一篇文章引文皆见鲁迅：《坟·论照相之类》，《鲁迅全集》第1卷，人民文学出版社，2005年版，第190—196页。
② 鲁迅：《伪自由书·现代史》，《鲁迅全集》第5卷，人民文学出版社，2005年版，第95—96页。
③ 鲁迅：《准风月谈·看变戏法》，《鲁迅全集》第5卷，人民文学出版社，2005年版，第335—336页。
④ 鲁迅：《准风月谈·野兽训练法》，《鲁迅全集》第5卷，人民文学出版社，2005年版，第384—385页。
⑤ 鲁迅：《译文序跋集·〈黯澹的烟霭里〉译者附记》，《鲁迅全集》第10卷，人民文学出版社，2005年版，第201页。

附　录

西方表现主义美术概述

一

目前美术理论界对于西方表现主义美术有两种理解：广义的和狭义的。广义的西方表现主义美术是指在绘画、雕塑等美术中许多采用了各式各样的表现手法并具有强烈的表现特征的现代美术流派。狭义的西方表现主义美术则专指在20世纪初期德国画坛上甚为活跃的一种现代绘画流派。为表示区别起见，本文将广义上的西方表现主义美术简称为表现主义美术，而将狭义上的西方表现主义美术简称为表现派美术。考虑到著者的研究对象——鲁迅的特殊性，著者在此所采用的是对于广义上的表现主义美术的理解。

表现主义美术在其美术理论中是如何得到表达的？据著者所掌握的相关表现主义美术理论，对表现主义美术论述最为出色的恐怕是诸多文学性、启示性的语言。如：

> 表现主义是指：人类想重新找到自己。……自从人服务于

机器以来,他便不再具有感觉。机器夺走了人的灵魂。现在灵魂想重新回归于人之中;它是指:我们所经历的一切都是这种围绕着人的可怕的斗争,都是灵魂与机器的斗争。我们不再生活着了,而是仅仅被生活着。我们不再有自由,我们不再能决定自己,而是被决定。人被剥夺了灵魂,自然被剥夺了人性。最初我们还在为是自然的主人和大师而自豪,而此时自然之口已将我们吞噬。假若不出现奇迹!表现主义是指:是否能通过一次奇迹,使得丧失灵魂的、堕落的、被埋葬的人类重新复活。

  从未有任何时候像现在这样为惊惧、死亡所动摇,世界还从未有过这样墓穴般的寂静,人类从没有过这样渺小,他也从未有过这样的担忧,欢乐从未这样疏远,自由从未呈现出这般死寂。这时困境高声吼叫起来,人类呼叫着要回到他的灵魂中去,整个时代都化为困境的呼叫。艺术也在深沉的黑暗处发出吼声,它在呼救,它在向精神呼救:这就是表现主义。①

这洋溢着浓郁诗意的狂欢化的语言再好不过地传达出了表现主义的精神内涵。表现主义的产生,不仅意味着一种新的艺术的觉醒,同时也意味着一代新人的崛起。这一代新人开始学习用灵魂去生活,开始去认识自我,开始用心灵去感觉。他们意识到那以往沉溺在自己感官中的生活是黑暗的,没有光亮的。这一代人在灵魂的感觉中,在自我认识的过程中走上了对人和人生探索的路程。他们以各种艺术的语言形式探索和思考着人的困境问题,并对人的生存意义进行种种尝试。他们将自己的精神变化没有任何阻碍地便传达到握画笔的手上,他们用绘画表现那些内心

---

① [德]赫尔曼·巴尔:《表现主义》,徐菲译,三联书店,1989年版,第88—89页。

变化，就像人通常用举止表现内部的情感，有如叫喊表现痛苦。

早在 1908 年，沃林格尔（又译沃林格）就出版了富有启示性、预言性的表现主义美术理论巨著《抽象与移情》。它并没有直接对现代表现主义美术发言（事实上也不可能，因为此时西方艺术中的现代派运动才刚刚有所萌动。在德国，就连这种萌动也很少见），但它所提出的"表现性抽象"一语却十足促进了表现主义美术的发展。表现主义艺术纲领所唯一遵循的就是这种抽象的自足性。沃林格尔的理论继承了里格尔的"绝对艺术意志"说，否定了立普斯对"移情说"的片面强调。他认为艺术史上的"每一种风格形态，对从自身心理需要出发创造了该风格的人来说，就是其意志的表现，因此，每一种风格形态，对创造该风格的人来说，就表现为一种最大程度的完满性。现代艺术所出现的使我们感到诧异的极大的变形，并不是缺乏表现力的结果，而是出现了另一种意志的结果。人们具有怎样的表现意志，他就会怎样地去表现，这就是所有风格心理学研究的首要原则"，因此，艺术的发展史并非技巧的发展史，而是艺术意志的发展史。[①] 沃林格尔是用抽象和移情这两种对立形态去具体界定艺术意志的。他认为抽象与移情是艺术的两极运动，"艺术史实际上就表现为这两种需要无止境的相互抗衡的过程"[②]。他运用他所提出的抽象性原则具体解读了古代东方诸原始民族的艺术和从晚期罗马到中世纪哥特式止的那一股与古希腊艺术相异的艺术潮流，并对之做了肯定性的评价。他的分析使年轻一代的表现主义艺术家认识到，人们所认可的现实秩序只是一种表面的平衡，是对早就分裂成不和谐的人与世界关系的虚假的掩饰，这些年轻的艺

---

① ［德］W.沃林格：《论艺术的超验性和内在性》，见［德］W.沃林格：《抽象与移情——对艺术风格的心理学研究》，王才勇译，辽宁人民出版社，1987 年版，第 127—128 页。
② ［德］W.沃林格：《抽象与移情》，王才勇译，辽宁人民出版社，1987 年版，第 43 页。

术家们遂用不加掩饰地使主观幻象与现象分离所导致的错乱图像，去取代移情和作为其基本条件的透视法与比例说。在他们的笔下，表现主义绘画是一种与冷漠中沉沦的世界逆向而行的召唤，而不是一种对快乐的展现，这种艺术所要求的行为态度并不是沉思冥想，而是内心骚动。

1912年，沃林格尔又在慕尼黑出版了第二本书，即《哥特艺术的形式问题》，这本书对于现代表现运动的重要性，正如他的《抽象与移情》一书对于现代抽象运动那么重要一样。他给予了德国人所渴求的东西——从美学上和历史上论证一种不同于古典主义的、不受巴黎和地中海传统影响的艺术。北欧民族在过去曾发展一种特殊的艺术，这是从文艺复兴以来就很明显的事实，人们称这种艺术为哥特式艺术，起初这个称呼是带有轻蔑口吻的。从气候因素和经济因素去解释这种特殊的风格，并不困难，但是现在，沃林格尔却进一步说明了这种艺术的必然特点：这种风格就是人本身，就是北方人（Northern Man）的风格。与古典人（Classical Man）的宁静、欢快的艺术形成鲜明对比的，就是这种另一类型的激动的、可怕的艺术，就是"哥特式的表现世界的先验论"。沃林格尔认定，在人类任何历史时期对于形式的冀求，一直是人和他的周围世界的关系的适当表现，而在北方，这个周围世界是严肃、寒冷和阴暗的，它往往促成动荡不安和恐惧的感情。他考察了北欧艺术的起源和演变，并说明它是怎样以其线条的强度而成为这种主导感情的图式的索引。哥特式精神有其动人的力量和不安定的特点，它在每一种艺术样式中都找到了出路。北方人的一般情况是精神上苦闷的表现，没有古典艺术宁静和明朗的特色，他们的唯一依仗，便是尽量增加他们的不安和混乱，从而使自己陶醉和解脱。"北欧人渴望活动，但由于这种活动不能换取对现实的清楚理解，而且由于得不到这种正常的解决，因而只好加强活动，最后唯有借助于不健康的幻想以求自己的解脱。从前哥特人不能通过清楚的知识把现实化为自然形象，所以也就为这种强烈的幻想所驱使，而把现实转化为神奇、变形的东西。每一事物都变成怪异的和幻想的。在事物的可见外貌的背后，隐藏着它的漫画式形象，在事物的呆无声息的背后，隐藏着可怖的幽灵的生命，因此所有的真实事物都变成奇异的形象……大家的共同点是迫切要求活动，但由于活动没有固定目标，结果消失在无限无极中。"①

沃林格尔的论点，不仅可以作为1912年以后慕尼黑所发展的艺术运动的写照，而且可以作为20世纪整个欧美的表现主义的发展的一般写照。文学上也不难找到并行的东西，如乔伊斯的《尤力西斯》(Ulysses)等。但实际上人们所谓的表现主义的基本理论，实为康定斯基所拟定，它是一种普遍应用的理论：它关联到人类的一般心理学，但不涉及任何种族的特点。康定斯基说，艺术作品是一种内在需要的外在表现；虽然沃林格尔可以坚持说，这种内在需要仅仅在特殊的环境下才能产生，但是人们只要看一看现代世界，便会发现中世纪的领域已不再存在。精神上的苦闷现在是全世界人类的景况。

赫伯特·里德指出："威廉·沃林格尔1908年在现代运动开始时对于艺术史上这两种明显倾向（即抽象与移情，著者注）所作的分析，具有一种预告的效果。它对像康定斯基那样的画家赋予了人们可能称之为本能的勇气。"②受《抽象与移情》的启发，康定斯基于1912年出版了《论艺术的精神》，并于1926年出版了《点·线·面》。在这两部表现主

---

① ［德］威廉·沃林格尔（即W.沃林格）：《哥特艺术的形式问题》，见［英］赫伯特·里德：《现代绘画简史》，刘萍君译、周子丛、秦宣夫校，上海人民美术出版社，1979年版，第33—34页。
② ［英］赫伯特·里德：《现代绘画简史》，刘萍君译、周子丛、秦宣夫校，上海人民美术出版社，1979年版，第106页。

义美术的理论巨著中，康定斯基论述了抽象绘画成立的必要性、必然性，以及一系列技术性原理。他把绘画的全部内容归结为"形式"和"色彩"两大范畴。"精神"是其著作中反复提到的文眼。康定斯基在这里完全袭用了黑格尔的思维逻辑，而在语言表述上，则有很多方面接近尼采。他认为"精神"必然地要在人类中进行显现，而在人类心灵中也神秘地存在着一种能与"精神"产生共鸣的契机，即"内在需要"。而"凡是由内在需要产生并来源于灵魂的东西就是美的"。[①]对这句话的具体展开就是："艺术家必须忽略各种'公认的'和'未曾受到公认的'传统形式之间的差别，忽略他所处的特定时代中转瞬即逝的知识和要求。他必须观察自己的精神活动并聆听内在需要的呼声，然后他才有可能稳妥地采用各种表现手段，不管它们受到世人褒扬还是贬斥。这是表达精神内涵需要的惟一方法。内在需要所要求的一切技法都是神圣的，而来自内在需要以外的一切技法都是可鄙的。"[②]也就是说，当我们一切从内在需要出发时，"一个艺术家采用的是写实的还是抽象的形式，其意义是无关紧要的"[③]。"现实主义＝抽象主义，抽象主义＝现实主义。极端的外部差异，能转变成最大的内在相等。"[④]"如果艺术家的情感力量能冲破'怎样表现'并使他的感觉自由驰骋，那么艺术就会开始觉醒，它将不难发现

---

① ［俄］康定斯基：《论艺术的精神》，见《康定斯基：文论与作品》，查立译，中国社会科学出版社，2003年版，第49页。
② ［俄］康定斯基：《论艺术的精神》，见《康定斯基：文论与作品》，查立译，中国社会科学出版社，2003年版，第32页。
③ ［俄］康定斯基：《关于形式问题》，见《康定斯基：文论与作品》，查立译，中国社会科学出版社，2003年版，第61页。
④ ［俄］康定斯基：《关于形式问题》，见《康定斯基：文论与作品》，查立译，中国社会科学出版社，2003年版，第59—60页。

它所失去的那个'什么',而这个'什么',正是初步觉醒的精神需要。这个'什么'不再是物质的,属于萧条时期的那种客观的'什么',而是一种艺术的本质、艺术的灵魂。没有艺术的本质、艺术的灵魂肉体(即'怎样表现')无论就个人或一个民族来说,始终是不健全的。这个'什么'是艺术所独具的本质,惟独艺术才能以其特有的手段把它们清楚地表达出来。"①康定斯基在进行理论阐述时,通常以分析的方法将各种观念和事物分为对立着的两大类,例如:精神／物质、内在／外在、抽象／现实、纯粹／实用、形式／功利、生命／死亡,作为他个人,其褒前贬后的态度是十分鲜明的。这种理论将"表现性抽象"发挥到了极端。《点·线·面》则力图将这种"表现性抽象"落到实处。正如有论者所言:"这本书不再以同样的、近乎宗教的狂热去强调一个新的内心世界的真义;它有时用一种精细的、完全科学的严密手法,阐述素描要素的一种新的形式理论,然而它的基础仍旧是同样的一种'非理性的、神秘的'精神统一的见解。'只有当符号成为象征时,现代艺术才能诞生。'点和线在这里完全抛弃了所有的解释性的、功利主义的企图,而转移至超逻辑的领域。点、线、面被提升到自主的、富有表现力的元素的高度,如同色彩早先的情况那样。"②康定斯基在其随后的绘画实践中证明了,在绘画之中,画家是在用一种像数学一样精确的普遍的语言、用他最大的技巧才能,去表达情感,这种情感必须从所谓个人的和不明确的东西中解放出来。正因为如此,艺术作品在将来必会是"具体的"。

---

① [俄]康定斯基:《论艺术的精神》,见《康定斯基:文论与作品》,查立译,中国社会科学出版社,2003年版,第15页。
② 卡罗拉·吉迪翁-韦耳克尔语,见[英]赫伯特·里德:《现代绘画简史》,刘萍君译,周子从、秦宣夫校,上海人民美术出版社,1979年版,第97—98页。

二

对于广义上的表现主义美术的真正叙述应当从后期印象派开始。因为在这一时期出现了被称之为后印派的三位大师：塞尚、凡·高、高更。塞尚被誉为现代绘画之父，凡·高、高更则被视为表现主义美术的精神先驱者。关于塞尚，康定斯基有一段精妙的阐述，他说："塞尚把一个茶杯表现成为一个具有生命的东西，或者说得更确切点，他用一个茶杯表现了某种活生生的东西的存在。他使静物上升到具有生命的境界。塞尚像画人一样地画物，因为他具有揭示万物的内在生命的天赋才能。他获得了富有表现的色彩和一个以近乎数学的抽象来谐调安排颜色的形式。一个人、一棵树、一只苹果不是被塞尚'再现'出来，而是被他用来构造一个称为'图画'的东西。"① 凡·高正如人们通常所描绘的那样是一个疯狂的天才画家。维也纳诗人豪夫曼斯达尔这样评价凡·高，"我在那些为命运撕裂的风景、静物、食土豆的几个农夫的画面前，不禁愕然……我不得不承认奇迹般地受到了强烈的冲击。树木，黄色与绿色的地面，残缺石块铺的山丘小路，锡水壶，陶瓷盆，桌子和粗糙的椅子，各自都有了新的生命。那是从没有生命的恐怖的混沌中，从无底的深渊中，向我投射的生命之光。……这些被造物是由对世界绝望而极其恐惧的怀疑中诞生出来的。它们的存在，将永远地穿破虚无、丑恶的裂缝。我确实感觉到，作者为了摆脱恐怖、怀疑和死的痉挛，以这种绘画

---

① ［俄］康定斯基：《论艺术的精神》，见《康定斯基：文论与作品》，查立译，中国社会科学出版社，2003年版，第21页。

来回答自己那种人的灵魂。"① 高更是一位崇尚原始人的画家，在他的作品中流溢着一种哲学的诗意的美。其名作《我们从哪里来？我们是谁？我们到哪里去？》，画面从左至右代表着人生的过去、现在和未来的三部曲——诞生、生活、死亡。他说这幅画的意义是："远远超过所有以前的作品。""这里有多少我在种种可怕的环境中所体验过的悲伤之情。"他以梦幻的记忆形式，把人们引入似真非真的时空延续之中。在画里，树木、花草、果实——一切植物象征着时间的飞逝和人的生命的消失。土地表示母亲，它赋予一切以生命，又使生命终结。痛苦之下"无法理解我们的来龙去脉"。作者的复杂感情——对未来的期望和对遥远年代的记忆，凝聚在只有象征意义的形式之中。塞尚、凡·高、高更，他们分别面临各自的艺术问题，他们对于当前的艺术现状是不满意的。塞尚所要恢复的是在绘画中的秩序感和平衡感，他要创造一种更加坚实的和持久的艺术；凡·高渴望在艺术作品中表达一种强烈性和激情，"只有依靠那种强烈性和激情，艺术家才能向他的同伴们表现他的感受"；高更则渴望某种更单纯、更直率的东西，这种东西只能在原始部落中出现。"我们所称的现代艺术就萌芽于这些不满意的感觉之中；这三位画家已经摸索过的那些解决办法就成为现代艺术中三次运动的理想典范。塞尚的办法最后导向起源于法国的立体主义（Cubism）；凡·高的办法导向主要在德国引起反响的表现主义（Expressionism）；高更的办法则导向各种形式的原始主义（Primitivism）。"②

另一位表现主义美术的精神先驱是挪威的蒙克。其名作《呐喊》已

---

① ［奥地利］豪夫曼斯达尔语，见鲍诗度著《西方现代派美术》，中国青年出版社，1993年版，第34—35页。
② ［英］贡布里希：《艺术发展史》，范景中译，林夕校，天津人民美术出版社，1998年版，第309页。

经成为现代美术史上的经典之作。赫伯特·里德认为:"蒙克这位对于整个北欧最有决定性影响的艺术家,是所有这些性情忧郁的人中最孤独的、最内观的和最辛辣的人——他不时访问巴黎,在德国逗留了较长时期,但是从地理上和心理上来说,他是一个'局外人',同他最近似的人是基尔克加德(Kierkegaard,今译克尔凯郭尔)和斯特林堡(Strindberg)、易卜生和尼采这样的人物。"① 板垣鹰穗说他:"以幽暗的心绪,观察浊世的情形,将隐伏在人间生活的深处的惨淡的实相,用短刀直入底的简捷,剜了出来,是他的特殊的嗜好。运用着粗而且平的迅速的笔触的蒙克的技巧,是和简素的——虽然如此——一种给人以演剧底的紧张味的构图法相待,以造成他独特的一种幽暗的心绪的。将'恋爱生活'和'死'作为主题,而写出人间底的冲动和恐怖。"② "蒙克艺术上所特有的这'精神底阴郁'——对于现世的形而上学底的恐怖——的表现,乃是使他所以成为表现主义之祖的缘故。"③

罗丹,被誉为现代雕塑之父,是传统雕塑向现代雕塑过渡中承上启下的人物。罗丹在现代美术史上一般被认为采取了印象派的雕塑手法,如其《接吻》"渐次倾于绘画底表现的他的手法,是使轮廓划然融解,而求像面的光的效果,以代立体底的体积。"④ 但罗丹并不仅仅是一个印象

---

① [英]赫伯特·里德:《现代绘画简史》,刘萍君译,周子从、秦宣夫校,上海人民美术出版社,1979年版,第35页。
② [日]板垣鹰穗:《近代美术史潮论》,《鲁迅译文全集》第3卷,福建教育出版社,2008年版,第398页。
③ [日]板垣鹰穗:《近代美术史潮论》,《鲁迅译文全集》第3卷,福建教育出版社,2008年版,第400页。
④ [日]板垣鹰穗:《近代美术史潮论》,《鲁迅译文全集》第3卷,福建教育出版社,2008年版,第366页。

主义者,"罗丹是否应称为印象主义者,取决于人们对印象主义所下的定义"①。由于印象主义并没有一个统一的、精确的定义,所以很难完全概括罗丹的作品。罗丹的某些作品表现出强烈的写实性,如其《青铜时代》,在这种意义上说罗丹是一个写实主义者。实际上,这种写实的特色在几乎罗丹所有的作品中都存在着,所以说"罗丹的现代性在于他的视觉写实主义"。②但从他的《地狱之门》《加莱义民》《维克多雨果》等这一大批名作中也表现出另一种欲求,即追求一种"特殊的思想底表现"。③"罗丹于单是写实底或印象底表现以外,还想将一种思想底的另外的领域,收进他的艺术中去的事,只要看了上述的诸作品,也就可以推知了。"④所以从一定意义上讲,将罗丹视之为开启了表现主义雕塑的人物,亦即表现主义美术的精神先驱者之一,也是完全可以的。板垣鹰穗这样评价他的《巴尔扎克》,"当施行极大胆的象征底表现之际,一定更是随伴着绘画底的技巧的高强。有时还令人觉得有炫其技巧之高强,弄其奇想之大胆之感。但从中,也有将形成罗丹的艺术的这两种的要素,非常精妙地组合着的作品。《巴尔扎克》恐怕便是表示这最幸运的成就,他一生中最为优秀的作品了。为纪念那以中夜而兴,从事创作为常习的文豪巴尔扎克的风采计,罗丹便作了穿着寝衣模样的巴尔扎克。乱发的头,运思的眼——这里所表现的神奇地强烈深刻的大诗人的风采,和被着从肩到足的长寝衣的身躯一同,成为浑然的一个巨大的幻象。在那理

---

① [英]赫伯特・里德:《现代雕塑简史》,余志强、栗爱平译,四川美术出版社,1989年版,第5页。
② [英]赫伯特・里德:《现代雕塑简史》,余志强、栗爱平译,四川美术出版社,1989年版,第7页。
③④ [日]板垣鹰穗:《近代美术史潮论》,《鲁迅译文全集》第3卷,福建教育出版社,2008年版,第366页。

想化了的增强了深刻的性格描写上,结构虽然大胆,却很感得纪念品底的效果。然而,这样大胆的尝试,却收得如此成功的缘故,究竟在那里呢?——这不消说,是在绘画底手法上的他的技巧的高强。只要单取巴尔札克的脸面来一想,便明白他的技巧的优秀,是怎样有益于这诗人的性格描写了。恰如用了著力的又粗又少的笔触,描成大体的油画的肖像一般的大胆,使巴尔札克的性格,强而深地显现出来。虽说已经增强了观念描写,但将生命给与作品者,也纯粹地还是造形底的表现。"①

进入20世纪之后,以马蒂斯为首的年轻的法国野兽派艺术家和立体主义的创立者毕加索等人,继承和发展了上述先驱者的艺术探索。野兽派广泛利用粗犷的题材,强烈的设色,来颂扬气质上的激烈表情,依靠结构上的原则,不顾体积、对象和明暗,用单色代替了透视,从而最终实现了色彩的解放。马蒂斯一生变化很大,代表他一生艺术追求的一句话是:"我的梦想是一种艺术,充满着平衡、纯洁、静穆,没有令人不安的、引人注意的题材。一种艺术,对每个精神劳动者,像对于艺术家,是一平息的手段,一精神的慰藉手段,熨平他的心灵;对于他,意味着从日常辛劳和他的工作里获得宁息。"② 与野兽派相反,立体派则专在形式上刻意求新。他们信奉塞尚的关于"自然中的每件东西都与球体、圆锥体、圆柱体极相似"的话,并将其发挥到极致。黑非洲质朴而立体的雕刻表现法,也给了他们以极大的启示。毕加索的《亚威农少女》彻底否定了自文艺复兴以来视三度空间为主要目的的传统绘画,断然抛弃了对人体的真实描写,把整个人体利用各种几何化的了平面装配而成。同

---

① [日]板垣鹰穗:《近代美术史潮论》,《鲁迅译文全集》第3卷,福建教育出版社,2008年版,第368页。
② 马蒂斯语,见[德]瓦尔特·赫斯:《欧洲现代画派画论选》,宗白华译,《西方美术名著选译》,安徽教育出版社,2000年版,第50—51页。

时它废除远近法式的空间表现，舍弃画面的深奥感，而把量感或立体要素全体转化为平面性。此画具有极强的视觉冲击力，其造型原理促成了立体派的产生，因而被称为现代艺术发展的里程碑。

以上所论皆为表现主义的精神先驱，其真正的代表，即狭义上的表现派美术最终出现在德国。德国表现主义艺术的第一个团体是1905年成立于德累斯顿的"桥社"。它团结了凯尔希纳、诺尔德、佩息斯坦因等一大批追随者。他们在艺术思想上反对模仿自然，主张传达精神的内在力量和内在需要，要求艺术作品表现出更强烈的主观性。在表现技法上，他们直接承袭了凡·高、蒙克和法国野兽派画家所开创的风格，又从中世纪艺术和非洲原始艺术中吸取营养，并特别对版画这一富有现代表现意味的艺术形式进行了有意识的挖掘和探索。表现主义艺术的第二个著名的团体是1911年在慕尼黑成立的"青骑士"，它的创始人是康定斯基、马克、麦克、雅弗林斯基等，其前身是成立于1910年的新艺术家协会。他们在先锋派批评家沃尔登建立的柏林"狂飙美术馆"中举办了一系列展览，先后展出了"青骑士""桥社"、意大利未来主义、法国野兽派和立体主义艺术家的作品。由于受世界战争不祥阴影的笼罩，桥社和青骑士分别代表了两种不同的创作倾向。一种倾向是转变真实的对象，意即母题，直到它符合于不曾表达过的情感时为止。另一种倾向，即创造一种崭新的无母题的东西，它也符合于那些不曾表达过的感情。尽管桥社和青骑士分别有着以上两种表现手法的不同，但他们在共同表达强烈的主观的情感方面则是一致的。

在这一派作家中，抽象艺术的鼻祖——康定斯基具有特别的重要性。他发表的《论艺术的精神》已如上述。他从自己的亲身经历出发，认为客观物象毁损了他的绘画。他认为绘画如同音乐，不是通过事物的表象，而是以各种基本的色彩，通过形式的规定，来反映和表现人们的内在情感。其《构图二号》中的骑士和其他人物，已经变成了色点和线条图案。画面的空间，排列着颤动的、急速运动的色块，主题故事被掩埋在抽象的图案之中。康定斯基的创作意图，就是要通过色彩、空间和运动，驱除可见的物象，来表明一种精神上的反映和决断。他的绘画理论和绘画实践相得益彰。相对于蒙德里安的"冷"抽象，他的绘画通常被称为"热"抽象。

奥斯卡·珂珂式加也需特别一提。他于1914年创作的《风暴》（又译《风的新娘》），是一幅伟大的概括了一个时代的象征作品。这是一幅描写艺术家本人和他所爱的女人泛舟水上的肖像画，"这个女人安详地靠着男人的肩，而他则警惕着，有一种意识到危险但又无能为力的表情。这两个人随波逐流，似乎像巴洛克绘画中的天使和圣者被某种不可抗拒的力量所驱使而飘过天空一样。在现代绘画领域中，这种激情的描写，是崭新的，既具体又富有象征意义：再没有别的绘画试图那么直接地去反映人的命运。"①

另一位表现主义的同路人——凯绥·珂勒惠支，"作为一个版画家更有名，同时也是一个深谙形体塑造的雕塑家和一个伟大的人道主义者。"② "她把自己的生命和艺术，包括版画和雕塑，作为一种对社会批评或抗议的形式。她和狄克斯（Otto Dix）、格罗兹（George Grosz）是德国第一批社会现实主义者。"③ 由于"她全力关注穷苦无告的人们的问题和遭遇"④，故而引起了鲁迅的特别注意。经过鲁迅的介绍，珂勒惠支的艺术在20世纪30年

---

① 伊迪丝·霍夫曼语，见［英］赫伯特·里德：《现代绘画简史》，刘萍君译，周子从、秦宣夫校，上海人民出版社，1979年版，第139页。
② ［英］赫伯特·里德：《现代雕塑简史》，余志强、栗爱平译，四川美术出版社，1989年版，第11页。
③④ ［美］H.H.阿纳森：《西方现代艺术史（绘画·雕塑·建筑）》，邹德侬、巴竹师、刘珽译，沈玉麟校，天津人民美术出版社，1986年版，第173页。

代的血与火的中国发挥了巨大的革命斗争作用。①

　　与德国表现浪潮相呼应的,是意大利的未来主义运动。它以旗帜鲜明的宣言开始登上文化舞台。1909年,意大利作家马里内蒂发表《未来主义的创立和宣言》,宣告未来主义诞生。1910年,波丘尼、巴拉等艺术家发表了《未来主义画家宣言》,1912年发表《未来主义雕塑技巧宣言》和《未来主义文学技巧宣言》,此后还有一系列其他领域的宣言接踵而至。它在绘画和雕塑领域中所采用的艺术语言与表现主义和立体主义并无二致——打破传统的写实模式,用夸张、抽象、变形的形象去表现未来主义者所推崇的象征现代工业文明的机械、速度和力量等先验主题。因此,它也往往被批评家们纳入表现主义的研究视野。这派画家"蔑视一切模仿的形式,歌颂一切创造性的形式",要"打垮伦勃朗、戈雅和罗丹的作品","彻底扫除一切发霉的、陈腐的题材,以便表达现代生活的旋涡——一种钢铁的、狂热的、骄傲的和疾驰的生活"。②但未来主义运动仅仅昙花一现,这是"因为未来派基本上是一种象征的艺术,是企图以造型形式去说明概念的尝试。然而一种有生命的艺术却是先从情感入手,而后接触物质材料,它只是偶然地取得象征的意义"③。

　　广义上的表现主义美术实际上还应当包括从内部掀起的对于表现主义进行尖锐批判的达达主义。达达主义是极端的否定论者,它"企图摆脱一切古代传统的重荷,无论是社会的或是艺术的,而不是要创造一种

---

① 关于鲁迅与珂勒惠支,具体参见第三章《现实的·审美的·哲学的——鲁迅与表现主义的同路人凯绥·珂勒惠支》。

② [英]赫伯特·里德:《现代绘画简史》,刘萍君译,周子从、秦宣夫校,上海人民美术出版社,1979年版,第59页。

③ [英]赫伯特·里德:《现代绘画简史》,刘萍君译,周子从、秦宣夫校,上海人民美术出版社,1979年版,第60—61页。

新的艺术风格。这种运动的背景，是普遍的社会不安，战争狂热和战争本身，以及俄国的革命。达达派分子是无政府主义者而不是社会主义者，在某些情况下是原始法西斯分子，他们采用了巴枯宁的口号：破坏就是创造！他们全力摇撼资产阶级（他们认为资产阶级应负战争的责任），而且他们准备在恐怖的想象范围内运用任何手段——用垃圾制造绘画（如施威特尔的'拼贴画'）或者把酒瓶架或便池之类污秽的东西抬高到艺术的高贵地位。杜桑在'蒙娜·丽莎'的唇上添上了胡须，毕卡比亚则绘制荒诞的机器图形，这些机器除了对科学和效率的嘲笑外，并无任何功用。当时的某些行动现在看来好像是可笑的，但不要忘却他们应该完成的任务的重要性——打破艺术的一切因袭的观念，从而彻底解放视觉的想象"①。但达达主义运动本身也是短命的，很快就为超现实主义所直接取代了。这也符合现代艺术的规律，后一派总是以更加激烈的反叛姿态来树立自己的权威，只有这样才能在现代艺术史上留下属于自己的一笔。

表现主义的真正衰落是在1925年之后，尤其是1933年希特勒上台后，表现主义艺术在德国被作为颓废艺术遭到禁止，许多艺术家被迫流亡国外，表现主义美术运动就此终结，直到60年代其作品才重新在东、西德面世。尽管如此，表现主义美术仍以强大的生命力在美国及欧洲其他地区传播开来，如美国兴起了抽象表现主义绘画。到80年代，德国又崛起了新表现主义。应当说表现主义作为一个影响整个20世纪艺术面貌的重大潮流，至今仍不断激起着新的波澜。

---

① [英]赫伯特·里德：《现代绘画简史》，刘萍君译，周子从、秦宣夫校，上海人民美术出版社，1979年版，第66页。

西方表现主义美术在中国（1912—1949）[①]

——关于鲁迅所在美术背景的一种知识考察

一

西方表现主义美术（包括画集、画论等，以下简称表现主义美术）何时进入中国？这在目前美术理论界尚是一个有待进一步考证的问题。但有确切史料表明，在民国初年，即1912年，表现主义美术即已出现。

据《鲁迅日记》载，1912年7月11日，"收小包一，内P. Gauguin：《Noa Noa》……各一册……夜读皋庚所著书，以为甚美；此外典籍之涉及印象宗者，亦渴欲见之。"[②] P. Gauguin，即日记中所说的皋庚，今译高更，表现主义美术的重要先驱者之一。《Noa Noa》，今译《诺阿 诺阿》，系为高更所作。这是一本自传性的游记，全书共分六章。

[①] 本文在资料汇编过程中，重点参考了陈池瑜先生的《中国现代美术学史》（黑龙江美术出版社，2000年版），特此声明并致谢忱！

[②] 鲁迅：《鲁迅日记》，《鲁迅全集》第15卷，人民文学出版社，2005年版，第10页。

内容有对塔希提岛自然风光的描绘，有对当地土著风情的记录，有对岛上神话传说的解释，还有高更对资本主义社会的尖锐批判。书中还附有十二幅木刻插图，是德·蒙弗莱德（de Monfreid）根据高更的画所作。这是目前在《鲁迅日记》中所发现的有关表现主义美术的最早记录，恐怕也是民国以来在中国思想文化界有关表现主义美术的最早记录之一。

在《鲁迅日记》中还有下述记载，堪可注意。1912年8月16日，"得二弟所寄V.van Gogh:《Briefe》一册"①。该书为德文，凡·高《书信集》。同年，9月20日，"收二弟所寄《绥山画传》一册"。②该书为德文《塞尚画传》。德国迈耶尔-格拉夫编。内收图画四十幅。1910年慕尼黑佩珀出版社增订版。同年，11月23日，"晚得二弟所寄书三包，……J.Meier—Graeve:《Vincent van Gogh》一册"。③该书为《文森特·凡·高》，画集。德国迈耶尔-格拉夫编。内收作品五十幅。1912年慕尼黑佩珀出版社出版。1913年3月9日、5月18日，均"收二弟所寄德文《近世画人传》二册"。④此书为德文《现代插图画家传记丛书》。其一为《爱德华·蒙克》。慕尼黑—莱比锡佩珀出版社出版。同年8月8日，"收相摸屋书店信，……，又小包一个，内德文《印象画派述》一册"。⑤该书为讲演集。匈牙利拉扎尔（B.Lazar）著。内收拉扎尔在布达佩斯大学的讲演稿六篇，并附插画三十二幅。1913年莱比锡—柏林托伊布纳出版社出版。这几则史料中所提到的塞尚、凡·高、高更、蒙克等皆为表现主义美术的重要先驱者。

以上史料充分表明，在民国初年，鲁迅即使不是最早，也是较早关

---

① 鲁迅：《鲁迅日记》，《鲁迅全集》第15卷，人民文学出版社，2005年版，第16页。
② 鲁迅：《鲁迅日记》，《鲁迅全集》第15卷，人民文学出版社，2005年版，第21页。
③ 鲁迅：《鲁迅日记》，《鲁迅全集》第15卷，人民文学出版社，2005年版，第31页。
④ 鲁迅：《鲁迅日记》，《鲁迅全集》第15卷，人民文学出版社，2005年版，第53、63页。
⑤ 鲁迅：《鲁迅日记》，《鲁迅全集》第15卷，人民文学出版社，2005年版，第74页。

注表现主义美术的重要人物之一。

二

民国以来,在表现主义美术的传播过程中,鲁迅、陈师曾、黄般若、郑午昌、黄忏华、刘海粟、林风眠、倪贻德等均做出了重要贡献。其中以鲁迅、陈师曾、黄忏华、刘海粟、倪贻德等为代表。①

陈师曾（1876—1923）,江西修水（古之义宁）人,是中国20世纪初著名的美术史论家、国画家。他早年留学日本（1902—1909）,与鲁迅同学。1921年夏天他撰写了《文人画之价值》一文,连同他翻译的日本大村西崖的《文人画之复兴》,合称为《中国文人画之研究》,1922年由上海中华书局印刷出版。《文人画之价值》亦曾以白话文《文人画的价值》为名于1921年春天发表于北京大学《绘学杂志》第2期。② 这是一篇有关文人画研究的经典之作,深刻阐释了文人画的历史价值和现代意义。就是在这篇文章中,陈师曾第一次将正在西方方兴未艾的表现主义美术,同中国传统文人画联系起来进行论证,以此来证明文人画非但不是落后的,反而是先进的著名观点。③ 这在中国传统画论中也可以说是

---

① 关于鲁迅与表现主义美术之间的关系具体参见附录《鲁迅与西方表现主义美术史料考察》,关于陈师曾、黄忏华、刘海粟与表现主义美术之间的关系具体参见本节,关于决澜社、倪贻德与表现主义美术之间的关系具体参见下节。

② 《文人画的价值》就其发表时间而言,在《文人画之价值》之前。这两篇文章并不完全一样,《文人画之价值》较《文人画的价值》在内容上有所补充和深化,提法上也有不同之处。

③ 陈师曾另作有一篇论文:《中国画是进步的》。该文前半部分刊于北京大学1921年11月《绘学杂志》第3期专论栏第1—13页,后半部分可惜已经丢失。虽然我们没有看到这篇文章的全貌,但其题目已经表达出了这篇文章的核心论点,即:中国画是进步的。这个论点在《文人画之价值》中则得到了更为充分的论证。

一个创举。

　　陈师曾从历代文人画的特征中概括出文人画的四大要素，即"第一人品，第二学问，第三才情，第四思想"，认为"具此四者，乃能完善"。①他对文人画的定义是："何谓文人画？即画中带有文人之性质，含有文人之趣味，不在画中考究艺术上之工夫，必须于画外看出许多文人之感想，此之所谓文人画。……画之为物，是性灵者也、思想者也、活动者也，非器械者也，非单纯者也。否则直如照相器，千篇一律，人云亦云，何贵乎人邪？何重乎艺术邪？所贵乎艺术者，即在陶写性灵，发表个性与其感想。而文人又其个性优美、感想高尚者也。其平日之所修养品格，迥出于庸众之上，故其于艺术也，所发表抒写者，自能引人入胜，悠然起澹远幽微之思，而脱离一切尘垢之念。"②从以上陈师曾对文人画的界定可以看出，他对文人画总体特征的把握不是从画上之功夫着眼，而是从画外文人之感想和画内文人之性质、文人之趣味上来加以概括。陈师曾在对文人画和照相器的比较中，指出照相器千篇一律，人云亦云，毫无个性可言，而文人画之所以被尊为艺术，其重要原因即在于它能够陶写人的性情，发表人的个性和感想。而文人平日之所修养品格，已经远远超出于庸众之上，是个性最为优美、感想最为高尚者。由他们所创造的艺术——文人画，自然最能引人入胜，最能达到艺术的胜境。由此可知，陈师曾对文人画审美特征的把握是同他对艺术的观念紧密结合在一起的。陈师曾的艺术观念是主观表现论，特别强调艺术创造者的主观个性和思想表现。这不同于康有为在《万木草堂藏画目》中所提出

---

① 陈师曾：《文人画之价值》，原载《中国文人画之研究》，中华书局，1922年版。著者所参考的版本是李运亨、张圣洁、闰立君编注：《陈师曾画论》，中国书店，2008年版，第171页。
② 陈师曾：《文人画之价值》，《陈师曾画论》，中国书店，2008年版，第167页。

的写实象形论，不同于陈独秀在《美术革命——答吕澄》中所大力提倡的写实主义，也不同于当时徐悲鸿在《中国画改良论》中所提出的基本观点。① 陈师曾的这篇文章，实际上正是对康有为、陈独秀、徐悲鸿等的文章的一个强力反拨。②

针对有人攻击文人画形体不正确，失画家之规矩，任意涂抹，以丑怪为能，以荒率为美的论调，陈师曾辩护道，文人画之不见赏流俗，正可见其格调之高。"旷观古今文人之画，其格局何等谨严，意匠何等精密，下笔何等矜慎，立论何等幽微，学养何等深醇，岂粗心浮气轻妄之辈所能望其肩背哉！"③ 陈师曾还总结出文人画的特征正是宁朴毋华，宁拙毋巧，宁丑怪毋妖好，宁荒率毋工整，纯任天真，不假修饰。所有这一切正好能自由发挥画家的个性，突出其独立精神，"力矫软美取姿，涂脂抹粉之态，以保其可远观不可近玩之品格"④。陈师曾主张艺术的胜境不能以华丽细致的表象而定，而应以自由发挥性灵与感想而定，"神情超于物体之外，而寓其神情于物象之中"⑤，离形得似⑥，妙合自然，用现代

---

① 康在为的《万木草堂藏画目》撰写于1917年，1918年原曾在上海长兴书局出版。陈独秀的《美术革命——答吕澄》刊登于1919年《新青年》第6卷第1号，同期还发表了吕澄的《美术革命》。他们共同提出了美术革命的口号。徐悲鸿的《中国画改良论》于1920年6月刊载于北京大学《绘学杂志》，其前身《中国画改良之方法》曾于1918年5月23日至25日在《北京大学日刊》上连载。这时徐悲鸿的观点尚是改良论，后来则是"写实主义"，后期则又更明确地主张"素描为一切造型艺术之基础"，"仅直接师法造化而已"。
② 关于陈师曾对于康有为、陈独秀等的观点的反驳，具体参见龚产兴：《陈师曾的画学思想与创作》，《美术观察》1996年第10期。
③ 陈师曾：《文人画之价值》，《陈师曾画论》，中国书店，2008年版，第167页。
④ 陈师曾：《文人画之价值》，《陈师曾画论》，中国书店，2008年版，第168页。
⑤ 陈师曾：《文人画之价值》，《陈师曾画论》，中国书店，2008年版，第171页。
⑥ 查陈师曾《文人画之价值》各个版本，此处原为"离神得似"，疑为错植，应为"离形得似"。

美学术语来讲即是一种"象征"(Symbol)①。陈师曾并不反对写形,而是认为不能把形似作为艺术创作的目的,不能惟形是求,斤斤计较于此,用笔时,应当另有一种意思,另有一种寄托。正如一个人的作画过程,"经过形似之阶段,必现不形似之手腕。其不形似者,忘乎筌蹄,游于天倪之谓也"②。陈师曾的这种看法,不但来自于自身丰富的艺术创作实践,而且也与他对西方艺术的深刻观察与认识有关。一方面,陈师曾已经认识到,"西洋画可谓形似极矣","自十九世纪以来,以科学之理研究光与色,其于物象,体验入微"③,更是达到了一个新的写实高峰。但是,另一方面,陈师曾又更为清醒地看到,西洋画到了19世纪末20世纪初,从后期印象派④开始,"乃反其道而行之,不重客体,专任主观。立体派、未来派、表现派,联翩演出,其思想之转变,亦足见形似之不

---

① 这一说法明显来自陈师曾所译日本东京美术学校大村西崖教授所著《文人画之复兴》。在这篇文章中,大村西崖说:"由技巧之节制、写实之疏简而离于自然,达其极端,乃有所谓象征 symbol。象征者,点人感悟之灵符也,宗教之所谓三摩耶也、印契也、幖帜也。若欲使人起必然之感想,得不误之符契,则一切宗教与美术皆可以象征该备之,因此美术上往往用之。"([日]大村西崖:《文人画之复兴》,陈师曾译,原载《中国文人画之研究》,中华书局,1922年版。著者所参考的版本是李运亨等编注:《陈师曾画论》,第196页。)

②③ 陈师曾:《文人画之价值》,《陈师曾画论》,中国书店,2008年版,第171页。

④ 后期印象派,根据著者的界定,为表现主义美术的派别之一。陈师曾在《文人画之价值》中,将之表述为"后印象派"。但是,在陈师曾所译日本美术史论家久米氏所著《欧洲画界最近之状况》中,陈师曾却将之译为"新印象派"。众所周知,印象派、新印象派、后期印象派,在西方现代美术史上是三个不同的绘画流派,故而这是不能不特别加以注意的。在这篇文章中,久米氏已经提到后期印象派的三位大师塞尚、凡·高、高更,并在与印象派的比较中,对于这一流派的艺术追求,如对于"画家之情志"的着意追求,作了相当清晰的描述。这表明早在1911年,陈师曾通过翻译这篇文章对于后期印象派就已经有了相当程度的了解。这对于他十年之后撰写《文人画之价值》自然也是有着一定程度的帮助的。([日]久米氏:《欧洲画界最近之状况》,陈师曾译,原载《南通师范校友会杂志》1911年第2期。著者所参考的版本是李运亨等编注的《陈师曾画论》。)

足尽艺术之长,而不能不别有所求矣"①。显然在这里,陈师曾已经注意到近代美学中所推崇的移情论、表现论已经远远超过了模仿论、写实论。正基于此,陈师曾才得出了他始终念兹在兹的重要结论:"文人画不求形似,正是画之进步"。②

这样,陈师曾从表现主义美术重主观、重个性的审美特征和移情论美学观③中找到了同中国文人画重精神、重气韵、重性灵、重感想的契合处;从表现主义美术突破写实传统、冲破模仿樊篱向表现发展的趋势同中国文人画不求形似而重天机流露、重主观个性的自由抒发方面找到了连接点。

---

① 陈师曾:《文人画之价值》,《陈师曾画论》,中国书店,2008年版,第171页。在这里,陈师曾关于形似不足尽艺术之长的观点,可能是受到了他所译久米氏《欧洲画界最近之状况》的影响。在这篇文章中,久米氏认为:"所谓美术者,奇妙不可思议,决非仅以写实可以尽之。"(《陈师曾画论》,第186—187页。)又说:"画之为物,不仅得自然之真相即为毕其能事,盖画家对于自然物所抱之情志,壹现之于画,故作画徒然写实不可也。"(《陈师曾画论》,第186页。)

② 陈师曾:《文人画之价值》,《陈师曾画论》,中国书店,2008年版,第171页。这一观点言简意赅,实则亦是《文人画之复兴》的核心论点。在《文人画之复兴》中,大村西崖认为:"文人画蔑视写实,卸却色彩,疏澹简远,一见外相,虽觉寂寞,至艺术之本质,可谓充实而有光辉。"(《陈师曾画论》,第199页。)又认为:"蔑视自然、宗气韵生动之文人画,于画道中最合艺术之真意,至此愈明矣。"(《陈师曾画论》,第200页。)这两句话所表达的基本意思其实正是陈师曾所论"文人画不求形似,正是画之进步"。

③ 陈师曾在他的这篇文章中将移情论美学观表述为"感情移入"。具体阐释则为:"盖艺术之为物,以人感人,以精神相应者也。有此感想,有此精神,然后能感人而能自感也。"(陈师曾:《文人画之价值》,《陈师曾画论》,第171页。)这一观点,亦可能受到了《欧洲画界最近之状况》的影响。久米氏在对印象派与后印象派进行比较时,多次强调了后印象派对于画家之情志的追求。如,"色也,形也,不过画家发表其情志之手段而已";后印象派"以遗形为前提";后印象派"于其所分析要素之中,择其适于发表自己之感情者,而构成我之自然";后印象派"以画家之情志为基本,其态度乃独立而不羁";后印象派"自然美于个人之感情中求之"。(以上引文皆见《陈师曾画论》,第186页。)

虽然陈师曾在他的这篇文章中没有充分展开这种比较，但其精神实质是不难窥见的。特别是表现主义美术正处于发生发展期，他能洞悉其艺术主旨并首次尝试同中国文人画作比较研究，应该说是极其富有远见卓识的。①

陈师曾的《文人画之价值》发表以后产生了广泛的影响，不少画家和美术史论家重新认识文人画，展开了对于文人画的讨论。其中黄般若（1901—1968）的《表现主义与中国绘画》则将陈师曾的相关看法进一步发扬光大了。

黄文是国内第一篇将表现主义与中国绘画作为专题来集中进行论述的比较研究论文。该文一起笔即带有强烈的论辩性。针对有人认为东西方画学"今日均有盛极难继之象"，苟非有调和而救济之，不免有穷途之叹的观点，黄般若旗帜鲜明地指出："吾国多数之思想界，最大之谬误，则为昧于近代各国画学之趋势，以为西方画学仍在写实主义之下。而以祖国之艺术，离自然太远，所描景物，远近之距离亦不能表明，而多意造幻想，趋于游戏，遂生轻忽之心，反而醉诸已成过去写实主义与印象主义。"②接下来，黄般若详细考察了欧洲各国的画学历史，指出写实主义与印象主义，过于注重人的视觉，以逼肖为归，囿于客观未能更有进

---

① 陈师曾之所以能够把表现主义美术与中国文人画放在一个同等的位置上来进行比较，与他早年对于东西方美术的平等理解有着密切的关系。早在1911年，他就提出了这样的观点："东西画界，遥遥对峙，未可轩轾。系统殊异，取法不同，要其唤起美感、涵养高尚之精神则一也。"（《欧洲画界最近之状况》附识，《陈师曾画论》，中国书店，2008年版，第187页。）

此外，在《文人画之复兴》中，大村西崖亦对表现主义与文人画作过精彩的点评。他说："近时洋画不必皆盲从自然，或描写印象，谓之印象派，或写自家之感想，谓之表现派，岂非东亚美术之理想浸润之所致耶？"（《陈师曾画论》，中国书店，2008年版，第199页。）但可惜的是，大村西崖亦没有针对此点展开具体论述。

② 黄般若：《表现主义与中国绘画》，原载《国画特刊》，1926年广州出版。著者所参考的版本是黄般若著，黄大德编：《黄般若美术文集》，人民美术出版社，1997年版，第23页。

化。其后发生的后期印象主义,则为自然主义之反动,其所秉持的写实观,已经与前人大为不同。"其所持之主张,为'实在即自我,自我反映于外,方是自然',故其画所描之对象,亦为表现自我。盖所谓自然,并非炫耀人目逐时表现之外象,而为内心所感应之具象表现也。画中之物形,纯属画家表白对其物所生之情绪,要皆自我感应而表白之,绝不束缚自然,自由发挥,毫不瞻顾。其画肖像也,亦主张对于其人所在之感情,即可云肖不必拘于眉目之逼真。"① 由以上论述可知,黄般若对于后印象主义的表现性特征是相当熟悉的。这一段论述几乎句句都可对应到凡·高的绘画作品中来。从一定程度上讲,这即是一段针对凡·高绘画的精彩评论。

黄般若继而指出,一次世界大战之后,反对自然主义的派别相继崛起,意大利的未来主义、德意志的表现主义、法兰西的达达主义②等等雄踞艺坛,而表现主义则尤为突出③。黄般若再次着力批判了自然主义与印象主义,指出艺术终究是创造,欲全然放弃作者之主观,而成为纯客观,是绝对不可能的事。摹仿自然,不但遮蔽了人性的价值与自由,而且在事实上也足以促成艺术的屈服与灭亡。黄般若高度赞同《印象主义与表现主义》一书的著者朗支鲁的观点,认为"大凡真的艺术,是不求与外界一致,而求与艺术家内界一致。印象派画家,其心目完全受自然之支配,而表现派之画家,为表现其内界之蕴藏,故力求战胜自然,屈

---

① 黄般若:《表现主义与中国绘画》,《黄般若美术文集》,人民美术出版社,1997年版,第23页。
② 法兰西的达达主义,黄般若在这篇文章中将之译为"暧昧主义"。
③ 此处黄般若所指的德意志的表现主义为狭义上的表现派美术。实际上他在文中所提到的这三个主义:未来主义、表现主义、达达主义,皆为广义上的表现主义美术的派别之一。具体参见附录《西方表现主义美术概述》。

服自然，破坏自然，而以自然的碎片组成自己之艺术品。印象派的画家仅有选择自然材料之自由，而表现派画家，则进而改造自然。"① 基于上述种种评论，黄般若最终得出属于自己的重要结论："今日东西方画学，已不谋而合，其原因艺术实为灵感的创造。而我国画坛，对于精神与主观二者，早已尊重，故翰墨所流，皆诗书之华，性情所托，多蕴藉之妙。旷世之思，轶凡之想，此绘画而尤推重于文人者，职是故也。"② 这样一来，黄般若就把来自于两个不同的世界（一个是西方，一个是东方）、两个不同的时间（一个是现代，一个是古代）的两种不同类型的画种（一种是油画，一种是文人画），在共同的画学追求，即共同的审美追求与艺术特质上巧妙连接起来。这个共同的画学追求即是他们对于精神与主观的同等重视。黄般若进一步高度赞扬了中国绘画的形式之美，指出"不似之似，斯为上乘，诗趣与逸致，均为吾国绘画之独擅，亦即今日西方所重之表现神感之表现主义是也。"③ 这一观点亦为当时来华的孔威廉博士所认同。他在演讲中指出中国人富有感受性，颇能尽传神之能，自表神感，现在欧洲盛行的表现主义，中国早已有之，并认为"中国人常舍弃本国之艺术而他求"以为新，是国人的谬误之见。对此，黄般若亦明确认为，"不当抛弃祖国最有价值之艺术而撷拾外来已成陈迹之画术，复据为己有"。④ 这就有力回应了文章开头所提出的观点。

综上所述，黄般若秉承陈师曾《文人画之价值》中的基本论点，

---

①② 黄般若：《表现主义与中国绘画》，《黄般若美术文集》，人民美术出版社，1997年版，第24页。

③④ 黄般若：《表现主义与中国绘画》，《黄般若美术文集》，人民美术出版社，1997年版，第25页。

首次深化和细化了关于中国绘画和表现主义的相关论述，对于两者之间的相联性和沟通性进行了精彩的阐释。他不但没有像康有为、陈独秀那样将包括文人画在内的中国绘画的写意传统看得衰颓已极，并大大落后于西方的写实主义艺术，反而着力赞扬了中国绘画重主观、重精神的表现精神，并认为这一艺术精神与当时正在欧洲最新兴起的表现主义的审美趣味正相吻合。这一观点在当时可以说是极其富有前瞻性的。

1931年1月，郑午昌（1894—1952）发表《中国画之认识》，也认同于陈师曾、黄般若、刘海粟（本节之中稍后谈）等人的看法。他对中国画表现性特征十分重视，借引刘海粟在《国画概论》中的观点，认为"吾国画虽有时代之变易，及门户派别之分歧，然多能超脱自然外观，而不囿于见觉，发表画人伟大之心灵与独得之感应，而尽画之极致也"①。郑午昌对中西绘画的比较研究多所创见，他说："综观中西绘画，而寻其演进之次序，可分为四程：第一程漫涂，第二程形似，第三程工巧，第四程神化。此四个程序，无论综合中西绘画全史的进程，或个人绘画一生的进程而言，虽迟速有别，而皆不能逾此。西画之古典派、写实派、自然派等，皆属由第一程进于第二程，力求形似者也。印象派、新印象派、后期印象派，即由第二程而进于第三程，力求技巧精工者也。立体派、新浪漫派、象征派、未来派、表现派等，皆由第三程而进于第四程，力求脱略形迹，超神入化而尚未成功者也。惟西画之进于第四程，纯求精神的自我表现者，不过是十九世纪事；较我国画，约后一千四百余年。"②"及玛蒂斯（Henri Matisse）以野兽派健将跃起，将达文西以至印象派、新印象派等之艺术根本问题——'自然的樊篱'，

---

①② 郑午昌：《中国画之认识》，载《东方杂志》1931年第28卷第1号。

'客观的影象'——一概屏弃之，全以自己的情绪作画，遂与欧洲艺术史以革命之纪念。……以后表现派（Expressionist）接踵而起，以康定斯基（Wasserly Kandensky）为领袖，更彻底主张自我表现，以为绘画应与音乐有同样之自由，要使美的生命，独立存在，不必用自然对象或理智说明，以为中介，只须用色彩形状的结构和调和，为内面自我的表现。此派在现代欧洲艺术界，最有势力，其所制作，虽与我国画不相貌似，然审其对于画学之意识，则已进于第四程，而有契乎我元人之论调矣。"①郑午昌作为著名美术史论家，曾著《中国美术史》《中国画学全史》，对中国画的发展历史可谓全局在胸，因而他对中国传统文人画和西方现代绘画的表现性特征的体认是比较权威的。

以上论者，大多主论文人画，兼及表现主义美术，也就是说，他们大多将表现主义美术作为一种可资参考并加以利用的理论资源，这其实正是他们的阅读接受视野。黄忏华则撰写了我国第一本西方现代美术研究专著《近代美术思潮》②。该著设有三章，分别为：新兴绘画、新兴雕刻和新兴建筑。内容包括印象主义、新印象主义、立方体主义（即立体主义）、未来主义、后期印象主义、构图主义③、恶魔主义④、罗丹、穆立尔、美斯多洛、伊壁斯顿、19世纪末以来的建筑界、维也纳的分离派等。

该著在论述立体主义时，指出立体主义的目的，是反抗客观的写实

---

① 郑午昌：《中国画之认识》，载《东方杂志》1931年第28卷第1号。
② 黄忏华编述：《近代美术思潮》，又名《新兴美术》，上海商务印书馆，1922年9月初版。该著绝大部分章节所论述的正是广义上的表现主义美术。
③ 包括康丁斯基（即康定斯基）、青骑士派和康丁斯基画论（即康定斯基画论）。
④ 包括绘画上的恶魔主义、毕次勒（即比亚兹莱）和劳脱来。

主义。"立方体派底愿望,是离开模写,从事创造。"①他们为想从象征上表现物体的特质,"不惜乎排弃那个物体底客观的形似"②,"却叫自己底主观自由涌出"③他们的作画,许多是几何学形体的杂然聚合。"一种画面上,一个形体,比他周围底别的形体,很占优势底时候;那个主要形体,就支配画面全体,而且反映到其他所有底各形体上,叫那些形体,都类似起自己底形态来。"④他们在如何处置光上,也有着一套不同于新印象派的新观念。这些论述可以说真正把握住了立体主义的根本特质。

　　在论述未来主义时,指出未来派宣言书的中心思想,"是对于过去底反抗,是对于过去底文明、过去底艺术、过去底情调底反抗。"⑤未来派绘画的特质,主要表现为:"(一)不画裸体"⑥;"(二)反抗绘画底各派"⑦;"(三)画运动底姿态"⑧。未来主义者,观察运动底姿态。他们画正飞跑着的马,不是四条腿,而是二十条腿。"(四)物体互相底影响"⑨。未来派主张线和线互相照应、面和面互相呼应,各物体之间互相影响。他们依照"支配画面底情绪的法则","在描写喧噪的群众底画上,群众骚扰底场面,用许多交错底线表现,叫我们生一种混乱的感情"⑩。"(五)目击和想起都画"⑪。"未来派力说不可叫观者同化在画中。要想叫观者同化在画中,不可不把'目击底'和'想起底',综合起

---

① 黄忏华:《近代美术思潮》,上海商务印务馆,1922年9月初版,第18页。
②④ 黄忏华:《近代美术思潮》,上海商务印务馆,1922年9月初版,第21页。
③ 黄忏华:《近代美术思潮》,上海商务印务馆,1922年9月初版,第20页。
⑤ 黄忏华:《近代美术思潮》,上海商务印务馆,1922年9月初版,第25页。
⑥⑦ 黄忏华:《近代美术思潮》,上海商务印务馆,1922年9月初版,第28页。
⑧⑨ 黄忏华:《近代美术思潮》,上海商务印务馆,1922年9月初版,第29页。
⑩⑪ 黄忏华:《近代美术思潮》,上海商务印务馆,1922年9月初版,第30页。

来表现。"①"(六)二重视觉"②。未来派的画家,把视觉的两重力量,应用在艺术上。他们的视觉,呈现出 X 光线的效果。"(七)画心底状态"③。未来派常常主张"画心底状态"。这就不可不把"目击底"和"想起底",综合起来表现。"(八)物质力底表现"④。未来派在咆哮而且疾驰的自动车上发现一种新的美。他们极力讴歌物质世界的伟力,认为只有这样,新意大利才能够从中毒当中救出来,从颓废当中离脱出来。这些论述都是相当深刻的。

在论述后期印象主义时,强调指出了再现和表现的不同。认为"画外面底,执着'美'。画内面底,超越'美'和'丑'。画物象底外形,忘记自己底灵魂底,是'再现'(Representation)底艺术"⑤。"接触物象内面底意义底艺术,是'表现'底艺术"⑥。并认为后期印象派的画家"拿人格底表现,做唯一目的。在他们,艺术底极致,是'表现'(Expression),不是'美'。'美'是从属'表现'发生底现象"⑦。他们的作品,不是物象底灵巧的模写,不是物象底薄弱反映,而是一个新的实在。他们的目的,是创造新形体,即不是模写"生",而是制作和"生"一样价值的艺术。所以,"他们底色彩同他们底笔触,不是说明自然现象底,是他们底情感底象征"⑧。正是在这种意义上,著者认为"与其叫他们做后期印象主义,不如直接叫他们做表现主义(Expressionism)——表现派

---

① 黄忏华:《近代美术思潮》,上海商务印务馆,1922 年 9 月初版,第 30 页。
②③ 黄忏华:《近代美术思潮》,上海商务印务馆,1922 年 9 月初版,第 31 页。
④ 黄忏华:《近代美术思潮》,上海商务印务馆,1922 年 9 月初版,第 32 页。
⑤⑥⑧ 黄忏华:《近代美术思潮》,上海商务印务馆,1922 年 9 月初版,第 34 页。
⑦ 黄忏华:《近代美术思潮》,上海商务印务馆,1922 年 9 月初版,第 33 页。

(Expressionists),比较适当得多"①。著者并认为,单纯化亦是后期印象派的一大特征。后期印象派的绘画,并非从理智上企图单纯化,所以单纯化的缘故,正是热衷"表现"自然的结果。②这些把握都是相当精确的。

在论述罗丹时,认为"在罗丹:自然底万有,是美。而所有底美,在'真'当中"③。罗丹的唯一师父,是自然。但是,他并不是和印象派一样程度的自然主义者。他对于光接触自然的外容,并不满足。他想拿那个外容做因由,感着内部的真实。他的眼睛,想诵读的是自然心里头的深奥的秘密。罗丹曾这样说:"所谓宗教:不是对于肉眼和心眼都看不见底一种神秘底'力量'底感情么?不是我们人对于无限底智和爱,对于无限和永远底意识底兴奋么?在像这样底意味,我也是宗教家。人假如以为我光生在官能底世界上,就是误解。在我们:线和阴影,是一种神秘东西底象征。我想接触那个神秘东西不止。艺术家表现外部底真实,同时内部底真实也不可不表现。而所谓艺术底神秘性,在用一种外容(现实底小世界)象征那个神秘底力量(看不见底广大永远底世界)。"④罗丹的雕刻,也实际证明了他的话。别的雕刻家,把生命转到雕刻,而罗丹把雕刻转到生命。他所千思万想的就是冲进未知的境界,去听神秘的果子树上的啼鸟的声音。因此"他底作品,抱一种感想;就是出现在这个世上,去做一种广大无边底世界底一个象征"⑤。正是在这种意义上,"罗丹底雕刻,可以叫灵的写实主义,或者一种象征主义。所以他比起印象派底自然主义来,实在和后期印象派底性质,有许多底近似

---

① 黄忏华:《近代美术思潮》,上海商务印务馆,1922年9月初版,第34页。
② 黄忏华:《近代美术思潮》,上海商务印务馆,1922年9月初版,第35页。
③ 黄忏华:《近代美术思潮》,上海商务印务馆,1922年9月初版,第50页。
④ 黄忏华:《近代美术思潮》,上海商务印务馆,1922年9月初版,第51页。
⑤ 黄忏华:《近代美术思潮》,上海商务印务馆,1922年9月初版,第52页。

点"①。这些论述都是非深解罗丹者所不能道出的。

20世纪20年代，表现主义美术在欧洲亦正处于发生发展的黄金时期，黄忏华的这部著作几乎是在同一时期出现在了中国大陆②，其眼光可以说是相当前卫的。尤为难能可贵的是，黄忏华对于表现主义美术的理解亦是相当准确的，其中还有着诸多独特的感悟。鲁迅在论及19世纪末以来的欧洲各个新派画时，曾经对它们进行过批评，说这些作品"几乎非知识分子不能知其存意。因此绘画成了画家的专利品，和大众绝缘，这是艺术的不幸。"③鲁迅这话是在1930年说的，在说这话之前，他可能还没有看到过黄忏华的这部著作。假如鲁迅看到过这样一部面向大众的普及性的美术史著作，我想他是不会做出如此决绝的判断的。④

在传播表现主义美术的过程中，刘海粟、林风眠、倪贻德等也做出了重大贡献。他们和上述论者的最大不同，在于他们都是直接从事西画者（这并不否认他们之中有的人也从事中国画，且取得了骄人成绩，如刘海粟、林风眠等）。在这些人中，以刘海粟的贡献为最大。

刘海粟（1896—1994），江苏常州人，我国新美术运动的拓荒者，现代艺术教育的奠基人，同时也是饮誉海内外的著名现代艺术大师。他学贯中西，艺通古今，在油画、中国画、诗词、书法、美术史论等方面，

---

① 黄忏华：《近代美术思潮》，上海商务印务馆，1922年9月初版，第52页。
② 当时的达达主义、超现实主义美术还没有产生，如果产生的话，必定也会进入黄忏华的这部著作之中。
③ 刘汝醴：《鲁迅在中华艺术大学讲演记录》，王观泉：《鲁迅美术系年》，人民美术出版社，1979年版，第45页。
④ 鲁迅在对中华艺术大学的学生进行的这次讲演中，对于未来主义给予了极其猛烈的批判。但是，恰恰就在黄忏华的这部著作中，早在鲁迅这次演讲的八年之前，黄忏华就对未来主义的宣言、画家、艺术特质等给予了明白晓畅且极为清晰的描述。

均取得了卓越成就。

由于他在他所创办的上海美专首次在绘画中使用人体模特儿,他被当时思想文化界中的保守势力目为"艺术叛徒"。他干脆以"艺术叛徒"自居,于1925年2月15日在《艺术》周刊第90期上发文《艺术叛徒》,高唱艺术的反叛精神和讴歌新艺术的创造精神。这篇文章实际上是一篇凡·高论。他热烈称颂凡·高为"艺术叛徒之首",认为"凡·高是近代艺坛最伟大之画家,他是天纵之狂徒,他是太阳之诗人"[1]。"凡·高之创作,皆表现其生命与太阳不枯涸之源泉。彼伟大强烈之精神,足以与太阳光辉争荣,故彼一生研究太阳光辉,在他的线条里色彩里都有热烈之光辉恒久存在。他虽一生穷苦无聊,以度其生涯,然其因艺术而死,因太阳而死,此种光荣之死,照耀千古,实为最伟大之勇力。狂热之凡·高,以短促之时间,反抗传统之艺术,由黯淡而趋光辉,一扫千年颓废灰暗之画派,用其如火如荼之色彩,自己辟自己的途径,以表白其至洁之人格,以其强烈之意志与坚卓之情操,与日光争荣,真太阳之诗人也!"[2]

刘海粟对于现代主义的各个流派:印象主义、新印象主义、后印象主义、野兽主义、立体主义、表现主义等,都十分重视,都做过相当认真细致的研究。1929年他到欧洲后,在两年多的时间里认真考察了法、意、德、比等国的艺术,对于在这些国家已经发生和正在发生的现代艺

---

[1] 刘海粟:《艺术叛徒》,原载《艺术》周刊1925年2月15日第90期。著者所参考的版本是顾森、李树声主编:《百年中国美术经典文库》第三卷《美术思潮与外来美术(1896—1949)》,海天出版社,1998年版,第57页。

[2] 刘海粟:《艺术叛徒》,《美术思潮与外来美术(1896—1949)》,海天出版社,1998年版,第57—58页。

术有了相当直观和深入的认识和了解。1932年，他编印了一套《世界名画集》丛书，包括《特朗》《莫奈》《雷诺阿》《塞尚》《凡·高》《高更》《马蒂斯》《毕加索》等分册。在这套丛书中，傅雷亲自编选了一册画集《刘海粟》，作为《世界名画集》第二集出版。这样做的原因，主要是期望中国的画家也能够参与到整个世界美术的现代潮流中来，继而进一步推进中国的现代绘画潮流。1935年，刘海粟撰写了《欧游随笔》①，其中对法国野兽主义等表现主义流派作了认真的研究，并向国人进行了详细的介绍。1936年，刘海粟又将英国美术史论家J.W.厄普的《现代绘画运动》译成中文，定名为《现代绘画论》，由上海商务印书馆出版。这是一本论现代绘画比较具体而确当的书，广泛涉及后期印象派、立体主义、野兽主义、未来主义等，并以巴黎为中心提供了当时法国现代艺术运动中的一些最新信息。刘海粟之所以将此书译出，主要是为了端正视听，消除当时国内少数人对于塞尚、马蒂斯、德朗、莫迪里阿尼等人的不理解或讽刺诋毁②，从而使人们能正确对待现代绘画运动。同年，刘海粟还提出了"艺术的革命观"，认为"艺术是表现，不是涂脂抹粉"，"表现两个字，是自我的，不是客观的"，"艺术之表现，在尊重个性"，"艺术的目的，要领导大众，极端表现自我的结果"③等。显而易见，刘海粟的艺术革命论即是艺术表现论，它与刘海粟对于西方现代艺术的重视是一脉

---

① 刘海粟:《欧游随笔》,中华书局,1935年版。
② 比如徐悲鸿就认为塞尚浮,马蒂斯劣,均为画界无耻之徒,他们的绘画一小时可作两幅,其价值"未见得就好过买来路货之吗啡海绿茵"等。见徐悲鸿《惑》,载1929年4月22日《美展》第5期。
③ 刘海粟:《艺术的革命观——给青年画家》,原载1936年《国画》第2号、第3号,中国画学出版社编行。著者参考的版本是郎绍君、水天中编:《二十世纪中国美术文选》(上),上海书画出版社,1999年版,第407、409页。

相承的。

关于刘海粟的艺术，1932年倪贻德在《艺术旬刊》上发文《刘海粟的艺术》，认为后印象主义三大师塞尚、凡·高、高更对刘海粟都有影响，其中尤以凡·高的影响为最大。"他（指刘海粟，著者注）与梵高之间，好像有着先天的共鸣之点……在他的画面上，那燃烧般的色彩，那涡卷形的笔触，那火球一般的太阳，那向日葵的题材，都表示了他对于梵高所受的影响之强烈。"① 刘海粟欧游之后，"他的梵高的作风更加显著"。稍后，"马蒂斯的明快的作风，郁德里罗的稚拙的表现，也使他起了共鸣"②。刘海粟虽然受了许多大家的影响，但他却始终不失自我，他的作风前后仍是一贯的。"他的每张作品都在向我们明示着他的气概，他的性质，他所遭的际遇，他所生的时代，他所处的国家。那便是豪放，力量，幸运，东方的情韵，新中国的期望。"③ 倪贻德最后还将刘海粟的艺术赋以哲学上的阐释，认为刘海粟就作家类型而言，明显属于尼采所谓的阿波罗型和提奥尼索斯型中的提奥尼索斯型。④ 应当说这一把握亦是相当准确的。刘海粟对野兽派情有独钟。《前门》(1922) 作于刘海粟赴欧之前，用较为写实的方法描绘北京前门的景色。但在写景的人群和车马时，显然用了欧洲野兽派粗放简练的画法，笔触随意，纵横恣肆，用色大胆，不拘物象，极具表现主义的特点，表明他已经注意到欧洲近

---

① 倪贻德：《刘海粟的艺术》，原载1932年《艺术旬刊》。著者所参考的版本是林文霞编：《倪贻德美术论集》，浙江美术学院出版社，1993年版，第41—42页。
② 倪贻德：《刘海粟的艺术》，《倪贻德美术论集》，浙江美术学院出版社，1993年版，第42页。
③ 倪贻德：《刘海粟的艺术》，《倪贻德美术论集》，浙江美术学院出版社，1993年版，第42—43页。
④ 倪贻德：《刘海粟的艺术》，《倪贻德美术论集》，浙江美术学院出版社，1993年版，第43页。所谓提奥尼索斯型，即酒神艺术家类型。

期画风。赴欧后在意大利所作《威尼斯》(1931)代表了刘海粟在欧洲所受影响，如借鉴了印象派的手法，但仍受野兽派的影响居多。

在刘海粟的绘画中，我们看到了表现主义美术对他的油画的创作的影响。林风眠（1900—1991）也接受了表现主义美术的至深影响。从他发表的《一九三五年的艺术》来看，他对现代主义有较深刻的理解，意识到潮流的变化，而且在趣味上也更倾向于现代主义，特别是表现主义。这些影响亦可从他的绘画作品：油画与中国画中见出。林风眠的艺术主张是中西艺术结合论。他曾于1920年至1925年在法国勤工俭学和学习艺术，对这一时期的表现主义美术深得风气之先。1925年回国之前，他已经对印象主义、后印象主义、表现主义及以马蒂斯为代表的野兽派有了相当程度的了解。回国后，一方面他面对现代主义采取开明态度，而对顽固保守势力则进行对抗；另一方面他又特别重视在创作中吸收中国传统艺术精神及其水墨画的写意技巧与人物画的装饰风格，在自己的创作中融合东西艺术，身体力行调和中西艺术。他创作的大幅油画《人道》（1927）、《摸索》（1924），用在法国学到的油画技法来表现他作为一个东方艺术家的精神和理性，借以抒发他的艺术情感。《痛苦》（1929）明显受到了毕加索《亚威农少女》（1907）的影响，画中运用三个裸女表达人类的痛苦，酷似立体派手法。《人道》《痛苦》得到了苏天赐的高度评价，邓以蛰则特别欣赏他的《人类的历史》，认为这是林风眠的一幅大纯小疵的杰作。《既往之梦》"参用国画的笔法，可称创格"。林风眠在这幅画中"运用浓淡之法于油画，也是一种破除欧洲艺术的成规的方法"。[①] 这种方法与当时正在西方兴起的未来主义、立体主义有着异曲同工之妙，但

---

① 有关邓以蛰评论林风眠的《人类的历史》《既往之梦》具体参见邓以蛰《观林风眠的绘画展览会因论及中西画的区别》，载《艺术家的难关》，北平古城书社，1928年版。

又纯然不同于它们，而融成了林风眠自己独特的丰神。林风眠对中国水墨画的变革也起了相当大的作用。林风眠是由东方进入西方又回到东方，他对表现主义的形象构成方法进行研究，对后印象主义色彩十分神往，同时了解到野兽主义节奏明快的线条运用根源于东方绘画和工艺。他吸收这些养料来发展中国画，他创作的戏剧人物画、古代仕女画及花卉、鸟禽，既有传统的、民间的艺术特征，同时又融汇了西方绘画的某些优点，丰富了中国水墨画的表现力，探索出一条将表现主义美术融入中国绘画、进而发展中国画的一条新路。以林风眠在民国时期创作的《笛》（纸本彩墨）为例，从题材上看，似乎属于中国传统仕女画，但构图与笔墨都不同于传统的观念，画家所追求的是表达一种形式美和意境。这幅画让人想起的倒常常是马蒂斯笔下的美人。

三

1932年，在表现主义美术的催生下，我国现代美术史上唯一具有现代自觉意识的现代主义美术社团——决澜社在上海成立了。决澜社的核心人物有留法学西画的庞薰琹、王济远、张弦和留日学西画的倪贻德等人。

决澜社的艺术观点和精神在《决澜社宣言》中基本表现出来：

环绕我们的空气太沉寂了，平凡与庸俗包围了我们的四周。无数低能者的蠢动，无数浅薄者的叫嚣。

我们往古创造的天才到哪里去了？我们往古光荣的历史到哪里去了？我们现代整个的艺术界又是衰颓和病弱。

我们再不能安于这样妥协的环境中。

我们再不能任其奄奄一息以待毙。

让我们起来吧！用了狂风一样的激情，铁一般的理智，来创造我们色、线、形交错的世界吧！

我们承认绘画决不是自然的模仿，也不是死板的形骸的反复，我们要用全生命来赤裸裸地表现我们泼辣的精神。

我们以为绘画决不是宗教的奴隶，也不是文学的说明，我们要自由地、综合地构成纯造型的世界。

我们厌恶一切旧的形式，旧的色彩，厌恶一切平凡的低级的技巧。我们要用新的技法来表现新时代的精神。

二十世纪以来，欧洲的艺坛突现新兴的气象，野兽群的叫喊，立体派的变形，达达主义的猛烈，超现实主义的憧憬，……。

二十世纪的中国艺坛，也应当现出一种新兴的气象了。

让我们起来吧！用狂飙一般的激情，铁一般的理智，来创造我们色、线、形交错的世界吧！①

从《决澜社宣言》中我们可以清楚地看到其和表现主义美术的密切关联。决澜社对周围凡俗和平庸的世界发起了总动员和总攻击。其"狂飙一般的激情，铁一般的理智"酷似未来主义、达达主义对传统的激烈反叛。未来主义崇尚动感，赞美速度，歌颂催枯拉朽的力之美。达达主义则蔑视人间一切既定的法规和秩序，要把整个世界翻个底朝天。《宣言》中所讲的"我们厌恶一切旧的形式，旧的色彩，厌恶一切平凡的低级的

---

① 倪贻德:《决澜社宣言》，原载《艺术旬刊》1932年10月第1卷第5期。著者所参考版本是林文霞编:《倪贻德美术论集》，浙江美术学院出版社，1993年版，第44—45页。

技巧。我们要用新的技法来表现新时代的精神",正是决澜社企图破旧立新的艺术纲领。在《宣言》中还表现出一股强烈的形式主义和表现主义气息。在他们的绘画世界里,只有单纯的色、线、形的交错。他们认为"绘画决不是宗教的奴隶,也不是文学的说明",他们要"自由地、综合地构成纯造型的世界"。现代绘画的自律自为在这里得到了突出强调。当我们看到康定斯基绘画的点、线、面的极端自由又极端理性的各种各样的抽象组合,我们也就理解了决澜社的追求。但,这只是一个起点,他们要用点、线、面来表达他们火辣辣、赤裸裸的全生命的激情,"二十世纪以来,欧洲的艺坛突现新兴的气象,野兽群的叫喊,立体派的变形,达达主义的猛烈,超现实主义的憧憬"等等,这些表现主义美术各个流派,都成了他们得以取法的强大理论资源和实践后盾。他们的心灵与表现主义美术大师们是相通的。实际情况也正如此,决澜社的青年画家们大多数人受到印象派及其以后的西方现代美术的影响,从马奈、莫奈、塞尚到毕加索、马蒂斯、卢奥、莫迪里阿尼、郁德里罗等画家均对他们发生了影响。但他们对西方现代艺术并不是单纯模仿,而是综合学习,取其精神。"决澜社画家的作品各有特点,各自在寻求自己的艺术道路。他们注重形式风格的探索,推动了中国油画艺术的发展。决澜社的出现,标志着中国油画艺术出现变化的转机,今天来看也应给予正确的评价。"①

决澜社成员之中,在艺术理论方面做出重要贡献的是倪贻德(1901—1970)。他是我国著名的油画家、水彩画家和艺术理论家。他在艺术理论方面的突出贡献主要是结合西方现代艺术(包括表现主义美术)

---

① 阳太阳:《恂恂长者 谆谆教诲》,陈瑞林编:《现代美术家陈抱一》,人民美术出版社,1988年版,第139页。

来探讨艺术理论中的一些重大问题。他撰写了《决澜社宣言》，发表的其他与表现主义美术相关的重要论文有《现代绘画的精神论》《现代绘画的取材论》《超现实主义的绘画》《立体主义及其作家》《野兽主义研究》《立方主义》等。这些文章大部分发表于1932年及随后几年出版的决澜社的会刊《艺术旬刊》中。

自印象主义产生以后，西方绘画从为宗教、为政治服务的枷锁中解脱出来，将绘画的问题集中在视觉问题上，从而将绘画引到本道上来。但是，由于印象主义过于集中于视觉问题，反而忘却了绘画的精神，这又是失之偏颇的。倪贻德在其《现代绘画的精神论》中认为，绘画先须依据一种精神（Esprit）来表现，若只有巧妙的技巧来制作，便没有艺术的精神，也不会有艺术的高贵价值。"十九世纪的绘画，是照样描写目所见的自然，而二十世纪的绘画，是自我的绘画的精神的表现。塞尚是这种绘画的精神的发见者，谷诃（即凡·高，著者注）描写自我精神的太阳，高更甚至到泰依提去探求绘画的精神的王国。由这些画家的努力，纠正了绘画为描写自然的误谬，绘画显然是画家所具的艺术的自我之表现。所以，至少追求纯粹绘画的人，应当从这绘画的精神的自觉出发的。"[1]倪贻德并用这种绘画精神来解释现代绘画作品，认为人们在看到现代绘画时，只是看到了粗暴的外形的破坏，而没有接触到绘画的精神的本格。这些绘画作品其实并不是故意地对外形进行破坏，"乃是表现内面的精神之强烈的感激所生出来的必然的要求，及效果的表现的结果"[2]。这样倪贻德就从内在精神出发，对现代绘画进行了充分的肯定。他所取法的理论资源显然是康

---

[1] 倪贻德：《现代绘画的精神论》，原载1932年《艺术旬刊》。著者所参考的版本是丁言昭编选：《倪贻德艺术随笔》，上海文艺出版社，1999年版，第110页。

[2] 倪贻德：《现代绘画的精神论》，《倪贻德艺术随笔》，上海文艺出版社，1999年版，第112页。

定斯基于1908年所著的《论艺术的精神》。倪贻德并对19世纪的绘画和20世纪的绘画进行了比较,认为"十九世纪的绘画的基础是自然主义,现代的绘画可说是写实主义"。[①] 但现代绘画的这种写实主义,又可说是一种"魔术的写实主义"[②]。"现代的绘画,在表现上具有高的精神的燃烧性"[③]。"人们为其独自的个性的写实性的表现所惊异,又其强烈的变形的表现效果使人感到灵魂的动悸。这便是二十世纪的绘画的精神"[④]。倪贻德则在另一篇文章《现代绘画的取材论》中对20世纪以来的西方现代绘画的各个流派在绘画题材的选择方面的特色进行了清晰的描述。他认为,"二十世纪的初头,野兽群于强烈的表现的感动上寻求画材,绘画的主题,并不加以何等特殊的关心了。他们只是直接地要求着为了纯粹绘画的表现的感激。不论是风景、人物,或是静物,为了纯粹绘画的表现而感动者,便选作绘画的画材。但到了立体主义的绘画以来,就不是纯粹的绘画的感动,却是为了绘画的理想,以选择特殊的画材了。表现主义的绘画,从思想的要求以决定取材。现代绘画之中,最关心于取材的,便是超现实主义。在纯粹绘画上,绘画的表现之绘画的效果,是要求的东西,但超现实主义的绘画,却是最重视于有兴味的取材的。那可说不是在绘画上的纯粹的表现性,乃是追求着从想象性幻想性空想性而来的超现实的题材。"[⑤] 他的这些论述,基本把握住了西方绘画从古典形态到现代形态转换过程中的各种新的趋势,即从客观到主观,从再现到表

---

① ② ③ 倪贻德:《现代绘画的精神论》,《倪贻德艺术随笔》,上海文艺出版社,1999年版,第113页。
④ 倪贻德:《现代绘画的精神论》,《倪贻德艺术随笔》,上海文艺出版社,1999年版,第115页。
⑤ 倪贻德:《现代绘画的取材论》,原载1932年《艺术旬刊》。著者所参考的版本是《倪贻德艺术随笔》,上海文艺出版社,1999年版,第58—59页。

现,从重视题材的主题到特别关注题材中的思想、精神、情感、兴味等的转变规律①。这同他在《决澜社宣言》中所表述的思想是一致的,其基本理论资源均来自于西方表现主义美术。倪贻德亦对野兽主义发表了极为精彩的看法。他首先特别强调了后期印象主义对于野兽主义的重要影响,指出"塞尚,梵高,高更所具的伟大的独创,可以使我们十分地豫想到二十世纪的暴力的袭来。即二十世纪的绘画,可说是继承了后期印象主义作家之后,而把握着各自的绘画的特性的"②。接下来,着力分析了野兽主义独特的艺术特质,指出马蒂斯等野兽群的绘画的精神,"是反抗着冷静的理智的作画态度","可说是太主观的感动,是具有暴力,具有热情的情绪的"。③针对有人认为野兽主义是对纯粹绘画的否定,倪贻德旗帜鲜明地指出,"他们并不是纯粹绘画的否定,却是十分地进于纯粹绘画的核心。"④并高度赞赏了马蒂斯的重要作用,认为"这种疾风怒涛似的绘画的感动性,可说是由马谛斯来打开的,马谛斯以透明的感受性和敏锐的感动性,集中了健康的,伟大的,野性的,单纯的画面。"⑤这些观点即使以今天的眼光看来也是相当前卫和准确的。

自1932年至1935年,决澜社的画展每年举办一次,共举办了四次。后来由于成员陆续分散,也就结束了它的历史使命。决澜社之所以能够在30年代的中国诞生,主要得力于几个热心于西方现代艺术的青年。他们在自身艺术实践过程中,深感目前中国的社会现实太沉寂、太

---

① 根据倪贻德的阐述,野兽主义特别关注题材的情感性,立体主义特别关注题材的理想性,表现主义特别关注题材的思想性,超现实主义特别关注题材的兴味性。
② 倪贻德:《野兽主义研究》,《倪贻德艺术随笔》,上海文艺出版社,1999年版,第100页。
③ 倪贻德:《野兽主义研究》,《倪贻德艺术随笔》,上海文艺出版社,1999年版,第103页。
④⑤ 倪贻德:《野兽主义研究》,《倪贻德艺术随笔》,上海文艺出版社,1999年版,第104页。

平庸,艺术界又太衰颓、太病弱,于是试图在当下的中国发起一场现代艺术的革命,以挽救正在走向末落的中国绘画。他们的本心是好的,为此从西方引进的表现主义美术资源,其力量也是强大的。如果他们能够成功,将不仅意味着整个中国的绘画格局可能要发生大的转变,而且也会对"精神益趋于固陋,颓波日逝,纤屑靡存"①的社会现实发生革命性的变革作用。但可惜的是,他们没有成功。他们的失败一方面在于他们太年轻,涉世未深,太一厢情愿,考虑问题又过于简单。②他们想创造一种色、线、形交错的纯造型的世界。从现代艺术的自律自为方面来看,当然无可厚非。但是,这种想法在三四十年代血与火的斗争中,却是不合时宜的。在阶级斗争、民族斗争白热化的年代,被压迫阶级和民族的生死存亡是第一位的大事,纯形式的艺术探索很难具有生存的空间。另一方面,则在于他们的对手——黑暗的旧中国的势力终究过于强大,最终导致他们试图通过绘画革命改变中国艺术、中国文化乃至中国现实的运动却被无情的中国现实所湮灭。"他们自信只有凭了他们的热情可以打破那苦闷,凭了他们创造的光明可以冲散那黑暗"③的希望最终全部落了空。与此同时,与决澜社的形式主义的追求有着明显的区别,并有着明确的主题性、战斗性和功利性的新兴木刻、新兴漫画,由于其主创者(如鲁迅等)切中了中国现实的命脉,却获得了长足的发展,成为中国现代美术史上的两大奇迹。(众所周知,中国现代新兴木刻运动是在鲁迅的大力倡导和扶持下培育发展起来的。)抗日战争和解放战争(1937—1949)使得以徐悲鸿为代表的写实主义在中国取得了全面胜利。及至建

---

① 鲁迅:《坟·文化偏至论》,《鲁迅全集》第1卷,人民文学出版社,2005年版,第52页。
② 用他们的精神同道者李宝泉的话来说,"他们只有学术上的奋勇,他们不知有利害上的排挤。"(李宝泉:《洪水泛了》,载《艺术旬刊》1932年第1卷第5期。
③ 李宝泉:《洪水泛了》,载《艺术旬刊》1932年第1卷第5期。

国以后，国内美术教育界风行的仍然是徐悲鸿教学体系。决澜社在20世纪三四十年代最终退出中国现代美术的历史舞台，同时还有着世界艺术转变的大环境的影响。对此，决澜社的理论重镇倪贻德亦有着相当清醒的认识。在《战后世界绘画的新趋势》中，通过观察二战前后世界各国画坛，倪贻德得出了这样的结论："我们如果说，前一时代的绘画是导源于绘画的独立运动，则战后的绘画是导源于为人民而绘画的运动，形式主义的技巧的游戏的绘画必然逐渐消灭，而现实主义的绘画必然会成为当前艺术的主流，而普及于整个世界画坛了。"① 这前一时代的绘画所指即为决澜社所追求的西方现代主义绘画流派，战后的绘画所指则为社会主义国家苏联的现实主义绘画。经过二次世界大战的洗礼，这种"为了人民，属于人民的"② 的现实主义绘画最终取代了形式主义的技巧的游戏的绘画。

随着决澜社的消亡，表现主义美术的影响也逐渐从中国现代美术史上淡出了。表现主义美术在中国的再次崛起，是在20世纪的80年代。由于这一部分远远超出了著者所论及的对象，故而从略。

---

① 倪贻德：《战后世界绘画的新趋势》，原载1947—1948年《胜流》。著者所参考的版本是《倪贻德美术论集》，浙江美术学院出版社，1993年版，第64页。

② 倪贻德：《战后世界绘画的新趋势》，《倪贻德美术论集》，浙江美术学院出版社，1993年版，第64页。

鲁迅与西方表现主义美术史料考索

附录《西方表现主义美术在中国（1912—1949）》是对鲁迅所在美术背景的一种知识考察。其中我们已经初步涉及了鲁迅与西方表现主义美术（下文简称表现主义美术）较早接触的一些史料。从这些史料中可以看出，在民国初年，鲁迅即使不是最早，也是较早关注表现主义美术的重要人物之一。①

鲁迅在正式发表的文章中第一次提到表现主义的画家，是1919年的《热风·随感录五十三》。在这篇文章中，鲁迅说："后期印象派(Postimpressionism)的绘画，在今日总还不算十分陈旧；其中的大人物如Cezanne与Van Gogh等，也是十九世纪后半的人，最迟的到一九零六年也故去了。二十世纪才是十九年初头，好像还没有新派兴起。立方派(Cubism)未来派(Futurism)的主张，虽然新奇，却尚未能确立基础；而且

---

① 有关这一部分的内容具体参见附录《西方表现主义美术在中国（1912—1949）》中的第1小节。

在中国，又怕未必能够理解。"① 这里提到了后期印象派的塞尚、凡·高，以及之后的立体派、未来派。值得注意的是鲁迅对于他们的评价。这时鲁迅已经全然认识到塞尚与凡·高在美术史上的突出地位。由于鲁迅所处的时代亦是现代美术的发生发展期，故而鲁迅此时能够拥有这样的看法，眼光已属不凡。对于立体派和未来派，鲁迅虽然已经留心到他们的存在，但是对于他们是否能够在美术史上站稳脚跟，基本抱持怀疑的态度。鲁迅甚至表达出了这样的担心，担心他们的艺术在中国未必能够有人理解。事实证明，鲁迅的这种担心不无先见之明：立体派、未来派的艺术在中国始终没有获得大的发展。从鲁迅的上述话语以及鲁迅早在1912年就开始购读表现主义的美术作品和美术书籍的实际行为中，我们还可以得到一个非常重要的确认，这就是鲁迅在创作他的极富表现主义个性的小说、散文、散文诗、杂文之前，是读过表现主义的美术书籍，看过表现主义的美术作品，并受其影响的。这同时为分析鲁迅作品中的表现主义的视觉美感提供了一种可能前提。

应该说，鲁迅对表现主义美术的详细理解和接受，主要来源于他所翻译的五部（篇）日本译文，分别是1924年发表并于同年出版的厨川白村的《苦闷的象征》，1924—1925年发表并于1925年出版的厨川白村的《出了象牙之塔》，1928年发表并于1929年出版的板垣鹰穗的《近代美术史潮论》，1929年4月出版的《壁下译丛》中的片山孤村的《表现主义》和1929年6月21日发表于《朝花旬刊》第1卷第3期上的山岸光

---

① 鲁迅：《热风·随感录五十三》，《鲁迅全集》第1卷，人民文学出版社，2005年版，第357页。

宣的《表现主义的诸相》。① 下面即详细分析这五部（篇）日本译文，考察鲁迅对表现主义美术的理解和接受的范围和程度（广度和深度）。②

《苦闷的象征》，就其题目而言，亦可称为"苦闷的表现"③。该著主论文艺，所举例证多系文学作品，尤其是西方近代文学作品，如左拉和陀斯妥耶夫斯基的小说，斯特林堡和易卜生的戏剧（厨川白村称之为戏曲），以及波德莱尔的诗歌等；亦有少量美术作品，如意大利

---

① 关于这五部（篇）日本译文，其翻译、发表、出版等情况具体介绍如下：

1.《苦闷的象征》，文艺论文集，日本文艺批评家厨川白村（1880—1923）著。鲁迅翻译该书第一、第二部分，译文陆续发表于1924年10月1日至31日《晨报副镌》，1924年12月初版，为《未名丛刊》之一，由北京大学新潮社代售，后改由北新书局出版。

2.《出了象牙之塔》，文艺评论集，厨川白村著。鲁迅译于1924年至1925年之交，在翻译期间，已将其中大部分陆续发表于当时的《京报副刊》《民众文艺周刊》等。1925年12月由北京未名社出版单行本，为《未名丛刊》之一。

3.《近代美术史潮论》，美术史论著，日本文艺理论家板垣鹰穗著。鲁迅于1927年12月底至1928年2月11日译出。上海《北新》半月刊从1928年1月第2卷第5期起开始连载，至1928年10月第22期止译稿发表完毕；原著插图直至1929年3月的第3卷第6期刊毕。1929年北新书局以期刊原版重校印行单行本。

4.《表现主义》，日本文艺评论家片山孤村（即片山正雄，1879—1933）作。鲁迅译自《现代的德国文化及文艺》。收《壁下译丛》。由于在收入《壁下译丛》之前，该作没有单独发表，因此其出版年月1929年4月即为其发表年月。

《壁下译丛》，收有鲁迅于1924年至1928年所翻译的十名作家的25篇论文，1929年4月上海北新书局出版。

5.《表现主义的诸相》，日本文艺理论家山岸光宣（1879—1943）作。鲁迅译自《从印象到表现》，最初发表于1929年6月21日《朝花旬刊》第1卷第3期。

② 另外，还有几篇日本译文谈论"表现主义"，如有岛武郎的《关于艺术的感想》、青野季吉的《现代文学的十大缺陷》《艺术的革命与革命的艺术》等，因论述较之上述五部并不典型，且较为零散，又大都主论文学，故不作详细分析。

③ ［日］厨川白村：《苦闷的象征》，《鲁迅译文全集》第2卷，福建教育出版社，2008年版，第238页。

文艺复兴时期著名画家达·芬奇的《蒙娜丽莎的微笑》等。尽管该著主论文艺,文学多而美术少,并非专论美术,所举美术作品中亦没有一件作品属于表现主义美术,但该著仍然成为鲁迅理解与接受表现主义美术的重要理论基石。主要原因在于:一、该著所述西方近代文学中的代表人物——陀斯妥耶夫基斯、斯特林堡、易卜生、波德莱尔等,亦为表现主义文学中的杰出代表。表现主义文学虽则并不等同于表现主义美术,但是它们在表现主义文艺的基本原理上则是相通的。由对表现主义文学的阐述上升到对于表现主义文艺的阐述,从一定意义上,也是可以由对表现主义文艺的阐述回归到对于表现主义美术的阐述上来的。二、该著所采取的理论资源——尼采、叔本华、柏格森、克罗齐、弗洛伊德等的哲学,亦是表现主义美术的重要理论基石。如叔本华的意志说,就在很大程度上影响了沃林格尔的"艺术意志"说。[①] 该"艺术意志"说来自沃林格尔的名著《抽象与移情》。《抽象与移情》则不仅是20世纪现代艺术运动中的一个决定性文件,而且也是表现主义美术中的一个重要理论基石。[②] 再如弗洛伊德的精神分析学说对于超现实主义的画家达利的重要影响。虽则弗洛伊德并不认为自己的学说对达利产生了重要的影响,但达利却始终认为自己的绘画灵感完全得益于弗洛伊德的理论。在著者看来,超现实主义绘画亦为表现主义美术中的一个重要流派。[③]

该著的核心观点是"生命力受了压抑而生的苦闷懊恼乃是文艺的根

[①] 关于叔本华的意志说对于沃林格尔的艺术意志说的重要影响,具体参见:王才勇:《译者前言》,[德] W. 沃林格:《抽象与移情——对艺术风格的心理学研究》,王才勇译,辽宁人民出版社,1987年版,第19—22页。

[②] 关于《抽象与移情》的阐释具体参见附录《西方表现主义美术概述》。

[③] 关于超现实主义绘画的阐释具体参见附录《西方表现主义美术概述》。

柢，而其表现法乃是广义的象征主义"①。在对这一观点进行具体阐释时，著者所依据的理论资源主要是柏格森的"创造的进化"哲学，克罗齐的"表现乃是艺术的一切"说和弗洛伊德的精神分析学说。如鲁迅所言，著者是据柏格森一流的哲学，以进行不息的生命力为人类生活的根本，又从弗洛伊德一流的科学，寻出生命力的根柢来，即用以解释文艺，——尤其是文学。但是，著者在进行论述时，又没有照抄照搬这两大理论，而是进行了一番有意识的改造。如"伯格森（即柏格森，著者注）以未来为不可测，作者则以诗人为先知，弗罗特（即弗洛伊德，著者注）归生命力的根柢于性欲，作者则云即其力的突进和跳跃。"这就使得该书"既异于科学家似的专断和哲学家似的玄虚，而且也并无一般文学论者的繁碎"。②

该著十分重视生命力和个性的表现，认为"生命的力者，就像在机关车上的锅炉里，有着猛烈的爆发性，危险性，破坏性，突进性的蒸汽力似的东西"③，"自己生命的表现，也就是个性的表现，个性的表现，便是创造的生活"④，"这样的生命力的显现，是超绝了利害的念头，离了善恶邪正的估价，脱却道德的批评和因袭的束缚而带着一意只要飞跃和突进的倾向"⑤。该著同时认为我们的人生充满着各种各样的痛苦：人间苦、社会苦、劳动苦等等，也就充满着各种各样的压抑。这种压抑常常

---

① ［日］厨川白村：《苦闷的象征》，《鲁迅译文全集》第2卷，福建教育出版社，2008年版，第234页。
② 鲁迅：《〈苦闷的象征〉引言》，《鲁迅全集》第10卷，人民文学出版社，2005年版，第257页。
③④ ［日］厨川白村：《苦闷的象征》，《鲁迅译文全集》第2卷，福建教育出版社，2008年版，第226页。
⑤ ［日］厨川白村：《苦闷的象征》，《鲁迅译文全集》第2卷，福建教育出版社，2008年版，第227页。

迫使我们"在减削个人自由的国家至上主义面前低头，在抹杀创造创作生活的资本万能主义膝下下跪"[①]。而"无压抑，即无生命的飞跃"[②]，文艺则是解决由这压抑而生的"苦闷和懊恼"的灵丹妙药，"是纯然的生命的表现；是能够全然离了外界的压抑和强制，站在绝对自由的心境上，表现出个性来的唯一的世界"[③]。简言之，文艺即是"严肃而且沉痛的人间苦的象征"[④]。

在谈到近时之所谓德国表现主义时，著者认为"要之就在以文艺作品为不仅是从外界受来的印象的再现，乃是将蓄在作家的内心的东西，向外面表现出去。……艺术到底是表现，是创造，不是自然的再现，也不是摹写。"[⑤] 这一段论述可以说极为准确地把握住了表现主义的基本特征。著者甚至认为："客观主义的极致，即与主观主义一致，理想主义的极致，也与现实主义合一"[⑥]，这与康定斯基的"内在需要"理论——当我们一切从内在需要出发时，"一个艺术家采用的是写实的还是抽象的形式，其意义是无关紧要的"[⑦]；"现实主义＝抽象主义，抽象主义＝现实

---

① ［日］厨川白村：《苦闷的象征》，《鲁迅译文全集》第2卷，福建教育出版社，2008年版，第227页。
② ［日］厨川白村：《苦闷的象征》，《鲁迅译文全集》第2卷，福建教育出版社，2008年版，第229页。
③ ［日］厨川白村：《苦闷的象征》，《鲁迅译文全集》第2卷，福建教育出版社，2008年版，第230页。
④ ［日］厨川白村：《苦闷的象征》，《鲁迅译文全集》第2卷，福建教育出版社，2008年版，第238页。
⑤⑥ ［日］厨川白村：《苦闷的象征》，《鲁迅译文全集》第2卷，福建教育出版社，2008年版，第242页。
⑦ ［俄］康定斯基：《关于形式问题》，见［俄］康定斯基：《康定斯基：文论与作品》，查立译，中国社会科学出版社，2003年版，第61页。

主义。极端的外部差异,能转变成最大的内在相等"①,又是极其相似的。

厨川白村在他的另一部名作《出了象牙之塔》中,首先强调了"自己表现"的重要性。他认为,所谓"艺术底天才",就是那些完全剥去了虚伪和伶俐的装饰,将纯真无杂的生命之火红焰焰地燃烧着自己,完全按照自己的本来面目投给世间的人。②所谓"艺术的表现",其奥妙"就在通过了作家所有的生命的内容而表现。倘不是将作家所有的生命的内容,即生命力这东西,移附在所描写的东西里,就不成其为艺术底表现"。③所谓艺术,也就成了这样的事,即:"表现出真的个性,捕捉了自然人生的姿态,将这些在作品上给与生命而写出来。"④从中可以发现,著者在这里关于艺术、艺术家、个性、生命力、艺术表现等的诸多看法,有力回应和延展了其在《苦闷的象征》中的核心论点。这种特别重视和强调生命力的"艺术表现"理论对于鲁迅也产生了极为深刻的影响。所谓"站在沙漠上,看看飞沙走石,乐则大笑,悲则大叫,愤则大骂"⑤,所谓"在无边的旷野上,在凛冽的天宇下,闪闪地旋转升腾着的是雨的精魂"⑥,正是鲁迅全生命地投入的表示。值得注意的是,著者还将这一观点,移用到了漫画上。他在论及"漫画式的表现"时,说"大

---

① [俄]康定斯基:《关于形式问题》,见《康定斯基:文论与作品》,查立译,中国社会科学出版社,2003年版,第59—60页。
② [日]厨川白村:《出了象牙之塔》,《鲁迅译文全集》第2卷,福建教育出版社,2008年版,第303页。
③ [日]厨川白村:《艺术的表现》,《出了象牙之塔》,《鲁迅译文全集》第2卷,福建教育出版社,2008年版,第364页。
④ [日]厨川白村:《艺术的表现》,《出了象牙之塔》,《鲁迅译文全集》第2卷,福建教育出版社,2008年版,第365页。
⑤ 鲁迅:《华盖集·题记》,《鲁迅全集》第3卷,人民文学出版社,2005年版,第4页。
⑥ 鲁迅:《野草·雪》,《鲁迅全集》第2卷,人民文学出版社,2005年版,第186页。

的笑的阴荫里,有着大的悲。不是大哭的人,也不能大笑。……倘不是笑里有泪,有义愤,有公愤,而且有锐敏的深刻痛烈的对于人生的观照,则称为漫画这一种艺术,是不能成功"①。联系著者对于漫画本质的理解——"凡漫画的本质,都在于里面含有严肃的'人生的批评',而外面却装着笑这一点上。那真意,是悲哀,是讽骂,是愤慨,但在表面上,则有绰然的余裕,而仗着滑稽和嘲笑,来传那真意的"②,可知著者对于漫画"表现性"的论述是相当深刻的。这种论述同样适用于表现主义的漫画。这种对于漫画的理解也对鲁迅的创作产生了极为深刻的影响。

《近代美术史潮论》之第八章《理想主义与形式主义》,首先介绍了表现主义的雕刻家罗丹。与一般美术史论家不同,板垣鹰穗一方面强调了罗丹雕刻手法的高强,指出罗丹在作完《接吻》之后,作风即出现了明显的转换,"渐次倾于绘画底表现的他的手法,是使轮廓划然融解,而求像面的光的效果,以代立体底的体积"③,另一方面,又着意指出,罗丹"在自由自在地驱使了这样绘画底手法,而满志地显示着手段之高强的他,似乎还别有一种要求存在"④。这"别一种要求"就是罗丹在他的一系列作品:《地狱之门》《加莱义市民》《维克多雨果》(鲁迅译为《威克多零俄》)中所展现出的一种"特殊的思想底表现"⑤。"罗丹于单是写实底或印象底表现以外,还想将一种思想底的另外的领域,收进他

---

① [日]厨川白村:《为艺术的漫画》,《出了象牙之塔》,《鲁迅译文全集》第2卷,福建教育出版社,2008年版,第381页。
② [日]厨川白村:《为艺术的漫画》,《出了象牙之塔》,《鲁迅译文全集》第2卷,福建教育出版社,2008年版,第380页。
③④⑤ [日]板垣鹰穗:《近代美术史潮论》,《鲁迅译文全集》第3卷,福建教育出版社,2008年版,第366页。

的艺术中去的事,只要看了上述的诸作品,也就可以推知了。"[①] 著者也正是在这种意义上将罗丹划归为表现主义的雕刻大师的。那么,罗丹有没有将这两方面的艺术要素,即一方面是他的"绘画底的技巧的高强",另一方面是他的"特殊的思想底表现",非常精妙地组合起来的作品呢?有的,这就是罗丹的杰作《巴尔扎克》(鲁迅译为《巴尔札克》)。著者说:"为纪念那以中夜而兴,从事创作为常习的文豪巴尔札克的风采计,罗丹便作了穿着寝衣模样的巴尔札克。乱发的头,运思的眼——这里所表现的神奇地强烈深刻的大诗人的风采,和被着从肩到足的长寝衣的身躯一同,成为浑然的一个巨大的幻象。在那理想化了的增强了深刻的性格描写上,结构虽然大胆,却很感得纪念品底的效果。然而,这样大胆的尝试,却收得如此成功的缘故,究竟在那里呢?——这不消说,是在绘画底手法上的他的技巧的高强。只要单取巴尔札克的脸面来一想,便明白他的技巧的优秀,是怎样有益于这诗人的性格描写了。恰如用了著力的又粗又少的笔触,描成大体的油画的肖像一般的大胆,使巴尔札克的性格,强而深地显现出来。虽说已经增强了观念描写,但将生命给与作品者,也纯粹地还是造形底的表现。"[②] 这段描述可以说是极为精确地把握住了这部作品的艺术精髓。该章还将罗丹的《巴尔扎克》与克林该尔的《贝多芬》进行了比较,发现了隐藏在这两大艺术作品背后的法德两国不同的"艺术意欲"。该章略有遗憾的是,仅仅附有《行走的人》(鲁迅译为《行步的人》)、《巴尔扎克之首》等少量罗丹杰作。倘能再将罗丹的《地狱之门》或《加莱义民》附上,就更好了。

---

① [日]板垣鹰穗:《近代美术史潮论》,《鲁迅译文全集》第3卷,福建教育出版社,2008年版,第366页。

② [日]板垣鹰穗:《近代美术史潮论》,《鲁迅译文全集》第3卷,福建教育出版社,2008年版,第368页。

第九章《最近的主导倾向》则集中介绍了表现主义美术。该章首先从里格尔（Alogis Riegl）的"艺术意欲"说的角度，将19世纪以来的欧洲艺术分为南北两大系统。南方系统以法国为中心，加上意大利、西班牙；北方系统以德国为中心，加上荷兰、瑞士、挪威、俄罗斯。从而将南方系统统一于"纯造形底的艺术意欲"，将北方系统统一于"思想本位的艺术意欲"。南方系统始祖是塞尚、高更和雷诺阿，北方系统始祖是凡·高、蒙克和霍德勒。①下文分三段予以详述。

第一段详述了法国的塞尚、高更，以及受塞尚影响的立体派的毕加索和受高更影响的野兽派的马蒂斯。著者高度赞赏塞尚是"一切画家中最像画家的画家"，指出："在绥珊（即塞尚，著者注）的艺术上，主要的题目有二。就是画面的构图的'综合底统一'和为表现物体的体积起见的'面的结构'。""和要捕捉物体的外底的现象的印象派，恰相反对，他想将物体的造形底地内在底的约束，表现出来。其致力于统一画面和结构物体的'面'，就都为了对于这目的。由他而表现的画像，其实，这东西本身，便是整然的一个造形底的世界"②。但是对于毕加索，这位深受塞尚影响的立体派大师，著者的评价就明显偏低了。著者指出，立体派的绘画过于追求"物的立体底表现"，过于崇奉塞尚的话——"在自然界，一切皆以球体，圆锥体，圆柱体为本而形成"，明显是将塞尚的艺术硬化为一个"教义"了。③著者亦高度评价了高更，指出他的绘画在"求得画面的装饰底的效果"，"从南国的自然景物的简素的情形，和有

---

① 关于这一分类具体参见：[日]板垣鹰穗：《近代美术史潮论》，《鲁迅译文全集》第3卷，福建教育出版社，2008年版，第381—382页。
②③ [日]板垣鹰穗：《近代美术史潮论》，《鲁迅译文全集》第3卷，福建教育出版社，2008年版，第393页。

色人种的皮色和服饰，造出一种雅净的织纹一流的图案来"①。他一生中的大作《我们从哪里来？我们是谁？我们往哪里去？》，其构想是"纯全的壁画风"，其风格则是纯然的象征主义。与对毕加索的贬低不同，著者对于高更的后学马蒂斯则予以热情洋溢的评价，认为"恰如看见质地美艳而彩色鲜明的东洋磁器似的他的画，乃在求得色彩的装饰底效果。将物体还元为色彩，而以工艺品一流的味道示人，是他的绘画的主眼。"②著者最后作了这样的盖棺论定："他们的努力，到处总不离造形的世界。要以纯造形底的技巧之高强示人的他们的艺术意欲，到处总都是法兰西风。"③以上评价可以说都是相当准确的。

第二段详述了北方系统的先驱者凡·高、蒙克和在德国兴起的表现主义美术运动。著者高度评价了凡·高和他的艺术，认为"热情底地亢奋了的自然的情形，是他的世界。这倒是他的心眼所见的超自然底的世界。一切的现象，在这里是起伏，交错，燃烧。白日的光使万物亢奋而辉煌，树木喘息着，大地战栗着。那又厚又浓，从颜料筒中挤了出来的颜料的强有力！再没有能如望河霍（即凡·高，著者注）那样，能捕自然的泼辣的生命的作家了。他的绘画，是已经超过了造形底的东西的世界，而表现着隐藏在那深处的'力'。"④这些评价即使放到今天也是相当前卫和准确的。凡·高对于生命的伟力的强调和表现，时常会使人

---

① ［日］板垣鹰穗：《近代美术史潮论》，《鲁迅译文全集》第3卷，福建教育出版社，2008年版，第396页。

②③ ［日］板垣鹰穗：《近代美术史潮论》，《鲁迅译文全集》第3卷，福建教育出版社，2008年版，第397页。

④ ［日］板垣鹰穗：《近代美术史潮论》，《鲁迅译文全集》第3卷，福建教育出版社，2008年版，第398页。

想起鲁迅在《颓败线的颤动》中所描写的那位处于可怕的孤独和绝望中，并发出激烈的然而无言的反抗的"老女人"。即使鲁迅在创作他的这部名作之前，没有看过凡·高的绘画，但是在他们的艺术作品中所散发出的这种"生命的飞扬的极致的大欢喜"的精神内涵却是极其相似的。对于蒙克的艺术，著者亦进行了热情洋溢的评价。著者首先指出，在蒙克的天性中，有着一种阴郁的性质，这与蒙克童年的不幸——"有着狂信者一般虔敬的父亲，和因肺病而夭亡的母亲"① 有着很大的关系。蒙克的特殊的嗜好，是"以幽暗的心绪，观察浊世的情形，将隐伏在人间生活的深处的惨淡的实相，用短刀直入底的简捷，剜了出来"。② "恋爱生活"和"死"则是蒙克酷爱的主题，从中蒙克写出了"人间底的冲动和恐怖"。蒙克艺术所特有的这种"精神底阴郁"——对于现世的形而上学底的恐怖——的表现，正是使他所以成为表现主义之祖的缘故。③ 著者并对德国表现主义美术运动——从桥梁派到新艺术家协会再到青骑士派，作出了自己的评价。著者对桥梁派的评价尚可，对于其中的几位代表人物，如凯尔希纳、诺尔德、沛息斯坦因、罗特鲁夫等，亦无什么恶感，但对青骑士派就不那么客气了。对于康定斯基、保罗·克利、马尔克等这些现今在美术史已有定评和好评的画家，评价甚低，认为"倘承认他们的主张，那么，在他们的尝试上，也有相当的理由的罢，但恐怕他们的苦心，就仅是他们的苦心罢了"④。对于乔治·格罗斯、奥托·迪克斯这两

---

① ② ［日］板垣鹰穗：《近代美术史潮论》，《鲁迅译文全集》第3卷，福建教育出版社，2008年版，第398页。

③ ［日］板垣鹰穗：《近代美术史潮论》，《鲁迅译文全集》第3卷，福建教育出版社，2008年版，第400页。

④ ［日］板垣鹰穗：《近代美术史潮论》，《鲁迅译文全集》第3卷，福建教育出版社，2008年版，第405页。

位在美术史上亦有相当地位的漫画家,竟直斥他们为"恶趣味的作家",认为"他们之所谓的'艺术',除了显示着因大战而粗犷的国民之心的丑恶而外,是什么也没有的。倘作为时代趣味的最极端地到达了所要到达之处的示例,那自然,可以成为兴味很深的'病理学上的参考资料'的罢"①。柯柯施卡亦是德国表现主义美术运动中一员健将。他在现代美术史上亦有相当的地位。著者对他亦无好感,说他徒然继承了凡·高的风格,只有表现的粗疏,"无论那里,都没有深沉的强的力。只看见徒然靠着声音和姿势,闹嚷着的空虚"②。这些评价均对鲁迅的表现主义美术观产生了甚深的影响。

最后一段讲述了意大利和俄罗斯的美术,其中包括对于未来派的评价。著者对未来派的评价,亦并不高。他首先否认了未来派的纯艺术主旨,指出未来派的实质是一种致力于打破传统的极端的社会运动。未来派画家所寻求的东西,是运动的大胆的表现法。"那盛行尝试的,是将一件事故的种种情形,或物体运动的种种状态,'同时底'地,作为一个的造形底表象,表现出来。那结果,便连只是荒唐无稽的——带些恶作剧模样的——'尝试',也在其中出现了,然而有时也有收了相当的效果的兴味颇深的作品。"③未来派的艺术确实呈现出上述状况,其在创新上的追求是值得肯定的,但是这种创新的方式究竟在美术史上占有多大的艺术价值,则是很难说的。联系鲁迅1919年在《热风·随感录五十三》中

---

① [日]板垣鹰穗:《近代美术史潮论》,《鲁迅译文全集》第3卷,福建教育出版社,2008年版,第405页。
② [日]板垣鹰穗:《近代美术史潮论》,《鲁迅译文全集》第3卷,福建教育出版社,2008年版,第398页。
③ [日]板垣鹰穗:《近代美术史潮论》,《鲁迅译文全集》第3卷,福建教育出版社,2008年版,第406页。

对于未来派的看法，可知时间虽然已经过去了约有九年之久，但鲁迅当年的看法，却依然在美术史中得到了有力的印证。即使是在今天，未来派在美术史上的意义也仍然在于其破旧立新的创造精神，其艺术作品则鲜有获得巨大成功者。与对未来派艺术的评价相反，著者在谈到北方系统中俄罗斯的画家哈盖勒和绥盖勒时，笔触就禁不住又热情洋溢起来。他特别肯定了绥盖勒的艺术风格，将之喻为俄罗斯的蒙克。指出他的题材，亦是讽刺浊世的生活的。在他的一系列作品中，可以窥见鬼气而阴森的观念的表现。[①] 著者对于北方系统、对于蒙克的情有独钟可见一斑。这种特殊的爱好和评价亦使鲁迅产生了对于蒙克相当程度上的好感。

该章还附有表现主义的美术插图多幅，如塞尚的《静物》《博徒》《风景》，凡·高的《风景》，蒙克的《病娃》，毕加索的《拭足的女》《斑衣小丑》《两场》《比爱罗》，勃拉克的《静物》，马蒂斯的《女》，柯柯施卡的《自画像》，沛息斯坦因的《木雕》，罗特鲁夫的《自画像》，康定斯基的《白色的中心》，马尔克的《马》，等，但是没有凡·高的《向日葵》，高更的《我们从哪里来？我们是谁？我们往哪里去？》，蒙克的《呐喊》，等，这是颇为遗憾的。

由上述论述可知，鲁迅对于表现主义美术的接受是相当全面的。但是由于该著为美术史论著，就总体而言，描述多而评价少，故而尚缺乏从理论上的深入论证。

从理论上来进行深入论证的则是片山孤村的《表现主义》和山岸光宣的《表现主义的诸相》。值得注意的是，这两篇文章并不单指表现主义

---

① ［日］板垣鹰穗：《近代美术史潮论》，《鲁迅译文全集》第3卷，福建教育出版社，2008年版，第409页。

的美术，还包括其他领域的表现主义的艺术。片氏的《表现主义》，论述层次繁多，分别涉及表现主义①的起源、世界观、人生观、社会观、艺术观等。关于表现主义的起源，指出了其与非战论者的渊源，所谓非战论者，即是"对于战争的背景的物质文明，机械底世界观，唯物论，资本主义等的反抗。积极底地说出来，则就是精神和灵魂之力的高唱；自我，个性，主观的尊重"②。这里的心灵、精神、自我、个性、主观、内界、灵魂等，是全体一致的。关于表现主义的世界观，该文认为"乃是一世纪前的罗曼派的世界观的复活。因此他们之中，也有流于神秘教，降神术，Occultismus（心灵教）的。而近代心理学所发见的潜在意识的奇诡，精神病底现象，性及色情的变态等，尤为表现派作家所窥伺着的题材。又，尼采和伯格森的影响，则将现实解作运动，发生，生生化化，也见于想要将这表现出来的努力上"③。既指出其与既往浪漫派的相通，又指出其与近代心理学（弗洛伊德的精神分析学）和哲学（尼采、柏格森的生命哲学）的密不可分的联系。论述相当之深刻。关于表现主义的社会观，论者指出表现派开首就提倡非战论、平和主义、国际主义，自然其中就会有许多民主主义者和社会主义者。但是在表现派的文艺之士中，往往个人主义的倾向也很显著。④关于表现主义的艺术论，指出它"原是后期印象派以后的造形美术，尤其是绘画的倾向的总称"⑤，这派的

---

① 在该文中，表现主义有时又称表现派。论者没有对这两个概念加以严格的区分。
② [日]片山孤村：《表现主义》，《壁下译丛》，《鲁迅译文全集》第4卷，福建教育出版社，2008年版，第23页。
③④ [日]片山孤村：《表现主义》，《壁下译丛》，《鲁迅译文全集》第4卷，福建教育出版社，2008年版，第25页。
⑤ [日]片山孤村：《表现主义》，《壁下译丛》，《鲁迅译文全集》第4卷，福建教育出版社，2008年版，第26页。

画家，是"和自然派，印象派正相反的极端的主观主义者"①，他们"不甘于自然或印象的再现，想借了自然或印象以表现自己的内界，或者竭力要表现自然的'精神'"②，他们抛开了一切自然的模仿，抛开了生出空间的错觉来的远近画法，"艺术的真，不是和外界的一致，而是和艺术家的内界的一致，'艺术是现（表现），不是再现'（Kunst ist Gabe，nicht Wiedergabe）了"③。这些把握都相当之准确。在论及表现主义的整体艺术特征时，既指出它与新浪漫派的同与不同——"那崇尚主观，轻视现实之处，表现主义是和新罗曼派相像的，但和新罗曼派之避开自然不同，表现主义却是对于现实的争斗，现实的克服，压服，解体，变形，改造"④，又指出它与象征主义的不同——"表现派又排斥象征。他们是在搜求比起'奇怪的花纹'似的象征来，更其强烈，深刻，有着诗底效力的简洁，直截，浓厚的言语"⑤，这就将更好地将表现主义的独特特征突出出来。在谈到表现主义的创作特点时，指出："最要紧的事，是表现派将他们所要表现的'精神'（心灵，灵魂，万有的本体，核心），解释为运动，跃进，突进和冲动。……表现派的作品是爆发底，突进底，跃动底，锐角底，畸形底，而给人以不调和之感者，就为此。自然物体的变形和改造——在有着真的艺术底，表现底冲动的艺术家，也是不得已的内心的要求。"⑥这种看法较为简洁明了地阐释了表现主义的艺术追求和创作风貌形成的内在原因。值得注意的是，论者在阐述表现主义的各个方面时，并没有一味地说好，而是在基本肯定表现主义的基础之上，也指出了表现主义的某

---

① ④ ⑤ ⑥ ［日］片山孤村：《表现主义》，《壁下译丛》，《鲁迅译文全集》第 4 卷，福建教育出版社，2008 年版，第 27 页。

② ③ ［日］片山孤村：《表现主义》，《壁下译丛》，《鲁迅译文全集》第 4 卷，福建教育出版社，2008 年版，第 26 页。

些缺失。如论者指出:"表现派的表现手段,即言语所易于陷入的弊端,是正如一个批评家所言,是夸张癖,'极端癖'。其实他们的文章也太强烈,太浓厚,至少,在我们外国人,是很有难于懂得的地方。"就美术而言,立体派、未来派、达达主义,在其表现手段上早已是极尽夸张之能事,有些作品从艺术造形的层面来看,究竟具有多大的艺术价值,已经很难作出准确的判断了。他们的艺术不但外国人难懂,其实就是本国人,也是难懂的,就是艺术家本人,如果说完全懂得,也是很难说的。鲁迅说:"伟大也要有人懂"①,不懂至少是表现主义的一大缺失,是不能不引起足够充分的注意的。

山氏的《表现主义的诸相》,单从题目上看,就知绝不单述表现主义美术,而是几乎涵盖了表现主义艺术的各个领域。而且它关于表现主义的各个方面,几乎都可以令人想起鲁迅。该文认为,"表现主义排斥物质主义,也一并排斥近代文明的一切"②,这与鲁迅早期"掊物质而张灵明"③的思想颇为一致。该文还认为,"表现派的诗人,是终至于要再成为理想家,不,简直是空想家,非官能而是精神,非观察而是思索,非演绎而是归纳,非从特殊而从普遍来出发了。那精神,即事物本身,便成了艺术的对象。所以表现主义,和印象主义似的以外界的观察为主者,是极端地相对立的。表现主义因为将精神作为标语,那结果,则惟以精神为真是现实底的东西,加以尊崇,而于外界的事物,却任意对付,毫

---

① 鲁迅:《且介亭杂文二集·叶紫作〈丰收〉序》,《鲁迅全集》第6卷,人民文学出版社,2005年版,第228页。
② [日]山岸光宣:《表现主义的诸相》,《译文补编》,《鲁迅译文全集》第8卷,福建教育出版社,2008年版,第316页。
③ 鲁迅:《坟·文化偏至论》,《鲁迅全集》第1卷,人民文学出版社,2005年版,第47页。

不介意。从而尊重空想，神秘，幻觉，也正是自然之势"①。这同片氏一样准确把握住了表现主义的基本特质，也与鲁迅早年对"精神界之战士"②的呼唤有某些相通之处。该文还论述了表现主义的政治倾向性，指出："表现主义虽排斥自然主义的技巧，但在反抗现在的国家组织，和社会主义有着密切的关系之点，却和自然主义相同。假如以用了冷静的同情的眼睛，观察穷人的不幸者，为自然主义，则盛传社会主义底政治思想者，是表现主义。表现主义大抵是极端的倾向艺术，不是为艺术的艺术。"③ "自然主义的社会诗人，虽然对于贫者，倾注同情；但大抵是站在有产者的立脚地上的。然而表现派的诗人，却公然信奉社会主义，打破现存的经济组织"④，而因为尊便捷，所以"在作品中，往往鼓吹着直接行动"⑤。这与鲁迅30年代倾向左翼、崇仰无产阶级革命正相吻合。该文还对表现主义艺术的独异之处进行了探究，如对表现主义戏剧的分析有独到之处，说"表现剧的人物，往往并无姓名，是因为普遍化的倾向，走到极端，漠视了个性化的缘故"⑥，其主角也往往是"忏悔者，忍从者，真理的探究者"⑦等，这些论述都不禁让人想起鲁迅的《过客》。

---

① ［日］山岸光宣：《表现主义的诸相》，《译文补编》，《鲁迅译文全集》第8卷，福建教育出版社，2008年版，第316页。
② 鲁迅：《坟·摩罗诗力说》，《鲁迅全集》第1卷，人民文学出版社，2005年版，第102页。
③④ ［日］山岸光宣：《表现主义的诸相》，《译文补编》，《鲁迅译文全集》第8卷，福建教育出版社，2008年版，第320页。
⑤ ［日］山岸光宣：《表现主义的诸相》，《译文补编》，《鲁迅译文全集》第8卷，福建教育出版社，2008年版，第321页。
⑥ ［日］山岸光宣：《表现主义的诸相》，《译文补编》，《鲁迅译文全集》第8卷，福建教育出版社，2008年版，第319页。
⑦ ［日］山岸光宣：《表现主义的诸相》，《译文补编》，《鲁迅译文全集》第8卷，福建教育出版社，2008年版，第322页。

该文亦在肯定表现主义的基础上指出了表现主义的某些缺失。主要有：一、"难解者颇多"①。达达主义试图在言语样式上，复归于婴儿似的谵语，是极端地排斥了理智，否定了科学和论理的结果。二、"过于极端"②。连当初指导表现主义的人们，也说表现主义已经碰壁了。表现主义中的少数成功者，其成功并不仅仅因为他们信奉了表现主义，而大抵是靠了过去的文艺所练就的本领。概之，由鲁迅所翻译的这两位日本文艺理论家的文章，在世纪初的中国，可以说是极为全面、准确地从理论上阐述了表现主义的特点。鲁迅对它们的理解自然也是极为全面、深刻、准确的。

鲁迅翻译、编辑、出版或发表上述五部（篇）日本译文，还只是日常生活中鲁迅与表现主义美术活动的一部分。应当说，即使鲁迅亲自翻译了这五部（篇）日文，也还不能够证明鲁迅完全接受了表现主义美术。只有参之以鲁迅与表现主义美术活动的其他部分，我们才能够更加全面深入地了解鲁迅和表现主义美术的真正关系。那么，参之以其他活动，鲁迅与表现主义美术之间的关系究竟如何呢？我们发现，鲁迅对表现主义美术是极其欣赏的，他对表现主义美术所投入的热情和精力，也几乎可以说是不遗余力的。这些活动③主要包括：

第一，购买、收藏表现主义的美术作品和美术书籍（包括画论、画

---

① ［日］山岸光宣：《表现主义的诸相》，《译文补编》，《鲁迅译文全集》第8卷，福建教育出版社，2008年版，第319页。

② ［日］山岸光宣：《表现主义的诸相》，《译文补编》，《鲁迅译文全集》第8卷，福建教育出版社，2008年版，第323页。

③ 因鲁迅翻译、编辑、出版或发表与表现主义相关的专著或论文前已详述，故而为叙述简洁起见，此处不再将之包括在内。

史、画集、画册、画帖、散页、原拓等）。① 如：

1912年9月20日，收周作人所寄《绥山画传》一册。该书为德文，《塞尚画传》，内收图画四十幅。1932年7月28日、9月8日、10月9日，去内山书店分别购买《塞尚大画集》（一）（三）（二）。

1912年8月16日，得周作人寄自日本V.van Gogh《Briefe》一册。该书为德文，凡·高《书信集》。11月23日，晚得周作人所寄书三包，其中一册是J.Meier-Graeve《Vincent van Gogh》。该书为《文森特·凡·高》，画集，内收作品五十幅。1930年10月19日得诗荃寄《文森特·凡·高画帖》。1931年4月11日去内山书店买《凡·高画集》，7月25日从丸善书店寄来《文森特·凡·高》。1933年5月8日、7月8日、9月13日、10月6日去内山书店分别购买《凡·高大画集》（一）（二）（三）（四）。

1912年7月11日，收到P. Gauguin《Noa Noa》一册。该书为高更《诺阿 诺阿》，自传性游记。书中附有十二幅木刻插图，是德·蒙弗莱德（de Monfreid）根据高更的画所作。鲁迅在这一天的日记中特意表明"夜读皋庚所著书，以为甚美；此外典籍之涉及印象宗者，亦渴欲见之。"② 1932年4月28日，买日译本《诺阿 诺阿》一本。1933年4月29日，得增田君所寄法文原文《Noa Noa》一本，10月28日从丸善书店购来法文原本《高更版画集》一部二本。

1913年3月9日、5月18日，收周作人所寄德文《近世画人

---

① 为叙述方便起见，以下排列方式按照画家顺序排列，排列顺序分别为塞尚、凡·高、高更、蒙克、珂勒惠支、罗丹、比亚兹莱、麦绥莱勒、格罗斯。鲁迅所购买并收藏的表现主义的美术作品和美术书籍，尚不止以上这些。但上述作品已足可看出鲁迅对于表现主义美术的嗜好和倾心。

② 鲁迅：《鲁迅日记》，《鲁迅全集》第15卷，人民文学出版社，2005年版，第10页。

传》二册。此书为德文《现代插图画家传记丛书》,其中一册为《爱德华·蒙克》。1931年5月4日,收诗荃寄自德国《爱德华·蒙克版画艺术》。

1930年7月15日,收诗荃寄自德国凯绥·珂勒惠支画集五种。1931年4月7日托史沫特莱寄珂勒惠支100马克买版画,5月24日收珂勒惠支版画十二枚,6月23日得诗荃寄珂勒惠支画选一帖,7月24日得珂勒惠支作版画十枚。1934年4月14日、7月19日,分别得由商务印书馆代购之《珂勒惠支新作集》和《凯绥·珂勒惠支作品集》。

1925年2月3日,买《罗丹之艺术》一本。该书为英文版,原名《The Art of Rodin》,1918年纽约波尼和利夫莱特出版社出版,《现代丛书》之一。

1924年4月4日,收丸善书店寄来《比亚兹来传》一本。1925年10月6日,往商务馆买《奥布里·比亚兹莱的艺术》二本,画册。该书为英文版,原名《Art of Beardsley》。

1930年10月28日,收到从德国寄来的《麦绥莱勒连环图画集》,共六本,分别为《理想》《我的祷告》《没有字的故事》《太阳》《工作》和《一个人的受难》。

1929年12月20日,下午往内山书店买《无产阶级的画家乔治·格罗斯》(传记)一本。1930年3月8日,夜收诗荃寄自德国《格罗斯绘画》《统治阶级的新面目》。1930年5月3日,收诗荃所寄《格罗斯素描集》《统治阶级的新面目》(画册);同时所收到的《背景》中,收格罗斯为皮斯卡托尔剧场上演《帅克》所作素描画十七幅。1930年7月15日,收诗荃所寄格罗斯画集《用画笔和剪刀》。1930年9月23日,又收《乔·格罗斯》画集一本。1930年10月7日,再收《乔治·格罗斯》画集一册。1930年11月10日,下午收诗荃所寄《爱情至上》画册,内收格罗斯素描画六十幅。1930年12月2日，午后往瀛环书店买《艺术在危险中》（德文）。该书含论文三篇，格罗斯等著。1931年1月15日，上午往瀛寰图书公司买《空座位的旅客》，德文，小说集，丹麦尼克索著，内附格罗斯插图十二幅。1931年5月15日，托商务印书馆自德国购得格罗斯所作《席勒剧本〈群盗〉警句图》画帖（系原作）。1931年8月13日，购得格罗斯画册《庸人的镜子》一本。1932年6月7日，托曹靖华自苏联购得《G.Grosz画集》一本。1934年7月19日，又购得格罗斯画册《庸人的镜子》一本。

1929年4月7日上午往内山书店买《表现主义的雕刻》一本，11月14日下午往内山书店买《表现派图案集》一本。1931年12月29日，下午得诗荃所寄《表现派的农民画》一本。

此外，除上文所译五部（篇）日文外，鲁迅还购买了其他许多有关表现主义美术理论（或评论）的外文专著，如：

1926年1月4日，得张凤举赠H. Bahr：Expressionismus（德文，奥地利赫尔曼·巴尔著《表现主义》）一本；

1929年12月5日，购《康定斯基艺术论》（日文，俄国康定斯基著）一本；

1930年10月9日，得方仁所寄《艺术之一瞥——表现主义，未来主义，立体主义》（德文，德国瓦尔登著）一本；

1932年8月30日，夜诗荃来自柏林，赠《立体主义》（德文，德国屈佩尔斯著）一本等。

或许由于精力所限，鲁迅并未将这些外文全部译成汉语[①]，但是其中的基本内容鲁迅应该是非常清楚的。这部分著作中比较著名的是赫尔

[①] 鲁迅精通德语和日语，翻译这些外文当不成问题。

曼·巴尔的《表现主义》和康定斯基的《康定斯基艺术论》。这两本著作都是表现主义美术的理论基础,即使以现在的眼光而论,它们的观点也是相当现代和前卫的。①

第二,编辑、出版表现主义画集。据资料统计:

鲁迅自己成立出版机构和自费印刷的表现主义画集,计有:

《比亚兹莱画选》,作《小引》。1929年出版。

《梅斐尔德木刻〈士敏土之图〉》,作《序》。1930年出版。

《凯绥·珂勒惠支版画选集》,作《序目》,并请史沫特莱作《序》。1936年出版。

鲁迅准备编印出版,由于种种原因未能如愿出版的表现主义画集,计有:

《你的姐妹》木刻组画,梅斐尔德作,已写好《小引》,设计好封面,未出。

《诺阿 诺阿》,法国后期印象派画家保罗·高更在塔希提岛上的创作札记,有版画插图,已登广告,未出。

《E.蒙克画集》,已于病中编好,未出。

《德国木刻画选集》,资料已搜集全,未出。

《罗丹雕刻选集》,列入计划,未出。②

---

① 有关这两部著作的内容具体参见附录《西方表现主义美术概述》中的第1部分。
② 此处据王观泉《战斗一生的最后十年》资料辑出,见《鲁迅与美术》,上海人民美术出版社,1979年版,第46—49页。在鲁迅翻译和编辑出版的表现主义画集中,著者没有计入比利时麦绥莱勒的木刻集《一个人的受难》。因为这是一部写实之作,如鲁迅所言:"他(指麦绥莱勒)是酷爱巴黎的,所以作品往往浪漫,奇诡,出于人情,因以收得惊异和滑稽的效果。独有这《一个人的受难》(Die Passion eines Menschen)乃是写实之作,和别的图画故事都不同。"(《南腔北调集·〈一个人的受难〉序》,《鲁迅全集》第4卷,第573页。)故未计入。

第三，发表表现主义美术作品。① 较为著名的有：

1931年9月，在《北斗》创刊号发表珂勒惠支的《牺牲》。1932年11月，在《文学月报》第1卷第4期选发珂勒惠支的木刻组画《无产者》中的两幅。1933年4月，在《现代》第2卷第6期再一次刊出珂勒惠支的《牺牲》。1935年10月，在《译文》发表珂勒惠支的木刻《纪念李卜克内西》(又译《生者之于死者》)。1936年，在《中国呼声》选发珂勒惠支的《农民战争》之五《反抗》。

1928年9月20日，在《奔流》月刊第1卷第4期发表金溟若的译文——日本有岛武郎的论文《叛逆者——关于罗丹的考察》。为了配合这篇论文，特地刊载四幅罗丹作品，分别是：《亚当》《思想者》《塌鼻男子》《圣约翰》。由于这四幅作品题名全部错误，故而1928年10月30日又在《奔流》月刊第1卷第5期上予以重登。

第四，举办表现主义画展并作介绍。如：

1930年10月4日，举办"世界版画展览会"。鲁迅将所藏苏德等国版画七十多幅参加展出。

1932年5、6月间，参加举办"德国作家版画展"。展品有珂勒惠支、梅斐尔德、格罗斯等人作品百余幅。鲁迅在这之前作有《介绍德国作家版画展》和《德国作家版画展延期举行真像》等文，并借与镜框及珍藏的名画。

1933年10月14日、15日，举办"德俄木刻展览会"。共展出作品四十幅。

1933年12月2日、3日，举办"俄法书籍插画展览会"。展品四十

---

① 鲁迅利用各种形式所发表的表现主义的美术作品决不止以下二例。但由以下二例，已可看出鲁迅对于表现主义美术确实是在不遗余力地进行广泛宣传和推介的。

幅，主要为苏联版画，杂以少量法国版画。①

在《介绍德国作家版画展》一文中，鲁迅说："例如亚尔启本珂（Archipenko），珂珂式加（O. Kokoschka），法宁该尔（L. Feininger），沛息斯坦因（M. Pechstein），都是只要知道一点现代艺术的人，就很熟识的人物。此外还有当表现派文学运动之际，和文学家一同协力的霍夫曼（L. Von Hofmann），梅特那（L. Meidner）的作品。至于新的战斗的作家如珂勒惠支夫人（K. Kollwitz），格罗斯（G. Grosz），梅斐尔德（C. Meffert），那是连留心文学的人也就知道的，更可以无须多说的了。"② 这里所提到的艺术家几乎无例外都是表现主义美术运动的中坚人物，足见鲁迅对表现主义美术所倾注的热情。

然而，同样是鲁迅，几乎在同一时段，又在演讲、书信中极力反对19世纪末以来的"欧洲的各个新派画"。1930年2月21日，鲁迅在上海中华艺术大学给青年学生们所作的讲演中说："欧洲的各个新派画有一个共同倾向，就是崇尚怪异。""新派画的作品，几乎非知识分子不能知其存意。因此绘画成了画家的专利品，和大众绝缘，这是艺术的不幸。""新派画破坏有余，建设不足。"等等。相反地，他在演讲中极力推崇"写实主义"，在讲到未来派的夸大不实之后，说，"最近有恢复写实主义的倾向，这是必然的归趋"，显然对"写实主义"寄予极大的希望和肯定。③ 1934年6月2日，鲁迅又在给郑振铎的信中，这样说："盖中国

---

① 此处据王观泉《良师益友》资料辑出，见《鲁迅与美术》，第136—137页，但增加1932年5、6月间参加举办"德国作家版画展"一次，共计四次。

② 鲁迅：《集外集拾遗补编·介绍德国作家版画展》，《鲁迅全集》第8卷，人民文学出版社，2005年版，第360—361页。

③ 以上引文参见刘汝醴：《鲁迅在中华艺术大学讲演记录》，王观泉：《鲁迅美术系年》，人民美术出版社，1979年版，第45页。

艺术家,一向喜欢介绍欧洲十九世纪末之怪画,一怪,即便于胡为,于是畸形怪相,遂弥漫于画苑。"① 联系上文,这里的"怪画"所指即是19世纪末以来的"欧洲的各个新派画"。这就给人造成了这样一种印象,即:鲁迅把19世纪末以来的欧洲的所有画派,如印象派、后期印象派、野兽派、立体派、表现派、构成派、未来派、达达主义、超现实主义等等,尽皆予以全盘否定了。而根据著者对于表现主义美术的界定,表现主义美术似乎也处在了鲁迅的否定之列。

但是,事实真是这样的吗?在这里,恰恰是最需要进行一番细致辨析的。即:鲁迅在这里所说的"新派画",究竟是指全部的欧洲新派画,还是特指其中的某一两个派别。当我们真正静下心来,再次深入细读鲁迅在中国艺术大学的讲演后,我们发现鲁迅在这里所说的新派画,所指其实相当明确,即是他几乎从来就很少给予过好评的未来派②。鲁迅所说:"未来派的理论更为夸大。他们画中所表现的,都是画家观察对象的一刹那的行动记录。如《裙边小狗》,《奔马》等都有几十条腿。因为狗和马在奔跑的时候,看上去不止四条腿。此说虽有几分道理,毕竟过于夸大了。这种画法,我以为并非解放,而是解体。因为事实上狗和马等都只有四条腿。"③ 即为明证。而且,遍查整个讲演,在鲁迅所举的所谓新派画中,所举也只有这一个派别。鲁迅对未来派的批判,其实并不止

---

① 鲁迅:《鲁迅书信·340602 致郑振铎》,《鲁迅全集》第13卷,人民文学出版社,2005年版,第133页。
② 鲁迅给予未来派的仅有的一次好评,是夸奖它的作者的认真的态度(鲁迅:《集外集拾遗·今春的两种感想》,《鲁迅全集》第7卷,人民文学出版社,2005年版,第408页)。其他的评论则多系否定。
③ 刘汝醴:《鲁迅在中华艺术大学讲演记录》,《鲁迅美术系年》,人民美术出版社,1979年版,第45页。

这一处。他对未来派的批判，往往是和对于立体派的批判一块进行的。早在1919年，鲁迅即认为，"立方派(Cubism)未来派(Futurism)的主张，虽然新奇，却尚未能确立基础；而且在中国，又怕未必能够理解。"① 就已经指出了这两大派别的弊端：刻意求新，使人不懂。这与鲁迅在中华艺术大学的讲演中所指出的新派画的缺失："崇尚怪异"，"几乎非知识分子不能知其存意"，是一致的。1932年11月22日，鲁迅在面对北平辅仁大学的学生们进行讲演时，再次批判了未来派的使人"看不懂"："以前欧洲有所谓未来派艺术。未来派的艺术是看不懂的东西。但看不懂也并非一定是看者知识太浅，实在是它根本上就看不懂。"② 1934年4月12日，鲁迅在致姚克的信中，再次对立体派、未来派进行了批判。指出当时的美术青年，好大喜功，喜看未来派、立体派的作品，而不肯正正经经地作画，刻苦用功。所作画则人面必歪，脸色多绿。③ 这又与前面鲁迅所批判的"新派画破坏有余，建设不足"，是一致的。而在不到两个月后，鲁迅在致郑振铎的信中，就谈到了他对于"十九世纪末之怪画"的看法。显然，这里所指的"怪画"，亦有明确所指，即是未来派与立体派。

值得注意的是，鲁迅对于未来派与立体派的看法，还并不仅仅直接来自于他的直觉与感悟，简洁地说，它还与鲁迅所翻译的上述几部（篇）日本译文有着很大的关系。如在《近代美术史潮论》中，板垣鹰穗对于

---

① 鲁迅：《热风·随感录五十三》，《鲁迅全集》第1卷，人民文学出版社，2005年版，第357页。

② 鲁迅：《集外集拾遗·今春的两种感想》，《鲁迅全集》第7卷，人民文学出版社，2005年版，第408页。

③ 鲁迅：《鲁迅书信·340412致姚克》，《鲁迅全集》第13卷，人民文学出版社，2005年版，第75页。

立体派与未来派的评价就很低。这不但在很大程度上印证了鲁迅早在1919年就有的对于立体派与未来派的看法，而且也深刻影响了在这之后鲁迅对于这两个派别的看法。片山孤村的《表现主义》和山岸光宣的《表现主义的诸相》，也都指出了表现主义的某些缺失：过于极端，使人不懂等。这都深刻影响了鲁迅的表现主义美术观。

由上观之，鲁迅并没有轻易地否定表现主义美术，他所否定的只是其中的两个派别：立体派和未来派。我们不能轻易地由鲁迅对这两个派别的否定，扩大上升到鲁迅对于整个表现主义美术的否定。事实上，即使是在表现主义美术内部，各个派别之间互相否定、互相排斥的现象也屡见不鲜。不但前派排斥后派，后派为了站稳脚跟，也对前派采取了更为激烈的否定。从一定程度上讲，西方现代艺术的发展就是一个自我否定、自啮其身的过程。鉴于表现主义美术内部的复杂状况，各个美术史论者或艺术评论家，都发表了各自不同的看法。赞赏者有之，反对者亦有之。所以，当鲁迅面对表现主义美术的各个派别时，不管是有所偏嗜，还是有所厌恶，也就都在情理之中了。

由此出发，我们甚至还发现了一个被隐藏起来的极其重要的命题——鲁迅对表现主义美术的欣赏是有其选择性的。即：鲁迅最喜欢凡·高、高更、蒙克、罗丹、珂勒惠支、梅斐尔德、麦绥莱勒等这些尚以写实为底或有扎实写实功力的大师级的表现主义先驱者和同路人的作品，并和他们发生了精神上的甚深融合；对于德国表现派的代表人物如亚尔启本珂、珂珂式加、法宁该尔、沛息斯坦因等的作品，鲁迅也是喜欢的，只不过就其程度而言，没有上述几位大师更能引起鲁迅思想与精神上的共鸣；而对于立体派、未来派、达达主义等这些在现代艺术领域中常以极端和激烈著称的绘画流派，鲁迅则是极其厌恶的，如上文所述，鲁迅对于19世纪以来的欧洲各个新派画的批评意见，具体所指正是它们。

综上所论，就总体而言，鲁迅对于表现主义美术仍然是极其欣赏的。这种欣赏甚至可以用透入骨髓来加以形容。

既然鲁迅理解和接受表现主义美术如此广泛而且深入，那么表现主义美术也必然会对鲁迅发生影响。其突出一点，即表现在鲁迅对于画家及其作品的评论，也带有了表现主义的色彩。这一方面的评论，大致可以分为两类：对外国美术家及其作品的评论；对中国美术家及其作品的评论。前者如在《〈近代木刻选集〉（1）附记》中，他说达格力秀的木刻能显示"纤巧敏慧的装饰的感情"，迪绥尔多黎的木刻"就如本来在木上所创生的一般"①；在《〈近代木刻选集〉（2）小引》中赞美了捏刀向木、放刀直干的"有力之美"②；在《〈近代木刻选集〉（2）附记》中说格斯金的《大雪》非常"凄凉"，赞美杰平对于黑白的观念意味深长，"他的令人快乐的《闲坐》，显示他在有意味的形式里黑白对照的气质"，说凯亥勒的木刻中"颤动着生命"③；他欣赏蕗谷虹儿的"悲凉的微笑"，喜欢比亚兹莱的"锋利的刺戟力"④。后者如对陶元庆的绘画评论，说他"在那黯然埋藏着的作品中，却满显出作者个人的主观和情绪，尤可以看见他对于笔触，色采和趣味，是怎样的尽力与经心"⑤。在《看司徒乔君的画》

---

① 鲁迅：《集外集拾遗·〈近代木刻选集〉（1）附记》，《鲁迅全集》第7卷，人民文学出版社，2005年版，第338、339页。

② 鲁迅：《集外集拾遗·〈近代木刻选集〉（2）小引》，《鲁迅全集》第7卷，人民文学出版社，2005年版，第351页。

③ 鲁迅：《集外集拾遗·〈近代木刻选集〉（2）附记》，《鲁迅全集》第7卷，人民文学出版社，2005年版，第353—354页。

④ 鲁迅：《集外集拾遗·〈蕗谷虹儿画选〉小引》，《鲁迅全集》第7卷，人民文学出版社，2005年版，第342—343页。

⑤ 鲁迅：《集外集拾遗·〈陶元庆氏西洋绘画展览会目录〉序》，《鲁迅全集》第7卷，人民文学出版社，2005年版，第272页。

中,赞扬了司徒乔的画描绘了在黄埃满天、一切都成土色的人间里"人们和天然苦斗"的景象,让他感到了"欢喜"的萌芽[1]。而在鲁迅的直接引导下,中国木刻青年们也创作出了一大批具有明显表现主义风格的作品,突出的如胡一川的《到前线去》和李桦的《怒吼罢中国》《是谁给的命运》等。具有表现主义风格倾向的还有刘仑、赖少其、郑野夫、陈普之、夏朋等。[2]

甚至在文学翻译领域,鲁迅的评论也带有了表现主义的色彩。如他赞美阿尔志跋绥夫的"写实主义",说他的《幸福》"写雪地上沦落的妓女和色情狂的仆人,几乎美丑泯绝,如看罗丹(Rodin)的雕刻"[3],他的《工人绥惠略夫》则是"一本被绝望所包围的书"[4];他评论安特来夫的作品"消融了内面世界与外面表现之差,而现出灵肉一致的境地"[5];他觉得爱罗先珂的童话里"所要叫彻人间的是无所不爱,然而不得所爱的悲哀"[6],觉得"以一身来担人间苦"的迦尔洵的小说中充满的首先是"绝叫"[7];他从雅各

---

[1] 鲁迅:《三闲集·看司徒乔君的画》,《鲁迅全集》第4卷,人民文学出版社,2005年版,第73页。
[2] 李允经:《中国现代版画萌芽期创作评价》,《鲁迅研究月刊》1995年第9期,第65—67页。
[3] 鲁迅:《译文序跋集·〈幸福〉译者附记》,《鲁迅全集》第10卷,人民文学出版社,2005年版,第188页。
[4] 鲁迅:《译文序跋集·译了〈工人绥惠略夫〉之后》,《鲁迅全集》第10卷,人民文学出版社,2005年版,第184页。
[5] 鲁迅:《译文序跋集·〈黯澹的烟霭里〉译者附记》,《鲁迅全集》第10卷,人民文学出版社,2005年版,第201页。
[6] 鲁迅:《译文序跋集·〈爱罗先珂童话集〉序》,《鲁迅全集》第10卷,人民文学出版社,2005年版,第214页。
[7] 鲁迅:《译文序跋集·〈一篇很短的传奇〉译者附记(二)》,《鲁迅全集》第10卷,人民文学出版社,2005年版,第502页。

武莱夫中体会出"阴郁的绝望底的氛围气"①,从左祝黎中体会到"怀疑和失望"②,从巴罗哈中感到"悲凉的心绪"③。当然,表现主义美术对鲁迅的最大最深的影响还不是以上这些,而是对于他的作品的影响。具体详见正文所述。

---

① 鲁迅:《译文序跋集·〈十月〉后记》,《鲁迅全集》第10卷,人民文学出版社,2005年版,第352页。
② 鲁迅:《译文序跋集·〈竖琴〉后记》,《鲁迅全集》第10卷,人民文学出版社,2005年版,第381页。
③ 鲁迅:《译文序跋集·〈促狭鬼莱哥羌台奇〉译者附记》,《鲁迅全集》第10卷,人民文学出版社,2005年版,第433页。

1981—2011:"鲁迅与美术"研究三十年

"鲁迅与美术"研究无疑是整个鲁迅研究家族中的重要成员。然而,在百年鲁迅研究中,偏偏以这一块的研究最为薄弱。著者曾阅彭定安先生所著《鲁迅学导论》①,竟未能发现有关于"鲁迅与美术"研究的片言只语。其中的原因可能是多方面的,文学与美术两大媒介的人为隔绝、互不相通可能是最主要的原因。已有评论者就鲁迅逝世以后至1980年代中后期的"鲁迅与美术"研究作出了如下判断:"几十年来,虽然谈论'鲁迅与美术'研究的文章林林总总,但绝大多数停留在对事实的追忆、对现象的描述和对资料整理汇编的平面上。一些专门的研究著述也往往局限于对鲁迅美术思想、美术活动的分类和介绍,难以见到有深度和力度的分析。"②进入新时期即1981年以后很长一段时间以来,这种现象才逐渐发生改观,越来越呈现出生机勃勃的发展态势。面对"鲁迅与美术"

---

① 彭定安:《鲁迅学导论》,中国社会科学出版社,2001年版。
② 王颖:《美术视野中的鲁迅——鲁迅美术活动研究述评》,《鲁迅研究月刊》1993年第1期,第106页。

研究领域中的诸多专题,越来越多的鲁迅研究者表现出了浓厚的研究兴趣,并产生了一批具有较高质量的学术成果。但是,毋庸讳言,相比于鲁迅研究其他领域(尤其是鲁迅作品研究和鲁迅思想研究)中的丰硕成果,鲁迅与美术研究成果仍较薄弱,仍然存在着这样那样的不足。这一切都需要在今后的研究中加以补足,并予以不断的拓展和深化,才能渴望达到较为理想的境地。总体而言,1981—2011年这三十年的"鲁迅与美术"研究主要体现为以下八个方面:

一 鲁迅与版画(木刻)研究

鲁迅与版画(木刻)研究是鲁迅与美术研究中的老话题,这与鲁迅作为中国现代木刻之父的身份是分不开的。新时期以来,鲁迅与版画(木刻)研究继续受到研究者的重视,凡是涉及鲁迅与美术领域的学人几乎无不对此有所论说。鲁迅与版画(木刻)研究亦由此取得了较为丰硕的成果[①]。这些成果大致可以分为以下几个方面:

(一)史料方面:

1981年,内山嘉吉与鲁迅研究者奈良和夫合写了《鲁迅与木刻》[②]。这是继陈烟桥发表《鲁迅与木刻》[③]之后又一部研究鲁迅与版画关系的学术专著,也是海外研究"鲁迅与美术"的第一部专著。它以翔实的资料

---

① 这里之所以说鲁迅与版画(木刻)研究取得了较为丰硕的成果,是相对于鲁迅美术世界中的其他遗产的研究成果(即下节所述)而言的。同时,相对于鲁迅研究中的其他领域,尤其是鲁迅作品研究和鲁迅思想研究,鲁迅与版画(木刻)研究仍显薄弱。
② [日]内山嘉吉、奈良和夫:《鲁迅与木刻》,日本研文出版社(山本书店出版部),1981年版。该书于1985年由韩宗琦译成中文,人民美术出版社出版。
③ 陈烟桥:《鲁迅与木刻》,上海开明书店,1949年版。

第一次完整而系统地介绍了鲁迅与中国现代版画运动的联系,并深入研究了鲁迅的版画思想,从而提出许多富有建设性意义的观点。

1985年、1986年,马蹄疾和李允经共同合作出版了《鲁迅与新兴木刻运动》《鲁迅木刻活动年谱》①,亦对鲁迅与木刻相关资料作出了系统梳理。《鲁迅与新兴木刻运动》共有六个部分:1.鲁迅——中国新兴木刻运动的导师;2.鲁迅与木刻社团;3.鲁迅与木刻青年;4.鲁迅与木刻书刊;5.鲁迅与木刻展览;6.鲁迅所评论的中国木刻作品图文并读。书中收集了极为丰富可贵的文字和图片资料,比较全面地研究了鲁迅的木刻活动。

进入90年代以来,在鲁迅与版画(木刻)基本资料的搜集与整理方面作出突出贡献的是《版画纪程——鲁迅藏中国现代木刻全集》《寒凝大地——1930—1949国统区木刻版画集》《明朗的天——1937—1949解放区木刻版画集》②等大型画集的出版。

《版画纪程》共收鲁迅所藏中国现代版画一千七百余幅。全书收入《现代版画》十八册,连续画十四部,《木刻界》四册,个人专集二十一册,多人合集十二册,单幅作品三百五十余幅。按类分为五册。此书资料珍贵,内容丰富,比较完整地反映了鲁迅与新兴木刻运动、现代版画家和现代版画史的关系,具有里程碑式的文献学意义和价值。与《版画纪程》堪称姊妹篇的是《鲁迅收藏外国版画全集》。90年代,上海古籍出版社将此书列入出版计划,委托李允经、徐梵澄等学者和版画家李平凡编辑完

---

① 马蹄疾、李允经:《鲁迅与新兴木刻运动》,人民美术出版社,1985年版。马蹄疾、李允经:《鲁迅木刻活动年谱》,上海人民美术出版社,1986年版。

② 上海鲁迅纪念馆:《版画纪程——鲁迅藏中国现代木刻全集》,江苏古籍出版社,1991年版。李小山、邹跃进编:《明朗的天——1937—1949解放区木刻版画集》,湖南美术出版社1998年版。李树声、李小山编:《寒凝大地——1930—1949国统区木刻版画集》,湖南美术出版社,2000年版。

成，后因涉及外国版画家的版权等问题未能出版。由于此书甚为重要，故亦简介如下：《鲁迅收藏外国版画全集》不但囊括了鲁迅生前自费出版的九种外国版画集，而且包括了鲁迅去世后出版的《拈花集》，以及他所收藏而从未与我国读者见面的大量欧美及日本版画和部分苏联版画原拓。作品总量达二千多幅，共分五卷，依次为：1.美画卷；2.苏联画卷；3.4.5.日本版画卷。这是一部对于研究鲁迅与外国版画关系有着极大便利的重要学术参考资料，希望能够尽快出版，最终完成鲁迅生前未毕的遗愿。①

《寒凝大地》收集了国统区各个时期具有代表性的作品和其他文献资料，比较全面、系统、集中地展示了从1930年到1949年国统区木刻艺术发展的全貌。它和1998年出版的《明朗的天》可称是具有里程碑意义的姊妹篇。这两本画集中所有的作品均一律四色印刷，完整清晰地还原了这些在动乱和战争年代创作并幸存下来的画作原貌。《寒凝大地》中的国统区木刻共分两个阶段，1931—1937年是它的萌芽时期，1937—1949年是它的成长时期。其中的萌芽时期就包含了由鲁迅所提携的诸多早期木刻家的作品，这些作品本来就是在鲁迅的直接引导下创作出来的。《明朗的天》中解放区的木刻系指1937—1949年的木刻，此时鲁迅虽然已逝世，不可能对他们进行指导，但是这些版画艺术继承和发扬了由鲁迅培育起来的新兴木刻的传统，这些版画家们亦直接奉鲁迅为自己的精神导师，则是无疑的。《寒凝大地》较之《明朗的天》，还进一步增多了文献和史料，甚至于没有忘记前辈们一边捏刀向木一边哼唱的《木刻运动

---

① 或许是为了弥补未能出版《鲁迅收藏外国版画全集》的遗憾，2011年北京图书馆出版社出版了一本《鲁迅藏外国版画百图》（北京鲁迅博物馆编），其中包括：德国版画、自画像、德国的孩子们饿着（珂勒惠支作品）、《席勒剧本〈强盗〉警句图》、《你的姊妹》插图、《静静的顿河》插图、《城与年》插图等。但相比较于鲁迅收藏外国版画作品达两千多幅的总量，一百幅显然是远远不够的。

歌》，这实在是研究、欣赏和领略那战斗的版画岁月的极好的经典文献。这两本画集是对解放前我国新兴木刻艺术的总检阅，对于我国现代美术（特别是革命美术运动）的研究也具有不可替代的文献价值和历史意义。

论文方面对于鲁迅与版画（木刻）相关史料进行系统整理的还有张树云、谢国桢、李允经、王士让、王士菁、马蹄疾、江小蕙、夏晓静、李淑丽等①。前辈学人在史料的搜集与整理方面所作的工作总是令人心仪的，他们为后世学人在资料使用方面所提供的巨大便利是怎么评价都不会过分的。

（二）史论方面：

李允经的《中国现代版画史》②是自建国前唐英伟的《中国现代木刻史》③出现以来在新时期所撰写的又一部版画史著作。它以中国新兴版画的萌芽期、成长期、发展期、灾难期及繁荣期等五个时期作为总纲和经，

---

① 这批论文主要包括：1.关于鲁迅与版画（总体方面）。张树云：《鲁迅与中国现代版画》，《南京艺术学院学报》1981年第3期。谢国桢：《鲁迅与中国版画——纪念鲁迅先生百年诞辰》，《文献》1981年第3期。李允经：《鲁迅和中国新兴木刻运动》，《鲁迅研究年刊》（西北大学鲁迅研究室编）1984年。林溪（李允经）：《鲁迅的版画理论和中国新兴版画运动》，《鲁迅研究动态》1989年第7期。王士让：《鲁迅在新兴木刻运动中的伟大贡献》，《宁夏艺术》1986年第2期。2.关于鲁迅与苏联木刻。王士菁：《〈鲁迅珍藏苏联木刻画集〉前言》，《鲁迅研究动态》1985年第6期。马蹄疾：《鲁迅和苏联木刻》，《美苑》1987年第1期。3.关于鲁迅与日本浮世绘。江小蕙：《从鲁迅藏书看鲁迅——鲁迅与日本浮世绘》，《鲁迅研究动态》1988年第3期。江小蕙：《从鲁迅藏书看鲁迅（续）——鲁迅与浮世绘》，《鲁迅研究动态》1988年第4期。4.关于鲁迅与藏书票。夏晓静：《鲁迅珍藏的中国第一批藏书票》，《鲁迅研究月刊》1998年第6期。李允经：《鲁迅和藏书票艺术》，《鲁迅研究月刊》1998年第8期。5.关于鲁迅与儿童美术。李淑丽：《鲁迅与日本儿童版画》，《鲁迅研究动态》1988年第10期。

② 李允经：《中国现代版画史》，山西人民出版社，1996年版。

③ 唐英伟：《中国现代木刻史》，桂林木合社出版，1944年版。

以版画运动、版画家和他们的作品、中外版画交流、版画理论建设为纬来结构全书,分别阐述了不同时期的中国新兴版画的活动和发展。其中第二章《中国现代版画萌芽期创作评价》[①]与鲁迅所倡导的新兴木刻运动密切相关。该章共分三部分:1.概况和特点;2.革命现实主义诸家;3.表现主义倾向诸家,对处于萌芽期的中国现代版画作了较好的理论概括,对中国现代版画家作了清晰的类型划分。专著方面对"鲁迅与版画"做出史的概括和梳理的还有齐凤阁的《中国新兴版画发展史1931—1991》、范梦的《中国现代版画史》、王伯敏的《中国美术通史》[②]等。齐著以作品为中心,以史论评结合的方法直接切入版画艺术本体,范著简略、概括、通俗,具有趣味性。从整体上看,中国现代版画史研究仍重史料的翔实,偏于叙述而缺少判断,忽视规律的探讨与学术的深刻。但他们在史料上的贡献则是无疑的。

  论文方面在"鲁迅与版画"史论方面作出突出贡献的文章较多,质量较高。按时间顺序略述如下:

  1980年代,李允经、张树云、谢国桢、王士让、王士菁、马蹄疾、江小蕙等的文章,主要侧重于鲁迅与版画史料的搜集与整理,在鲁迅与版画史论方面较少注意。他们在进入鲁迅与美术研究论域之始,即着手于基本史料的搜集与整理,这种做学问的路径既有利于自己,又有利于他人,是极其正确的。

[①] 该章亦曾以论文形式单独发表于《鲁迅研究月刊》1995年第9期。
[②] 齐凤阁:《中国新兴版画发展史1931—1991》,吉林美术出版社,1994年版。范梦:《中国现代版画史》,中国青年出版社1997年版。王伯敏主编:《中国美术通史》,山东教育出版社,1988年版。在王伯敏的这部书中有关"鲁迅与版画"一块具体参见:《中国美术通史》之第十编《近现代美术》(李树声主编)之第五章《版画》(李树声编著)。全章共分三节,分别为:1.鲁迅与新兴版画;2.新兴版画社团;3.版画家及其作品。

1991年、1994年，王颖、刘开明共同合作发表文章①高度评价了中国现代版画的历史品格，并就鲁迅在中国现代版画运动中的巨大影响和作用作了具体而详尽的论述。论者指出，中国现代版画是作为左翼革命艺术的一翼崛起的。每一个版画团体、版画家都与鲁迅保持着紧密的联系。可以说，鲁迅的艺术观念、审美意识即是当时版画创作的指导理论。鲁迅那种"直面惨淡人生，正视淋漓鲜血"的现实主义忧患意识的写实态度，"横眉冷对千夫指"的坚韧战斗精神和"俯首甘为孺子牛"的人道主义思想，由此亦成为中国现代版画艺术的主题指向。

1997年，李树声发表《中国新兴版画在现代美术史上的突出贡献》②，继续肯定了鲁迅在中国新兴版画运动中的作用。同年，齐凤阁发表《二十世纪中国版画的语境转换》③，则在指出世纪初的本体切换改变了版画的创作方式和视觉形态，使中国现代版画既获得了新型话语，又铸就了现代魂魄的同时，又指出，由于创作的动因不光缘于艺术自身，还出于强烈政治使命感，所以中国现代版画虽然超常地实现了功利目标，在启蒙与救亡的伟业中取得了其他画种无法比拟的成绩，却在艺术自身建设方面也付出了不可忽视的代价。而鲁迅在其中则既发挥了一些好的作用，如规劝木刻青年对于艺术规律的重视，但是由于其自身局限，如他过于重视版画的功利目的，加之本身缺少版画的专业技能，无法进行具体指导等，也产生了一些不好的作用。

2001年是鲁迅诞辰一百二十周年，新兴版画诞生七十周年。为纪念

---

① 王颖、刘开明：《中国现代版画的历史品格》，《齐鲁艺苑》1991年第4期。王颖、刘开明：《强劲的黑白风——中国现代版画（1929—1949）史论》，《山东师范大学学报》1994年第4期。
② 李树声：《中国新兴版画在现代美术史上的突出贡献》，《文艺研究》1997年第6期。
③ 齐凤阁：《二十世纪中国版画的语境转换》，《文艺研究》1997年第6期。

这一盛事，美术界配合两大画集:《寒凝大地》和《明朗的天》的出版发表了一系列纪念文章。李树声、王琦、刘曦林[①]集中论述了1930—1949年国统区木刻。邹跃进、李小山、朱为民、蔡若虹[②]论述了1937—1949年的解放区木刻。刘新[③]则对国统区木刻和解放区木刻均有所述。虽然论域都已经超出了萌芽期现代新兴木刻的范围，但不论国统区木刻还是解放区木刻均受鲁迅美术思想的巨大影响，则是毋庸置疑的，以上论者也多指出了此点。李树声即认为，国统区木刻自始至终都是以鲁迅的艺术观作为自己的指导思想，鲁迅是木刻家的精神支柱。蔡若虹、邹跃进、李小山、朱为民则再次肯定了鲁迅在发展新兴木刻运动方面的功绩，并指出解放区的木刻版画艺术所继承和发扬的正是由鲁迅培育起来的新兴木刻的传统。

2002年、2010年，冯汉江、周爱民[④]撰文分别强调了新兴版画的战斗性和革命性。李允经[⑤]则再次延续了其在《中国现代版画萌芽期创作评价》中的基本观点。强调指出中国新兴木刻艺术，是一种以真实性为基础、以功利性为特点、以独具民族特色的审美性为归宿的革命现实主

---

① 李树声:《现代社会的魂魄——试论国统区的木刻版画艺术》,《美术》2001年第9期。王琦:《〈寒凝大地——1930—1949国统区木刻版画集〉序》,《美术》2001年第9期。刘曦林:《不应该忘记的一首歌——〈寒凝大地·国统区木刻版画集〉读后》,《美术观察》2001年第4期。

② 邹跃进、李小山、朱为民:《试论解放区的木刻版画艺术》,《美术》2001年第10期。蔡若虹:《〈明朗的天——1937—1949解放区木刻版画集〉序》,《美术》2001年第9期。

③ 刘新:《与左翼木刻面对面——1930年至1940年代中国木刻的再发现》,《美术》2001年第10期。

④ 冯汉江:《中国新兴版画的发展与嬗变》,《荆州师范学院学报》2002年第4期。周爱民:《革命的号角:从新兴木刻到延安美术》,《荣宝斋》2010年第10期。

⑤ 李允经:《鲁迅对我国萌芽期木刻的评议》,《鲁迅研究月刊》2002年第10期。

义的艺术。

2004年冯绪民撰文《中国"现代版画"的特殊历程及其他》[①]，则是对于齐凤阁《二十世纪中国版画的语境转换》的一个呼应。文章认为，中国现代版画的某些情况总令人感到是一个特殊的事业。如果说，过去革命斗争与革命战争年代，确实不得已而为之，也就是说版画的艺术性需建立在民族正义与民族历史责任基础上是正当的，哪怕直接参加战斗，那么，版画作为艺术的、不过是一种普通的美术形式和手段，在和平年代，特别是在中国逐步建立政治理性、经济理性和文化理性的转型时期，仍然浮于某种偏执而空洞的说教，恐怕再不能说是一种正常现象。

2011年，蔡拥华撰文[②]则将20世纪30年代鲁迅与新兴木刻运动和中国现代知识分子的觉醒与现代追求联系起来，认为中国的版画家在借鉴各种经验和探索各种技巧、语言发展的可能性的同时，更进行对社会苦难根源执着的追问和维护人性尊严的抗争过程中，无论是版画风格的选择还是版画题材的选择，都渐已呈现出知识分子追求现代化的自觉独立的一面。新兴木刻的艺术家们在这历史的关键时刻自愿为公众利益而独立思考甚至牺牲，使得这一次运动也可视为是为了保持生机勃勃的革命理想和改造中国的乐观主义的一次尝试。正因如此，它便成为"烽烟四起"的民国美术史中的一朵范。

与蔡拥华对于知识分子和现代性的关注不同，同年度段保国[③]关注

[①] 冯绪民：《中国"现代版画"的特殊历程及其他》，《新美术》2004年第1期。
[②] 蔡拥华：《知识分子的觉醒与现代追求——20世纪三十年代鲁迅与新兴木刻运动》，《新美术》2011年第5期。
[③] 段保国：《对"文学性"与"绘画性"的探究——以鲁迅先生倡导的"新兴版画运动"为例》，《石河子大学学报》2011年第3期。

的则是鲁迅与美术研究中的两大关键词：文学性与绘画性。他指出，中国绘画史的发展证明，"文学性"对绘画的创作与发展一直存在着一种潜移默化的影响。"文学性"与"绘画性"之间不仅存在着显著的差异，同时这一差异又是绘画借助"文学性"这一文学表达模式的优势来发展自身的重要手段。据此，他认为，由鲁迅所倡导的"新兴版画运动"不但改变了中外美术史上"文学性"与"绘画性"相互割裂的偏向，而且探索到了"文学性"与"绘画性"要素合理配置的理想方法，并进而创造出了一种蕴含着深刻的文化内涵、时代精神、时代主题，崭新的审美趣味、形式风格的新兴版画风格。

（三）深入拓展方面：

2003年，沈刚发表《生命力度与历史理性——由新兴版画的形式意味看鲁迅的文化性格》[①]，认为鲁迅对版画问题的关注和论述集中体现了鲁迅的美术思想，同时也是鲁迅文化思想的重要组成部分。鲁迅的艺术观不同于"直接"的反映论模式，其深刻性在于从新兴版画特有的形式意味中体味、张扬了人的生命力度，并渗透在文学创作的基调之中，共同构成了对传统文化的批判维度。

2009年，方麟撰文《鲁迅的版画情结》[②]，首次将版画的风格特征与鲁迅的思想特质一一对应，认为版画的风格化与鲁迅"人各有己"的思想紧密相连，版画的复数性、大众化暗合了鲁迅的民间视野、民本思想，而版画的间接性则吻合了鲁迅对于创作过程的重视，这种对过程的执迷即为鲁迅的"中间物意识"。

---

① 沈刚：《生命力度与历史理性——由新兴版画的形式意味看鲁迅的文化性格》，《江西社会科学》2003年第5期。
② 方麟：《鲁迅的版画情结》，《语文建设》2009年第11期。

同是对于"情结"的关注，2011年李波①关注的则是木刻家的鲁迅像艺术情结。他认为，木刻鲁迅像是中华民族在近现代崛起与复兴的一个象征，其精神气质则是激发民族奋斗精神的时代文化纪念碑。鲁迅作为文化符号和民族魂，其文化价值得到了全民族的认可，这是产生如此众多的木刻鲁迅像的重要因素。另外一个原因则是，木刻的黑白效果与鲁迅像作品主题及鲁迅的战斗精神相吻合，从而更加凸显鲁迅的伟大气势，给人以视觉与心灵的冲击。

珂勒惠支、梅斐尔德、麦绥莱勒、蒙克、毕珂夫、陈洪绶、李桦、力群、刘岘等是鲁迅所非常喜欢的中外版画（木刻）艺术家。关于鲁迅与上述诸位版画（木刻）艺术家之间的比较研究，亦是鲁迅与版画（木刻）深入拓展研究中的重要组成部分。拟在第三节《鲁迅与中外美术家比较研究》中予以详论。

在鲁迅与版画（木刻）深入拓展研究中，还有一批文章试图将鲁迅作品与版画（木刻）创作联系在一起进行考察，如江弱水的《论〈野草〉的视觉艺术及其渊源》、崔云伟的《论鲁迅作品中的表现主义版画（木刻）感》、顾晓梅的《仿佛是木刻似的——鲁迅小说艺术形象的造型特色及其成因》等，皆属于"鲁迅作品的美术形式语言分析"，拟在第四节予以详论。

这些研究专著和论文的出现均使鲁迅与版画（木刻）研究这一专题在"鲁迅与美术"研究中仍然处于领先地位。

二 鲁迅美术世界中的其他遗产研究

在新时期之前几十年的鲁迅研究史中，研究者主要将焦点集中在鲁

---

① 李波:《木刻家的鲁迅像艺术情结》,《解放军艺术学院学报》2011年第4期。

迅与版画（木刻）的关系上，这一方面和鲁迅作为中国现代木刻之父的身份有关，另一方面也和撰稿人主要来自版画（木刻）界有关。新时期以来，研究者开始发现鲁迅美术世界的博大精深，除版画（木刻）外，鲁迅还在汉画像、中国文人画、现代派美术、书籍装帧、民间美术（包括年画）、连环画、漫画、书法、篆刻、人体艺术、插图艺术、风俗画、明信片、儿童美术、美术思想和美术理论等方面留下丰富而宝贵的遗产。但是，令人遗憾的是，新时期以来有关这些方面的研究，尽管均有所触及（从这一点上来看，在鲁迅与美术研究领域中，当前已经几乎很少或很难有所谓需要填补的空白点了），却呈现出两大不良状况：一是，从整体上看，目前各个专题的发展呈现出很不均衡的状态。有的专题，发展较为前进，取得了一定的成绩。如鲁迅与书法、鲁迅与书籍装帧。但是，有的专题，发展却较为迟缓。如鲁迅与中国文人画，本来在鲁迅丰富的美术世界中居于重要的位置，但却基本上还停留在初级阶段的水平，也远未能取得令人欣羡的成果。鲁迅与连环画、漫画、民间美术等的研究，亦未取得应有的进展。二是，就目前各个专题的最高发展水平而言，始终没有出现大的重量级的论文（现有论文还远远不能够代表本专题本应具有的最高水准），始终无法与鲁迅研究其他领域（尤其是鲁迅作品和思想研究领域）中的最高水平相媲美。这都是非常可惜的。同时，这也表明，关于鲁迅丰富的美术世界中的其他遗产的研究，还有着极为广阔的论述空间。对于鲁迅与美术研究的后来者而言，这又是非常幸运的。

1. 鲁迅与汉画像

新时期以来，关于鲁迅与汉画像的研究，有少量文章触及，取得了一定程度的进展。主要集中为以下三组文章：

张望、李允经、顾农是新时期以来最早研究鲁迅与汉画像的三位专家。他们的文章①发表的时间较早，均集中在20世纪80年代。它们共同的价值在于：一是最早提出这一专题，以期引起后来者的注意，起了开风气之先的作用；二是在基本史料的搜集和整理上均作出了独特的贡献，这也是前辈学人们所共有的特长。90年代继续在史料方面作出贡献的是曾宪波②，他的文章不但对鲁迅与汉画像资料研究，而且对于鲁迅生平史料汇编亦具有一定的意义。

牛天伟、戴晓云、卜友常③等则直接对鲁迅所藏汉画像进行了研究。他们的文章或者集中于对于鲁迅所藏汉画像中的某一形象或意象的考证或释读，或者集中于对于鲁迅所藏汉画像中的某一社会活动或游戏娱乐的文化阐释，均取得了一定的成绩。鲁迅所藏汉画像中的形象、意象、符号、纹饰和活动、游戏委实太多，这些文章也只是就其中的某一两个方面谈了自己的看法，这当然是远远不够的，就我们的目前所得而言，我们也仅仅只是得到了汉画像的一鳞半爪而已。并且，这些看法还不能贸然拿来就用，也还有待进一步的论证。这些文章所起的亦是先导性的作用，即是在鲁迅与汉画像研究中，又开辟出一个小的分支：对于鲁迅所藏汉画像的研究。有关这一小块的研究仍然是大有可为的。

---

① 张望：《鲁迅与汉画像——兼谈〈俟堂专文杂集〉的古画砖》，《美苑》1984年第3期。李允经：《鲁迅和南阳汉画像》，《鲁迅研究动态》1985年第8期。顾农：《鲁迅与汉画像》，《美术史论》1988年第3期。
② 曾宪波：《鲁迅收集南阳汉画拓片始末》，《中州今古》1997年第3期。
③ 牛天伟：《鲁迅藏南阳汉画像中的独角神兽考》，《鲁迅研究月刊》2005年第8期。戴晓云：《鲁迅藏汉画像中伏羲女娲形象释读》，《鲁迅研究月刊》2009年第1期。戴晓云：《鲁迅藏汉画像中方位四神形象释读》，《湖南人文科技学院学报》2010年第5期。卜友常：《鲁迅藏汉代斗牛角抵戏画像浅议》，《湖北美术学院学报》2010年第1期。卜友常：《鲁迅藏汉代伏羲女娲画像浅议》，《新美术》2010年第5期。

与上述文章不同，彭小燕、赵献涛、黄宛峰的文章[①]则尽皆致力于汉画像之用。彭小燕认为，从鲁迅的汉画收藏中，可以看到鲁迅反击生命虚无、实施自我救赎的可能性，所展现的是"沉默鲁迅"内心依然猛烈、激昂的生命创造意志。论者将鲁迅视为一个典型的存在主义者，鲁迅的所作所为即无不打上了存在主义的色彩。论者亦正是在这个意义上理解鲁迅的汉画收藏的。赵文论述较为全面，从鲁迅的小说、杂文、文学史一直到鲁迅所钟爱的猫头鹰图案，可以说开了将鲁迅作品与汉画像相互比照，力图发现其相通或相异的先河。黄文则只集中于一个方面，专门从图案设计入手，探讨了鲁迅对汉画艺术的传承和发扬。其对《桃色的云》封面插图上的云纹羽人图来自于山东嘉祥武氏祠画像石的认定是相当准确的。由以上文章可知，汉画像对于鲁迅作品、思想乃至装帧设计的作用及其影响，均已有所论述。但从整体看来，汉画像对于鲁迅书籍装帧、图案设计的影响，是最好把握的。这一块的研究也是实证性最强的。然而，对于鲁迅作品和鲁迅思想的影响，则是最为捉摸不定的。赵文及彭文所作探讨也仅只是一些初步的尝试，他们的许多看法亦有待进一步的论证。

2. 鲁迅与中国文人画

鲁迅与中国文人画，这是一个相当宏阔的题目，在鲁迅与美术研究中亦处于相当重要的位置。但是，令人遗憾同时也令人深感困惑的是，

[①] 彭小燕：《从"沉默鲁迅"（1909—1917）的日记和汉画收藏看鲁迅反击生命虚无、实施自我救赎的可能性》，《宝鸡文理学院学报》2006年第3期。赵献涛：《鲁迅与汉画像新论》，《石家庄学院学报》2008年第4期。黄宛峰：《鲁迅对汉画艺术的传承与发扬——从〈桃色的云〉封面插图谈起》，《鲁迅研究月刊》2011年第10期。

新时期以来有关这一专题的研究仅有少量文章触及①。这些文章皆发表于20世纪80年代，李允经、任秉义仅是简单重复了鲁迅对于文人画的评议，周积寅亦只是将鲁迅画论单独抽出并给以社会学的简单阐释，而均未能进一步作出富有深度和力度的分析。由是观之，这一专题仍然有着极为广阔的论述空间。后来者由此出发，或可进入鲁迅精神的深层。

3. 鲁迅与现代派美术

鲁迅与现代派美术，亦是一个相当宏阔的题目，不但在鲁迅与美术研究中处于极其重要的位置，而且还具有极其强烈的当代价值和现实意义。

新时期以来，关于鲁迅与西方现代派美术家珂勒惠支、凡·高、蒙克、比亚兹莱、蕗谷虹儿、麦绥莱勒等的比较研究，已经取得了较为长足的进展。但是，关于鲁迅与中国现代派美术家林风眠、刘海粟、常书鸿等的比较研究，却仍然停留在事实铺排的层面，仍然只是在试图拉近鲁迅与他们之间的联系，而没有将笔墨放在鲁迅与他们在精神上的最为相异之处。②

表现主义美术（又称表现派美术）是现代派美术中的一个重要分支。新时期以来，关于鲁迅与表现主义的探讨亦是鲁迅与美术研究中的一个突出热点和亮点。在这方面作出突出贡献的是李欧梵、魏韶华、崔云伟、徐霞、严家炎、徐行言等。③

---

① 周积寅、马鸿增：《鲁迅与中国画遗产》，《新美术》1981年第3期。任秉义：《浅析鲁迅杂文中对文人画的论述》，《美苑》1983年第4期。李允经：《鲁迅对中国文人画的评议——兼论中国画的推陈出新》，《鲁迅研究动态》1987年第2期。
② 具体参见下文：鲁迅与中外美术家比较研究部分。
③ 具体参见下文：鲁迅与中外美术家比较研究、鲁迅作品的美术形式语言分析、鲁迅与美术综合透视研究部分。

从总体而言,关于这一专题的研究正方兴未艾,呈现出生机勃勃的发展态势,其未来发展前景是不可限量的。

4. 鲁迅与书籍装帧

鲁迅是我国现代书籍装帧艺术的开山人。新时期以来,关于鲁迅与书籍装帧的研究,有多篇文章、专著触及,取得了较大程度的进展。这些成果可以大致分为三组:

邱陵的文章[①]发表于1981年,是关于鲁迅与书籍装帧艺术的资料汇编。他也是新时期以来最早对鲁迅与书籍装帧资料进行整理的研究者之一,此文就是这一方面的一大贡献。同年,由上海人民美术出版社出版的《鲁迅与书籍装帧》[②],则为进一步的研究提供了更为丰富翔实的资料。近年来,仍有学人继续从事这一方面的资料整理工作,吴中杰[③]就是其中的一个杰出代表。

进入九十年代以来,杨永德发表系列文章[④]直接面对鲁迅的书籍装帧,从各个角度细致剖析了鲁迅书籍装帧之"美",并从中提炼出两大关键词:"东方的美"和"民族性"[⑤]。这批文章的最大亮点在于对于每一个具体的书籍装帧所做的个案分析。这些分析相当准确到位,非常精妙地

---

① 邱陵:《鲁迅与书籍装帧艺术》,《美术》1981年第8期。

② 上海鲁迅纪念馆、中国美术家协会上海分会编:《鲁迅与书籍装帧》,上海人民美术出版社,1981年版。

③ 吴中杰:《鲁迅与书籍装帧》,《美术教育研究》2010年第5期。

④ 杨永德:《鲁迅·现代书籍装帧艺术·贡献》,《鲁迅研究月刊》1997年第2期。杨永德:《"东方的美"——鲁迅书籍装帧简析》,《鲁迅研究月刊》1997年第9期。杨永德:《"民族性"与书籍装帧——鲁迅与书籍装帧"民族性"初探》(上)(下),《鲁迅研究月刊》1998年第5、6期。

⑤ 其实这两个关键词,本来就是一个概念,和文中所提"新的形""新的色""书卷气"内涵所指是一致的。

传达出了鲁迅装帧作品的艺术之美。如论者对于《桃色的云》的封面设计所作的分析:"1923年,鲁迅翻译的童话集《桃色的云》出版,鲁迅自行设计封面,在白色封面纸上,在书的上半部分,印上由汉画的人物、禽兽及流云组成的带状装饰,这个红色不同于《呐喊》那样沉重,像朝霞,像流云,像舞台上挂的幕布,不仅点明'桃色的云'这个主题,而且暗示读者,这是一本富于想象的童话剧,这个纹饰的选择是有其寓意的。下面用铅字排的书名和作者名,印成黑色,清新简练,上下呼应,还像舞台上活动的人物。这种带状装饰在书籍封面上使用,好像是从这一时期开始的。鲁迅研习汉画,又不拘泥旧形式,创造性地运用在封面设计上,这是翻译书在封面设计上'民族化'的成功的尝试。"[1] 近年来,对于鲁迅的书籍装帧艺术进行分析的还有凌夫[2]等。

张素丽、祝帅的文章[3]则属于鲁迅与书籍装帧的纵深拓展之作。张文联系鲁迅"全人",就鲁迅书籍封面画的风格特征(静雅蜕变、汉画遗韵、现代追寻、装饰哲学、连环版画)与其美学趣味、文学创作、启蒙思想、文化理念之间的联系进行了精审的分析,发现鲁迅一生的美术行为与其文学创作的实践构成了相互解释、相互渗透的互文关系。祝文则将鲁迅的书籍装帧进一步提高到艺术设计的学术层面上来进行研究,同样取得了较为新颖的结论。其对当前的鲁迅研究还无法深入到鲁迅的整体灵魂,并与其进行对话的判断亦是相当准确的。作为一个鲜活的主体,鲁迅确有很多更为日常的兴趣等待着研究者们去发现。

---

[1] 杨永德:《"民族性"与书籍装帧——鲁迅与书籍装帧"民族性"初探》(下),《鲁迅研究月刊》1998年第6期,第52页。
[2] 凌夫:《鲁迅:中国现代书籍装帧的开拓者》,《寻根》2010年第1期。
[3] 张素丽:《鲁迅书籍封面装帧艺术新论》,《洛阳师范学院学报》2011年第3期。祝帅:《鲁迅的艺术设计研究及其学术品格》,《美苑》2007年第5期。

5. 鲁迅与民间美术（包括年画）

民间美术作为"俗"文化的代表，与普通民众的生活息息相关，它所独具的原始性、通俗性及朴素、幽默、鲜活的艺术性使它与正统文化互相交合，在中国绘画史上占据着重要的位置。新时期以来，关于鲁迅与民间美术的研究只有少量文章触及①。毛晓平认为，民间美术对鲁迅有着潜移默化的影响，同时鲁迅对民间美术又有着极深的认识与研究，这一认识与研究使鲁迅将民间美术与现代美术完美地加以结合，促进了中国新兴木刻运动的发展。该文所指民间美术主要包括年画、连环画、旧笺纸等三大部分。其对《老鼠嫁女》的分析亦颇为引人入胜。王树村则概述了鲁迅对于年画的收集和研究，指出鲁迅关于年画的珍重教言，即是鲁迅一生对民间年画收集、研究的结晶。同时也使我们得知，鲁迅收集年画的目的就是为了"匡谬正俗"，向民族、民间好的传统艺术学习。

6. 鲁迅与连环画

新时期以来，关于鲁迅与连环画研究亦只有少量文章触及②，从整体上看，仍然有待进一步的加强。宋益乔、刘东方提出了一个极富生长性和启发性的概念：美术启蒙，认为鲁迅的启蒙理念是在文学启蒙（精英文化）和美术启蒙（大众文化）两个层面运行推进的，两者呈现出互相弥补、互相促进的态势和局面。鲁迅之所以重视连环画，为连环画辩护，其意即在

---

① 这方面的文章主要有：毛晓平：《鲁迅与民间美术》，《鲁迅研究月刊》2000年第9期。王树村：《鲁迅与年画的收集和研究》，《美术研究》1982年第1期。艾平：《鲁迅与邵阳隆回滩头年画》，《邵阳师专学报》1996年第3期。余望杰、任鹤林：《鲁迅、刘岘与朱仙镇年画》，《鲁迅研究月刊》1990年第12期。

② 这方面的文章主要有：李允经：《鲁迅与连环图画》，《鲁迅研究动态》1987年第11期。宋益乔、刘东方：《重估鲁迅为"连环画"辩护的价值》，《鲁迅研究月刊》2010年第9期。郑蕾：《〈阿Q正传〉连环画研究》，《文艺争鸣》2010年第9期。

于通过连环画实施美术启蒙。这对于以往的启蒙理念不啻为一个有力的补充。

7. 鲁迅与漫画

与鲁迅与连环画研究相似，新时期以来，关于鲁迅与漫画的研究亦只有少量文章触及[①]。李允经的文章发表较早，在史料的搜集与整理上发挥了独特的价值。陈星和肖振鸣都谈到了鲁迅和丰子恺，可惜没有将此专题深入探讨下去。崔云伟则在郑家建的基础上，进一步借助于丰子恺关于漫画的定义及其论述，具体分析了鲁迅作品中浓郁的漫画感。他指出，鲁迅作品的漫画感写实与表现特征兼具，其艺术创造更在后者。这就从一个崭新的角度刷新了对于鲁迅作品中漫画感的传统理解。

8. 鲁迅与书法、篆刻

新时期以来，鲁迅与书法研究取得了一定程度的进展。这批成果大致可以分为三组：

汤大民、蔡显良、胡卓君[②]主要探讨了鲁迅书法的主要特点及其成因。汤大民指出，鲁迅无心作书家，保住审美的自由和个性，这大概可以说是鲁迅书法精神的第一义。鲁迅书法的特色是本色自然，大朴大雅。

[①] 这方面的文章主要有：李允经：《鲁迅与漫画》，《鲁迅研究动态》1987年第10期。郑家建：《论〈故事新编〉的绘画感》，《中国现代文学研究丛刊》2000年第1期。郑文包含关于鲁迅与漫画的论述。崔云伟：《写实与表现：论鲁迅作品的漫画感》，《山东科技大学学报》2005年第1期。陈星：《丰子恺与鲁迅二题》，《鲁迅研究月刊》1990年第4期。肖振鸣：《丰子恺漫画与鲁迅小说》，《鲁迅研究月刊》2001年第10期。

[②] 汤大民：《鲁迅书法的特质和渊源》，《南京艺术学院学报》（美术与设计版）2001年第3期。蔡显良：《融冶篆隶于一炉　听任心腕之交应——鲁迅书法的主要特点及成因》，《荣宝斋》2008年第6期。胡卓君、章剑深：《鲁迅书法风格与成因探究》，《绍兴师专学报》1991年第3期。

其书艺正是其现实主义战斗风格的艺术写照。鲁迅重视"抄古碑",博采深取各种碑帖,无意之中使其"无心"之作成了精美的"苦闷的象征"。夏晓静①则进一步探讨了鲁迅书法与碑拓收藏之间的关系,对鲁迅书艺的形成作了更为详尽细致的探讨。

张树天、李继凯②则将鲁迅书法分别与新文化、传统文化联结起来。张树天指出,鲁迅的书法特色,与他自觉追求新文化是和谐统一的。李继凯则指出,作为文化象征性人物,鲁迅对书法文化的创化亦代表着"弘扬优秀传统文化的方向"。

与上述几位论者相比,肖振鸣、江平③更多地强调了鲁迅作为书法大家的地位。肖振鸣高度评价鲁迅书法为"民国第一行书"。江平则指出,鲁迅书法在20世纪书坛自成一体、品位很高,完全应当跻身十大书家之列。

孙玉石、孙郁、朱正、张恩和、张杰、刘涛等亦对鲁迅书法作出了精彩的解读④。他们的评论皆以观点、摘要的形式出现,限于综述文体的限制,未能进一步展开,但议论却相当精彩,给人留下了极其深刻的印象。论文方面对于鲁迅书法作出解读的还有赵雁君、赵英等⑤。

---

① 夏晓静:《鲁迅的书法艺术与碑拓收藏》,《鲁迅研究月刊》2008年第1期。夏晓静:《鲁迅与魏碑》,《鲁迅研究月刊》1997年第10期。
② 张树天:《鲁迅的书法与新文化》,《内蒙古社会科学》2000年第5期。李继凯:《论鲁迅与中国书法文化》,《华中师范大学学报》2010年第3期。
③ 肖振鸣:《鲁迅与民国书法》,《鲁迅研究月刊》2007年第7期。江平:《作为书法大家的鲁迅》,《鲁迅研究月刊》2003年第6期。
④ 具体参见陈洁:《"鲁迅与书法"学术研讨会综述》,《鲁迅研究月刊》2008年第1期。
⑤ 赵雁君:《鲁迅书法艺术论》,《绍兴师专学报》1991年第3期。赵英:《鲁迅手稿书法艺术刍议》,《鲁迅研究月刊》1996年第10期。

专著方面对于鲁迅书法作出解读的则是陈新年的《鲁迅书法探略》①。该著是著者所见到的国内第一本系统评述鲁迅书法的著作。共分九章：第一章对鲁迅的书法进行了系统的编年略考。第二章探索了鲁迅书体的形成。第三章点明了鲁迅书法与郑板桥书法之间的师承渊源及其不同。第四章指出了鲁迅书法的种类。第五、六、七章分别探讨了鲁迅文稿书法、诗稿书法、日文书法的艺术特征。第八章集中探讨了鲁迅书法的篆法基因、隶法基因、章草基因和真书基因。第九章指出鲁迅书法的历史地位就是实用的文人书法家。

陈朴、金学智②则集中论述了鲁迅的篆刻。关于这一部分的研究尚待进一步的拓展。

9. 鲁迅与人体艺术

1986年，李欧梵发表文章③认为可以从鲁迅在客厅和卧室中所悬挂（摆设）的美术作品的差异来分析鲁迅的现代艺术意识。李文发表以后，李允经、凌月麟、张代敏等亦发表相关文章④，共同将这一话题推向一个新的阶段。张代敏的解释仍然过多地强调了鲁迅的社会层面，对于其私人层面未能充分涉及。关于此专题仍然有待深入挖掘。

---

① 陈新年:《鲁迅书法探略》，中国窗口出版社出版，2011年版。
② 陈朴:《鲁迅与篆刻》,《鲁迅研究月刊》1995年第7期。金学智:《鲁迅论印章艺术美》,《鲁迅研究》第11辑，中国社会科学出版社，1987年版。
③ ［美］李欧梵:《鲁迅与现代艺术意识》,《鲁迅研究动态》1986年第11期。
④ 这组文章包括：李允经:《鲁迅和裸体画艺术——兼与李欧梵先生商榷》,《鲁迅研究动态》1987年第4期。凌月麟:《鲁迅评人体美术》,《美苑》1989年第4期。张代敏:《鲁迅与人体艺术》,《成都大学学报》1991年第2期。在李文发表之前，还有一篇朱国荣的《鲁迅与人体美术》(《美术史论》1986年第4期）。

10. 鲁迅的美术思想和美术理论

作为思想家的鲁迅，其美术思想同样是丰盈的、深刻的。新时期以来，关于鲁迅的美术思想和美术理论的探讨，均有文章触及[①]。但从整体观之，仍然缺乏富有深度和力度的文章。

邱陵《书籍装帧艺术简史》[②]、罗小华《中国近代书籍装帧》[③]、毕克官《中国漫画史》[④]分别介绍了鲁迅在书籍装帧史和漫画史上的成就，高度评价了其历史地位。这是继1944年唐英伟著《中国现代木刻史》之后，鲁迅在美术的各个领域中受到史家重视的标志。

对于鲁迅美术世界中的其他遗产进行研究的还有夏晓静、张云龙、黄可、萧萍等[⑤]。

三 鲁迅与中外美术家比较研究

（一）鲁迅与外国美术家比较研究

在鲁迅与外国美术家比较研究中，首当其冲的是鲁迅与珂勒惠支研

---

① 这组文章包括：张学军：《鲁迅美育思想略论》，《理论学刊》2001年第5期。向思楼：《论鲁迅的美术教育思想》，《四川师范大学学报》2002年第4期。吕明涛、宋凤娣：《论鲁迅美术介入的启蒙思想》，《泰安师专学报》2002年第4期。凌继尧：《对鲁迅"美术之类别"的阐释》，《扬州大学学报》2002年第4期。
② 邱陵：《书籍装帧艺术简史》，黑龙江人民出版社，1984年版。
③ 罗小华：《中国近代书籍装帧》，人民美术出版社，1990年版。
④ 毕克官、黄远林：《中国漫画史》，文化艺术出版社，2006年版。
⑤ 夏晓静：《鲁迅藏明信片概述》，《鲁迅研究月刊》2006年第11期。张云龙：《鲁迅与插图艺术》，《鲁迅研究月刊》1998年第11期。黄可：《鲁迅与儿童美术》，《美术史论》1989年第4期。萧萍：《鲁迅与风俗画》，《团结报》1981年8月1日。

究，主要论者有崔云伟、夏晓静、李允经、杨燕丽等①。崔文认为鲁迅与珂勒惠支在三个层面发生了全面遇合：在现实层面，珂勒惠支适应了战斗功利的现实需要；在审美层面，珂勒惠支与鲁迅"力之美"的审美观豁然相通；在哲学层面，鲁迅与珂勒惠支都执著于对绝望的反抗，具有共同的精神原型——西西弗斯。鲁迅对珂勒惠支的垂青表明，珂勒惠支是鲁迅试图结合私人世界和公共空间、现代艺术欣赏趣味和启蒙功利历史使命的一个典范。尽管此前已有多人进行过鲁迅与珂勒惠支的比较研究，但从各个层面全面论述鲁迅与珂勒惠支的精神相遇，该文还是第一篇。

葛红兵、魏韶华、古大勇②均注意到了鲁迅与西方现代派美术大师——凡·高和蒙克的关系。葛文毋宁说是对于鲁迅和凡·高的一种主观性阐释，如文章副标题所言。但鲁迅和凡·高的精神联系是有现实根据的，早在1912年8月16日，鲁迅就托时在日本的周作人购买过德文凡·高《书信集》。1927年到上海后，鲁迅又集中购买过有关凡·高的绘画作品，如：1930年10月19日得诗荃寄《文森特·凡·高画帖》；1931年4月11日去内山书店买《凡·高画集》，7月25日从丸善书店寄

---

① 崔云伟：《现实的·审美的·哲学的——鲁迅与表现主义的同路人凯绥·珂勒惠支》，《鲁迅研究月刊》2006年第7期。夏晓静：《"有力之美"——鲁迅对珂勒惠支版画的审美选择》，《鲁迅研究月刊》2005年第8期。李允经：《珂勒惠支和中国现代版画运动》，《鲁迅研究月刊》1991年第9期。杨燕丽：《鲁迅为什么编印〈凯绥·珂勒惠支版画选集〉》，《鲁迅研究月刊》2008年第6期。
② 葛红兵：《殉道者 伟人 狂人——关于鲁迅与凡高的一种主观阐释》，《鲁迅研究月刊》1994年第5期。魏韶华：《抑郁的艺术精灵——鲁迅与爱德华·蒙克》，《东方论坛》1996年第4期。魏韶华：《鲁迅的"呐喊"与蒙克的"呼嚎"——纪念鲁迅先生诞辰120周年》，《兰州大学学报》2001年第5期。古大勇：《狂痛"呐喊"：在表现主义的潜法则下——画家蒙克与作家鲁迅比较论》，《伊犁师范学院学报》2004年第2期。

来《文森特·凡·高》；1933年5月8日、7月8日、9月13日、10月6日去内山书店分别购买《凡·高大画集》（一）（二）（三）（四）。可惜葛文没有进行细密扎实的史料考证，仅就印象、感觉而论，尽管其中并不乏精妙之论，但也同样难免疏漏，这不能说不是一个缺憾。

相比较而言，魏的这两篇文章均集中笔墨论述鲁迅与蒙克的精神联系，已经具有了较强的自觉性和针对性。这两篇文章从西方现代派美术这一视角研究鲁迅的艺术趣味（精神品格），通过对于鲁迅与蒙克的个案比较研究，终于找到了一条进入鲁迅心灵世界的精神通道。由此，我们还可进一步发现：在一个被鲁迅深深隐藏起来的私人世界里，鲁迅与他所深深喜爱的画家（如凡·高、蒙克）进行着密切的精神交流和"我与你"的对话沟通。作为一个一生独战多数的"孤独者"，鲁迅的内心世界其实并不怎样孤独，而恰恰是丰富的、博大的。一方面，鲁迅在欣赏凡·高、蒙克的画册时有着一种心灵上的享受，在战斗之余获得了一种暂时的解脱和憩息；另一方面，鲁迅也在与凡·高、蒙克的对话交流中，获得了一种巨大的精神资源和动力支持。

比亚兹莱、蕗谷虹儿、梅斐尔德、麦绥莱勒、毕珂夫、格罗斯、法复尔斯基、克拉甫兼珂也是鲁迅所非常喜欢的画家。在关于鲁迅与上述几位画家的比较研究中，鲁迅与比亚兹莱、麦绥莱勒的研究在近年来取得了较大程度的进展，徐霞、阿部幸夫的文章则为其中代表。徐霞《"比亚兹莱"的中国旅程》[①] 关注的是鲁迅选编《比亚兹莱画选》背后的有关文化、翻译、艺术的诸多问题。文章指出，从鲁迅选译硬译《〈比亚兹莱画选〉小引》到选取十二幅比亚兹莱的代表性作品，我们并

[①] 徐霞:《"比亚兹莱"的中国旅程——鲁迅编〈比亚兹莱画选〉有关文化、翻译、艺术的问题》,《鲁迅研究月刊》2010年第7期。

没有发现鲁迅如何沉醉在西方世纪末的颓废唯美中，反而是从文化艺术交流的角度，加上个人对书籍装帧艺术的喜爱，鲁迅为1920年代的中国引入西方最具代表性的艺术作品。阿部幸夫《从组画到版画小说》[①]则由偶然买到麦绥莱勒的木刻连环图画故事《城市》联想到六十七年前鲁迅策划出版麦绥莱勒的另一版画集《一个人的受难》的深远构想，进而论述了鲁迅的又一新的创作理念以及为此进行的有益探索——用绘画故事来表现文学作品，从组画到版画小说，并努力使普通大众理解和接受这一艺术新尝试。

其他论述鲁迅与外国美术家比较研究的论文还有张望、王观泉、张铁荣等[②]。

（二）鲁迅与中国美术家比较研究

新时期以来，有关鲁迅与中国美术家的比较研究相当薄弱，一直没有取得突破性的进展。这一块的研究主要集中为以下几个专题：

1. 鲁迅与陈师曾、陈洪绶

陈师曾是鲁迅青年时代的同窗好友，也是鲁迅交往的画家中认识最早、友情最深的一位。但是，令人遗憾的是，新时期以来关于鲁迅与陈师曾的研究却一直没有出现重量级的论文。淦小炎的文章[③]谈的只是鲁迅与陈师曾的艺术交往。考虑到该文发表的时间较早，在史料的搜集与

---

① ［日］阿部幸夫：《从组画到版画小说——兼论鲁迅、罗兰、麦绥莱勒》，《绍兴文理学院学报》2001年第3期。
② 张望：《鲁迅和麦绥莱勒》，《美苑》1987年第2期。张望：《鲁迅与露谷虹儿的画》，《美术研究》1985年第2期。王观泉：《麦绥莱勒在中国》，《鲁迅研究月刊》2004年第7期。王观泉：《关于麦绥莱勒在中国》，《鲁迅研究月刊》2004年第10期。张铁荣：《麦绥莱勒的木刻连环画》，收张铁荣《比较文化研究中的鲁迅》，南开大学出版社，2003年版。
③ 淦小炎：《鲁迅与陈师曾及其艺术交往》，《九江师专学报》1985年第4期。

整理方面，该文尚具有一定的价值与意义。邓云乡、刘以焕的文章①，侧重点在陈师曾，对于鲁迅与陈师曾的关系仅只约略一提，这显然是不够的。刘晓路的文章②亦概述了鲁迅与陈师曾的艺术交往。与淦小炎不同的是，该文指出了鲁迅与陈师曾在传统文化观点上的差异，尤其是他们在文人画上的分歧是显而易见的。令人遗憾的是，该文只是提出这个观点而已，并没有深入展开。由以上文章可见，关于鲁迅与陈师曾的研究，几乎还没有真正展开过，其论述空间是相当大的。

陈洪绶是鲁迅非常喜欢的一位版画家。鲁迅曾对编印他的人物画册表现出极大的热情。新时期以来，关于鲁迅与陈洪绶的研究只有两篇文章，一篇为宋志坚的《鲁迅与陈洪绶的版画》③，一篇为李允经的《鲁迅和陈洪绶》。显然这是远远不够的。有关这一方面的研究，尚待更加有力的拓展。

2. 鲁迅与陶元庆、司徒乔

陶元庆是鲁迅非常喜欢的一位艺术家。但是令人遗憾的是，新时期以来关于鲁迅与陶元庆的研究却一直未能取得较大程度的进展。邱陵、凌夫、章容明的文章④，重点在于描述陶元庆的装帧艺术。它们均引用了鲁迅对于陶元庆的评价，但也仅此而已，并未做进一步的论述。宋志坚的文章⑤概述了鲁迅与陶元庆一生的艺术交往，但就整篇文章而言，还

---

① 邓云乡：《记陈师曾艺事——兼谈与鲁迅的友谊》，《文献》1982年第2期。刘以焕：《鲁迅早年的挚友——陈师曾》，《鲁迅研究月刊》1998年第6期。

② 刘晓路：《君子之交——从陈师曾送鲁迅的十幅画谈起》，《美术观察》1999年第4期。

③ 宋志坚：《鲁迅与陈洪绶的版画》，《福建艺术》2010年第2期。

④ 邱陵：《陶元庆生平及其装帧艺术》，《美术》1993年第11期。凌夫：《陶元庆：东西方融成特别的风神》，《寻根》2010年第2期。章容明：《鲁迅作品与陶元庆的装帧艺术》，《浙江工艺美术》1995年第2期。

⑤ 宋志坚：《鲁迅赏识与推崇的青年画家——纪念陶元庆逝世八十周年》，《福建艺术》2009年第2期。

是介绍的多，而论述的少，对于鲁迅与陶元庆之间深层次的精神联系仍未有所触及。由此可见，关于鲁迅与陶元庆的研究，起点几乎为零，后来者完全可以在此有所作为。

司徒乔亦是鲁迅非常喜欢的一位艺术家。新时期以来，在关于鲁迅与司徒乔的研究中，刘新的文章[①]是最为突出的。该文抓住鲁迅与司徒乔在精神上密切相关的一个关键词：平民性，据此展开论述，得出了诸多令人信服的结论。如论者这样认为，由于司徒乔在艺术思想和阶级立场上都选定了鲁迅的方向，故而在很多没有鲁迅的日子里，司徒乔照例把眼睛、画笔始终对准社会民间的下层人物和景象，担当了朴素的"文明批评"和"社会批评"的角色，毫无顾忌地向社会表达自己的声音，这种声音的基调就是平民性。对于司徒乔的作品，这一评价是非常准确的。凌夫的文章[②]集中论述了司徒乔的艺术风格。这篇文章虽则引用了鲁迅对于司徒乔的评价，但是亦仅此而已，并未做进一步的论述。

3. 鲁迅与林风眠、刘海粟、徐悲鸿

鲁迅一生只参加过陶元庆、司徒乔、林风眠这三位中国画家的个人画展，对于前两位，鲁迅写过热情洋溢的评论，对于林风眠，鲁迅却始终没有发表任何感想。熟悉美术史的人，自然都知道，林风眠在美术史上的地位，较之于陶元庆与司徒乔，要高出很多。那么，鲁迅为何特意垂青于地位较低的人，而对于地位较高的人却采取了一种置若罔闻的态度。这是一个很有意思的课题。但是，对于这样一个问题，鲁迅界与美

---

① 刘新：《司徒乔与鲁迅及平民性——为纪念司徒乔百年诞辰而作》，《美术研究》2003年第2期。
② 凌夫：《司徒乔："狂飙"风格》，《寻根》2010年第3期。

术界却至今没有给出一个合理的回答。裘沙的文章①也只是就鲁迅与林风眠的艺术交往补充了诸多以往人们所没有注意到的史料,只是在试图拉近鲁迅与林风眠的联系,而没有将笔墨放在鲁迅与林风眠在精神上的最为相异之处。

与林风眠在美术史上的地位相似,刘海粟亦是中国现代美术界中的一位重量级人物。鲁迅曾经以调侃的语气称其为"刘大师",并对画展由他个人"包办"提出异议,个中含义确实耐人寻味。鲁迅为何对刘海粟采取了这样一种近乎嘲讽的态度,这同样是一个很有意思的课题。可是,对于这个问题,如同对于上一个问题一样,都没有在鲁迅界与美术界得到重视。有意思的是,张望的文章②与裘沙的文章一样,亦是在试图拉近鲁迅与刘海粟的联系,同样没有将更多的笔墨放在鲁迅与刘海粟在精神上的最为相异之处。

在鲁迅所提到的中国现代美术界的人物中,还有一个顶尖级的重要人物,他就是徐悲鸿。但是,令人遗憾的是,新时期以来关于鲁迅和徐悲鸿的研究还没有一篇文章。有关这一专题的研究,亟须引起鲁迅界与美术界的重视。

以上所谈皆为鲁迅与中外美术家比较研究论文。在鲁迅与中外美术家比较研究专著方面,则首推李允经的《鲁迅与中外美术》③。该书其实亦是一部论文集。所收论文,与外国美术家相关的论文有:鲁迅和珂勒惠支、梅斐尔德、格罗斯、麦绥莱勒、法复尔斯基、克拉甫兼珂、毕珂夫、蕗谷虹儿、比亚兹莱、高更、戈雅、杜米埃、里维拉

---

① 裘沙:《鲁迅和林风眠》,《美术》1994年第8期。裘沙:《再谈林风眠和鲁迅》,《新美术》2000年第3期。
② 张望:《鲁迅与刘海粟》,《美苑》1988年第4期。
③ 李允经:《鲁迅与中外美术》,陕西人民出版社,1992年版。

等；与中国美术家相关的论文则有：鲁迅和顾恺之、陈洪绶、吴友如、李毅士、陈师曾、陶元庆、司徒乔、李桦、力群、刘岘等。该书最大特色诚如王士菁所言，即是著者据以立论的材料非常之扎实与准确。该书之所以能够成为一部研究鲁迅与中外美术关系的重要参考书目，其原因正在于此。

四　鲁迅作品的美术形式语言分析

鲁迅如此酷爱美术，必然会在他的作品中留下或多或少的视觉印痕。运用美术形式语言，切入鲁迅的具体作品，进行大规模的分析论证，并作出较为出色的成绩的是郑家建、江弱水和崔云伟。

郑家建《论〈故事新编〉的绘画感》[①]集中论述了《故事新编》与绘画之间的关系。他分别从美术的色彩、线条、明暗对比、漫画等四个方面透彻分析了《故事新编》中的视觉美感。该文在具体解读过程中，始终存在着两大难点：一是，由于文学与美术在表现媒介上的不相通性，所以，它首先要求论者在解读过程中，必须能把文本从文学语言转换成绘画语言。这就与我们所习惯的从文学语言直接去把握主题、意义的阅读方式相比，要曲折、复杂得多。二是，这种解读方式，也对论者的想象力提出了很高的挑战，它不仅要求论者对文学语言中所呈现出来的色彩感、线条感、明暗对比感能够有着一种细致、丰富的揣摩、品味，而且，还要求论者对这些色彩、线条和明暗对比，能够加以构图化。尽管这一切看起来是如此困难，但论者却在自己的文章中将之一一化解，从而发出了诸多丰富而新颖的议论。

---

① 郑家建：《论〈故事新编〉的绘画感》，《中国现代文学研究丛刊》2000年第1期。

江弱水、郭运恒、王新、地山、庆余、安危①则集中论述了鲁迅《野草》与美术的关系。江文认为《野草》在视觉艺术上的诸多特色及其形成的原因主要有三：受木刻艺术影响而造成强烈的明暗对比与精劲的线条造型，与陈师曾长期交往而形成设色与构图上的水墨意味，以及与李贺诗境相通的既凝重又流动的奇异意象。该文在论述鲁迅与陈师曾的交往时，从吴昌硕、胡佩衡关于陈师曾的画论中挖掘出两个关键词："雄丽"与"厚郁"，指出鲁迅《在酒楼上》中的废园一景，真当得起这两个形容词。并认为，鲁迅写冬天的花儿总是特别出色，是最好的文人画，气骨遒劲，精力饱满，而又色彩明艳，大红大绿适成大俗大雅。这大红大绿、大俗大雅亦是陈师曾的绘画特色，在绘画界中亦只有他敢使用大红大绿。论者在这里还特意暗示出这废园一景与陈师曾赠予鲁迅的作品："冬华四帧"之间的关系。但是论者并不知道这"冬华四帧"是怎样的。现已查明，它们分别是：《牡丹》《红梅》《水仙》《天竹》。尽管所写并非废园中的"山茶树"，但是这几幅绘画作品所流露出来的孤高清傲的精神气质，与鲁迅作品中的这一段描写确实是极其相似的。

崔云伟的系列论文则集中论述了鲁迅作品中表现主义美术感②。以《论鲁迅作品中的表现主义油画感》为例。文章认为，鲁迅作品中的油

---

① 江弱水：《论〈野草〉的视觉艺术及其渊源》，《浙江学刊》2002年第6期。郭运恒：《〈野草〉中红色与青色意象的审美解读》，《河南师范大学学报》2005年第1期。王新：《大地与天空的永恒争执——从蒙克的波荡意象读解鲁迅的〈野草〉》，《名作欣赏》2006年第4期。地山：《谈〈野草〉的绘画美》，《大学文科园地》(郑州) 1985年第4期。庆余：《从〈野草〉中的色彩描写谈起》，《美苑》1986年第4期。安危：《论〈野草〉的色彩美》，《鲁迅研究动态》1989年第4期。

② 这批论文包括：崔云伟：《论鲁迅作品中的表现主义油画感》，《山东师范大学学报》2006年第2期；崔云伟：《论鲁迅作品中的表现主义版画(木刻)感》，《沈阳师范大学学报》2004年第4期；崔云伟：《写实与表现：论鲁迅作品的漫画感》，《山东科技大学学报》2005年第1期。

画线条充满力量之感,它和强烈的笔触、绚烂的色彩共同构成了"漩涡"意象。鲁迅作品中的色彩具有鲜明冷暖对立特征,两大色系相互争夺,几成鼎立,与鲁迅"反抗绝望"的精神哲学确有相通之脉。鲁迅创造了生命与死亡两大意象群落(生命意象与凡·高相比,死亡意象与蒙克相比),还创造了类似罗丹雕刻中的"行者"意象,这一意象是对生命意象的升华,对死亡意象的超越。通过运用美术形式语言:线条、笔触、色彩(包括黑白)、视觉意象对鲁迅作品进行细致分解后发现,鲁迅的创作来源不仅汲取了文学资源、历史资源、思想资源,同样包括了美术资源等其他艺术资源,鲁迅是综合了各种资源来进行他的极富个性的文学创作的。在把鲁迅和西方表现主义美术大师的作品共同放在一起进行审美阐释和比较研究中,我们同样发现了鲁迅作品的现代性和世界性。

其他运用美术视角对鲁迅作品进行分析的文章还有许祖华、顾晓梅、刘艳、李宁、贺智利、朱锋、潘宝泉等[1]。以上文章对鲁迅作品的独特解读,均创造了一个极富生长性的领域。

五 鲁迅藏画研究

对于鲁迅美术藏品的研究亦是鲁迅与美术研究中的应有之义。在这方

---

[1] 许祖华:《鲁迅小说的叙述空间与绘画》,《山东师范大学学报》2011年第4期。顾晓梅:《仿佛是木刻似的——鲁迅小说艺术形象的造型特色及其成因》,《山东师范大学学报》1999年第4期。刘艳:《鲁迅小说的绘画效果及其成因探寻》,《文艺理论研究》1993年第2期。李宁:《热红冷青自喵时——浅析鲁迅作品中的一对色彩意象》,《海南大学学报》2005年第2期。贺智利:《木刻艺术对鲁迅创作的影响》,《陕西师范大学继续教育学报》2001年第3期。朱锋:《鲁迅文学创作对书画技法的借鉴》,《宁夏师范学院学报》2008年第4期。潘宝泉、尹成君:《论绘画精神对鲁迅小说的影响和渗透》,《吉林大学社会科学学报》,1998年第4期。

面作出突出贡献的是李允经的《鲁迅藏画欣赏》①和孙郁的《鲁迅藏画录》②。

孙著认为，绘画之于鲁迅，不都是美学层面的话题，那里存在着不是宗教的宗教，不是诗的诗，不是哲学的哲学。研究鲁迅的人，懂其文字仅得一半，画里有他精神世界的另一半。画家谈画，往往就画言画，没有别的因素的暗示。鲁迅多的是文学与哲学的东西，目光就带了杂然的亮度，射着美妙的光束。

鲁迅没有美术创作的实践，却做了新兴版画的领袖，没有用笔墨色彩写生作画，却以文字让画家们看到了艺术的高境界。看鲁迅的书，他对光线、文字、音韵颇为敏感，文字透出木刻式的幽远气。《呐喊》《彷徨》里的意象说其是一种木刻式的表达，也未尝不可。鲁迅无意之间，打通了美术与诗、小说的通道。

读鲁迅的小说《补天》，看到起笔中对天地之色的描写，有着色欲的美，则仿佛是印象派手段的移植。女娲的形象，也让人想起凡·高笔下的女子，耀眼的光有着性感的充实。蒙克的作品则让人想起鲁迅译的安德莱夫、迦尔洵、阿尔志跋绥夫等人的小说，它们在神韵上是相近的。美术创作和小说写作大约是一样的，越是个性的话语，越有精神的深。有人说鲁迅的前后期思想变化很大，比如前期热爱摩罗诗人，后来则倾向无产者的艺术了。年轻时主张个人主义，晚年却倾向了左翼文学。这是不错的。但从其藏画的爱好里，我们却发现表现主义与梦幻般的绘画，延续了《文化偏至论》里的基本思路，即是"张个性而扬精神"。

针对时人强加于鲁迅身上的暴力美学，著者举出了鲁迅所钟爱的珂勒惠支的版画。指出珂勒惠支的作品背景都是灰暗的，人的挣扎、不安、

---

① 李允经：《鲁迅藏画欣赏》，西北大学出版社，1999年版。
② 孙郁：《鲁迅藏画录》，花城出版社，2008年版。

苦痛占据着大幅空间。作品的线条、色彩是朗照的，有飞瀑般的颤动。好像也有台风样的伟力，满面的屈辱、哀凉、不满乃至愤怒，并不给人绝望灰色及颓废之感。她的画布满了反抗绝望的冲荡之气。人性爱的火闪闪传递着，似乎随时可以汇成巨大的光，从中喷吐出来。鲁迅在那些图景里，先看到了母爱，后是仇恨。由爱而憎的艺术，是不能以暴力美学喻之的。

对鲁迅藏画作出解读的还有胡兆铮、刘玉凯等[①]。

六 美术家的鲁迅论

在"鲁迅与美术"研究中，有一批论者的身份是极为特殊的，即他们本身即为著名的美术家或美术评论家，如前所述张望、裘沙、王琦、蔡若虹、刘曦林、邹跃进、李小山、朱为民、刘新、李树声、齐凤阁、范梦、王伯敏等。作为中国当代知识分子群落中极其重要的一部分，他们发表了大量与鲁迅相关的言论，从中都可以看到他们对于鲁迅的深沉景仰。陈丹青、吴冠中、许江即为其中的杰出代表。

陈丹青近年来发表了大量与鲁迅相关的文章，这批文章后来集结为一部专著《笑谈大先生》[②]。在这部著作中，最为著名的是《鲁迅与死亡》。该文首先从鲁迅临终前的名篇《死》谈起，对于鲁迅遗言

---

① 胡兆铮：《鲁迅手绘"猫头鹰"图析》，《宁夏社会科学》2000年第3期。刘玉凯：《看懂鲁迅手绘的猫头鹰》，《新文学史料》2004年第3期。
② 陈丹青：《笑谈大先生》，广西师范大学出版社2011年版。这部著作主要包括七篇谈论鲁迅的文章：《笑谈大先生》、《鲁迅与死亡》（又刊载于《鲁迅研究月刊》2006年第7期）、《鲁迅是谁？》（又刊载于《南方人物周刊》2006年第27期）、《上海的选择》、《民国的文人》、《文学与拯救》、《鲁迅与美术》等。

"让他们怨恨去，我也一个都不宽恕"表示了激赏，并谓鲁迅是一个描写死亡的高手。鲁迅一写到死亡，便文思泉涌，大见笔力，大显骨格，不单是人格力量的显现，更是高妙的文学功力的成功施展。鲁迅就在这一系列的死亡中不断经验、不断体味，这一切都对他构成了刺激至深的创痛。陈氏坦言对于教科书的憎恨，以及对于鲁迅的欢喜。他认为鲁迅作为一个异端，其特质即在于不苟同和大慈悲。鲁迅的不苟同，是不管旧朝新政、左右中间，他都有不同的说法和立场，只是教科书单捡他左倾的言论；鲁迅的大慈悲，说白了，就是看不得人杀人，只是教科书单说他死难的朋友都是左翼。鲁迅对历届政权从希冀、失望而绝望，从欢欣、参与而背弃，就为他异端。论者并一再宣称鲁迅对于死亡的兴趣："书写死亡，正是鲁迅的灵感与快感。就我所见，从中国古典作家直到五四作家群，几乎找不出一位像鲁迅那样，一再一再书写死亡，为死亡的意象所吸引。"这其实正是鲁迅自己的死亡美学。

吴冠中[①]是中国当代著名画家，他对鲁迅的激烈赞赏震惊了整个艺术界。他说：三百个齐白石，比不上一个鲁迅。因为在他看来，三百个齐白石也抵不上一个鲁迅的社会功能，多个少个齐白石无所谓，但少了一个鲁迅，中国人的脊梁就少半截。其实，与其说吴冠中有意贬低齐白石，倒不如说他从中表达的是对自己、对绘画的深切不满。吴冠中自觉地将鲁迅作为自己的精神导师，一辈子遵循着鲁迅精神去奋斗、去奉

---

① 吴冠中谈鲁迅的具体言论，散见于各报刊、电台、网站、博客中，著者所搜集的资料主要有：吴冠中：《我的作品是给国家和人民的》，2009年3月30日《美术报》；《名人面对面走近吴冠中》访谈节目，凤凰宽频2008年3月16日；黄乔生：《吴冠中的"鲁迅论"》，《鲁迅研究月刊》2010年第12期；张梦阳：《吴冠中眼中的鲁迅》，2010年7月27日《辽沈晚报》；吴红林：《吴冠中：下辈子想当鲁迅》，2009年1月17日《广州日报》等。

献。他对鲁迅的理解就是:"生于野草时代,一生斗于野草,最后葬身于野草。"他说他到晚年越来越强调鲁迅,因为他所生长的时代就是鲁迅的时代,而我们现在仍然需要鲁迅,永远需要。他深深赞同于鲁迅要讲真话,要看到本民族缺点的精神,认为如果看不到自己民族的缺点,那么这个民族就是落后的。可以说,这是真正抓住了鲁迅精神的基本要义的。因为对于真正的知识分子来说,批判与反思正是其首要的和必需的职能。吴冠中之所以在艺术实践的道路上不断前行,从不满足于既有的成绩,不断地在艺术上实现巨大的突破,显然是与鲁迅精神的浸润作用密不可分的。

2011年是鲁迅诞辰一百三十周年,这一年美术界亦发表了诸多纪念文章,其中尤以许江《一个人的面容》[1]最为突出。许文指出,鲁迅的面容高悬于20世纪中国文化的天空之上,天然地具有被鲁迅本人所积极倡导的新兴木刻刀削斧劈一般的刻勒效果。20世纪,鲁迅的面容是中国最熟悉的大众面容,也是被中国艺术描绘刻画最多的公共面容。与毛泽东相比较,鲁迅的面容带着更多的精神的建构和象征。"文革"期间,这张面容成为神,鲁迅的名字成了那场声势浩大、触及灵魂的大批判运动的符码。改革开放后,鲁迅的面容渐渐地从神坛上走下来,带着他曾具有的批判和反省的本色,重回学界,重回民间。接着,随之而来的某些大众阅读、娱乐阅读、浅表化阅读,又突然将这尊面容从他应有的高度上拉下来,几乎拉入犬儒的泥沼。鲁迅的面容时而在云端,时而在深潭。这是鲁迅的自况,同时是中国文人们无一幸免的悲哀。

陈丹青、吴冠中、许江都不是鲁迅研究专家,他们只是喜欢说起

---

[1] 许江:《一个人的面容》,载《中华读书报》2011年9月7日第111期,第13版。

他。相对于他们所精通的美术专业来说,对于鲁迅研究,他们是"外行"。但从一个"外行人"的眼光来看鲁迅,或许会有别样的眼光和独特的思路,甚或是为内行人所忽略甚至全然没有想到的。鲁迅不仅仅是文学界的鲁迅,他还是艺术界、社会各界乃至世界各国的鲁迅。只有大家共同言说鲁迅,才能真正构成一个生生不息的鲁迅研究的繁荣格局。

七 鲁迅与美术资料的系统梳理

资料研究是鲁迅研究中的重要一环,并且是最为基础的一环。与鲁迅研究其他领域中的资料研究相比,鲁迅与美术资料的系统整理,亦引起了相当程度的重视,并取得了相应的成果。萧振鸣《鲁迅美术年谱》[①]、杨永德《鲁迅最后十二年与美术》[②]、王锡荣《画者鲁迅》[③]则是继1979年王观泉《鲁迅美术系年》《鲁迅与美术》[④]之后近年来在鲁迅与美术资料研究方面又作出卓越贡献的三部著作。

萧著以鲁迅生平及重要著译活动贯穿编年,谱录了鲁迅从出生至逝世的全部美术活动,并按照鲁迅在《拟播布美术意见书》中对于"美术"一词的阐释,举凡有关建筑、考古、碑拓、雕塑、绘画、书籍装帧、书法、雕版诸项均收入谱中。凡鲁迅所论美术文章、演讲、书信均按首发时间选录或作提要收入谱中。重要著作、译作均以出版时间编年入谱。

---

① 萧振鸣:《鲁迅美术年谱》,国家图书馆出版社,2010年版。
② 杨永德:《鲁迅最后十二年与美术》,文化艺术出版社,2007年版。
③ 王锡荣选编:《画者鲁迅》,上海文化出版社,2006年版。
④ 王观泉:《鲁迅美术系年》,人民美术出版社,1979年版。王观泉:《鲁迅与美术》,上海人民美术出版社,1979年版。

由于鲁迅早期日记已佚，存世的日记是从1912年5月5日至1936年10月18日，故而对于鲁迅早期美术活动的记述是以鲁迅自述、现存鲁迅遗物及同时代人回忆录为主要参考史料。民国元年以后则以鲁迅日记、现存鲁迅遗物、同时代人回忆录及鲁迅研究成果为基本史料。以上记录均以"存其信而缺其疑"为收录原则。该著中"本事"均作笺释，笺释紧随"本事"之后。书籍、碑拓、美术藏品亦均作笺释并注明存佚情况。存佚情况不明者不注。存佚根据鲁迅博物馆、上海鲁迅纪念馆及国家图书馆馆藏目录。这就为读者的进一步查找提供了方便。该著还引录了大量图片，主要包括：重要生平史料、鲁迅书法墨迹、绘画、封面设计、所评书画、重要著译版本封面、友人所赠书画等。这亦为读者阅读提供了丰富的兴味。

杨著共分上、下两编。上编是有关鲁迅美术（包括装帧）活动的史料长编，时间自1924年2月2日至1936年10月19日，共十二年八个月又十八天。编时根据《鲁迅日记》将鲁迅的美术活动及书信等资料按日期编入，同时插入其他人的回忆、评述等；每年年终有本年出版的单行本的装帧、出版概况及重要美术活动的简介。下编是著者研究鲁迅一生特别是最后十二年的美术活动和思想理论的文章，共有十一篇，另有附录一篇。主要集中于鲁迅与碑拓、书籍装帧艺术、插图、连环画、木刻等，主要是对于鲁迅与美术相关资料的整理汇编，其中尤以著者对于鲁迅与书籍装帧艺术的论析最为精到深刻，这与著者本人即为资深美编、装帧艺术家是分不开的。鲁迅与美术研究正是在诸多美术界专家学人的积极参与、共同促进下才日益生动活泼起来的。

王著则将鲁迅所藏美术作品大致分为五类：国画、篆刻、平面设计、线描、书刊之部，并对每一部中每一件作品都进行了详细的解说。以著者对鲁迅《心的探险》封面设计的解说为例。著者首先附上印制精美的插图，以给读者留下极为直观的视觉印象。然后作出文字说明：先是从《〈乌合丛书〉和〈未名丛刊〉》中找出"鲁迅自述"，继之在《〈心的探险〉目录页注》中列出"相关链接"，最后再在此基础上作出"编者解说"。在进行解说时，不但准确、细致描述出该项设计的基本内容，而且对其设计的来源出处作了大致的推测性说明。如此一来，读者对于该项设计的基本情况就了解得较为全面了。①

《中国新兴版画五十年选集》②《版画纪程》《明朗的天》《寒凝大地》《鲁迅藏外国版画百图》《鲁迅藏汉画象》③《鲁迅珍藏汉代画像精品集》④《鲁迅与书籍装帧》等直接把鲁迅的美术收藏和鲁迅参与制作的美术作品展现在读者面前，为鲁迅与美术的研究提供了极大的方便。人民美术出版社、张望、张光福、马蹄疾、杨永德、王颖等⑤亦对鲁迅与美术资料进行了系统整理。

---

① 王锡荣还作有《鲁迅美术作品》(《新文学史料》2006年第1期)，亦是对于鲁迅美术作品的系统整理和介绍。
② 中国新兴版画五十年选集编辑委员会：《中国新兴版画五十年选集》(上、下)，上海人民美术出版社，1981年版。
③ 北京鲁迅博物馆、上海鲁迅纪念馆编：《鲁迅藏汉画象》(一)(二)，上海人民美术出版社，1986年版、1991年版。
④ 鲁迅博物馆编：《鲁迅珍藏汉代画像精品集》，百花文艺出版社，2005年版。
⑤ 人民美术出版社：《回忆鲁迅的美术活动》(续编)，人民美术出版社，1981年版。在这本书出版之前，1979年人民美术出版社曾出过一本《回忆鲁迅的美术活动》，故而这本同名作被命名为续编。张望：《鲁迅论美术》，人民美术出版社，1982年版。张光福：《鲁迅美术论集》，云南人民出版社，1982年版。马蹄疾：《鲁迅绘画、书法、装帧作品系年》(上、下)，《鲁迅研究资料》第18、19辑，中国文联出版公司，1987年版。杨永德：《鲁迅装帧系年》，人民美术出版社，2001年版。王颖：《美术视野中的鲁迅——鲁迅美术活动研究述评》，《鲁迅研究月刊》1993年第1期。

八 鲁迅与美术综合透视研究

当"鲁迅与美术"研究中各个领域的研究均已得到了细致深入的研究之后，就可以进一步从整体上把握"鲁迅与美术"研究，从而搞清楚这些与鲁迅相关的各种美术类别，究竟在"鲁迅与美术"的复杂结构中处于何种位置，发挥着何种作用，起着核心作用的又是哪一种。而且，还可以进一步从整体出发，研究美术对于鲁迅的文艺思想、美学思想、艺术精神、艺术趣味、创作思维、行为方式等的影响。这对于研究者的认识水平和审美能力均构成了有力挑战。

刘再复《鲁迅和绘画艺术的写实主义》[1]、任秉义《浅析鲁迅杂文中对文人画的论述》[2]、郭道晖《鲁迅的伟美观》[3]，是对"鲁迅与美术"综合透视研究的最初尝试。刘文认为，鲁迅对于我国绘画艺术的伟大贡献，从艺术思想和方法的角度说，就是他坚定地引导美术走上写实主义的创作道路。鲁迅美学观的根本点，就是美术品要称得上美，应当是坚实的、真挚的，而不应是空灵的、怪异的，也就是应当是写真实的，而不应是纯"写意"的、纯象征的。任文认为，鲁迅对文人画既有过严厉的批评，也有过热情的赞誉。鲁迅的方针"弃其蹄毛，留其精粹，以滋养及发达新的生体"，或许就是我们今天正确对待文人画的态度。郭文则从鲁迅的审美爱好、时代精神的影响、战斗的审美观等三个方面，论述了鲁迅崇尚"力之美"，即"反抗挑战"之美的伟美观。这几篇文章皆未能摆脱那

---

[1] 刘再复：《鲁迅和绘画艺术的写实主义》，《浙江学刊》1981年第4期。
[2] 任秉义：《浅析鲁迅杂文中对文人画的论述》，《美苑》1983年第4期。
[3] 郭道晖：《鲁迅的伟美观》，《文艺研究》1985年第4期。

种内容复述式的、简单的社会学诠释式批评的影响，但它们所显示出的综合分析的态势却开辟出一条更为广阔的道路。

1986年9月在纪念鲁迅逝世五十周年之际，北京召开了"鲁迅与中外文化"的大型学术研讨会。会上，美国著名学者李欧梵做了题为《鲁迅与现代艺术意识》的发言①。他从鲁迅在上海故居中客厅和卧室所悬挂（摆设）的美术作品的差异②来分析鲁迅的现代艺术意识，认为鲁迅一生中在公和私、社会和个人两方面存在了相当程度的差异和矛盾，如果说鲁迅在为公、为社会的这条思想路线上逐渐从启蒙式的呐喊走向左翼文学和革命运动的话，那么鲁迅在个人的内心深处，甚至个人的艺术爱好上，似乎并不见得那么积极，那么入世，甚至有时还带有悲观和颓废的色彩。在接下来的阐释中，他分别论述了"鲁迅的艺术观和艺术感""影响鲁迅的几位人物""《野草》的特色""写作形式突破传统框框"等四个方面，广泛涉及了鲁迅的美术活动、文学创作、审美情趣、文化心理结构等。他完全放弃了就事记事的传统方法，而是超越客体的局囿，站在新的历史和理论的高度，以一种西方式的思维方法，从各侧面切入客体、审视对象。而在这种别具一格的细致剖析和审视中，也充分展露出了论

---

① ［美］李欧梵：《鲁迅与现代艺术意识》，《鲁迅研究动态》1986年第11期。后此文作为附录又收入其著作：《铁屋中的呐喊——鲁迅研究》中。该著由尹慧珉译，岳麓书社，1999年出版。
② 在上海大陆新村鲁迅的故居里，客厅里悬挂的美术作品为较具社会意义的油画《读呐喊》、剪纸和木刻《太阳照在贫民窟上》；二楼鲁迅卧室里北墙上挂着日本友人秋田义画的油画《海婴生后十六日》，镜台上放着三幅颇具现代艺术审美风格的以三个女人（其中两个还是裸体）为主题的木刻：苏联毕珂夫的《拜拜诺瓦画像》、德国两幅人体版画——《入浴》和《夏娃与蛇》。关于鲁迅客厅与卧室所悬挂（或摆放）美术作品的具体情况，可参见张望《鲁迅与露谷虹儿的画》，《美术研究》1985年第2期，第7页。在这篇文章中，张望引用了来自上海鲁迅纪念馆的两位负责人凌月麟、杨蓝的信。在凌、杨二人的信中，即详细描绘了鲁迅客厅与卧室所悬挂（或摆放）美术作品的具体情况。

者本人不俗的艺术感悟能力。例如,他在读到《颓败线的颤动》中有关出走的"老女人"的一段精彩的描写时,就认为这是一幅给人以鲜明印象的黑白木刻。指出这个老女人的样子,即仿佛出自珂勒惠支的《牺牲》。这首散文诗所展露的艺术感,和德国表现主义非常相似。继而进一步推进到鲁迅的其他作品,"读《野草》中的散文时,时常使我想到画和木刻,这恰好印证了鲁迅文字中丰富的视觉感,所以在鲁迅的创作中文学和美术毕竟还是有相通之处"。应当说,他的这种感觉还是相当敏锐的。

李欧梵之后,对于鲁迅与美术研究始终保持着浓厚的研究兴趣,并做出极大成绩和贡献的是魏韶华。他的《论鲁迅的艺术趣味》①,回避了"风格"等黑格尔主义式的概念而选择了"趣味"为论题,从鲁迅"这个人""平日喜欢吃什么"这个貌似调侃实则大有意味存焉的问题出发,论述了在鲁迅的艺术趣味中存在着一种尚苦涩、反甜腻的完全属于现代的"嘎嘎作响"的充满着生命情感爆发力("生命的沉酣"和"生命的飞扬")的审美倾向。这种独特的艺术趣味对于以宋代和明代文化为代表的过于熟而精的中国传统软性文化和以委顿、沉静、细密、精雅、熟巧为特征的中国人特有的精神气质均构成了强有力的反拨。他的《鲁迅与表现主义》②则接触到了鲁迅艺术观(艺术精神)的深层,挖掘了鲁迅与西方表现主义艺术大师(塞尚、凡·高、高更、蒙克、珂勒惠支、尼采、易卜生、斯特林堡、邓肯、波德莱尔、陀思妥耶夫斯基)和具有表现主义色彩的中国画家(陶元庆、司徒乔)之间的精神上的内在联系,指出鲁迅的作品和个性,受表现主义影响很大,他们在思想上有共鸣之

---

① 魏韶华:《论鲁迅的艺术趣味》,《东方论坛》1994年第2期。
② 魏韶华:《鲁迅与表现主义》,《兰州大学学报》1995年第2期。

处，在创作上有相通之脉。鲁迅的艺术精神是躁动的、倾斜的、焦灼的、反古典美学趣味的，这种现代艺术精神与西方表现主义的美学追寻是相通的。他的《鲁迅审美风格的艺术学阐释》①则再次从美术的视角重新论证了鲁迅的艺术趣味和艺术精神，并以鲁迅和蒙克为例集中探讨了他们之间的精神相遇，从而凸现了鲁迅艺术心灵的一个侧面。王彬彬在评价《多维视野中的鲁迅》这一部书时，就对此文表示了特别的留意和浓厚的兴趣，认为："鲁迅研究作为一门'显学'，投身者甚众，在有些问题上，我有时甚至感觉到出现了某种程度的'过度阐释'，而之所以有些领域还存在着'荒芜'现象，不是人们无力顾及，而是并未想到这些领域也有深入开垦的价值，换言之，并未对这些领域产生'问题意识'。当《多维视野中的鲁迅》对这些问题进行深入系统的探讨后，我们才感到这确实是一个值得探讨的问题，在耳目一新的同时，也深受启发。例如第七章《鲁迅审美风格的艺术学阐释》，着重探讨了鲁迅在美术上的审美嗜好与其生命感知和文学风格之间的内在联系，就令我大为受益。"并指出把鲁迅的"意象营造"与他所喜爱的凡·高、蒙克等西方表现主义美术大师联系起来进行思考是令人信服的。②

崔云伟近年来亦一直致力于鲁迅与美术研究，且在鲁迅与美术的综合透视研究中颇多创获。其《作为美术酷嗜者的鲁迅》③首次提出了一个重要说法：作为美术酷嗜者的鲁迅，这是对于毛泽东针对鲁迅所提出的

---

① 魏韶华：《鲁迅审美风格的艺术学阐释》，冯光廉、刘增人、谭桂林主编《多维视野中的鲁迅》之第七章，山东教育出版社，2002年版。

② 王彬彬：《开放、敏锐而又切实的"问题意识"——读〈多维视野中的鲁迅〉》，《文学评论》2002年第5期。

③ 崔云伟：《作为美术酷嗜者的鲁迅——略论鲁迅的美术活动》，《沈阳师范大学学报》2010年第4期。

"三大家",即:文学家、思想家、革命家之外的又一个重要补充。鲁迅一生的美术活动相当复杂,很长时间以来人们只是有一个大体的模糊的印象。该文进行了汇总整理,第一次使得鲁迅的这一重要特征变得一目了然。

凌承纬、赵辉、陈茜、张树天、张云龙等[①]亦对鲁迅与美术的综合透视研究作出了相关解读。与上述论者相比较,这一组论者的研究则难称优秀。凌承纬《中国现实主义美术的拓路人》发表于2006年。众所周知,这是一个非常特殊的年份。按说在新世纪以来的这样一个特殊的年份里,是不应该发表一些质量平庸之作,而应该着重推出一些能够代表本世纪以来鲁迅与美术研究的出类拔萃之作的。然而遗憾的是,凌文的识见实在是太一般了。尤其令人遗憾的是,这篇文章还发表在了美术界的权威刊物《美术》杂志中。这就不能不给人造成这样一种印象,即鲁迅研究界和美术界相互之间重又出现了一种比较隔膜的状况。当鲁迅研究界中关于鲁迅与美术的研究已经进展到一个较高的阶段,即开始着重探讨鲁迅与现代艺术的精神联系时,目下的美术界对于鲁迅与美术的理解竟然还停留在1981年刘再复写作《鲁迅和绘画艺术的写实主义》的水平。值得注意的是,刘再复当年写作此文是颇具学术价值与意义的,他达到了在他那个时代所能达到的最高水平。但是,时间已经过了二三十年之久,如果我们还是在一味地重复刘再复当年的观点,那么就只能说明我们的观念至今还停留在新时期初的水平,而没有丝毫的长进与发展。

[①] 凌承纬:《中国现实主义美术的拓路人——纪念鲁迅先生逝世七十周年》,《美术》2006年第10期。赵辉:《鲁迅艺术之痕——从鲁迅收藏看他的艺术世界》,《美术》2011年第8期。陈茜:《文艺结合,相互惠泽——论鲁迅与我国传统美术》,《文艺理论与批评》2011年第5期。张树天、杨树夏:《鲁迅的新艺术思想与新文化运动》,《内蒙古师大学报》2001年第5期。张云龙:《论鲁迅的美学思想——"力之美"》,《东岳论丛》1997年第4期。

从学术增长的角度而言，这无疑是十分可悲的。赵辉、陈茜的文章，尽管发表于2011年（这也是一个非常特殊的年份），且分别发表于两个权威性的学术杂志（赵文发表于《美术》，陈文发表于《文艺理论与批评》），给人的印象却是仿佛又回到了三十年前那种内容复述式的、简单汇总式的、社会学诠释式的批评方式，其文章当然就很难提出具有原创性、穿透性的观点，当然也就难称优秀了。这似乎又表明了，尽管时间在流逝，时代在发展，但这却并不意味着学术一直在不断前进。后来的文章未必就一定比之前的文章好，有时候反而会出现各种各样的停滞和逆流。其实这在学术研究中可能也是正常的。学术研究本来就不像某些人所主观想象的那样，一直呈线性向上发展趋势的。

在对"鲁迅与美术"的综合透视研究中，有关"鲁迅与表现主义"的探讨由于广泛涉及鲁迅的艺术精神、艺术趣味、文艺思想乃至创作手法等，故而成为其中的一个焦点问题。所发表的重要文章除上述李欧梵、魏韶华、崔云伟等的论文之外，还有两篇文章须重点提及，即严家炎的《鲁迅与表现主义》[1]和徐行言的《论鲁迅艺术趣味与文艺思想的多元性》[2]。严文最早发表于1993年11月在汉城召开的"鲁迅的文学与思想国际讨论会"，是国内最早将"鲁迅与表现主义"作为一个专题进行研究的论文。但是从严格意义上讲，这篇论文并不仅仅属于"鲁迅与美术"研究。因为此处严氏所涉及的表现主义，主要是作为一种文艺思潮，而不是仅仅作为一种美术思潮出现在论文中。他的对于《故事新编》的艺术特征的分析，也是从整个表现主义的文艺思潮来着眼的。严氏的基本

---

[1] 严家炎：《鲁迅与表现主义——兼论〈故事新编〉的艺术特征》，《中国社会科学》1995年第2期。
[2] 徐行言：《论鲁迅艺术趣味与文艺思想的多元性——在表现主义与写实主义的二难抉择中》，《文艺理论研究》1997年第6期。

理路是:"表现主义,就是鲁迅自二十年代中期起曾经密切注视、认真思考并受过影响的一种文艺思潮。它濡染过鲁迅的创作思想,使之发生重大的变化,并直接体现到小说创作上,构成了《奔月》《铸剑》及其后那些以神话、传说和史实演义为题材的新的篇什。"这种表现主义的文艺思潮自然也涵盖了美术思潮在内。严文在论证鲁迅所受表现主义文艺思潮的影响时,其中也包括了鲁迅所受表现主义美术思潮的影响。查鲁迅在 20 年代中后期的购书目录可知,鲁迅购买了人量有关表现主义的美术作品及理论著作,如《表现主义》《表现主义的雕刻》《表现派图案》《表现派的农民画》《康定斯基艺术论》等。这就为接下来的论证提供了有力的证据。徐文与严文相同的一个地方,也是将表现主义主要是作为一种文艺思潮来把握。他所提出的核心论点是:鲁迅的艺术趣味倾向于表现主义,而鲁迅的文艺思想却更多地倾向于写实主义,在表现主义与写实主义的二难抉择中,充分体现了鲁迅艺术趣味与文艺思想的多元性以及其中所蕴含着的不可调和的矛盾和悖论。这种冲突在视觉艺术领域中也有突出表现。如果说鲁迅对珂勒惠支作品和苏联版画的介绍还带有较明显的政治倾向性的话,那么他对于凡·高、蒙克、格罗斯等人的由衷喜爱就很难完全用阶级政治的观点来解释了。这不能不被视为鲁迅对以表现主义为代表的现代思潮有着艺术趣味上强烈认同的最无可辩驳的说明。联系到西方表现主义文学和戏剧的兴起均曾得力于美术运动的启发和推动,鲁迅在文学创作中借鉴表现主义方法便是顺理成章的了。这在某种意义上再次回应了严文。论者并对哈佛大学哈南教授所认为的"鲁迅艺术趣味的一个方面可以说是现在所谓的表现主义"的说法表示了高度的赞同和认可。这些文章较之单论鲁迅与凡·高、蒙克等某个西方表现主义美术大师之间的关系更加综合、深入,也更加容易把握到鲁迅的艺术趣味、艺术精神和文艺思想等。这种很强的研究导向已经引起了有关"鲁迅与美术"研究者对于这方面的浓厚兴趣。

总之，1981—2011年这三十年的"鲁迅与美术"研究，在鲁研界与美术界的共同努力下，已经取得了较为突出的成绩，涌现了一批具有较高质量的研究成果，并出现了一批专门从事此项研究的年轻学人，从而预示了鲁迅与美术研究的美好前景。但是从整体观之，"鲁迅与美术"研究虽然已经开始逐步走出资料整理汇编的基本框架，可是却仍未能就鲁迅与美术何以发生如此密切的精神联系做出更深更细更广的研究和探讨。在鲁迅与美术研究的众多领域中，如鲁迅与中国文人画，尚缺乏更具说服力的论证；鲁迅与汉画像，亦只是进行了一些初步的尝试；鲁迅与林风眠、刘海粟、徐悲鸿等的比较研究，几乎还没有真正展开；即使是发展较为充分的鲁迅与版画（木刻）研究，其成果亦无法与鲁迅作品与思想研究领域中的成果相媲美。这就意味着鲁研界和美术界尚需进一步的交流，以相互弥补各自的知识缺陷。未来鲁迅研究可能会于此发生意义转折。这里仍然是一块较为宁静的原野，呼唤着越来越多的后来者前来开拓。

参考文献

著 述

1. 鲍诗度:《西方现代派美术》,北京:中国青年出版社,1993年版。
2. 北京鲁迅博物馆编:《鲁迅年谱》,北京:人民文学出版社,1981—1984年版。
3. 北京鲁迅博物馆编:《鲁迅收藏苏联木刻 拈花集》,北京:人民美术出版社,1986年版。
4. 北京鲁迅博物馆编:《鲁迅珍藏汉代画像精品集》,天津:百花文艺出版社,2005年版。
5. 北京鲁迅博物馆编:《鲁迅藏外国版画百图》,北京:北京图书馆出版社,2011年版。
6. 北京鲁迅博物馆、上海鲁迅纪念馆编:《鲁迅藏汉画象》(一),上海:上海人民美术出版社,1986年版。
7. 北京鲁迅博物馆、上海鲁迅纪念馆编:《鲁迅藏汉画象》(二),上海:上海人民美术出版社,1991年版。

8.毕克官、黄远林:《中国漫画史》,北京:文化艺术出版社,2006年版。

9.曹聚仁:《鲁迅评传》,香港:香港世界出版社,1956年版。

10.崔庆忠:《现代派美术史话》,北京:人民美术出版社,2000年版。

11.崔云伟、刘增人:《2001—2010:鲁迅研究述评》,北京:中国社会科学出版社,2014年版。

12.崔云伟:《2011—2015:鲁迅研究述评》,北京:中国社会科学出版社,2017年版。

13.崔云伟:《现代中国文学史论》,上海:上海三联书店,2016年版。

14.陈池瑜:《中国现代美术学史》,哈尔滨:黑龙江美术出版社,2000年版。

15.陈丹青:《笑谈大先生》,桂林:广西师范大学出版社,2011年版。

16.陈鸣树:《文艺学方法论》,上海:复旦大学出版社,2004年版。

17.陈嘉映:《海德格尔哲学概论》,北京:生活·读书·新知三联书店,1995年版。

18.陈烟桥:《鲁迅与木刻》,上海:上海开明书店,1949年版。

19.陈新年:《鲁迅书法探略》,中国窗口出版社,2011年版。

20.丁一林编著:《油画》,杭州:中国美术学院出版社,2000年版。

21.范梦:《中国现代版画史》,北京:中国青年出版社,1997年版。

22.冯光廉、刘增人、谭桂林主编:《多维视野中的鲁迅》,济南:山东教育出版社,2002年版。

23.冯光廉:《冯光廉学术自选集》,青岛:青岛出版社,2015年版。

24. 丰一吟编:《丰子恺》,上海:学林出版社,1996年版。

25. 丰子恺:《西洋美术史》,上海:上海古籍出版社,1999年版。

26. 丰子恺:《梵高生活》,北京:新星出版社,2013年版。

27. 符杰祥:《文章与文事:鲁迅辨考》,上海:上海三联书店,2015年版。

28. 傅抱石:《中国绘画变迁史纲》,上海:上海古籍出版社,1998年版。

29. 傅雷:《世界美术名作二十讲》,北京:生活·读书·新知三联书店,1997年版。

30. 郜元宝:《鲁迅六讲》,上海:三联书店,2000年版。

31. 高中甫编选:《易卜生评论集》,北京:外语教学与研究出版社,1982年版。

32. 顾森、李树声主编:《百年美术经典》,深圳:海天出版社,1998年版。计5册。分别为:第一卷:《中国传统美术》(1896—1949);第二卷:《中国传统美术》(1950—1996);第三卷:《美术思潮与外来美术》(1896—1949);第四卷:《美术思潮与外来美术》(1950—1996);第五卷:《自述、自传、评传、回忆录、年谱、年表》(1896—1996)。

33. 何政广主编:《梵高》,《世界名画家全集》,石家庄:河北教育出版社,1998年版。

34. 何政广主编:《蒙克》,《世界名画家全集》,石家庄:河北教育出版社,1998年版。

35. 胡经之、王岳川主编:《文艺学美学方法论》,北京:北京大学出版社,1994年版。

36. 黄忏华编述:《近代美术思潮》,又名《新兴美术》,上海:上海商务印书馆,1922年版。

37. 孔范今:《二十世纪中国文学史》,济南:山东文艺出版社,1997年版。

38. 孔新苗:《二十世纪中国绘画美学》,济南:山东美术出版社,2000年版。

39. 李春林主编:《鲁迅与外国文学关系研究》,长春:吉林人民出版社,2003年版。

40. 李新宇:《愧对鲁迅》,上海:上海三联书店,2004年版。

41. 李允经:《鲁迅与中外美术》,西安:陕西人民出版社,1992年版。

42. 李允经:《鲁迅藏画欣赏》,西安:西北大学出版社,1999年版。

43. 李允经:《中国现代版画史》,太原:山西人民出版社,1996年版。

44. 李允经、李小山主编,《鲁迅藏外国版画全集》编委会编:《鲁迅藏外国版画全集》,长沙:湖南美术出版社,2014年版。

45. 李泽厚:《中国现代思想史论》,合肥:安徽文艺出版社,1994年版。

46. 李泽厚:《美学三书》(《美的历程》《华夏美学》《美学四讲》),合肥:安徽文艺出版社,1999年版。

47. 李小山、邹跃进编:《明朗的天——1937—1949解放区木刻版画集》,长沙:湖南美术出版社,1998年版。

48. 李树声、李小山编:《寒凝大地——1930—1949国统区木刻版画集》,长沙:湖南美术出版社,2000年版。

49. 林和生:《忧伤的朝圣者——凡·高的流放与回归》,重庆:西南师范大学出版社,2015年版。

50. 林贤治:《人间鲁迅》,北京:人民文学出版社,2010年版。

51.林贤治:《鲁迅的最后十年》,上海:复旦大学出版社,2011年版。

52.梁漱溟:《中国文化要义》,上海:学林出版社,1987年版。

53.刘春杰:《私想鲁迅》,桂林:广西师范大学出版社,2013年版。

54.刘增人、刘泉、崔云伟:《中国现代文学期刊史论》,北京:新华出版社,2005年版。

55.刘增人、刘泉、王今晖:《1872—1949:文学期刊信息总汇》,青岛:青岛出版社,2015年版。

56.鲁迅:《鲁迅全集》,北京:人民文学出版社,1981年版。

57.鲁迅:《鲁迅全集》,北京:人民文学出版社,2005年版。

58.鲁迅译:《鲁迅译文全集》,福州:福建教育出版社,2008年版。

59.鲁迅编:《凯绥·珂勒惠支版画选集》,上海:上海三闲书屋,1936年公造。

60.罗小华:《中国近代书籍装帧》,北京:人民美术出版社,1990年版。

61.吕澎:《现代绘画:新的形象语言》,济南:山东文艺出版社,1997年版。

62.马克编:《李桦画集》,天津:天津人民美术出版社,1987年版。

63.马克、卜维勒编:《麦绥莱勒木刻选集》,上海:上海人民美术出版社,1980年版。

64.马蹄疾、李允经:《鲁迅与新兴木刻运动》,北京:人民美术出版社,1985年版。

65.马蹄疾、李允经:《鲁迅木刻活动年谱》,上海:上海人民美术出版社,1986年版。

66.马蹄疾:《鲁迅绘画、书法、装帧作品系年》(上、下),《鲁迅研究资料》第 18、19 辑，北京：中国文联出版公司，1987 年版。

67. 麦绥莱勒画，郁达夫、鲁迅、叶灵凤序:《没有字的故事》，北京：生活　读书　新知三联书店，2003 年版。

68. 彭定安:《鲁迅学导论》，北京：中国社会科学出版社，2001 年版。

69. 彭小燕:《存在主义视野下的鲁迅》，北京：北京大学出版社，2007 年版。

70. 齐宏伟:《鲁迅：幽暗意识与光明追求》，南昌：江西人民出版社，2010 年版。

71. 齐凤阁:《中国新兴版画发展史 1931—1991》，吉林：吉林美术出版社，1994 年版。

72. 钱理群:《心灵的探寻》，北京：北京大学出版社，1999 年版。

73. 钱理群:《走进当代的鲁迅》，北京：北京大学出版社，1999 年版。

74. 钱理群:《话说周氏兄弟》，济南：山东画报出版社，1999 年版。

75. 钱理群:《鲁迅作品十五讲》，北京：北京大学出版社，2003 年版。

76. 钱理群:《与鲁迅相遇——北大演讲之二》，北京：生活·读书·新知三联书店，2003 年版。

77. 钱基博:《现代中国文学史》，上海：上海书店出版社，2004 年版。

78. 裘沙、王伟君:《鲁迅论文·杂文 160 图》，济南：山东画报出版社，1999 年版。

79. 裘沙、王伟君:《鲁迅小说·呐喊——裘沙·王伟君之图》，桂林：漓江出版社，1999 年版。

80. 裘沙、王伟君:《鲁迅散文诗·野草——裘沙·王伟君之图》,桂林:漓江出版社,1998年版。

81. 邱陵:《书籍装帧艺术简史》,哈尔滨:黑龙江人民出版社,1984年版。

82. 人民美术出版社编:《回忆鲁迅的美术活动》,北京:人民美术出版社,1979年版。

83. 人民美术出版社编:《回忆鲁迅的美术活动》(续编),北京:人民美术出版社,1981年版。

84. 阮荣春、胡光华:《中华民国美术史》,成都:四川美术出版社,1991年版。

85. 苏林编:《德国黑白木刻》,《中外黑白木刻精品库》,南宁:广西美术出版社,2000年版。

86. 苏林编:《麦绥莱勒黑白木刻》,《中外黑白木刻精品库》,南宁:广西美术出版社,2000年版。

87. 苏林编:《国统区黑白木刻》,《中外黑白木刻精品库》,南宁:广西美术出版社,2000年版。

88. 孙郁、黄乔生主编:《回望鲁迅》,石家庄:河北教育出版社,2000年版。该书系共包括两大部分:散文部分和论文专著部分。散文部分包括:《无限沧桑怀遗简》(孙伏园等著)、《永在的温情——文化名人忆鲁迅》(钟敬文、林语堂等著)、《年少沧桑——兄弟忆鲁迅(一)》(周作人、周建人著)、《书里人生——兄弟忆鲁迅(二)》(周作人、周建人著)、《高山仰止——社会名流忆鲁迅》(柳亚子等著)、《我记忆中的鲁迅先生——女性笔下的鲁迅》(萧红、俞芳等著)、《十年携手共艰危——许广平忆鲁迅》(许广平著)、《编辑生涯忆鲁迅》(赵家璧等著)、《海外回响——国际友人忆鲁迅》(史沫特莱等著)、《鲁迅先生二三事——前期弟子忆鲁迅》(孙伏园、许钦文等著)、《如果现在他还活着——后期弟子忆鲁迅》(胡风、萧军等著)、《冯雪峰忆鲁迅》(冯雪峰著)、《挚友的怀念——许寿裳忆鲁迅》(许寿裳著)。论文专著部分包括:《吃人与礼教——论鲁迅(一)》(李长之、艾芜等著)、《鲁迅研究的历史批判——论鲁迅(二)》(汪晖、钱理群等著)、《鲁迅史料考证》(朱正、陈漱渝等著)、《围剿集》(梁实秋等著)、《红色光环下的鲁迅》(瞿秋白等著)、《鲁迅与日本人——亚洲的近代与"个"的思想》(伊藤虎丸著,李冬木译)、《心理的探寻》(钱理群著)、《铁屋中的呐喊》([美]李欧梵著,尹慧珉译)、《反抗绝望——鲁迅及其文学世界》(汪晖著)。

89. 孙郁编:《被亵渎的鲁迅》,北京:群言出版社,1994年版。

90. 孙郁:《20世纪中国最忧患的灵魂》,北京:群言出版社,1993年版。

91. 孙郁:《鲁迅藏画录》,广州:花城出版社,2008年版。

92. 孙郁:《鲁迅遗风录》,南京:江苏凤凰文艺出版社,2016年版。

93. 上海鲁迅纪念馆、江苏古籍出版社编辑:《版画纪程——鲁迅藏中国现代木刻全集》,南京:江苏古籍出版社,1991年版。

94. 上海鲁迅纪念馆、中国美术家协会上海分会编:《鲁迅与书籍装帧》,上海:上海人民美术出版社,1981年版。

95. 邵大箴、奚静之:《欧洲绘画史》,上海:上海人民美术出版社,2009年版。

96. 盛宁:《人文困惑与反思——西方后现代主义思潮批判》,北京:生活·读书·新知三联书店,1997年版。

97. 石泠编著:《八大山人画语录图释》,杭州:西泠印社,1999年版。

98. 舒汉(刘增人、书新):《鲁迅生平自述辑要》,济南:山东人民出版社,1979 年版。

99. 唐弢:《鲁迅的美学思想》,北京:人民文学出版社,1984 年版。

100. 唐英伟:《中国现代木刻史》,桂林:桂林木合社出版,1944 年版。

101. 王伯敏:《中国绘画通史》,北京:生活·读书·新知三联书店,2000 年版。

102. 王伯敏主编:《中国美术通史》,济南:山东教育出版社,1988 年版。

103. 王得后:《〈两地书〉研究》,天津:天津人民出版社,1995 年版。

104. 王得后:《鲁迅与孔子》,北京:人民文学出版社,2010 年版。

105. 王富仁:《中国文化的守夜人——鲁迅》,北京:人民文学出版社,2002 年版。

106. 王富仁:《中国鲁迅研究的历史与现状》,福州:福建教育出版社,2006 年版。

107. 王观泉编:《鲁迅美术系年》,北京:人民美术出版社,1979 年版。

108. 王观泉:《鲁迅与美术》,上海:上海人民美术出版社,1979 年版。

109. 王宏志:《鲁迅与"左联"》,北京:新星出版社,2006 年版。

110. 王乾坤:《鲁迅的生命哲学》,北京:人民文学出版社,1999 年版。

111. 王世家、止庵编:《鲁迅著译编年全集》,北京:人民出版社,2009 年版。

112. 王锡荣选编:《画者鲁迅》,上海:上海文化出版社,2006

年版。

113. 王晓明：《无法直面的人生——鲁迅传》，上海：上海文艺出版社，1992年版。

114. 王晓明主编：《二十世纪中国文学史论》，上海：东方出版中心，1997年版。

115. 汪晖：《反抗绝望——鲁迅及其文学世界》，石家庄：河北教育出版社，2000年版。

116. 汪卫东：《现代转型之痛苦"肉身"：鲁迅思想与文学新论》，北京：北京大学出版社，2013年版。

117. 汪卫东：《探寻"诗心"：〈野草〉整体研究》，北京：北京大学出版社，2014年版。

118. 魏韶华：《"林中路"上的精神相遇——鲁迅与克尔凯郭尔比较研究》，北京：中国社会科学出版社，2004年版。

119. 吴冠中：《吴冠中文集》，贾明玉编，济南：山东美术出版社，2011年版。

120. 吴海勇：《时为公务员的鲁迅》，桂林：广西师范大学出版社，2005年版。

121. 吴康：《书写沉默——鲁迅存在的意义》，北京：人民出版社，2010年版。

122. 萧振鸣：《鲁迅美术年谱》，北京：国家图书馆出版社，2010年版。

123. 谢冕主编：《百年中国文学总系》，济南：山东教育出版社1998年版。该书系包括《1898：百年忧患》（谢冕著）、《1903：前夜的涌动》（程文超著）、《1921：谁主沉浮》（孔庆东著）、《1928：革命文学》（旷新年著）、《1942：走向民间》（李书磊著）、《1948：天地玄黄》（钱理群著)、《1956：百花时代》(洪子诚著)、《1967：狂乱的文学年代》(杨鼎川著)、《1978：激情岁月》(孟繁华著)、《1985：延伸与转折》(尹昌龙著)、《1993：世纪末的喧哗》(张志忠著)。

124. 解志熙：《生的执著——存在主义与中国现代文学》，北京：人民文学出版社，1999年版。

125. 熊秉明：《关于罗丹——熊秉明日记择抄》，天津：天津教育出版社，2002年版。

126. 许广平：《许广平文集》，海婴编，南京：江苏文艺出版社，1998年版。

127. 许广平：《鲁迅回忆录（手稿本）》，武汉：长江文艺出版社，2010年版。

128. 许寿裳：《亡友鲁迅印象记》，北京：人民文学出版社，1953年版。

129. 许寿裳：《我所认识的鲁迅》，北京：人民文学出版社，1978年版。

130. 许正龙：《雕塑概论》，北京：清华大学出版社，2011年版。

131. 徐复观：《中国艺术精神》，上海：华东师范大学出版社，2001年版。

132. 徐书城：《中国绘画艺术史》，北京：人民美术出版社，2001年版。

133. 徐行言、程金城：《表现主义与20世纪中国文学》，合肥：安徽教育出版社，2000年版。

134. 薛绥之主编：《鲁迅生平史料汇编》，天津：天津人民出版社，1981—1983年版。该书系共5辑6册，包括第1辑：《鲁迅在绍兴·鲁迅在南京》；第2辑：《鲁迅在日本·鲁迅在杭州》；第3辑：《鲁迅在北京·鲁迅在西安》；第 4 辑：《鲁迅在厦门·鲁迅在广州》；第 5 辑（上下）：《鲁迅在上海》（上下）。

135. 薛绥之等编：《鲁迅杂文辞典》，济南：山东教育出版社，1986年版。

136. 严家炎：《论鲁迅的复调小说》，上海：上海教育出版社，2002年版。

137. 杨成寅编著：《石涛画语录图释》，杭州：西泠印社，1999年版。

138. 杨身源、张弘昕编著：《西方画论辑要》，南京：江苏美术出版社，1990年版。

139. 杨永德、杨宁：《鲁迅最后十二年与美术》，北京：文化艺术出版社，2007年版。

140. 杨永德：《鲁迅装帧系年》，北京：人民美术出版社，2001年版。

141. 叶淑穗、杨燕丽：《从鲁迅遗物认识鲁迅》，北京：中国人民大学出版社，1999年版。

142. 叶秀山：《中西智慧的贯通——叶秀山中国哲学文化论集》，南京：江苏人民出版社 2002 年版。

143. 袁良骏：《鲁迅研究史》（上、下卷），西安：陕西人民出版社，1986年版。

144. 宗白华：《美学散步》，上海：上海人民出版社，1981年版。

145. 张奠宇：《西方版画史》，杭州：中国美术学院出版社，2000年版。

146. 张光福编注：《鲁迅美术论集》，昆明：云南人民出版社，1982年版。

147. 张光福:《鲁迅美术论集》,昆明:云南人民出版社,1982 年版。

148. 张克:《颓败线的颤动——鲁迅与中国文学的现代性》,上海三联书店,2011 年版。

149. 张汝伦:《海德格尔与现代哲学》,上海:复旦大学出版社,1995 年版。

150. 张世英:《哲学导论》,北京:北京大学出版社,2002 年版。

151. 张首映:《西方二十世纪文论史》,北京:北京大学出版社,1999 年版。

152. 张铁荣:《比较文化研究中的鲁迅》,天津:南开大学出版社,2003 年版。

153. 张望:《鲁迅论美术》,北京:人民美术出版社,1982 年版。

154. 张炜:《远逝的风景》,北京:北京大学出版社,2005 年版。

155. 张毓茂、阎志宏编:《萧红文集》,合肥:安徽文艺出版社,1997 年版。

156. 赵勤国:《绘画形式语言》,济南:黄河出版社,2003 年版。

157. 赵延年:《画说鲁迅——赵延年鲁迅作品木刻集》,福州:福建教育出版社,2002 年版。

158. 赵延年:《鲁迅作品图鉴》,北京:人民文学出版社,2005 年版。

159. 赵京华:《周氏兄弟与日本》,北京:人民文学出版社,2011 年版。

160. 中国社会科学院文学研究所鲁迅研究室编:《1913—1983 鲁迅研究学术论著资料汇编》第 1—5 卷,北京:中国文联出版公司,1987 年、1989 年版(第 1—4 卷为 1987 年版,第 5 卷为 1989 年版)。

161. 中国新兴版画五十年选集编辑委员会:《中国新兴版画五十年选

集》(上、下),上海:上海人民美术出版社,1981年版。

162.周积寅编著:《中国画论辑要》,南京:江苏美术出版社,1985年版。

163.朱存明:《汉画像之美:汉画像与中国传统审美观念研究》,北京:商务印书馆,2011年版。

164.朱德发等:《20世纪中国文学理性精神》,上海:世纪出版社,2003年版。

165.朱光潜:《西方美学史》,北京:人民文学出版社,1979年版。

166.朱万章:《陈师曾》,石家庄:河北教育出版社,2003年版。

167.朱正:《鲁迅回忆录正误》(增订本),北京:人民文学出版社,2006年版。

168.朱正:《一个人的呐喊:鲁迅1881—1936》,北京:北京十月文艺出版社,2007年版。

169.朱正:《鲁迅的人脉》,上海:东方出版中心,2010年版。

170.[奥]里尔克:《罗丹论》,梁宗岱译,桂林:广西师范大学出版社,2001年版。

171.[奥]茨威格:《异端的权利》,赵台安、赵振尧译,北京:生活·读书·新知三联书店,1986年版。

172.[澳]张钊贻:《鲁迅:中国"温和"的尼采》,北京:北京大学出版社,2011年版。

173.[德]保尔·福格特:《20世纪德国艺术》,刘玉民译,上海:上海人民美术出版社,2001年版。

174.[德]海德格尔:《存在与时间》,陈嘉映、王庆节合译,熊伟校,北京:生活·读书·新知三联书店,1999年版。

175.[德]海德格尔:《诗·语言·思》,彭富春译,戴晖校,北京:

文化艺术出版社,1991年版。

176.[德]海德格尔:《荷尔德林诗的阐释》,孙周兴译,北京:商务印书馆,2000年版。

177.[德]海德格尔:《尼采》,孙周兴译,北京:商务印书馆,2002年版。

178.[德]海德格尔:《人,诗意地安居》,郜元宝译,张汝伦校,上海:上海远东出版社,1995年版。

179.[德]海伦·娜丝蒂斯:《罗丹在谈话和信札中》,宗白华译:《西方美术名著选译》,合肥:安徽教育出版社,2000年版。

180.[德]赫尔曼·巴尔:《表现主义》,徐菲译,北京:生活·读书·新知三联书店,1989年版。

181.[德]马丁·布伯:《我与你》,陈维纲译,北京:生活·读书·新知三联书店,2002年版。

182.[德]瓦尔特·本雅明:《本雅明文选》,陈永国、马海良编,北京:中国社会科学出版社,1999年版。

183.[德]瓦尔特·赫斯:《欧洲现代画派画论选》,宗白华译:《西方美术名著选译》,合肥:安徽教育出版社,2000年版。

184.[德]沃林格尔:《抽象与移情》,王才勇译,沈阳:辽宁出版社,1987年版。

185.[俄]康定斯基:《康定斯基:文论与作品》,查立译,北京:中国社会科学出版社,2003年版。

186.[法]P.博纳富:《凡·高:磨难中的热情》,张南星译,上海:上海译文出版社,2004年版。

187.[法]阿尔贝·加缪:《西西弗的神话:论荒谬》,杜小真译,北京:生活·读书·新知三联书店,1998年版。

188.［法］丹纳:《艺术哲学》,傅雷译,合肥:安徽文艺出版社,1991年版。

189.［法］弗兰克·埃勒卡尔:《凡高——一个孤独的天才》,范立新、平野译,北京:人民美术出版社,1989年版。

190.［法］高更:《诺阿 诺阿》,郭定安译,石家庄:花山文艺出版社,1995年版。

191.［法］高更:《此前此后:高更回忆录》,麻艳萍译,北京:新星出版社,2007年版。

192.［法］罗丹述,葛赛尔:《罗丹艺术论》,傅雷译,北京:中国社会科学出版社,2001年版。

193.［法］罗丹:《罗丹素描》,长春:吉林美术出版社,2004年版。

194.［法］路易—让·卡尔韦:《结构与符号——罗兰·巴尔特传》,车槿山译,北京:北京大学出版社,1997年版。

195.［荷］博戈米拉·韦尔什—奥夫沙罗夫:《凡·高论》,刘明毅译,上海:上海人民美术出版社,1987年版。

196.［美］H.H.阿纳森:《绘画·雕塑·建筑 西方现代艺术史》,邹德侬、巴竹师、刘珽译,沈玉麟校,天津:天津人民美术出版社,1986年版。

197.［美］P.蒂利希:《存在的勇气》,成穷、王作虹译,陈维政校,贵阳:贵州人民出版社,1998年版。

198.［美］W.考夫曼编著:《存在主义》,陈鼓应、孟祥森、刘崎译,北京:商务印书馆,1987年版。

199.［美］爱德华·W·萨义德:《知识分子论》,单德兴译,陆建德校,北京:生活·读书·新知三联书店,2002年版。

200.［美］彼得·盖伊:《现代主义:从波德莱尔到贝克特之后》,

骆守怡、杜冬译,南京:译林出版社,2017年版。

201. [美]布拉德利·柯林斯:《凡·高与高更:电流般的争执与乌托邦梦想》,陈慧娟译,桂林:广西师范大学出版社,2006年版。

202. [美]戴维·韦斯:《我赤裸裸地来——罗丹的故事》,杨苡、雷江、韩曦、林真译,南京:译林出版社,1999年版。

203. [美]赫谢尔·B.奇普编著:《艺术家通信:塞尚、凡·高、高更通信录》,吕澎译,北京:中国人民大学出版社,2003年版。

204. [美]李欧梵:《铁屋中的呐喊——鲁迅研究》,尹慧珉译,长沙:岳麓书社,1999年版。

205. [美]鲁道夫·阿恩海姆:《艺术与视知觉——视觉艺术心理学》,滕守尧、朱疆源译,北京:中国社会科学出版社,1984年版。

206. [美]鲁道夫·阿恩海姆:《视觉思维——审美直觉心理学》,滕守尧译,成都:四川人民出版社,1998年版。

207. [美]罗伯特·罗森布卢姆:《现代绘画与北方浪漫主义传统》,刘云卿译,桂林:广西师范大学出版社,2003年版。

208. [美]欧文·斯通、吉恩·斯通编:《凡·高自传》,澹泊、徐汝舟、周良仁、张叔宁、周全霖、刘迎译,长沙:湖南文艺出版社,1991年版。

209. [美]欧文·斯通:《渴望生活:梵高传》,常涛译,北京:北京十月文艺出版社,2014年版。

210. [美]史蒂芬·奈菲、格雷高里·怀特·史密斯:《梵高传》,沈语冰等译,南京:译林出版社,2015年版。

211. [美]夏志清:《中国现代小说史》,刘绍铭等译,上海:复旦大学出版社,2005年版。

212. [美]约翰·拉塞尔:《现代艺术的意义》,常宁生等译,北京:

中国人民大学出版社，2003年版。

213.［挪］阿尔内·埃格姆:《蒙克与摄影》，张璐瑶、胡默然译，重庆:重庆大学出版社，2014年版。

214.［日］北冈正子:《〈摩罗诗力说〉材源考》，何乃英译，北京:北京师范大学出版社，1983年版。

215.［日］内山嘉吉、奈良和夫:《鲁迅与木刻》，韩宗琦译，北京:人民美术出版社，1985年版。

216.［日］森哲郎编著:《中国抗日漫画史——中国漫画家十五年的抗日斗争历程》，于钦德、鲍文雄译，济南:山东画报出版社，1999年版。

217.［日］山田敬三:《鲁迅世界》，韩贞全、武殿勋译，周坚夫校，济南:山东人民出版社，1983年版。

218.［日］山田敬三:《鲁迅:无意识的存在主义》，秦刚译，北京:北京大学出版社，2012年版。

219.［日］丸尾常喜:《"人"与"鬼"的纠葛——鲁迅小说论析》，秦弓译，北京:人民文学出版社，1995年版。

220.［日］丸山升:《鲁迅·革命·历史——丸山升现代中国文学论集》，王俊文译，北京:北京大学出版社，2005年版。

221.［日］伊藤虎丸:《鲁迅与日本人——亚洲的近代与"个"的思想》，李冬木译，石家庄:河北教育出版社，2000年版。

222.［日］伊藤虎丸:《鲁迅、创造社与日本文学——中日近现代比较文学初探》，孙猛、许江、李冬木译，北京:北京大学出版社，2005年版。

223.［日］伊藤虎丸:《鲁迅与终末论——近代现实主义的成立》，李冬木译，北京:生活·读书·新知三联书店，2008年版。

224.［日］竹内好:《近代的超克》,孙歌编,李冬木、赵京华、孙歌译,北京:生活·读书·新知三联书店,2005年版。

225.［新加坡］王润华:《鲁迅小说新论》,上海:学林出版社,1993年版。

226.［英］J.P.霍丁:《蒙克》,吕澎译,北京:人民美术出版社,1990年版。

227.［英］R·S·弗内斯:《表现主义》,艾晓明译,北京:昆仑出版社,1991年版。

228.［英］贡布里希:《艺术发展史》,范景中译,林夕校,天津:天津人民美术出版社,1998年版。

229.［英］贡布里希:《艺术与错觉——图画再现的心理学研究》,林夕、李本正、范景中译,长沙:湖南科学技术出版社,2000年版。

230.［英］贡布里希:《秩序感》,范景中、杨思梁、徐一维译,长沙:湖南科学技术出版社,1999年版。

231.［英］赫伯特·里德:《现代绘画简史》,刘萍君译,周子丛、秦宣夫校,上海:上海人民美术出版社,1979年版。

232.［英］赫伯特·里德:《现代艺术哲学》,朱伯雄、曹剑译,天津:百花文艺出版社1999年版。

233.［英］赫伯特·里德:《现代雕塑简史》,余志强、栗爱平译,成都:四川美术出版社,1989年版。

234.［英］赫伯特·里德:《艺术的真谛》,王柯平译,北京:中国人民大学出版社,2004年版。

235.［英］马丁·盖福德:《凡·高与高更:在阿尔勒的盛放与凋零》,张洁倩译,上海:上海交通大学出版社,2013年版。

236.［英］修·昂纳、［英］约翰·弗莱明:《世界艺术史》(第7版修订本），吴介祯等译，北京：北京美术摄影出版社，2013年版。

237.Dietmar Elger：*Expressionism*，Taschen.

238.Donald E·Gordon：*Expressionism Art and Idea*，Yale University Press, New Haven London 1987.

239.Lionel Richard：*The concise Encyclopedia of Expressionism*, chartwell books, INC Secaucus, New Jersey 1978.

240.Martin Heidergger：*SEIN UND ZEIT*, Max Niemeyer Verlag Tubingen, 1979.

论　文

1.艾平:《鲁迅与邵阳隆回滩头年画》,《邵阳师专学报》1996年第3期。

2.安危:《论〈野草〉的色彩美》,《鲁迅研究动态》1989年第4期。

3.卜友常:《鲁迅藏汉代斗牛角抵戏画像浅议》,《湖北美术学院学报》2010年第1期。

4.卜友常:《鲁迅藏汉代伏羲女娲画像浅议》,《新美术》2010年第5期。

5.蔡若虹:《〈明朗的天——1937—1949解放区木刻版画集〉序》,《美术》2001年第9期。

6.蔡拥华:《知识分子的觉醒与现代追求——20世纪三十年代鲁迅与新兴木刻运动》,《新美术》2011年第5期。

7.蔡显良:《融冶篆隶于一炉　听任心腕之交应——鲁迅书法的主要特点及其成因》,《荣宝斋》2008年第6期。

8.陈力君:《论20世纪七八十年代的连环画中的鲁迅形象》,《中国现代文学研究丛刊》2018年第9期。

9.陈江:《鲁迅与法国画家保罗·戈庚——兼谈鲁迅论印象派》,《鲁迅研究资料》第10辑,天津人民出版社,1982年版。

10.陈平原:《分裂的趣味与抵抗的立场——鲁迅的述学文体及其接受》,《文学评论》2005年第5期。

11.陈朴:《鲁迅与篆刻》,《鲁迅研究月刊》1995年第7期。

12.陈茜:《文艺结合,相互惠泽——论鲁迅与我国传统美术》,《文艺理论与批评》2011年第5期。

13.陈星:《丰子恺与鲁迅二题》,《鲁迅研究月刊》1990年第4期。

14.陈振濂:《"美术"语源考——"美术"译语引进史研究》,《美术研究》2003年第4期、2004年第1期。

15.戴晓云:《鲁迅藏汉画像中伏羲女娲形象释读》,《鲁迅研究月刊》2009年第1期。

16.戴晓云:《鲁迅藏汉画像中方位四神形象释读》,《湖南人文科技学院学报》2010年第5期。

17.邓云乡:《记陈师曾艺事——兼谈与鲁迅的友谊》,《文献》1982年第2期。

18.地山:《谈〈野草〉的绘画美》,《大学文科园地》(郑州)1985年第4期。

19.董炳月:《画家的鲁迅 作家的张仃》,《读书》2006年第1期。

20.董炳月:《浮世绘之于鲁迅》,《鲁迅研究月刊》2016年第6期。

21.窦亚杰:《从鲁迅中来,到鲁迅中去——浅析赵延年的〈阿Q正传〉插图》,《新美术》2013年第3期。

22.段保国:《对"文学性"与"绘画性"的探究——以鲁迅先生倡导的"新兴版画运动"为例》,《石河子大学学报》2011年第3期。

23.方麟:《鲁迅的版画情结》,《语文建设》2009年第11期。

24.冯光廉:《新方法与鲁迅研究》,《山东师范大学学报》2001年第2期。

25.冯光廉:《人文学科理论与鲁迅研究》,《沈阳师范学院学报》2001年第5期。

26.冯汉江:《中国新兴版画的发展与嬗变》,《荆州师范学院学报》2002年第4期。

27.冯绪民:《中国"现代版画"的特殊历程及其他》,《新美术》2004年第1期。

28.郜元宝:《〈野草〉别解》,《学术月刊》2004年第11期。

29.高远东:《鲁迅的可能性——也从〈破恶声论〉寻找支援》,《鲁迅研究月刊》2003年第7期。

30.葛红兵:《殉道者 伟人 狂人——关于鲁迅与凡高的一种主观阐释》,《鲁迅研究月刊》1994年第5期。

31.葛涛:《鲁迅诉章士钊的诉状与互辩书考辨——兼谈章士钊的两则佚文》,《鲁迅研究月刊》2004年第9期。

32.戈宝权辑译:《史沫特莱回忆鲁迅》,《新文学史料》1980年第3期。

33.戈宝权:《鲁迅与苏联版画艺术》,《鲁迅研究资料》第17辑,天津人民出版社,1986年版。

34.戈宝权:《鲁迅病中珍爱的一幅画》,《人民日报》1986年3月13日第8版。

35.龚产兴:《鲁迅与中国画》,《美术史论丛刊》1982年第1辑。

36.古大勇:《狂痛"呐喊":在表现主义的潜法则下——画家蒙克与作家鲁迅比较论》,《伊犁师范学院学报》2004年第2期。

37. 顾农:《鲁迅与汉画像》,《美术史论》1988年第3期。

38. 顾晓梅:《仿佛是木刻似的——鲁迅小说艺术形象的造型特色及其成因》,《山东师范大学学报》1999年第4期。

39. 郭道晖:《鲁迅的伟美观》,《文艺研究》1985年第4期。

40. 郭伶俐:《〈朝花〉期刊对中国木刻艺术的贡献》,《湖南工程学院学报》2016年第4期。

41. 郭运恒:《〈野草〉中红色与青色意象的审美解读》,《河南师范大学学报》2005年第1期。

42. 贺智利:《木刻艺术对鲁迅创作的影响》,《陕西师范大学继续教育学报》2001年第3期。

43. 胡健:《守护中的拓进:陈师曾艺术思想与艺术创作》,《江西社会科学》2004年第10期。

44. 胡卓君、章剑深:《鲁迅书法风格与成因探究》,《绍兴师专学报》1991年第3期。

45. 胡兆铮:《鲁迅手绘"猫头鹰"图析》,《宁夏社会科学》2000年第3期。

46. 黄可:《鲁迅与儿童美术》,《美术史论》1989年第4期。

47. 黄宛峰:《鲁迅对汉画艺术的传承与发扬——从〈桃色的云〉封面插图谈起》,《鲁迅研究月刊》2011年第10期。

48. 江弱水:《论〈野草〉的视觉艺术及其渊源》,《浙江学刊》2002年第6期。

49. 江平:《作为书法大家的鲁迅》,《鲁迅研究月刊》2003年第6期。

50. 江平:《通人之书:鲁迅的书法及其地位》,《中国书法》2016年第10期。

51. 江小蕙:《从鲁迅藏书看鲁迅——鲁迅与日本浮世绘》,《鲁迅研究动态》1988年第3期。

52. 江小蕙:《从鲁迅藏书看鲁迅（续）——鲁迅与浮世绘》,《鲁迅研究动态》1988年第4期。

53. 淦小炎:《鲁迅与陈师曾及其艺术交往》,《九江师专学报》1985年第4期。

54. 金学智:《鲁迅论印章艺术美》,《鲁迅研究》第11辑,中国社会科学出版社,1987年版。

55. 景凯旋:《鲁迅：一个反权力的离群者》,《书屋》2004年第10期。

56. 郎绍君:《鲁迅的美术观》,《美术史论丛刊》1982年第1辑、1982年第4辑。

57. 李波:《木刻家的鲁迅像艺术情结》,《解放军艺术学院学报》2011年第4期。

58. 李春林:《两位"人性的天才"的"呐喊"与"绝叫"——鲁迅与迦尔洵的比较研究》,《鲁迅研究月刊》2004年第10—11期。

59. 李洪华:《图文互释与语图缝隙——论鲁迅小说〈药〉的连环画改编》,《鲁迅研究月刊》2018年第7期。

60. 李林荣:《1920年代中期的鲁迅杂文及其文化背景》,《鲁迅研究月刊》2003年第5期。

61. 李继凯:《论鲁迅与中国书法文化》,《华中师范大学学报》2010年第3期。

62. 李宁:《热红冷青自啮时——浅析鲁迅作品中的一对色彩意象》,《海南大学学报》2005年第2期。

63. [美]李欧梵:《鲁迅与现代艺术意识》,《鲁迅研究动态》1986年第11期。

64. 李淑丽:《鲁迅与日本儿童版画》,《鲁迅研究动态》1988 年第 10 期。

65. 李树声:《中国新兴版画在现代美术史上的突出贡献》,《文艺研究》1997 年第 6 期。

66. 李树声:《现代社会的魂魄——试论国统区的木刻版画艺术》,《美术》2001 年第 9 期。

67. 李新宇:《鲁迅:启蒙路上的艰难持守》,《齐鲁学刊》2001 年第 3 期。

68. 李新宇:《鲁迅启蒙之路再思考》,《鲁迅研究月刊》2004 年第 9—11 期。

69. 李雅娟:《从"诗力"到"美术"——试论鲁迅对上野阳一的接受》,《中国现代文学研究丛刊》2016 年第 6 期。

70. 李允经:《鲁迅和中国新兴木刻运动》,西北大学鲁迅研究室编:《鲁迅研究年刊 1984》,陕西人民出版社,1984 年版。

71. 李允经:《鲁迅和南阳汉画像》,《鲁迅研究动态》1985 年第 8 期。

72. 李允经:《鲁迅和现代派绘画艺术》,《美苑》1986 年第 5 期。

73. 李允经:《鲁迅对中国文人画的评议——兼论中国画的推陈出新》,《鲁迅研究动态》1987 年第 2 期。

74. 李允经:《鲁迅和裸体画艺术——兼与李欧梵先生商榷》,《鲁迅研究动态》1987 年第 4 期。

75. 李允经:《鲁迅与漫画》,《鲁迅研究动态》1987 年第 10 期。

76. 李允经:《鲁迅与连环图画》,《鲁迅研究动态》1987 年第 11 期。

77. 李允经:《珂勒惠支和中国现代版画运动》,《鲁迅研究月刊》1991 年第 9 期。

78. 李允经:《鲁迅和藏书票艺术》,《鲁迅研究月刊》1998年第8期。

79. 李允经:《鲁迅对我国萌芽期木刻的评议》,《鲁迅研究月刊》2002年第10期。

80. 李兆忠:《这样的战士——张仃心中的鲁迅》,《名作欣赏》2018年第5期。

81. 林默:《论"花边文学"》,1934年7月3日《大晚报·火炬》。

82. 林溪(李允经):《鲁迅的版画理论和中国新兴版画运动》,《鲁迅研究动态》1989年第7期。

83. 林贤治:《给李慎之先生的信——也谈五四、鲁迅与胡适》,《书屋》2001年第Z1期。

84. 凌承纬:《中国现实主义美术的拓路人——纪念鲁迅先生逝世七十周年》,《美术》2006年第10期。

85. 凌夫:《鲁迅:中国现代书籍装帧的开拓者》,《寻根》2010年第1期。

86. 凌夫:《陶元庆:东西方融成特别的风神》,《寻根》2010年第2期。

87. 凌夫:《司徒乔:"狂飙"风格》,《寻根》2010年第3期。

88. 凌夫:《〈时代漫画〉和〈漫画界〉上的鲁迅》,《寻根》2017年第3期。

89. 凌继尧:《对鲁迅"美术之类别"的阐释》,《扬州大学学报》2002年第4期。

90. 凌月麟:《鲁迅评人体美术》,《美苑》1989年第4期。

91. 刘汝醴:《鲁迅先生一九三零年二月二十一日在上海中华艺术大学的讲演》(记录稿),《美术》1979年第5期。

92. 刘晓路:《君子之交——从陈师曾送鲁迅的十幅画谈起》,《美术观察》1999 年第 4 期。

93. 刘艳:《鲁迅小说的绘画效果及其成因探寻》,《文艺理论研究》1993 年第 2 期。

94. 刘以焕:《鲁迅早年的挚友——陈师曾》,《鲁迅研究月刊》1998 年第 6 期。

95. 刘玉凯:《看懂鲁迅手绘的猫头鹰》,《新文学史料》2004 年第 3 期。

96. 刘再复:《鲁迅和绘画艺术的写实主义》,《浙江学刊》1981 年第 4 期。

97. 刘增人:《论鲁迅的人格范型》,《鲁迅研究月刊》2001 年第 9—10 期。

98. 刘增人:《鲁迅系列文学期刊》,《鲁迅研究月刊》2005 年第 10 期。

99. 刘新:《司徒乔与鲁迅及平民性》,《美术研究》2003 年第 2 期。

100. 刘新:《与左翼木刻面对面——1930 年至 1940 年代中国木刻的再发现》,《美术》2001 年第 10 期。

101. 刘欣:《珂勒惠支日记中的心境与艺术选择》,《鲁迅研究月刊》2017 年第 10 期。

102. 刘曦林:《不应该忘记的一首歌——〈寒凝大地·国统区木刻版画集〉读后》,《美术观察》2001 年第 4 期。

103. 吕明涛、宋凤娣:《论鲁迅美术介入的启蒙思想》,《泰安师专学报》2002 年第 4 期。

104. 马蹄疾:《鲁迅和苏联木刻》,《美苑》1987 年第 1 期。

105. 毛晓平:《鲁迅与民间美术》,《鲁迅研究月刊》2000 年第 9 期。

106. 倪贻德:《雕刻与塑像艺术的欣赏》(其中论及罗丹),《申报周刊》1936年3月22日第1卷第11期。

107. 牛天伟:《鲁迅藏南阳汉画像中的独角神兽考》,《鲁迅研究月刊》2005年第8期。

108. 潘宝泉、尹成君:《论绘画精神对鲁迅小说的影响和渗透》,《吉林大学社会科学学报》1998年第4期。

109. 潘耀昌:《也谈林风眠和鲁迅的艺术观》,《中国美术》2018年第5期。

110. 彭小燕:《从"沉默鲁迅"(1909—1917)的日记和汉画收藏看鲁迅反击生命虚无、实施自我救赎的可能性》,《宝鸡文理学院学报》2006年第3期。

111. 齐凤阁:《二十世纪中国版画的语境转换》,《文艺研究》1997年第6期。

112. 钱理群:《鲁迅远行以后(1949—2001)》,《文艺争鸣》2002年第1—4期。

113. 钱理群:《十年沉默的鲁迅》,《浙江社会科学》2003年第1期。

114. 钱理群:《北京大学教授的不同选择——以鲁迅与胡适为中心》,《文艺争鸣》2003年第1—5期。

115. 钱理群:《人间至爱者为死亡所捕获——一九三六年的鲁迅》,《鲁迅研究月刊》2003年第5—6期。

116. 庆余:《从〈野草〉中的色彩描写谈起》,《美苑》1986年第4期。

117. 邱陵:《鲁迅与书籍装帧艺术》,《美术》1981年第8期。

118. 邱陵:《陶元庆生平及其装帧艺术》,《美术》1993年第11期。

119. 裘沙:《鲁迅和林风眠》,《美术》1994年第8期。

120. 裘沙:《再谈林风眠和鲁迅》,《新美术》2000 年第 3 期。

121. 任秉义:《浅析鲁迅杂文中对文人画的论述》,《美苑》1983 年第 4 期。

122. 宋宪章:《鲁迅与画家陶元庆》,《历史知识》1983 年第 6 期。

123. 宋益乔、刘东方:《重估鲁迅为"连环画"辩护的价值》,《鲁迅研究月刊》2010 年第 9 期。

124. 宋志坚:《鲁迅赏识与推崇的青年画家——纪念陶元庆逝世八十周年》,《福建艺术》2009 年第 2 期。

125. 宋志坚:《鲁迅与陈洪绶的版画》,《福建艺术》2010 年第 2 期。

126. 孙昌熙:《鲁迅论美术创作》,《鲁迅研究》1981 年第 3 期。

127. 绍伯:《调和》,1934 年 8 月 31 日《大晚报·火炬》。

128. 沈刚:《生命力度与历史理性——由新兴版画的形式意味看鲁迅的文化性格》,《江西社会科学》2003 年第 5 期。

129. 沈伟棠:《毛泽东时代美术中的鲁迅图像》,《海南师范大学学报》2013 年第 11 期。

130. 沈伟棠:《图像证史:毛泽东时代视觉文化中的鲁迅图像》,《齐鲁艺苑》2014 年第 1 期。

131. 沈伟棠:《作为历史的美术——试论鲁迅的"图像证史"观念及其实践》,《鲁迅研究月刊》2014 年第 9 期。

132. 沈伟棠:《谱系的源起:1930 年代鲁迅图像中的苏联影响》,《美术学报》2016 年第 6 期。

133. 沈伟棠、陈顺和:《鲁迅所作〈国学季刊〉封面新证——兼析汉画像对鲁迅封面设计的影响》,《装饰》2016 年第 10 期。

134. 沈伟棠:《最初的纪念——鲁迅雕塑的诞生及其传播语境》,《雕塑》2018 年第 6 期。

135. 首甲等:《对鲁迅先生的〈恐吓辱骂决不是战斗〉有言》,1933年2月上海《现代文化》第1卷第2期。

136. 汤大民:《鲁迅书法的特质和渊源》,《南京艺术学院学报》2001年第3期。

137. 王彬彬:《开放、敏锐而又切实的"问题意识"——读〈多维视野中的鲁迅〉》,《文学评论》2002年第5期。

138. 王富仁:《时间·空间·人》,《鲁迅研究月刊》2000年第1—5期。

139. 王富仁:《我和鲁迅研究》,《鲁迅研究月刊》2000年第7期。

140. 王富仁:《我看中国的鲁迅研究》,《社会科学辑刊》2006年第1期。

141. 王富仁:《厦门时期鲁迅:穿越学院文化》,《厦门大学学报》2006年第4期。

142. 王观泉:《麦绥莱勒在中国》,《鲁迅研究月刊》2004年第7期。

143. 王观泉:《关于麦绥莱勒在中国》,《鲁迅研究月刊》2004年第10期。

144. 王琦:《鲁迅论现代派美术》,《美术》1986年第10期。

145. 王琦:《〈寒凝大地——1930—1949国统区木刻版画集〉序》,《美术》2001年第9期。

146. 王士让:《鲁迅在新兴木刻运动中的伟大贡献》,《宁夏艺术》1986年第2期。

147. 王士菁:《〈鲁迅珍藏苏联木刻画集〉前言》,《鲁迅研究动态》1985年第6期。

148. 王树村:《鲁迅与年画的收集和研究》,《美术研究》1982年第1期。

149. 王文新:《文学作品绘画改编中的语—图互文研究——以丰子恺〈漫画阿Q正传〉为例》,《文艺研究》2016年第1期。

150. 王锡荣:《鲁迅美术作品》,《新文学史料》2006年第1期。

151. 王颖、刘开明:《中国现代版画的历史品格》,《齐鲁艺苑》1991年第4期。

152. 王颖:《美术视野中的鲁迅——鲁迅美术活动研究述评》,《鲁迅研究月刊》1993年第1期。

153. 王颖、刘开明:《强劲的黑白风——中国现代版画(1929—1949)史论》,《山东师范大学学报》1994年第4期。

154. 王泽庆:《鲁迅论中国画及其传统》,《中国画研究》1983年第3期。

155. 王新:《大地与天空的永恒争执——从蒙克的波荡意象读解鲁迅的〈野草〉》,《名作欣赏》2006年第4期。

156. 魏建:《从鲁迅研究看郭沫若研究》,《鲁迅研究月刊》1994年第12期。

157. 魏建:《阐释的智慧——以郭沫若对孔子的评论为例》,《郭沫若学刊》2003年第2期。

158. 魏韶华:《论鲁迅的艺术趣味》,《东方论坛》1994年第2期。

159. 魏韶华:《鲁迅与表现主义》,《兰州大学学报》1995年第2期。

160. 魏韶华:《抑郁的艺术精灵——鲁迅与爱德华·蒙克》,《东方论坛》1996年第4期。

161. 魏韶华:《鲁迅的"呐喊"与蒙克的"呼嚎"——纪念鲁迅先生诞辰120周年》,《兰州大学学报》2001年第5期。

162. 魏韶华:《克尔凯郭尔之影与鲁迅的易卜生观》,《鲁迅研究月刊》2002年第11期。

163. 魏韶华:《鲁迅审美风格的艺术学阐释》,冯光廉、刘增人、谭桂林主编:《多维视野中的鲁迅》,济南:山东教育出版社2002年版。

164. 魏韶华:《论鲁迅的"思想原点"及其克尔凯郭尔之影响》,《鲁迅研究月刊》2004年第7期。

165. 吴川淮:《鲁迅手稿的书法艺术价值》,《中国书法》2016年第10期。

166. 吴冠中:《我的作品是给国家和人民的》,《美术报》2009年3月30日。

167. 吴小美:《"北京的苦闷"与"巴黎的忧郁"——鲁迅与波特莱尔散文诗的比较研究》,《文学评论》1986年第5期。

168. 吴雪杉:《Grotesque:鲁迅的批评与李桦早期木刻风格的形成》,《文艺理论与批评》2018年第4期。

169. 吴中杰:《鲁迅与书籍装帧》,《美术教育研究》2010年第5期。

170. 无名氏:《被死所袭击的孩子》(珂勒惠支),《呼吸》1948年3月1日第3期。

171. 夏晓静:《鲁迅与魏碑》,《鲁迅研究月刊》1997年第10期。

172. 夏晓静:《鲁迅珍藏的中国第一批藏书票》,《鲁迅研究月刊》1998年第6期。

173. 夏晓静:《"有力之美"——鲁迅对珂勒惠支版画的审美选择》,《鲁迅研究月刊》2005年第8期。

174. 夏晓静:《鲁迅藏明信片概述》,《鲁迅研究月刊》2006年第11期。

175. 夏晓静:《鲁迅的书法艺术与碑拓收藏》,《鲁迅研究月刊》2008年第1期。

176. 肖振鸣:《丰子恺漫画与鲁迅小说》,《鲁迅研究月刊》2001年第10期。

177. 肖振鸣:《鲁迅与民国书法》,《鲁迅研究月刊》2007年第7期。

178. 萧萍:《鲁迅与风俗画》,《团结报》1981年8月1日。

179. 向思楼:《论鲁迅的美术教育思想》,《四川师范大学学报》2002年第4期。

180. 谢国桢:《鲁迅与中国版画——纪念鲁迅先生百年诞辰》,《文献》1981年第3期。

181. 徐梵澄:《星花旧影——对鲁迅先生的一些回忆》,《鲁迅研究资料》第11辑,天津人民出版社,1983年1月第1版。

182. 徐梵澄:《星花旧影——对鲁迅先生的一些回忆(续)》,《鲁迅研究资料》第17辑,天津人民出版社,1986年9月第1版。

183. 徐行言:《论鲁迅艺术趣味与文艺思想的多元性——在表现主义与写实主义的二难抉择中》,《文艺理论研究》1997年第6期。

184. 徐霞:《"比亚兹莱"的中国旅程——鲁迅编〈比亚兹莱画选〉有关文化、翻译、艺术的问题》,《鲁迅研究月刊》2010年第7期。

185. 许江:《一个人的面容》,《中华读书报》2011年9月7日第111期。

186. 许幸之:《回忆鲁迅先生在中华艺大的一次讲演》,《美术》1979年第5期。

187. 许祖华:《鲁迅小说的叙述空间与绘画》,《山东师范大学学报》2011年第4期。

188. 严家炎:《鲁迅与表现主义——兼论〈故事新编〉的艺术特征》,《中国社会科学》1995年第2期。

189. 严家炎:《复调小说:鲁迅的突出贡献》,《中国现代文学研究丛刊》2001年第3期。

190. 阎真:《〈野草〉:对现代生存论哲学母题的穿透》,《鲁迅研究月刊》2003 年第 12 期。

191. 杨剑龙:《论贺友直连环画对鲁迅〈白光〉的阐释》,《鲁迅研究月刊》2016 年第 10 期。

192. 杨天民:《从雕塑性到音乐性:凡·高的色彩观》,《安徽师范大学学报》2004 年第 1 期。

193. 杨燕丽:《鲁迅为什么编印〈凯绥·珂勒惠支版画选集〉》,《鲁迅研究月刊》2008 年第 6 期。

194. 杨义:《遥祭汉唐魄力——鲁迅与汉石画像》,《学术月刊》2014 年第 2 期。

195. 杨永德:《鲁迅·现代书籍装帧艺术·贡献》,《鲁迅研究月刊》1997 年第 2 期。

196. 杨永德:《"东方的美"——鲁迅书籍装帧简析》,《鲁迅研究月刊》1997 年第 9 期。

197. 杨永德:《"民族性"与书籍装帧——鲁迅与书籍装帧"民族性"初探》(上)(下),《鲁迅研究月刊》1998 年第 5、6 期。

198. 姚锡佩:《滋养鲁迅的斯堪的纳维亚文化:安徒生—克尔凯郭尔—易卜生—勃兰兑斯—斯特林堡—汉姆生》,《鲁迅研究月刊》1990 年第 9、10 期。

199. 姚锡佩:《现代西方哲学在鲁迅藏书和创作中的反映》,《鲁迅研究月刊》1994 年第 10、11 期。

200. 于文秀:《对人的形而上的深思:鲁迅小说的人学意蕴》,《哲学研究》2003 年第 11 期。

201. 俞兆平:《科学与人文:鲁迅早期的价值取向》,《厦门大学学报》2003 年第 2 期。

202. 余望杰、任鹤林:《鲁迅、刘岘与朱仙镇年画》,《鲁迅研究月刊》1990年第12期。

203. 乐黛云:《鲁迅的〈破恶声论〉及其现代性》,《中国现代文学研究丛刊》2000年第3期。

204. 曾宪波:《鲁迅收集南阳汉画拓片始末》,《中州今古》1997年第3期。

205. 张崇文:《德国讽刺画家格罗斯》,《文艺画报》1935年第1卷第3期。

206. 张代敏:《鲁迅与人体艺术》,《成都大学学报》1991年第2期。

207. 张仃:《鲁迅先生作品中的绘画色彩》,1942年10月18日《解放日报》(延安)。

208. 张科:《丰子恺绘画鲁迅小说》,《读书》1983年第4期。

209. 张箭飞:《鲁迅小说的音乐式分析》,《中国现代文学研究丛刊》2000年第1期。

210. 张箭飞:《论鲁迅小说的音乐性》,《文艺研究》2000年第2期。

211. 张娟:《鲁迅与林风眠美术交集考论》,《中国国家博物馆馆刊》2017年第4期。

212. 张素丽:《鲁迅书籍封面装帧艺术新论》,《洛阳师范学院学报》2011年第3期。

213. 张素丽:《笔墨仪式和艺术修行:鲁迅与碑刻书法艺术》,《艺术广角》2018年第3期。

214. 张素丽:《"漫画的第一紧要事是诚实"——论鲁迅的漫画观与其杂文的漫画笔法》,《河南科技大学学报》2018年第4期。

215. 张素丽:《鲁迅与中国传统文人画》,《东岳论丛》2018年第7期。

216. 张树天:《鲁迅的书法与新文化》,《内蒙古社会科学》2000年第5期。

217. 张树天、杨树夏:《鲁迅的新艺术思想与新文化运动》,《内蒙古师大学报》2001年第5期。

218. 张树云:《鲁迅与中国现代版画》,《南京艺术学院学报》1981年第3期。

219. 张望:《鲁迅与汉画像——兼谈〈俟堂专文杂集〉的古画砖》,《美苑》1984年第3期。

220. 张望:《鲁迅与蕗谷虹儿的画》,《美术研究》1985年第2期。

221. 张望:《鲁迅和麦绥莱勒》,《美苑》1987年第2期。

222. 张望:《鲁迅与刘海粟》,《美苑》1988年第4期。

223. 张学军:《鲁迅美育思想略论》,《理论学刊》2001年第5期。

224. 张勇:《鲁迅早期思想中的"美术"观念探源——从〈儗播布美术意见书〉的材源谈起》,《中国现代文学研究丛刊》2017年第3期。

225. 张玉勤:《鲁迅作品封面的图像表达与叙事功能》,《中国现代文学研究丛刊》2012年第8期。

226. 张云龙:《论鲁迅的美学思想——"力之美"》,《东岳论丛》1997年第4期。

227. 张云龙:《鲁迅与插图艺术》,《鲁迅研究月刊》1998年第11期。

228. 张子中:《关于汉画像石的文化思考》,《烟台大学学报》2001年第2期。

229. 张直心:《神思会通:鲁迅小说的现代主义审美取向》,《鲁迅研究月刊》2002年第2期。

230. 章容明:《鲁迅作品与陶元庆的装帧艺术》,《浙江工艺美术》

1995 年第 2 期。

231. 章霞:《鲁迅设计的书衣中汉画图像运用分析》,《大舞台》2018 年第 4 期。

232. 赵辉:《鲁迅艺术之痕——从鲁迅收藏看他的艺术世界》,《美术》2011 年第 8 期。

233. 赵雁君:《鲁迅书法艺术论》,《绍兴师专学报》1991 年第 3 期。

234. 赵英:《鲁迅手稿书法艺术雏议》,《鲁迅研究月刊》1996 年第 10 期。

235. 赵献涛:《鲁迅与汉画像新论》,《石家庄学院学报》2008 年第 4 期。

236. 郑家建:《论〈故事新编〉的绘画感》,《中国现代文学研究丛刊》2000 年第 1 期。

237. 郑蕾:《〈阿 Q 正传〉连环画研究》,《文艺争鸣》2010 年第 9 期。

238. 邹跃进、李小山、朱为民:《试论解放区的木刻版画艺术》,《美术》2001 年第 10 期。

239. 周爱民:《革命的号角：从新兴木刻到延安美术》,《荣宝斋》2010 年第 10 期。

240. 周积寅、马鸿增:《鲁迅与中国画遗产》,《新美术》1981 年第 3 期。

241. 周积寅:《鲁迅与中国画遗产》,《新美术》1981 年第 3 期。

242. 周宪:《审美现代性范畴的结构描述》,《文艺研究》2004 年第 2 期。

243. 周韵:《重读鲁迅的现代版画批评：一个先锋理论视角》,《天津社会科学》2016 年第 5 期。

244. 周作人:《生活之艺术》,1924年11月17日《语丝》第1期。

245. 朱锋:《鲁迅文学创作对书画技法的借鉴》,《宁夏师范学院学报》2008年第4期。

246. 朱国荣:《鲁迅与人体美术》,《美术史论》1986年第4期。

247. 朱晓进:《鲁迅艺术活动的文化目的及其与传统文学的关系》,《中国社会科学》1990年第2期。

248. 祝帅:《鲁迅的艺术设计研究及其学术品格》,《美苑》2007年第5期。

249. [德]珂勒惠支:《我的回忆》,孙介铭译,《世界美术》1979年第2期。

250. [法]皮埃尔·沃姆斯:《鲁迅与麦绥莱勒》,薇君译,《世界美术》1981年第3期。

251. [美]帕特利克·哈南:《鲁迅小说的技巧》,尹慧珉译,《鲁迅研究年刊》(西北大学鲁迅研究室编),陕西人民出版社,1981年版。

252. [美]史沫特莱:《论鲁迅》,黄源译,1939年12月《刀与笔》月刊(金华)创刊号。

253. [美]薇娜·舒衡哲:《自愿面对必然——鲁迅、沙特和布莱希特》,《鲁迅研究年刊》(西北大学鲁迅研究室编),陕西人民出版社,1980年版。

254. [美]夏继安:《鲁迅作品的黑暗面》,乐黛云译,《鲁迅研究年刊》(西北大学鲁迅研究室编),陕西人民出版社,1980年版。

255. [美]夏志清:《鲁迅(1881—1936)》,乐黛云译,《鲁迅研究年刊》(西北大学鲁迅研究室编),陕西人民出版社,1979年版。

256. [日]阿部幸夫:《从组画到版画小说——兼论鲁迅、罗兰、麦绥莱勒》,《绍兴文理学院学报》2001年第3期。

257.［日］长尾景和:《在花园庄我认识了鲁迅》,《文艺报》1956年19号。

258.［日］木山英雄:《〈野草〉解读》,《鲁迅研究月刊》2004年第2、3期。

259.［日］土方定一:《爱德华·蒙克——近代人类心灵的肖像画家》,毛良鸿译,《世界美术》1981年第2期。

260.［日］有岛武郎:《叛逆者——关于罗丹的考察》,金溪若译,1928年9月20日《奔流》月刊第1卷第4期。

261.［英］H.E.谢迪克:《对于鲁迅的评价》,天蓝译,北京鲁迅博物馆鲁迅研究室编:《鲁迅研究资料》第14辑,天津:天津人民出版社,1984年版。

跋

□ 魏 建

　　崔云伟出生在美术之家，父亲是当地的著名画家，哥哥也是省内外知名的画家。绘画的天地就是崔云伟出生后成长的天地，他从小看到的多是画，闻到的多是墨香。他无法摆脱美术的浸淫，也就比一般人多掌握了一种语言——如何用线条、笔触、色彩（包括黑白）进行表达和交流。他先是从父亲的画里感受着中国传统艺术的魅力，后来又从哥哥的画里得到西洋现代派艺术的震撼。更重要的影响是，他似乎比一般人多掌握了一种思维方式——美术家式的形象思维。从大学本科到硕士研究生，再到博士研究生，崔云伟一直身在中国语言文学专业，但他心灵中有相当大的一部分却一直在美术的世界里游荡。

　　2000年崔云伟考取硕士研究生，回到了他的母校青岛大学中文系，很幸运的是，他本科学习时最崇拜的老师之一刘增人教授担任他的指导教师。其实，刘增人教授与我结识更早，关系更密切。我当年的中国现代文学课，有一半就是刘增人老师教的。我毕业后留校任教，在刘增人老师身边得到了很大的提高，跟他学习如何教中国现代文学课，跟他学习如何研究中国现代文学史。学了四十年，刘老师的很多本事我至今没有学到，例如他的鲁迅研究、他的文学期刊研究、他的散文创作……从这个意义上说，我特别羡慕崔云伟：他能有三年时间跟着刘老师学习鲁迅研究。刘增人老师与崔云伟相遇，很自然就产生了崔云伟的硕士论文选题：鲁迅与美术。

2003年崔云伟考取了山东师范大学中国现当代文学专业的博士研究生，我担任他的指导教师。我早就明白教学相长的道理，指导博士研究生以后，这种感觉越发强烈。例如，每当我与崔云伟一起谈论他的研究课题，我们两个很难分清谁是老师谁是学生。关于鲁迅与美术，他教给我的东西远大于我能给他的。

此前，我以为美术只是鲁迅的"业余"爱好，是崔云伟让我知道了：鲁迅在美术方面竟然那么"专业"，应该在他"思想家""文学家"身份之后，加上"美术家"；

此前，我以为鲁迅只是对美术有兴趣而已，是崔云伟让我知道了：鲁迅之于美术可不是一般的兴趣，而是一个"美术酷嗜者"；

此前，我以为鲁迅只是对美术偶尔着迷，是崔云伟让我知道了：鲁迅终其一生始终保持着对于美术的酷爱；

此前，我以为鲁迅只是喜欢观赏美术展览会，是崔云伟让我知道了：鲁迅亲自举办了"全国儿童艺术展览会""世界版画展览会""德国作家版画展""德俄木刻展览会""俄法书籍插画展览会"等；

此前，我只知道鲁迅偏爱版画木刻，是崔云伟让我知道了：除此之外，鲁迅还喜欢收藏中国文人画、汉代画像石刻、中国现代书法、日本浮世绘等各类美术作品，而且多类收藏品数量惊人；

此前，我只知道鲁迅设计了北京大学的校徽、设计了自己多部作品的封面，他还有绘画等美术活动，是崔云伟让我知道了：鲁迅的美术实

践富有强烈的艺术效果及其深刻的寓意,例如他设计《呐喊》初版本封面时,如何处理红、黑、白三色;

此前,我只知道鲁迅的字写得好,曾得到郭沫若的高度评价,是崔云伟让我知道了:鲁迅不仅是杰出的书法家,还是优秀的篆刻家;

此前,我只知道鲁迅关注东方美术,并且主要关注古代的东方美术,是崔云伟让我知道了鲁迅与西方现代主义美术的深刻关联,尤其是与西方表现主义美术之间是一种怎样的精神相遇;

此前,我只知道鲁迅"独战众数"的"个体"理念来源于叔本华、克尔凯郭尔、易卜生、尼采等思想家,是崔云伟让我知道了凡·高、蒙克等表现主义美术家是鲁迅这一思想更直观的来源;

此前,我只知道鲁迅受到了罗丹、珂勒惠支等人的影响,是崔云伟让我知道了罗丹、珂勒惠支等人的作品和思想如何被鲁迅"拿来"并参与到改造中国社会之中;

此前,我只知道鲁迅如何汲取古今中外的小说艺术、散文艺术和诗歌艺术获得了他文学的辉煌,是崔云伟让我知道了:在鲁迅文学艺术力量之外还有线条、笔触、色彩、视觉意象等大量美术力量相辅佐;

……

现在大家看到的这本书,就是崔云伟的博士论文。论文答辩的时候,答辩专家一致肯定了崔云伟对鲁迅与西方表现主义美术研究的开创性贡献。此外,有的专家表达了这样的意思:以往我们熟悉的是理性的鲁迅,这篇论文让我们看到了特别感性的鲁迅;以往我们熟悉的是战斗着的鲁迅,这篇论文让我们看到了欣赏着的鲁迅。也有专家谈到,这篇论文刷新了我们对鲁迅"力之美""历史中间物""反抗绝望"等思想的认识。还有专家认为,这篇论文不仅是换了一种眼光看鲁迅,而且是为鲁迅研究开了一个重要的突破口。在现场,听了这些我心里特别高兴,尽管深知这篇论文还有一些不足。

  2003年至2006年，我是崔云伟专业学习的指导教师；从那时到重新阅读这本书的今天，云伟一直是我学习鲁迅与美术的导师。

  崔老师：谢谢你！

2019年10月19日